HEYNE <

Das Buch
Tanger 1956: Alice Shipley ist ihrem Mann John nach Marokko gefolgt. Doch während John sich ins Nachtleben stürzt, verkriecht sich Alice in der gemeinsamen Wohnung. Da steht eines Tages Lucy Mason vor ihrer Tür, Alice' Zimmergenossin aus Collegezeiten, die sie seit einem mysteriösen Unfall ein Jahr zuvor nicht mehr gesehen hat.
Bald beschleicht Alice das ihr nur allzu vertraute Gefühl, von Lucys Fürsorge kontrolliert und erstickt zu werden. Als John plötzlich verschwindet, wird Alice von dem Unfall eingeholt und sie fängt an, an Lucys Vertrauenswürdigkeit und ihrem eigenen Verstand zu zweifeln.

Die Autorin
Christine Mangan, geboren 1982, hat Creative Writing studiert und am University College Dublin zur Gothic Literature promoviert. *Nacht über Tanger* ist ihr erster Roman und hat sich in 20 Länder verkauft. Die Filmrechte gingen an die Produktionsfirma von George Clooney. Christine Mangan lebt in Brooklyn, New York, und schreibt an ihrem zweiten Roman.

CHRISTINE
MANGAN

NACHT ÜBER TANGER

ROMAN

Aus dem Amerikanischen
von Irene Eisenhut

WILHELM HEYNE VERLAG
MÜNCHEN

Die Originalausgabe *Tangerine* erschien bei Ecco,
An Imprint of HarperCollins Publishers, New York

FSC
www.fsc.org
MIX
Papier aus verantwortungsvollen Quellen
FSC® C014496

Verlagsgruppe Random House FSC® N001967

Vollständige deutsche Taschenbuchausgabe 02/2020

Printed in Germany
Umschlaggestaltung: © Eisele Grafik Design, München
Umschlagmotiv: © Richard Jenkins; Alamy Stock Photo
(Babelon Pierre-Yves, incamerastock)
Satz: Leingärtner, Nabburg
Druck und Bindung: GGP Media GmbH, Pößneck

Printed in Germany
ISBN: 978-3-453-42364-0

www.heyne.de

PROLOG

SPANIEN

Drei Männer sind nötig, um die Leiche aus dem Wasser zu ziehen.

Es ist ein Mann – so viel können sie erkennen, viel mehr aber nicht. Die Vögel waren bereits da, vielleicht hat der glänzende silberne Streifen auf seiner Krawatte sie angelockt. Die Männer heben ihn hoch, erstaunt von seinem Gewicht. *Wiegen Tote mehr?*, fragt einer laut. Gemeinsam warten sie auf die Polizei und versuchen, möglichst nicht nach unten zu sehen in die leeren Augenhöhlen des Toten. Die drei Männer kennen sich nicht, doch jetzt verbindet sie etwas miteinander, das tiefer ist als ein verwandtschaftliches Verhältnis.

Natürlich stimmt an dieser Geschichte nur der Anfang – den Rest habe ich erfunden. Dafür habe ich jetzt Zeit, während ich hier sitze und durch das Zimmer zum Fenster hinausstarre. Die Landschaft verändert sich, aber sonst nichts. Manche würden es beobachten nennen, doch da würde ich widersprechen: Das eine hat mit dem anderen genauso wenig zu tun wie tagträumen mit denken.

Es ist warm, der Sommer steht vor der Tür. Die Sonne verblasst allmählich, der Himmel ist eigenartig gelb geworden, am Horizont kündigt sich ein Gewitter an. Wenn es so schwül und heiß ist, *bedrohlich*, und ich einatme und die Augen schließe, habe ich wieder den Duft von Tanger in der Nase.

Es ist der Duft, den ein Ofen verströmt, der Duft nach etwas Warmem, aber nicht Verbranntem. Fast so wie der Duft von Marshmallows, nur nicht so süß. Ein Hauch von Gewürzen liegt darin, irgendwie vertraut, Zimt, Nelke, sogar Kardamom, und doch ganz fremd. Ein tröstlicher Duft, wie eine Kindheitserinnerung, die uns umhüllt, wärmt und ein Happy-End verspricht, so wie im Märchen. Doch so ist es natürlich nicht. Denn unter diesem Duft, unter diesem Trost, schwirren Fliegen, krabbeln Kakerlaken, lauern böse hungrige Katzen auf jede einzelne unserer Bewegungen.

Meist erscheint mir die Erinnerung an die Stadt wie ein Fiebertraum, wie ein funkelndes Trugbild, und es gelingt mir kaum, mich davon zu überzeugen, dass sie einmal existiert hat. Dass ich einmal dort gewesen bin und dass die Menschen und die Orte, an die ich mich erinnere, real waren und keine durchsichtigen Geister, die meiner Fantasie entsprungen sind. Die Zeit vergeht schnell, habe ich festgestellt. Zuerst verwandelt sie Menschen und Orte in Geschichte und dann in Geschichten. Es fällt mir schwer, den Unterschied zu erkennen, denn mein Verstand spielt mir mittlerweile oft Streiche. Schlimmstenfalls – bestenfalls – vergesse ich *sie*. Vergesse ich, was passiert ist. Das ist seltsam, denn sie ist stets da und lauert hinter der Fassade, droht hervorzubrechen. Dann wiederum kann ich mich nicht einmal mehr an ihren Namen erinnern, weshalb ich begonnen habe, ihn auf jedes noch so kleine Stück Papier zu schreiben, das ich finden kann. Nachts, wenn die Krankenschwestern nicht da sind, murmle ich ihn vor mich hin, wie ein Gebet, das ich als Kind gelernt habe. Als würde die ständige Wiederholung meine Erinnerung stärken und mich vor dem Vergessen bewahren – denn ich darf nie vergessen, ermahne ich mich selbst.

Es klopft an der Tür, und eine junge, rothaarige Frau betritt den Raum. Sie hält ein Tablett mit Essen in der Hand. Ihre Unterarme sind voller Sommersprossen, winzige braune Flecken, die ihre Haut fast völlig bedecken.

Ich frage mich, ob sie je versucht hat, sie zu zählen.

Mein Blick wandert zum Nachttisch, und ich entdecke ein Stück Papier, auf dem ein Name gekritzelt steht. Der Name beschäftigt mich, denn obwohl es nicht mein eigener ist, habe ich das Gefühl, er sei wichtig. Als hätte er mit einer Sache zu tun, an die ich mich erinnern sollte. Ich erlaube meinem Verstand, sich zu entspannen. Das ist praktisch, habe ich herausgefunden: Während ich mich bemühe, nicht nachzudenken, denke ich insgeheim jedoch so intensiv wie möglich nach.

Doch es passiert nichts.

»Bereit zum Frühstück?«

Ich blicke auf, verwirrt davon, dass eine fremde junge Frau mit dunkelrotem Haar direkt vor mir steht. Sie sieht nicht aus, als wäre sie älter als dreißig. Damit dürfte der Altersunterschied zwischen uns nur gering sein. Rothaarige Menschen bringen Unglück, geht es mir durch den Kopf. Heißt es nicht, dass man Rothaarigen aus dem Weg gehen soll, wenn man eine Schiffsreise unternehmen will? Wahrscheinlich bin ich schon bald auf dem Meer – auf dem Weg nach Tanger. Ich bin nervös, dieses rothaarige, schlechte Omen soll mein Zimmer verlassen. »Was wollen Sie überhaupt hier?«, frage ich, verärgert darüber, dass sie es nicht einmal für nötig gehalten hat anzuklopfen.

Sie geht auf meine Frage nicht ein. »Haben Sie heute keinen Hunger?« In ihrer Hand hält sie einen Löffel mit einer grauen Substanz, deren Name mir partout nicht einfallen will. Jetzt bin ich wütend und schiebe den Löffel weg. Stattdessen zeige ich auf den kleinen Papierschnipsel neben meinem Bett. »Werfen Sie das in den Papierkorb!«, sage ich zu ihr. »Ständig hinterlässt mir jemand Zettel, auf denen nichts als Unsinn steht.«

Ich lehne mich zurück und ziehe die Bettdecke bis zum Kinn hoch.

Es ist Sommer, glaube ich, doch in meinem Zimmer kommt es mir plötzlich so kalt vor wie im Winter.

I

TANGER 1956

1

ALICE

Dienstag war Markttag.

Nicht nur für mich, sondern für die gesamte Stadt. Zuerst kamen die Frauen aus dem Rif-Gebirge. Ihre Körbe und Karren waren prall gefüllt mit Obst und Gemüse, neben ihnen her trotteten Esel. Tanger erwachte binnen weniger Minuten zum Leben: Menschenmassen strömten herbei, in den Straßen drängten sich Männer und Frauen, sowohl Fremde als auch Einheimische, zeigten auf die gewünschten Waren, diskutierten und feilschten. Münzen wechselten den Besitzer für dieses und jenes. Die Sonne schien an jenen Tagen heller zu leuchten, heißer zu sein, und sie brannte sengend auf meinen Nacken.

Als ich am Fenster stand und auf die immer größer werdende Menge hinabblickte, wünschte ich, es wäre noch Montag. Doch war mir klar, dass der Montag immer nur eine trügerische Hoffnung war, ein trügerischer Trost. Denn der Dienstag, an dem ich in diesem Chaos bestehen müsste, würde unweigerlich kommen. Den beeindruckenden, herausgeputzten Frauen aus dem Rif-Gebirge gegenüber, die in ihren farbenprächtigen Kleidern um Aufmerksamkeit buhlten und mein tristes, gewöhnliches Kleid musterten, das mit ihrer farbenfrohen Tracht nicht mithalten konnte. Unbehagen würde in mir aufsteigen – Unbehagen darüber, dass ich viel zu viel für die Waren bezahlen würde, ohne es zu merken.

Unbehagen darüber, dass ich die falsche Münze geben und etwas Falsches sagen würde. Unbehagen darüber, dass ich einen Narren aus mir machen würde und alle lachen würden und so offen zutage treten würde, wie töricht es von mir war hierherzukommen.

Marokko. Der Name des Landes beschwor in mir Bilder eines riesigen, öden Nichts und einer stechenden roten Sonne herauf. Als John ihn zum ersten Mal erwähnte, verschluckte ich mich an dem Drink, den er mir in die Hand gedrückt hatte, und musste husten. Wir hatten uns im Ritz in der Piccadilly Street getroffen, aber auch das nur auf Drängen von Tante Maude – einem Drängen, das mir in den Wochen nach meiner Rückkehr aus Bennington Kopfschmerzen verursachte, die ich nie ganz loswurde. Ich war erst vor wenigen Monaten nach England zurückgekehrt, und John kannte ich noch nicht einmal so lang. Doch in jenem Augenblick war ich mir sicher, sie zu spüren – seine Begeisterung und seine Tatkraft erfüllten den Raum und durchdrangen die warme Sommerluft. Begierig, danach zu greifen, es zu fassen zu bekommen und etwas davon in mich aufzunehmen, beugte ich mich zu ihm und ließ die Vorstellung Gestalt annehmen. Afrika. Marokko. Ein paar Wochen zuvor hätte ich mich noch gescheut, eine Woche später vielleicht nur darüber gelacht – doch an jenem Tag, in jenem Moment, als ich seinen Worten lauschte, seinen Versprechungen, seinen Träumen, kamen sie mir so real vor, so erreichbar. Zum ersten Mal seit Vermont, so wurde mir bewusst, wollte ich etwas – ich wusste nicht genau, was, und selbst in jenem Moment hatte ich den Verdacht, dass es womöglich noch nicht einmal der Mann war, der da vor mir saß, trotzdem aber wollte ich etwas. Ich nahm einen Schluck von dem Cocktail, den John mir bestellt hatte. Der Champagner war bereits warm und schal, und ich spürte die Säure auf meiner Zunge und im Magen. Ehe ich es mir noch einmal anders überlegen konnte, beugte ich mich zu ihm und umklammerte seine Hand.

Auch wenn John McAllister nicht der Mann war, den ich mir einmal erträumt hatte – er war laut, gesellig, dreist und häufig unbesonnen –, hatte ich begonnen, an der Möglichkeit Gefallen zu finden, die er mir aufgezeigt hatte: an der Möglichkeit, zu vergessen und die Vergangenheit hinter mir zu lassen.

An der Möglichkeit, nicht jede einzelne Sekunde des Tages an das zu denken, was in den kalten, winterlichen Green Mountains von Vermont geschehen war.

Inzwischen war mehr als ein Jahr vergangen, und noch immer war das Labyrinth von einem Nebelschleier überzogen, der es mir unmöglich zu machen schien, meinen Weg zu finden, egal, wie lange ich herumirrte. *Es ist besser so,* hatte meine Tante gesagt, nachdem ich ihr von den glänzenden Schwaden erzählt hatte, die sich über meine Erinnerungen gelegt hatten, und davon, dass ich mich nicht mehr an die Einzelheiten jener schrecklichen Nacht und der Tage danach erinnern könnte. Lass die Vergangenheit ruhen, hatte sie gedrängt. Als wären meine Erinnerungen Gegenstände, die man sicher in Kisten packen konnte, die ihre Geheimnisse nie preisgeben würden.

Und irgendwie hatte ich das auch getan, ich hatte den Blick von der Vergangenheit abgewandt – und ihn stattdessen auf John, Tanger und die sengende Sonne Marokkos gerichtet. Offen für das Abenteuer, das er versprochen hatte – verbunden mit einem Heiratsantrag und einem angemessenen Ring, jedoch ohne richtige Feier, nur ein unterschriebenes Stück Papier.

»Aber wir können doch nicht heiraten«, hatte ich zuerst protestiert. »Wir kennen uns doch kaum.«

»Natürlich können wir heiraten«, hatte er mir versichert. »Unsere Familien sind praktisch miteinander verwandt. Wenn überhaupt, dann kennen wir uns vielleicht zu gut«, hatte er lachend hinzugefügt und mich dabei schelmisch angegrinst. Meinen Namen würde ich nicht ändern – diesbezüglich war ich unerbittlich. Irgendwie schien es mir wichtig, einen Teil meines Selbst, meiner Familie, zu bewahren, nach allem, was geschehen war. Aber es ging mir auch noch um etwas anderes, etwas, das ich weniger gut erklären konnte, nicht einmal mir selbst. Obwohl die Vormundschaft meiner Tante durch meine Heirat praktisch erlöschen würde, würde sie weiterhin treuhänderisch über mein Vermögen verfügen, bis ich einundzwanzig war; dann würde der Nachlass meiner Eltern auf mich übergehen. Die Vorstellung, doppelt abgedeckt zu sein, schüchterte mich viel zu sehr ein, und deswegen stand in meinem Pass immer noch »Alice Shipley«.

Anfangs sagte ich mir, Tanger würde gar nicht so schrecklich werden. Ich malte mir aus, wie ich meine Tage damit verbringen würde, unter der heißen, marokkanischen Sonne Tennis zu spielen, umgeben von einer kleinen Heerschar von Angestellten, die uns von vorne bis hinten bediente, als Mitglieder der diversen Privatklubs der Stadt. Ich wusste, dass das Leben schlimmer sein könnte. Doch dann wollte John das wahre Marokko und das wahre Tanger erleben. Während seine Kollegen billige, marokkanische Haushaltshilfen einstellten und ihre Frauen die Tage damit verbrachten, sich am Pool zu vergnügen oder Partys zu planen, verzichtete er auf all das. Stattdessen vergnügten er und sein Freund sich in der Stadt, verbrachten Stunden im Hamam oder auf den Märkten und rauchten Kif in den Hinterzimmern der Cafés, stets bemüht, sich eher bei den Einheimischen beliebt zu machen als bei ihren Arbeitskollegen und Landsleuten. Charlie hatte John überhaupt erst dazu überredet, nach Tanger zu kommen. Er hatte ihn so lange mit Geschichten über das Land bestürmt – über seine Schönheit und Gesetzlosigkeit –, bis John sich mehr oder weniger in einen Ort verliebt hatte, den er gar nicht kannte. Anfangs gab ich mir alle Mühe, ihn zu den Möbelflohmärkten zu begleiten und in den Suks für das Abendessen einzukaufen. Ich saß im Café neben ihm, nippte an meinem Café au lait und versuchte, meine Zukunft in dieser heißen, staubigen Stadt neu zu schreiben, in die er sich auf den ersten Blick verliebt hatte, die sich mir jedoch weiterhin entzog.

Doch dann geschah dieser Vorfall auf dem Flohmarkt.

In einem wilden Durcheinander aus Verkäufern, Ständen und wahllos nebeneinandergestapelten Antiquitäten und Trödel drehte ich mich um und stellte fest, dass John weg war. Fremde schoben sich an mir vorbei, stießen mich herum, und meine Hände begannen feucht zu werden von der mir bereits so vertrauten Panik. Schatten tauchten vor mir auf, am Rand meines Sichtfelds – jene seltsamen flüchtigen Erscheinungen, die die Ärzte in raunendem Ton nur als Wahnvorstellungen diagnostiziert hatten. Doch sie kamen mir real vor, gegenständlich, greifbar, schienen zu wachsen, bis ich nichts mehr sehen konnte als ihre dunklen Gestalten.

In dem Moment wurde mir schlagartig bewusst, wie weit ich von zu Hause und dem Leben entfernt war, das ich mir einmal vorgestellt hatte.

John lachte später darüber und bestand darauf, dass er nur einen Moment lang weg gewesen wäre. Doch als er mich das nächste Mal fragte, ob ich ihn begleiten würde, schüttelte ich den Kopf. Und danach fand ich eine andere Ausrede. Ich verbrachte stattdessen Stunden damit – lange, einsame, ermüdende Stunden –, Tanger von unserer Wohnung aus zu erkunden, dem Ort, an dem ich mich sicher fühlte. Nach der ersten Woche wusste ich, wie viele Schritte ich vom einen Ende bis zum anderen Ende brauchte – fünfundvierzig, manchmal mehr, je nachdem, wie groß die Schritte waren.

Schließlich begann ich, Johns Bedauern zu spüren. Es ragte über uns auf und wuchs beständig. Unsere Gespräche beschränkten sich auf praktische Dinge, auf finanzielle Angelegenheiten, auf den Unterhalt, den ich bezog und der unsere Haupteinnahmequelle war. John konnte nicht gut mit Geld umgehen, das hatte er mir mit einem Grinsen im Gesicht verraten. Ich hatte gelächelt und gedacht, das bedeute, dass er sich nichts aus Geld machte. Doch wie ich bald herausfand, bedeutete es vielmehr, dass das Vermögen seiner Familie fast aufgebraucht war und der Rest gerade noch dazu reichte, ihn gut genug zu kleiden, um den Wohlstand vorzutäuschen, den er einmal besessen hatte. Den Wohlstand, in den er hineingeboren worden war und von dem er noch immer glaubte, dass er ihm rechtmäßig zustand. Eine Illusion, wie ich bald begriff. Und so übergab ich ihm jede Woche mein Geld, ohne mir ernsthaft Gedanken darüber zu machen oder echtes Interesse daran zu zeigen, wohin es letztlich verschwand.

Und so wie mein Geld verschwand auch John weiterhin in diese rätselhafte Stadt, die er mit einer Leidenschaft liebte, die ich nicht verstand, und deren Geheimnisse er allein erforschte, während ich drinnen blieb – als Geiselnehmerin und Geisel in einer Person.

Jetzt blickte ich zur Uhr und runzelte die Stirn. Als ich das das letzte Mal getan hatte, war es erst halb neun gewesen. Der Zeiger bewegte sich mittlerweile auf Mittag zu. Ich fluchte und trat zum Bett, auf dem ich mir morgens meine Kleider zurechtgelegt hatte, bevor ich das Zeitgefühl verloren hatte. Denn ich hatte John versprochen, dass ich heute zum Markt gehen würde; ich hatte mir selbst versprochen, dass ich es heute versuchen würde. Und so betrachtete ich die Kleidung, die dort lag – Strümpfe, Schuhe und ein Kleid, das ich in England gekauft hatte, kurz bevor ich nach Tanger gezogen war – und den Anschein einer ganz normalen Frau erweckte, die gleich den Wocheneinkauf erledigen würde.

Als ich das Kleid über den Kopf zog, bemerkte ich einen kleinen Riss auf der Vorderseite, am Rand des Spitzenkragens. Ich runzelte die Stirn und zog den Kragen näher an mein Gesicht, um ihn genauer in Augenschein zu nehmen. Dabei unterdrückte ich ein Zittern und sagte mir, dass das weder ein Zeichen noch ein schlechtes Omen war, sondern rein gar nichts bedeutete.

Das Zimmer kam mir mittlerweile stickig vor, und um seiner Enge zu entkommen, trat ich auf den Balkon. Ich schloss die Augen und wartete sehnsüchtig auf einen Lufthauch. Doch außer der trockenen, drückenden Hitze Tangers spürte ich nichts.

Eine Minute verstrich und dann noch eine, und in der Stille lauschte ich dem Geräusch meines Atems, und mich beschlich das eigenartige Gefühl, dass ich beobachtet wurde. Ich öffnete die Augen und warf hastig einen Blick zur Straße, auf der aber niemand zu sehen war. Nur ein paar Einheimische gingen mit eiligen Schritten zum Markt, der schon bald schließen würde. »Reiß dich zusammen!«, flüsterte ich und trat zurück in die geschützte Wohnung. Trotzdem schloss ich die Balkontür fest zu, mit pochendem Herzen. Ich warf einen Blick zur Uhr und stellte fest, dass es mittlerweile halb zwei war. Der Markt konnte warten, sagte ich mir.

Ich wusste, dass er warten musste, und zog mit zitternden Händen die Vorhänge zu, sodass nicht der Hauch eines Sonnenstrahls hindurchgelangen konnte.

2

LUCY

Die Sonne brannte unbarmherzig vom Himmel, als ich mich gegen die Reling lehnte. Ich spürte, wie das Schaukeln unter mir stärker wurde und sich mir der Magen umdrehte, als die Fähre schwerfällig, ruckartig und zentimeterweise auf ihr Ziel zusteuerte: Marokko. Ich griff hastig nach meinem Koffer. Die vergangenen Monate waren von Träumen prachtvoller, beeindruckender maurischer Architektur, verschachtelter, lebendiger Suks, bunter Mosaiken und hell gestrichener Gassen geprägt gewesen. Als ich mich in die Schlange stellte, die sich bereits gebildet hatte, reckte ich ungeduldig den Hals, um einen ersten richtigen Blick auf Afrika zu werfen. Doch man konnte es bereits riechen – das Versprechen auf etwas Unbekanntes, das Versprechen auf etwas, das unendlich viel tiefer und reichhaltiger war als alles, was ich in den kalten Straßen New Yorks erlebt hatte.

Auch Alice war hier, irgendwo in dieser pulsierenden Stadt.

Als ich auf die Anlegebrücke trat, suchte ich die Menge nach ihrem Gesicht ab. Ich hatte es geschafft, mir während der Überfahrt, die nur wenige Stunden dauerte, einzureden, dass sie vielleicht da war, um mich in Empfang zu nehmen, trotz allem, was passiert war. Doch da war niemand. Ich sah kein einziges vertrautes Gesicht. Nur Dutzende von Einheimischen – junge Burschen und alte Männer –, die versuchten, mich und all die anderen Touristen, die das Schiff verließen, mit ihren Diensten zu locken. »Ich bin kein Fremdenführer – nur ein Einheimischer, den jeder kennt. Ich werde Sie zu Orten führen, von denen andere Fremdenführer noch nie etwas gehört haben.« Wenn das nicht funktionierte, wurden Waren gezeigt. »Braucht Madame vielleicht eine Handtasche?«, fragten sie mich. Und den Herrn hinter mir: »Braucht Monsieur vielleicht einen Gürtel?« Mäntel wurden geöffnet und andere Gegenstände hervorgezogen, um sie der Schar unbedarfter Neuankömmlinge zu präsentieren. Schmuck, kleine Holzschnitzereien und seltsame, fremdartig aussehende Musikinstrumente. Ich machte eine wegwerfende, unwirsche Handbewegung, so wie alle anderen, die gerade vom Boot gestiegen waren.

Es gab mehrere Reiseführer, doch ich hatte mir sämtliche Bücher zu Tanger besorgt, die ich hatte finden können, und jede Zeile über die Stadt verschlungen, die ich schon bald mein Zuhause nennen würde, wenn auch nur vorübergehend. Ich hatte Wharton und Twain gelesen und einmal, aus Verzweiflung, ein paar Seiten von Hans Christian Andersen. Er hatte sich, ziemlich überraschend, als die hilfreichste Quelle entpuppt, um mich auf diesen Ansturm eifriger Fremdenführer vorzubereiten. Auf diese krachende Welle aus Gesichtern, die über den Hafen hereinbrach, sobald die Boote anlegten, um dem ahnungslosen, unerfahrenen Reisenden ihre Dienste anzubieten. Ich konnte zwar durchaus als unerfahren bezeichnet werden, aber bestimmt nicht als ahnungslos. Ich fühlte mich gewappnet, hatte mich vorbereitet, mich mit Worten bewaffnet und mir Kenntnisse über das Land angeeignet, um mich vor dem Chaos zu schützen. Ich wusste genau, was mich erwartete, als ich von Bord der sicheren und verhältnismäßig ruhigen Fähre ging. Und trotzdem hatte mich nichts auf das vorbereiten können, was da bei meiner Ankunft auf mich einstürmte. Die Worte von Wharton, Twain und selbst die von Andersen – als Schwerter und Schutzschilde versagten sie letztlich.

Jetzt versuchte ich, den Straßenhändlern zu entkommen, einen Stadtplan fest umklammert in der Hand, als wollte ich meine Entschlossenheit beweisen. Ein Kopfschütteln, dann ein gemurmeltes französisches *Non, merci,* gefolgt von einem spanischen *No, gracias,* und schließlich, aus Verdruss, *La Choukran – Nein danke*. Die wenigen Brocken Arabisch, die ich vor meiner Reise gelernt hatte. Nichts half. Ich schob mich weiter an den Händlern vorbei, entschlossen, mir meinen Weg aus dem Hafen zu bahnen, hinein in die Medina. Die meisten blieben zurück, doch ein paar folgten mir hartnäckig vom Ufer hin zum Weg, der sich hinauf in die Altstadt schlängelte. »Haben Sie sich verlaufen? Brauchen Sie Hilfe?« Schließlich blieb nur noch ein einziger Mann übrig, der sich weigerte zu gehen. Anfangs war er unaufdringlich, bestand darauf, mir langsam zu folgen, und passte seinen Schritt an meinen an, sodass immer derselbe Abstand zwischen uns blieb. Seine Englischkenntnisse waren besser als die der anderen, und er setzte sie gut ein, redete drauflos, welche Orte er mir alle zeigen würde – Orte, die noch nie ein Tourist zuvor gesehen habe.

Ich versuchte, ihn zu ignorieren, versuchte, die erdrückende Hitze, die meine Wangen bereits erhitzt und gerötet hatte, gelassen hinzunehmen und meinen Blick von den Schwärmen von Fliegen abzuwenden, die auf meinem Weg durch die verwinkelte Altstadt in jeder Ecke zu lauern schienen. Doch dann, nach ein paar Minuten, überholte er mich und versperrte mir den Weg, sodass ich verwirrt stehen blieb und nach der einzigen Tasche griff, die ich dabeihatte. Ich versuchte, mich an ihm vorbeizudrängen, doch er blieb beharrlich stehen.

»Ja«, sagte er lächelnd. »Ich bin eine Fliege, ich weiß.« Er beugte sich vor, sodass ich seinen heißen, feuchten Atem in meinem Gesicht spüren konnte. »Aber hören Sie, junge Dame. Es ist immer besser, eine Fliege bei sich zu haben. Und wissen Sie, warum?« Er hielt inne, als würde er auf eine Antwort warten. »Eine Fliege hält Ihnen all die anderen Fliegen vom Leib«, erklärte er lächelnd, warf den Kopf in den Nacken und lachte. Das schrille, unerwartete Geräusch hallte zurück von den Wänden, die uns mittlerweile umgaben, und ließ mich zusammenzucken. Ich stolperte, sodass meine Tasche auf den Boden fiel und ich mir das Knie auf dem harten, staubigen Weg aufschlug.

Ich stieß einen gellenden Schrei aus und beugte mich vor, um die Verletzung zu begutachten, während ich gleichzeitig vor der ausgestreckten Hand der Fliege zurückzuckte. Meine neuen taupefarbenen Strümpfe – für die ich einen ganzen Dollar und fünfzig Cent bezahlt hatte, nachdem die Verkäuferin darauf bestanden hatte, dass ihre Qualität absolut erstklassig sei – waren kaputt. Oberhalb des Knies war ein Riss entstanden, und eine Laufmasche zog nach unten. Mit noch größerer Bestürzung bemerkte ich dann eine rote Schürfwunde. Sie sah entzündet aus und schien gleich anzufangen zu bluten. »Auch das noch!«, murmelte ich.

Die Fliege beugte sich noch näher zu mir, als würde er mein Unbehagen, meine Besorgnis spüren. »Sie sehen verloren aus«, flüsterte er, die Stimme plötzlich leise und eindringlich, als würde meine kniende Haltung eine derartige

Theatralik nötig machen. »Wissen Sie, wonach Sie suchen, Mademoiselle?«

Ich hielt kurz inne – nur einen Augenblick – und fragte mich, was ich eigentlich in diesem merkwürdigen, fremden Land machte. Diesem Land, von dem ich so oft geträumt hatte, dass es in meiner Vorstellung bereits eine schimmernde, unwirkliche Form angenommen hatte. Sodass es mir selbst jetzt, als ich seinen harten Boden als einen Beweis seiner Existenz unter mir spürte, noch immer unwirklich vorkam. Mein Atem stockte, doch dann war es da: ein verschwommenes Bild von *ihr,* direkt vor mir.

Mehr brauchte ich nicht, um wieder ich selbst zu sein.

»Ja«, erklärte ich ihm, der Fliege, und meine Stimme klang fest und entschlossen. Ich stand unvermittelt auf und drängte mich an ihm vorbei. Unsere Schultern prallten aneinander, sodass er den Stoß und das Gewicht meines Körpers deutlich spürte. Ich sah in sein schockiertes Gesicht. »Ja, ich weiß ganz genau, wonach ich suche.«

Die Fliege zuckte kurz mit den Achseln und trottete schließlich davon.

Affinität. Ich hatte den Begriff in einem Wörterbuch nachgesehen während meines ersten Jahres am Bennington College – jener außergewöhnlichen kleinen Ansammlung von Gebäuden, die, zumindest schien es so, versteckt im Herzen von Vermont lag, in den Green Mountains. *Eine spontane oder natürliche Vorliebe oder Zuneigung für etwas verspüren. Eine Gemeinsamkeit von Eigenschaften, die eine Beziehung andeuten.* Ich begann, nach anderen, sinnverwandten Wörtern zu suchen. *Similarität, Faible.* Ich schrieb sie alle in mein

Notizbuch, das ich immer dabeihatte, wenn ich von der Bibliothek in den Vorlesungssaal und wieder zurück in die Bibliothek ging. Ich umklammerte den blauen, abgewetzten Ledereinband und drückte ihn an die Brust, passte gut auf ihn auf, um ihn ja nicht irgendwo zu vergessen: meinen Schatz aus gefundenen kostbaren Worten. Ich las mir die Begriffe häufig durch – morgens vor der Vorlesung, und abends vor dem Einschlafen. Ich murmelte sie vor mich hin, als wollte ich sie mir einprägen, als würde ich später abgefragt werden – als wären sie unerlässlich für mein Studium und mein Überleben am College.

Ich war auf dieses besondere Wort – *Affinität* – wenige Wochen, nachdem ich Alice kennengelernt hatte, gestoßen. Ein einschneidender Moment – eine Definition für etwas, von dem ich bisher gar nicht gewusst hatte, dass ich je nach einer Definition dafür suchen würde. Die Beziehung, die Alice und ich innerhalb nur weniger Wochen aufbauten, die gegenseitige Sympathie, die wir empfanden – sie ging über jegliche vernünftige Definition hinaus. Und so kam ich zu dem Schluss, dass es Affinität fürs Erste gut traf.

Wir lernten uns an unserem ersten Tag im College kennen. Alice stand im Flur des Wohnheims, das uns zugewiesen worden war – jedes der Häuser hatte zwei Etagen mit jeweils einem Dutzend Zimmer und einem Gemeinschaftsraum mit Kamin im Erdgeschoss –, und suchte unser Zimmer. Ein Stapel Bücher klemmte unter ihrem Arm, und sie sah aus, als würde sie sich am liebsten in Luft auflösen. Und das tat sie dann auch fast – ihr Oberkörper und ihr Gesicht waren fast völlig hinter den Büchern versteckt, die offensichtlich zu schwer für sie waren. Ich wusste bereits, dass sie meine Zimmergenossin war, denn wir hatten uns zuvor verabredet. Vor

Beginn des Semesters hatten wir uns mehrfach geschrieben und Fotos beigefügt, damit wir uns bei unserem ersten Treffen erkennen würden – trotzdem schindete ich Zeit, um den Moment so lange wie möglich hinauszuzögern. Ich wollte nicht auf sie zugehen, ihr helfen und mich vorstellen – noch nicht.

Und so wartete ich. Und beobachtete.

Ihre Fuß- und Handgelenke waren das Zierlichste, was ich je gesehen hatte. Der Sommer war noch nicht vorbei, sodass der bauschige, tutuartige Rock, der ihre Waden umspielte, und das dünne, kurzärmelige Jäckchen beides in erstaunlicher Deutlichkeit offenbarten. Sie hatte langes, blondes, gelocktes Haar, doch wirkten ihre Locken eher künstlich als natürlich. Schließlich trat sie auf mich zu, und mir fielen ihre zartrosa lackierten Fingernägel auf, deren Farbe fast zu dezent war, um bemerkt zu werden. Das Gleiche galt für ihr Make-up. Einen Augenblick lang fragte ich mich, ob sie überhaupt geschminkt war. Doch das war sie, stellte ich fest. Kaum erkennbar zwar, aber sie war geschminkt. Sie war nett zurechtgemacht, doch sollte das nicht auffallen. An ihrer Erscheinung heischte nichts nach Aufmerksamkeit, verlangte nichts danach, gesehen zu werden, und aus exakt diesem Grund fiel sie auf.

Und daran erkannte ich, dass sie es gewohnt war, betrachtet zu werden. Dass sie es gewohnt war, sich präsentieren zu müssen. Und dass sie noch nie das Geld für die Miete hatte zusammenkratzen müssen. Dass sie sich noch nie um die Vorräte in den Küchenschränken hatte Gedanken machen müssen und ob deren Inhalt für eine Woche oder doch nur für einen oder zwei Tage reichen würde. Trotzdem lehnte ich sie nicht in einer Weise ab, wie ich einige der anderen Mädchen ablehnte, die ich bereits kennengelernt hatte. Sie wirkte nicht hämisch oder verwöhnt, sie hatte nichts an sich, was eine Art von Überlegenheit ausdrückte. Die anderen Mädchen am College waren stets bemüht, sich gegenseitig zu beweisen, dass sie besser waren als die anderen. Sie prahlten mit ihren Urlauben oder ließen Namen fallen, von denen sie wussten, dass sie bei den anderen Furcht und Ehrfurcht auslösten. Ich sollte schon bald feststellen, dass Alice überhaupt nicht so war. Während die anderen Studentinnen ihre Nasen rümpften über die *Stippis* – ihre Bezeichnung für Stipendiatinnen –, behandelte Alice mich ebenbürtig. Mich, die aus der nächstgelegenen Stadt kam und Stipendiatin war. Als ich sie an jenem Tag betrachtete, noch bevor wir uns begrüßt hatten, fand ich, dass sie nett aussah, sogar etwas einsam.

Dann trat ich schnell auf sie zu, aus Angst, sie an jemand anderen zu verlieren, wenn ich noch länger wartete. »Ich bin Lucy Mason«, sagte ich und streckte ihr meine Hand entgegen. Ich hatte das Gefühl, als würde jedes einzelne Wort, das ich sagen wollte, in dieser einen kleinen Geste stecken, sodass alles – die gesamte Zukunft – davon abhinge. Ich wartete eine gefühlte Ewigkeit, doch wahrscheinlich war es nur ein kurzer Augenblick, in dem ich mich fragte, ob sie meine ausgestreckte Hand ergreifen würde, wohin sie uns führen und wie sich unsere gemeinsame Reise entwickeln würde.

In ihrem Gesicht erschien augenblicklich ein Lächeln. »Ich hatte schon Angst, dass du unsere Verabredung vielleicht vergessen hast«, sagte sie und errötete. Ihr Akzent war sehr britisch und vornehm. »Ich bin Alice. Alice Shipley.«

Ihre Hand war warm. »Schön, dich kennenzulernen, Alice Shipley.«

Am nächsten Morgen zog ich mich sorgfältig an.

Ich hatte mir in der vergangenen Nacht ein Zimmer in einem Riad genommen – einem typischen marokkanischen Haus mit Innenhof –, da ich mich nach der Reise umziehen, frischmachen und nicht mit zerrissenen Strümpfen und zerzaustem Haar vor Alice' Tür stehen wollte, und suchte nun meine Habseligkeiten zusammen. Ich vergewisserte mich erst einmal und dann noch ein zweites Mal, dass ich nichts in dem Zimmer liegen gelassen hatte, bevor ich zufrieden die Tür hinter mir schloss.

In der Medina wartete ich in einer Schlange vor einem der Stände und bestellte Frühstück – einen mit Sesam bestreuten Zopf, den ich nicht kannte und dessen Füllung nach Datteln schmeckte. Ich lehnte mich gegen eine Wand und spürte die seltsame Konsistenz des nach nichts schmeckenden Teigs, der auf meiner Zunge und in meinen Backen klebte. Ab und zu trank ich einen Schluck von dem Milchkaffee, den ich mir ebenfalls bestellt hatte, während mein Blick über die Straße wanderte.

Ich sah den Touristen in den Cafés dabei zu, wie sie ihren Pfefferminztee nippten, und einer Gruppe von Einheimischen, die gerade Waren von Eseln luden und in Läden transportierten, bis sich schließlich unsere Blicke trafen.

Er saß ein paar Meter entfernt in einem der zahlreichen Cafés, die den Platz säumten. Eine große, dunkle Erscheinung, doch er war nicht so gut aussehend wie andere Männer. Ich vermutete, dass es ein Einheimischer war, wenngleich ich mir nicht ganz sicher sein konnte. Er trug einen Fedora, den er tief ins Gesicht gezogen hatte und um dessen Krone ein leuchtendes violettes Band am unteren Rand verlief. Ich blieb noch eine kurze Weile stehen, spürte seinen

Blick auf mir und fragte mich, was er sah, was seine Aufmerksamkeit erregt hatte. Ich hatte mir an diesem Morgen in der Tat besonders viel Mühe gegeben und das einzige ordentliche Kleid angezogen, das ich vor meiner Reise über den Atlantik gekauft und das mich meine wenigen Ersparnisse gekostet hatte. Ich strich den Rock mit der linken Hand glatt, trank den Kaffee aus und entfernte mich von der Medina und dem mich neugierig anstarrenden Mann.

Ich ging fast eine Stunde herum und kam dabei einmal, zweimal und noch ein drittes Mal an demselben Restaurant vorbei. Die Kellner – selbst in der glühenden Hitze förmlich gekleidet, in Anzügen und schmalen Krawatten – grinsten süffisant, was ich ignorierte. Ich glaubte schon fast, dass buchstäblich alle Straßen zum Place Petit Socco führen würden, doch dann fand ich sie. Alice' Wohnung lag hinter der Medina und östlich der Kasbah, unmittelbar neben dem chaotischen Gassengewirr, in dem ich zuerst gelandet war. Der Stadtteil hieß Quartier Marshan, wie mir mein Reiseführer verriet. Ich spürte die seltsame Veränderung, lange bevor sie in mein Bewusstsein drang. Die Umgebung war grüner, Bäume säumten die Straßen, wenn auch noch immer nicht zahlreich und meinem Auge völlig unbekannt. Mich erfasste ein Gefühl von Leichtigkeit, als würde die Anspannung in meinen Schultern, besser gesagt zwischen den Schulterblättern, sich langsam auflösen. Vielleicht lag das aber auch nur daran, dass ich mich ihr näherte, dachte ich. Dann blieb ich stehen, um meine Tasche auf den Boden zu stellen und kurz Luft zu holen.

Das Haus selbst war unscheinbar und fügte sich problemlos zwischen die restlichen Häuser ein: Es hätte nach Paris gepasst, fand ich, ein heller Steinbau, verschönert mit schmiedeeisernen Balkonen und großen Fenstern. Damit hätte ich rechnen müssen, doch merkte ich, wie sich unwillkürlich ein Gefühl der Enttäuschung in mir ausbreitete. Es hatte mich so viel Zeit gekostet, an diesen Punkt zu gelangen – monatelanges Planen und Sparen, viele Stunden auf Schiffen, in Zügen und schließlich noch eine Überfahrt. Meine Kleider waren schmutzig, mein Geist war müde und erschöpft von der Erkundung dieses neuen Landes. Ich hatte erwartet, dass etwas anderes am Ende meiner Reise stehen würde – eine glitzernde Tür, ein prachtvoller Palast, etwas, das mir eindrucksvoll und entschieden entgegenrief: *Das ist deine Belohnung – du hast endlich dein Ziel gefunden*. Ich drückte auf die Klingel.

Ein paar Augenblicke lang geschah nichts. Mein Herzschlag beschleunigte sich – war sie vielleicht auf das europäische Festland zurückgekehrt? Oder hatte ich womöglich die falsche Adresse? Ich sah auf das Stück Papier, das ich in der Hand hielt. Das Gekritzel war vom vielen Auseinander- und Zusammenfalten verblasst. Ich stellte mir vor, umdrehen und zum Hafen zurückkehren zu müssen. Sah mich eine weitere Fahrkarte kaufen, sah mich auf dem Weg zurück über das Meer – dieses Mal schwer geschlagen –, den Hohn und das Gelächter der Männer, die mich gerade mit der Fähre hierhergebracht hatten, ignorierend. Ich schüttelte den Kopf. Nein, das war ausgeschlossen. Der Gedanke an New York, der Gedanke an einen weiteren öden grauen Winter, der Gedanke an die winzigen Zimmer, die ich in den verschiedenen, über die Stadt verteilten Pensionen gemietet hatte, der Gedanke an die Geräusche Dutzender von Frauen, deren Absätze auf den Fluren klackerten, war unerträglich. Und dann noch dieser Geruch. Er ließ mich sogar in der nachmittäglichen Hitze erschaudern. Dieser seltsame Geruch schweren Parfums, der hinter all diesen Frauen herzuziehen schien und in der Gemeinschaftstoilette am stärksten war. Diesem beißenden, unangenehmen Duft haftete stets eine übertriebene Süße an, wie dem Geruch von Fäulnis. Ich verzog das Gesicht. *Nein*. Ich würde nicht zurückfahren, egal, was passierte.

»Ja?«

Ich hörte sie, bevor ich sie sah. Ich legte den Kopf in den Nacken und blickte nach oben, doch die Sonne blendete mich. Schützend hob ich die Hand, sodass ich den grellen Schein teilweise abschirmen und schließlich ihre von leuchtenden Strahlen überzogene Gestalt ausmachen konnte.

»Alice«, rief ich, ohne meine Stimme zu heben, und erfreute mich kurz am Klang ihres Namens. »Ich bin's.«

Sie war so weit weg, dass ich mir nicht ganz sicher sein konnte, doch ich glaubte zu hören, wie sie nach Luft schnappte. Ich bemühte mich, meine Freude im Zaum zu halten, und war glücklich, es geschafft zu haben, sie zu überraschen. »Na?«, sagte ich schließlich und hob die Stimme leicht an. »Muss ich die Wand hinaufklettern?«

Ein verunsichert wirkendes Lächeln breitete sich auf ihrem Gesicht aus. »Nein, nein, natürlich nicht.« Sie stand hinter einem Eisengeländer, das bis zur Mitte ihres Oberkörpers reichte und dessen verschlungenes Muster einer Art Efeu ähnelte. Ihre Hände schnellten zum Hals, wie immer, wenn sie nervös war. »Nur einen Augenblick. Ich bin gleich unten.«

Während ich auf sie wartete, bemerkte ich ein Flattern in meinem Ohr. Als Kind hatte ich unter schrecklichen Ohrenschmerzen gelitten, und in meiner Jugend hatte es stets eine Jahreszeit gegeben, in der dieser Schmerz zurückgekehrt war, sodass ich von einem Arzt zum nächsten rannte. Doch egal, wie oft ich sie konsultierte, sie lächelten mich immer nur an, schüttelten den Kopf und versicherten mir: *Alles völlig in Ordnung,* während sie mich zur Tür drängten. Einer von ihnen jedoch zögerte und zeigte mir, wie ich meine Finger an das Ohrläppchen legen und sanft daran ziehen sollte. *Wenn Sie jetzt Schmerzen spüren,* sagte er, *dann liegt eine Entzündung vor. Ansonsten ist es nur …* Er verstummte und ließ den Satz unvollendet. Später deutete er an, dass er eine Reihe von Patienten mit ähnlichen Symptomen habe, nervös bedingte Beschwerden, unter denen nur seine intelligentere Patientenschaft litte – allerdings vermutete ich, dass er das nur gesagt hatte, um sich selbst zu schmeicheln und die von ihm erfundene Methode zu belegen, nicht, weil es ihm ein Anliegen war, mir zu helfen. Trotzdem machte ich genau das, wozu er mir geraten hatte, als ich vor Alice' Tür stand und darauf wartete, dass sie die Treppe herunterkam. Ich zog an meinem Ohrläppchen, um zu prüfen, ob es irgendeine Schmerzquelle, irgendeinen Hinweis auf eine mögliche Entzündung gab. Doch da war nichts. Das Flattern dauerte dennoch an.

Als Alice in der Tür erschien, war sie ein wenig außer Atem. Zwei hellrosa Flecken überzogen ihre Wangen, und an ihrem Halsansatz hatte sich von der Hitze Ausschlag gebildet. Sie hatte stets dazu geneigt, an dieser einen Stelle zu reiben, wenn sie aufgeregt war – dort, wo die beiden Schlüsselbeine sich trafen. Ich fragte mich, ob sie das vor oder nach meinem Eintreffen getan hatte oder ob die gerötete Stelle wirklich nur von der drückenden Mittagshitze stammte.

Sie sah genauso aus wie in meiner Erinnerung. Auch wenn nur ein Jahr vergangen war, seit ich sie das letzte Mal gesehen hatte, war doch so viel geschehen, dass es einem vorkam, als wäre es in einem völlig anderen Leben gewesen. Sie war noch immer so schmal – ich wusste, dass sie das Wort zierlich hasste –, doch es gab keinen anderen Begriff, um sie zu beschreiben. Sie war klein und blond und hatte noch immer die Gestalt eines jungen Mädchens. Eine Tatsache, die Alice häufig beklagt hatte. Sie trug eine Perlenkette, die bis kurz oberhalb des Schlüsselbeins herabhing und in dieser Umgebung auf mich irgendwie unpassend wirkte, deplatziert. Ich widerstand dem plötzlichen, seltsamen Verlangen, die Hand auszustrecken, nach der Kette zu greifen, sie herunterzureißen und dabei zuzusehen, wie die Perlen auf den Boden fielen und in jede Ecke und jeden Winkel der Straße rollten.

»Du siehst großartig aus«, sagte ich, beugte mich vor und küsste sie rechts und links auf die Wange. »Wir haben uns schon viel zu lange nicht mehr gesehen.«

»Ja«, murmelte sie mit leuchtendem, aber distanziertem Blick. »Ja, das stimmt.«

Ich fühlte ihre spitzen Knochen unter meinen Händen. Alice machte einen Schritt zurück hinter die Türschwelle. Ihre Bewegungen verrieten, dass sie aufgeregt war, was sie lieber nicht offenbart hätte, vermutete ich. Sie deutete mir mit einer Handbewegung an, ihr zu folgen. Wir stiegen eine enge Treppe hinauf, sie machte mich währenddessen darauf aufmerksam, bei welchen Stufen ich besonders vorsichtig sein sollte, und schob schnell eine Entschuldigung hinterher, für den Zustand des Hauses. Sie hatte schon immer dazu geneigt, ins Plappern zu geraten, wenn sie nervös war. »Natürlich ist das Haus wunderschön, nur muss es hier und da unbedingt renoviert werden. Ich habe John schon mehrfach darauf hingewiesen, doch er scheint mir nicht zuzuhören. Ich glaube sogar, es gefällt ihm. Er sagt, dass hier die ganzen Künstler wohnen. Schriftsteller scheinbar. Er hat mir schon tausendmal gesagt, wie sie heißen, doch ich kann mir ihre Namen einfach nicht merken. Na ja, Literatur ist ja auch eher dein Gebiet. Wir werden ihn nach den Namen fragen müssen, wenn er von der Arbeit nach Hause kommt.«

John. Der Mann, den Alice kennengelernt hatte, nachdem sie Bennington verlassen hatte. Der Mann, der für ihren Umzug nach Marokko verantwortlich war, wie ich erst vor Kurzem erfahren hatte.

»Ist er zu Hause?«, fragte ich.

»Wer?« Alice runzelte die Stirn. »Oh, John. Nein, nein. Er ist in der Arbeit.«

»Und wie geht es ihm?«, fragte ich, als wären ihr Mann und ich alte Freunde. Doch ich merkte, wie hohl die Worte klangen, und so beeilte ich mich hinterherzuschieben: »Und dir? Wie geht es dir?«

»Gut. Es geht uns beiden ganz gut.« Die Worte sprudelten aus ihrem Mund, während sie stoßartig atmete. »Und wie geht's dir?«

»Ich freue mich, hier in Tanger zu sein«, antwortete ich lächelnd. *Bei dir*.

Die letzten Worte sprach ich nicht aus, obwohl sie gleichmäßig in meiner Brust schlugen. Ein Teil von mir war sich sogar sicher, dass auch Alice sie gehört hatte – und wenn nicht *gehört,* dann vielleicht *gespürt*.

Ich bemerkte, dass wir bereits in ihrer Wohnung angekommen waren. Genauer gesagt in der Diele, auf deren Holzboden ein aufwendig gemusterter Teppich lag. Ich hatte noch immer den schweren Koffer in der Hand und wunderte mich, dass Alice noch nicht danach gegriffen und mir das Gästezimmer gezeigt hatte, damit wir uns hinsetzen, entspannen und Geschichten erzählen konnten, so wie in alten Zeiten. Ich wusste, dass ich mir vielleicht zu viel erhoffte, doch ich konnte nicht anders. Es war mein sehnlichster Wunsch, dass alles wieder so war wie früher, vor dieser schrecklichen Nacht. Diese Hoffnung lebte noch immer in mir, wenn auch verborgen in meinem leeren Herzen. Doch ihre Körperhaltung, ihre Art, sich zu bewegen – wie ein verängstigter, eingesperrter Vogel, fand ich –, machten mich stutzig, und ich fragte mich, ob das Problem gar nicht die Geheimnisse waren, die wir teilten, sondern vielmehr etwas völlig anderes.

Alice' Entscheidung, nach Tanger zu ziehen, hatte mich von Anfang an verwundert. Ich erinnerte mich an die alte, zerfledderte Landkarte über meinem Bett in Bennington. Wir hatten uns in den Jahren einen Spaß daraus gemacht, Reißzwecken in die Wand zu drücken, was dank deren billiger weißer Plastikköpfe leicht zu bewerkstelligen war, um die Orte festzulegen, an die wir nach Abschluss unseres Studiums reisen und wo wir gemeinsam Abenteuer erleben würden. Alice' Wahl fiel auf Paris oder, an Tagen, an denen sie besonders mutig war, auf Budapest. Aber nie auf Tanger. Meine eigenen Reißzwecken befanden sich weiter weg: Sie markierten Städte wie Kairo, Istanbul und Athen. Orte, die mir einmal sehr weit entfernt und unerreichbar erschienen waren, doch jetzt nicht mehr. Nicht mit Alice an meiner Seite.

Nach dem Studium nehme ich dich mit nach Paris, sagte sie eines Abends, nur wenige Wochen, nachdem wir uns kennengelernt hatten. Wir saßen versteckt am Ende der Welt, jenem Fleckchen Erde am Rand des großen Gemeinschaftsrasens, wo der Boden abrupt abzusacken schien – wenn man aufstand, bemerkte man die sanfte, hügelige Landschaft, die sich dahinter erstreckte. Das Ende der Welt war eine Art Fata Morgana. Ein Trugbild. Die Nacht war schon hereingebrochen, und die Feuchtigkeit des Grases drang durch den Baumwollstoff der Decke, auf der wir saßen. Trotzdem blieben wir sitzen und ließen uns durch nichts die Freude an diesem Abend verderben.

Als Antwort drückte ich ihre Hand. Damals wusste ich bereits von dem Fonds, der auf ihren Namen lautete, und von dem monatlichen Betrag, den sie erhielt – Schecks, auf denen ihr vollständiger Name stand, *Alice Elizabeth Shipley,* in sorgfältiger, altmodischer Schrift, und die stets am Monatsanfang eintrafen – dennoch widersprach es jeder mir bekannten Logik, einem Mädchen, das man erst vor wenigen Wochen kennengelernt hatte, ein solches Angebot zu machen, ihm gegenüber eine solche Einladung auszusprechen. Mein Herz zog sich zusammen, als wollte es sich weigern zu glauben, dass in anderen Menschen so viel Großzügigkeit und Warmherzigkeit wohnten. Mein Leben hatte mich bisher anderes gelehrt. Ich war in einer kleinen Stadt in Vermont geboren worden, nur wenige Meilen vom College entfernt, und hatte sie stets als einen Ort empfunden, den man schnell hinter sich ließ, auf der Durchreise in einen anderen Ort, an dem es sehr viel besser war. Ein Stipendium machte es mir möglich, genau das zu tun, und befreite mich aus der Enge einer muffigen Wohnung, die über einer Autowerkstatt lag. Zwar lag der Ort, an den es mich brachte, nur wenige Meilen entfernt, doch hätte er genauso gut eine ganz andere Welt sein können.

Diese Reise nach Paris hatte allerdings nie stattgefunden.

Stattdessen war Alice nach Tanger gezogen. Einen Ort, den sie nie mit einer Reißzwecke auf unserer Landkarte markiert hatte. Und das ohne mich.

»Was machst du eigentlich hier in Tanger, Lucy?«, fragte Alice und riss mich aus meinen Gedanken.

Ich blinzelte, aufgeschreckt von ihren Worten. »Ich bin natürlich hier, um dich zu sehen«, erwiderte ich lächelnd. Meine Stimme überschlug sich, während ich mich bemühte, die Gefühle, die in mir aufstiegen, zu verbergen.

Dann sah ich Alice an – *richtig* an –, zum ersten Mal. Sie war, wie ich bereits vorher festgestellt hatte, schlanker als bei unserer letzten Begegnung – und auch blasser, was mir angesichts des Klimas merkwürdig erschien. Sie hatte dunkle Ringe unter den Augen, als hätte sie seit geraumer Zeit nicht mehr richtig geschlafen. Sie nestelte nervös an dieser einen Stelle am Schlüsselbein herum, wodurch diese einen noch bedrohlicheren Farbton als bei meiner Ankunft angenommen hatte. Trotz der Tageszeit trug sie einen gelben Hausmantel, der bis zu den Knöcheln reichte und den ein einfacher Gürtel um ihre Taille zusammenhielt. Alice war ungeschminkt, nicht die geringste Spur von Farbe war in ihrem Gesicht zu sehen. Und ihre Haare – ihre einst so dichten, glänzenden, goldenen Locken – waren mittlerweile kürzer. Sie hingen schlaff herunter und mussten gewaschen werden, wie ihre matte Farbe verriet.

»Ist alles in Ordnung, Alice?«, fragte ich, rückte näher und stellte den Koffer auf dem Boden ab.

»Natürlich, aber natürlich.« Wieder diese gehetzten Worte.

»Du würdest es mir doch erzählen, oder? Also, wenn etwas nicht stimmen würde? Wenn du und John …«

Sie zuckte zusammen. »Nein, nein. Alles in Ordnung. Wirklich. Ich bin einfach nur erstaunt, dich zu sehen. Mehr nicht«, antwortete sie lächelnd, wenngleich ihre Stimme leicht gereizt klang – spitz, stählern.

Doch dann schienen sich ihre Schultern zu entspannen, sie lächelte nicht mehr so angespannt und schien mich zum ersten Mal richtig wahrzunehmen: meine neue, hochtoupierte Frisur, die nur von reichlich Haarspray zusammengehalten wurde – auch wenn die Haare sich in der Hitze schon langsam zu kräuseln begannen, wie ich verdrießlich feststellte –, und das neue dunkle Hemdblusenkleid mit Gürtel, das mich so viel gekostet hatte wie eine Monatsmiete. Ich wusste, dass mein Erscheinungsbild sich von dem aus unseren Collegetagen deutlich unterschied. Doch da mir bewusst gewesen war, dass ich Alice nach fast einem Jahr zum ersten Mal wiedersehen würde, hatte ich deutlich machen wollen, wie gut es mir ergangen war – aber nicht auf diese hämische Weise, wie die anderen Mädchen es taten, die ihren Erfolg zur Schau stellten, nur um alle anderen vor Neid erblassen zu lassen. Nein, ich wollte Alice lediglich zeigen, dass unsere gemeinsame Zeit, diese Tage und Nächte, mir sehr viel bedeutet hatten und dass das Träumen von der Zukunft nicht nur ein versponnener Zeitvertreib gewesen war. Nein, ich hatte alles so gemeint, jedes einzelne Wort. Das war es, was ich ihr zeigen wollte. Nichts davon war gelogen gewesen, ungeachtet dessen, was zwischen uns geschehen war.

»Du siehst gut aus, Lucy«, stellte sie fest, doch mir kam ihre Äußerung so vor, als würde sie Nachsicht üben. Als wären ihr die Worte trotz meines Äußeren und nicht wegen meines Äußeren über die Lippen gekommen.

»Du auch«, sagte ich, da ich ihr Kompliment unbedingt erwidern wollte – egal, ob leicht erteilt oder nicht –, obwohl wir beide wussten, dass unsere Worte eine reine Höflichkeit waren.

Sie lächelte wieder dieses in sich gekehrte Lächeln, das ich in den ersten Tagen am College bemerkt hatte, als sie so schüchtern und ihrer selbst so unsicher gewesen war. Am Ende unserer vier gemeinsamen Jahre hatte sie fast alle dieser sich selbst herabsetzenden Eigenschaften abgelegt. Doch hier waren sie plötzlich, allesamt wieder da. »Ich würde dir gern einen Tee anbieten, aber leider hat John mal wieder vergessen, eine Gasflasche zu besorgen«, sagte sie, bemüht, jede Lücke in unserem Gespräch sofort zu füllen, um kein Schweigen aufkommen zu lassen. »Ich werde erst wieder Wasser kochen können, wenn er eine neue Gasflasche mitgebracht hat. Aber lass uns doch ins Wohnzimmer gehen. Da kann ich dir ein anderes Getränk machen«, schlug sie vor und griff nach meinem Koffer.

Ich hielt sie auf und bestand darauf, ihn selbst zu tragen, da ich befürchtete, dass sie unter der Last zusammenbrechen würde. Als sie sich umdrehte, betrachtete ich ihre Schultern. Der Stoff ihres Hausmantels war dünn, sodass sich darunter die Knochen abzeichneten. Ich bemerkte ihre eingefallenen Wangen, die spitzen Ellenbogen, das fast unmerkliche, aber noch immer vorhandene Zittern ihrer Hände.

»Ich kann es kaum glauben, wie lange es her ist«, sagte ich, folgte ihr durch den Flur und bemerkte, wie vollgestellt die Wohnung war, sodass man sich kaum bewegen konnte, ohne gegen ein Stuhlbein oder ein Sitzkissen zu stoßen. Nicht einmal die Wände waren sicher, stellte ich bald fest, denn die diversen Farbschichten überzog eine weitere Schicht, eine aus allerlei Schnickschnack. Teller schienen ihre Leidenschaft zu sein. Silberne, kupferne, porzellanene, manche bemalt, manche nicht – ein bestimmtes Muster konnte ich allerdings nicht ausmachen. Sie waren einfach Reihe um Reihe an die bunten Wände angebracht worden.

»Ich weiß«, erwiderte sie schließlich. »Es kommt einem vor, als wäre Bennington eine Ewigkeit her.«

Wir betraten das Wohnzimmer, und ich stellte meinen Koffer auf dem Teppich ab. Ein paar Sekunden vergingen. Wir sahen uns in dem Zimmer um, als sei der Weg, der uns wieder zueinander führen und es uns ermöglichen würde, an die Zeit am College anzuknüpfen, hier in einem Spalt verborgen, hier in Tanger, in dieser fremden Stadt.

»Ich hole schnell unsere Getränke«, sagte sie und ging zielstrebig zur Tür.

»Danke, Alice.« Ich streckte die Hand aus, um die ihre zu berühren. Sie zuckte zusammen, und ich spürte diese kleine Bewegung auf meiner Haut. »Alice, bist du sicher, dass alles in Ordnung ist?«, fragte ich und dämpfte meine Stimme zu einem Flüstern.

Zuerst wollte sie mich nicht ansehen, doch dann hob sie langsam ihr schmales, spitzes Gesicht, die Augen noch immer hell und leuchtend. »Aber natürlich, Lucy.« Sie machte eine schnelle Bewegung weg von mir und trat in den Flur. »Es ist alles wunderbar.«

Später dachte ich über die Tatsache nach, dass sie den Unfall nicht erwähnt hatte.

Ich aber auch nicht.

Ich verbrachte ein paar Minuten im Bad, ein Handtuch gegen das Gesicht gepresst, um die Röte von meinen Wangen zu vertreiben. Als ich wieder hinaustrat, klebte mir das Haar noch immer in meinem verschwitzten Gesicht. Vor der Tür entdeckte ich einen Stapel übermäßig gestärkter rosa Handtücher, auf denen muschelförmige Seifen lagen. In der Küche hörte ich Alice singen.

Ich ging an den Handtüchern vorbei durch den Flur, folgte in Gedanken dem Text und lächelte in mich hinein, während ich mein Haar zurechtzurücken versuchte. Ich kannte das Lied aus dem Radio. In der Pension, in der ich zuletzt gewohnt hatte, hatten die anderen Mädchen sich ein creme- und goldfarbenes Silvertone-Radio gekauft. Zuerst hatten sie es abwechselnd in ihre Zimmer gestellt, jedoch eher, um damit anzugeben, als tatsächlich Radio zu hören, bis es schließlich, weitgehend vergessen, unten im Gemeinschaftsraum landete und zum festen Bestandteil des Inventars wurde.

Ich summte die Melodie vor mich hin. »Scheinbar kannst du immer noch nicht singen«, neckte ich sie und hob meine Stimme leicht, damit sich mich besser verstand.

Aus der Küche kam Gelächter – es klang nicht mehr ganz so zurückhaltend, fiel mir auf. »Setz dich doch schon mal hin! Ich bin gleich da.«

Ich ging zurück ins Wohnzimmer und nahm den Raum zum ersten Mal näher in Augenschein. Er war, ähnlich wie die anderen Zimmer, mit dunklen Böden und Ledermöbeln ausgestattet – die in der Nachmittagshitze einen süßlichen, muffigen Geruch verströmten, der die Luft durchdrang. Ein paar Dutzend Bücher lagen verstreut im Zimmer herum. Mein Blick fiel auf eines von Charles Dickens. Ein anderes stammte von einem russischen Autor, dessen Namen ich noch nie vorher gehört hatte. Ich wusste, dass Alice keine große Leserin war. In den vier Jahren, in denen wir Zimmergenossinnen gewesen waren, hatte ich versucht, sie zum Lesen zu ermutigen. Doch sosehr ich mich auch bemühte, ihr Interesse für Bücher zu wecken, sie rümpfte die Nase. *Sie sind einfach alle so ernst,* klagte sie. Jede andere Person hätte ich für einen solchen Kommentar verachtet, aus Alice' Mund schien es mir stimmig. Dass sie ihre Nase in ein dickes Buch steckte, passte nicht – Alice schien wie aus Licht und Luft gemacht und deswegen eher dafür geschaffen zu sein, ihr eigenes Leben zu entdecken als das anderer in Büchern. Ich hatte ihr das einmal gesagt, aber sie hatte nur gelacht und eine wegwerfende Handbewegung gemacht. Doch so war es. Alice weckte mich frühmorgens, wenn es draußen noch dunkel war, zerrte mich aus dem Bett, schleifte mich zu den Adirondack-Stühlen auf dem großen Gemeinschaftsrasen und ließ die Decken, die sie sich unter den Arm geklemmt hatte, auf das taubedeckte Gras fallen. Sie bestand darauf, dass wir als Erste dort waren, um den Sonnenaufgang zu sehen. In diesen stillen Augenblicken, in denen mein Atem große weiße Wolken in der Luft bildete, staunte ich stets darüber, dass wir einander gefunden hatten. Dass Alice' Mutter, eine Amerikanerin, die später über den großen Teich gezogen war und einen Briten geheiratet hatte, Absolventin unseres winzigen Colleges in Vermont gewesen war und das in Alice wiederum den Wunsch geweckt hatte, im Andenken an ihre Mutter ebenfalls hier zu studieren. Dass Alice es mit ihrem zurückhaltenden Lächeln irgendwie geschafft hatte, mich aus der Behaglichkeit meines Verstecks in der Bibliothek zu locken, mich den Stimmen der Toten zu entreißen und in die Welt der Lebenden zu drängen. Ich wickelte mich fester in die Decke ein und rückte näher an ihren warmen Körper heran. Ich wünschte mir, diese Momente würden ewig dauern.

Ich strich mit dem Finger über den Schnitt einiger Bücher und stellte verwundert fest, dass die Seiten noch nicht durchtrennt worden waren. Ein Bild des Mannes, den Alice geheiratet hatte, begann, in meinem Kopf Gestalt anzunehmen.

»Warst du überrascht, als ich heute Morgen vor deiner Tür gestanden habe?«, rief ich, setzte mich auf das Ledersofa, und auf meiner Haut bildete sich augenblicklich ein dünner Schweißfilm.

Aus der Küche drang nur Stille.

»Alice?«, rief ich noch einmal und runzelte die Stirn. Ich rutschte auf der Couch hin und her, um die Körperpartien, die das Leder berührten, abwechselnd anzuheben und so zu vermeiden, dass sich Schweißflecke auf meinem Kleid bildeten. Mir war bereits aufgefallen, dass in Tanger kein Lüftchen wehte und die Hitze drückend auf der Stadt zu liegen schien. *Träge*. Das traf es ziemlich genau, fand ich.

»Äh, ja«, antwortete sie, die Stimme gedämpft, als wäre sie weit weg und nicht gleich nebenan. »Ja, ziemlich.«

Bevor ich noch irgendetwas anderes fragen konnte, hörte ich, wie sich in der Diele ein Türgriff drehte. »Alice? Bist du zu Hause?«, rief eine Stimme, die tiefer war, als ich sie mir vorgestellt hatte, und dann etwas leiser: »Ich nehme an, dass du es auch heute nicht geschafft hast, zum Markt zu gehen, oder?«

Im Rückblick würde ich sagen, dass mein Herz genau in diesem Moment stehen blieb.

Na gut, das passierte oft. Nur ein leichtes Stolpern, nichts Besorgniserregendes – so zumindest die Ärzte. Sie versicherten mir, dass das keine Auswirkungen habe und sich mein Herz manchmal eben weigere, im Takt zu bleiben.

Wenn es verrücktspielte – oder sich auslebte –, setzte es für eine Millisekunde aus, möglicherweise kürzer. Doch lange genug, um den nächsten Herzschlag wie einen Paukenhieb zu empfinden. Es fühlte sich an, als würde etwas auf mir herumtrampeln oder mich niederdrücken. Selbstverständlich könnte es sein, dass es sich dabei um eine Einbildung handelt, die im Laufe der Jahre entstanden ist – beeinflusst von dem, was dann später geschah –, doch ich bin mir fast sicher, dass mein Herz in dem Moment aussetzte. Vielleicht witterte es Gefahr, vielleicht wollte es mich warnen. So genau wird sich das nie sagen lassen können, doch ich glaube, dass mein Herz versuchte, mir etwas mitzuteilen. Es wollte mich vor dem Mann warnen, der langsam durch den Flur schritt und schließlich das Zimmer betrat, in dem ich saß.

Ich habe mich manchmal gefragt, was passiert wäre, wenn ich auf mein Herz gehört hätte.

Ein Mann trat ins Blickfeld.

Ich erfasste sein sonnengebräuntes, sommersprossiges Gesicht und das goldene Haar, das in einer Tolle nach hinten gekämmt war. Er sah aus wie die meisten Männer in unserem Alter: aufgeweckt, erwartungsvoll, noch nicht abgestumpft von der Monotonie des Alltags. Er sah gut aus, so viel stand fest. Er kam mir überheblich vor, es fiel mir schwer, ihn länger anzusehen, obwohl ich mir vorstellen konnte, dass seine Gesichtszüge auf so manchen ansprechend wirkten. Und schon jetzt erkannte ich darin noch etwas anderes – etwas Härteres, etwas Unnachgiebigeres. Ich schob den Gedanken beiseite und sagte mir, dass das vielleicht nur an seinem stattlichen Anzug lag. Auch wenn ich mich in Sachen Herrenmode nicht auskannte, war es selbst für mich ersichtlich, dass er teure Kleidung anhatte. Er trug einen gemusterten Dreiteiler, der für Tanger völlig unpassend war, und einen hellbraunen Fedora mit einer schmalen Krempe. Die gnadenlose Hitze Marokkos ließ ihn, gekleidet in solch schweren Stoff, offenbar völlig unbeeindruckt, bemerkte ich mit einem Anflug von Neid.

»Wir haben Besuch. Lucy ist da«, rief Alice in einem merkwürdigen Ton. *Falsett* – ob das das richtige Wort war, fragte ich mich.

»Lucy?«, wiederholte er. Er stand noch immer an der Türschwelle zum Zimmer. Ich bemerkte seinen finsteren Blick und den Ärger, der angesichts eines möglichen Hausgasts in seinem Gesicht aufflackerte.

»Ja, mein Schatz. Lucy. Du weißt doch, meine Freundin vom College.« Alice stieß ein gezwungenes Lachen aus. »Ich habe dir doch schon so viel von ihr erzählt.«

Das hatte sie natürlich nicht, wie ich sofort an Johns verwirrtem Gesichtsausdruck bei der Erwähnung meines Namens erkannte. John hatte scheinbar noch nie zuvor von mir gehört.

»Könnte es sein, dass du heute Abend etwas gekocht hast, Alice? Ich sterbe nämlich vor Hunger«, sagte John. Seine Stimme klang offenkundig erschöpft, und er begann, seine Krawatte zu lockern. In dem Augenblick bemerkte er mich: die Fremde, die auf seiner Couch saß. In seinem Gesicht flammte kurz Ärger auf. Doch dann schien er meine Gestalt zu erfassen – gut gekleidet, einigermaßen attraktiv –, und seine Züge entspannten sich und nahmen einen überraschten, erfreuten Ausdruck an. »Du musst die berühmte Lucy sein!« Er lächelte, glättete mit der einen Hand die Krawatte und streckte mir die andere entgegen. »Freut mich, dich endlich kennenzulernen.«

Ich streckte ebenfalls meine Hand aus, bedauerte es aber augenblicklich, da sie feucht war.

»Schön, deine Bekanntschaft zu machen.« Er neigte den Kopf zur Seite. Sein Lächeln verwandelte sich in eine Art Grinsen, das er wahrscheinlich für charmant hielt. Ich spürte, dass er die Lage sondierte und versuchte herauszufinden, ob er mich kannte beziehungsweise, noch schlimmer, ob er mich kennen sollte. Er wartete auf eine Andeutung von mir. Ich schwieg. Ein paar Sekunden vergingen, bevor er schließlich fragte: »Gar nicht durstig?«

In dem Moment tauchte Alice aus der Küche auf. Sie trug ein silbernes Tablett, und ich erhob mich halb von der Couch, um es ihr abzunehmen. Doch da stellte sie es bereits auf einer versteckt in der Ecke des Zimmers stehenden Theke aus Holz ab.

Sie hatte sich umgezogen. Statt des Hausmantels trug sie, obwohl es bereits früher Abend war, ein Tageskleid aus Seidenkrepp mit ausgestelltem Rock, ein älteres Kleidungsstück also, das ich allerdings nicht aus unserer Collegezeit kannte. Doch nicht nur ihre Kleidung hatte sich verändert, sie wirkte insgesamt anders als die junge Frau, die mich vor Kurzem erst empfangen hatte. Sie strahlte eine gewisse Unbeschwertheit aus – verschwunden war die verdrossene Miene von vor wenigen Stunden, offensichtlich legte sie sie in der Gesellschaft ihres Mannes ab – ein Wort, das mir noch immer schwer über die Lippen kam … Ich beobachtete, wie sie die Gläser befüllte. Ihre Bewegungen waren abgehackt, surreal, sodass sie plötzlich unglaublich fragil erschien. Ich ertappte mich bei der Frage, ob sie vor unseren Augen in tausend Teile zerbrechen würde.

»Besuch von einer alten Freundin aus dem College, hast du gesagt?«, fragte John Alice. »Das ist eine ziemliche Überraschung.« Er griff nach dem Drink, den Alice ihm entgegenstreckte. Das Kondenswasser des kühlen Glases begann bereits, an den Seiten herunterzutropfen. »Ich wusste nicht, dass meine Alice im Wunderland überhaupt irgendwelche Freunde hat«, witzelte er.

»Natürlich habe ich Freunde«, lachte Alice, doch ich bemerkte, dass seine Äußerung sie verletzt hatte.

»Eis«, verkündete er und zog die Augenbrauen hoch. »Jetzt *weiß* ich, dass dies ein besonderes Ereignis ist. Normalerweise haben wir nämlich nie *gekühlte* Martinis, Lucy«, sagte er. Der letzte Satz klang wie ein Vorwurf. Ich nahm den Drink, den Alice für mich bereithielt, entgegen. »Ich kann der Vorstellung von deiner Anwesenheit hier schon jetzt etwas abgewinnen«, lachte er und nahm einen großen, gierigen Schluck. »Da wir gerade von deiner Anwesenheit sprechen, reist du eigentlich allein?« Als ich nickte, lächelte er. »Und woher kommst du?«

»Aus New York«, sagte ich und sah Alice an.

Er runzelte die Stirn. »Hat dein Freund denn nichts dagegen einzuwenden? Dass du alleine um die halbe Welt reist, meine ich«, fragte er.

Ich setzte ein Lächeln auf. »Ich habe keinen Freund, der etwas dagegen haben könnte.«

Alice sah weg, als ich diesen Umstand lässig eingestand. John hingegen beugte sich vor, begierig, das Thema aufzugreifen, zumindest schien es so. »Keinen Freund? Überhaupt keinen?«

Ich seufzte. »Ich fürchte, nein.«

»Sind denn keine Männer mehr übrig? Sie können doch nicht alle im Krieg geblieben sein – oder haben sie eher Angst vor dir?«, fragte er und lachte erneut.

Ich bemerkte, wie Alice zusammenzuckte. »Sei nicht gemein, John!«, murmelte sie.

»Ich versuche doch nur, der Sache auf den Grund zu gehen, mehr nicht«, entgegnete er und kratzte sich theatralisch am Kinn. »Allein in einer Stadt wie New York – die Bilder suggerieren einem, dass das nicht möglich ist. Offenbar doch, wie man sieht«, sagte er und zeigte in meine Richtung. »Ich kauf es ihr einfach nicht ab.« Er beugte sich vor. »Vielleicht bist du zu wählerisch. Ist es das? Oder vielleicht etwas anderes«, fuhr er fort, und in seiner Stimme schwang ein höhnischer Unterton mit. »Ich habe da so meine Geschichten gehört von euch Bennington-Mädels.«

Alice errötete. »Oh, John, lass das.«

»Na ja, wie dem auch sei«, sagte John, die Stimme leicht und heiter, wenngleich in seinen Augen kein Lächeln zu erkennen war. »Jetzt bist du hier. Vielleicht finden wir in Tanger einen interessanten Verehrer für dich. Von denen gibt es hier nämlich genug. Auch wenn ich mir nicht sicher bin, ob einem davon gerade der Kopf nach so etwas steht«, merkte er an und schüttelte den Kopf. »Du hast dir eine ziemlich interessante Zeit ausgesucht, um Marokko zu besuchen.«

Ich runzelte die Stirn. »Wie meinst du das?«

»Hast du noch nichts davon gehört?«, fragte er mit einem leichten Grinsen im Gesicht und wackelte mit den Augenbrauen, was wohl witzig sein sollte. »Die Einheimischen werden unruhig.«

»Oh, sprich nicht so darüber!«, sagte Alice und zog die Schultern zusammen, als wollte sie sich in sich selbst zurückziehen, um dieser Unterhaltung zu entkommen.

»Wie denn?«, fragte John mit gespielter Unschuld.

»Na, eben so«, wiederholte sie und warf ihm einen ernsten Blick zu. »Als wäre es unbedeutend.«

Er wandte sich zu mir und lachte kurz auf. »Manchmal habe ich das Gefühl, dass Alice glaubt, sie würde die Not der Einheimischen besser verstehen als irgendjemand anders«, neckte er. »Und das, obwohl sie kaum das Haus verlässt und mit niemandem spricht, außer mit mir.«

»Das stimmt nicht«, protestierte sie.

»Nicht ganz«, gab er zu. »Trotzdem bist du viel zu empfindlich, was diese ganze Sache angeht.«

Ich bemerkte die Anspannung, die sich mittlerweile über ihre Gesichtszüge gelegt hatte. »Unruhig? Weshalb?«, fragte ich, obwohl ich bereits aus den verschiedenen Zeitungen, die ich in den letzten beiden Wochen in die Hand bekommen hatte, einen vagen Eindruck von der Situation hatte gewinnen können.

»Sie wollen Unabhängigkeit«, antwortete John und kniff beim Sprechen die Augen leicht zusammen. »Sie haben es satt, einer anderen Macht zu gehören, und ich mache ihnen keinen Vorwurf. Ganz und gar nicht. Aber dadurch sind die Franzosen im Moment allgegenwärtig. Sie sind fest entschlossen, ihre Interessen zu wahren. Sie haben ihre Truppen erst verstärkt, als die Unruhen vor zwei Jahren begannen und sie Mohammed seines Amts enthoben haben. Natürlich, wir sind hier in Tanger, und alles ist ein wenig anders oder sollte es zumindest sein. Sie sind aber noch immer hier, wenn man genau hinsieht. Mit ihren ganzen kleinen Spionen, die überall herumwimmeln, scheint es fast, als würden sie sich an die Hoffnung klammern, dass für sie alles wieder so werden könnte, wie es einmal war.«

»Spione?«, fragte ich.

»Oh, hör auf, John!«, sagte Alice und nippte an ihrem Drink. Ich bemerkte, dass ihre Hand leicht zitterte. »John tut schon mal gern so, als wäre er in einem Spionageroman. Er meint immer, dass ihn jemand beobachtet. Die Franzosen oder sonst wer. Beachte ihn nicht, bitte! Du bist hier völlig sicher, Lucy.« Sie hielt kurz inne. »Na ja, so sicher, wie man in Marokko eben sein kann, denke ich.«

Vor meinem inneren Auge tauchte plötzlich ein Bild von John auf, lauernd, in unbeleuchteten Gassen. Und dann ein Bild von Alice, beobachtet, verfolgt von ihrem eigenen Mann, eine Art Fräulein in Not. John, der Schurke im Film. Ich gab mir alle Mühe, ein Schaudern zu unterdrücken.

»Sie ist keine Französin, ihr wird schon nichts passieren«, sagte John mit einer wegwerfenden Handbewegung und brach den Zauber. »Sie muss keine Angst davor haben, dass irgendwelche unter Djellabas versteckten Waffen auf sie gerichtet sind. Na ja, zumindest nicht die Sorte von Waffen, die für die Franzosen bestimmt sind.«

Ich spürte, wie ich errötete, spürte, wie meine Haut vor Wut und Feindseligkeit zu kribbeln begann.

»Aber dann ist die Sache ja doch nicht so unbedeutend«, presste ich hervor und spielte auf Johns geringschätzige Bemerkung an, die er vorhin Alice gegenüber gemacht hatte. Und ohne nachzudenken, platzte es aus mir heraus. »Wir sprechen doch von Unterdrückern und Unterdrückten, oder? Welches Thema könnte bedeutender sein?«

In seinen stechenden, kleinen Augen blitzte etwas Bösartiges auf, sodass ich gespannt war, was jetzt kommen würde. Doch dann war es weg, dieses Bösartige, verschwunden, noch bevor ich mit Sicherheit sagen konnte, ob ich es tatsächlich gesehen hatte.

»Ach so«, sagte er. »Jetzt verstehe ich. Du bist also eine von *diesen* Frauen.«

Ich sah ihn absichtlich völlig ungerührt an. »Von diesen Frauen?«

»Du weißt schon, von *diesen* Frauen«, sagte er und nahm laut schlürfend einen weiteren Schluck. »Von denen, die mit der Küche und alldem nichts zu tun haben wollen.«

»John, nicht!«, bettelte Alice. Ihre Stimme klang gepresst und angespannt, ihr Gesicht war um ein, zwei Nuancen blasser geworden.

»Was nicht?«, lachte er. »Ich mache nur eine Beobachtung, mehr nicht.«

»Tja«, sagte ich und hielt kurz inne, um selbst einen Schluck zu trinken, »ich denke, dass deine Beobachtung stimmt. Ich bin eine von *diesen* Frauen – die mit der Küche und alldem nichts zu tun haben wollen«, bestätigte ich ihm lächelnd und weigerte mich, vor ihm zu kuschen.

»Aha!«, rief John und schlug sich kurz mit der Hand aufs Bein. »Siehst du?«, sagte er an Alice gewandt. »Habe ich's doch gewusst.«

»Ja«, antwortete sie und wich seinem Blick aus.

Ich beugte mich vor. »Dann wird es also wirklich so weit kommen?«, fragte ich, da ich das Thema unbedingt hinter mir lassen wollte. »Ich meine die Unabhängigkeit.«

John nickte, offensichtlich war er damit einverstanden, an unserem ursprünglichen Gesprächsfaden wieder anzuknüpfen, zumindest schien es so. »O ja. Es ist bereits alles vereinbart – die ganze Sache ist in die Wege geleitet worden. Die Franzosen haben ihre Macht über das Land abgegeben, was bedeutet, dass die Spanier bald folgen werden. Tanger wird wohl als Nächstes kommen. Wie ich schon gesagt habe, es ist eine gute Sache. Unabhängigkeit ist immer gut. Ich vermute, dass unsere Zeit hier bald vorbei ist. Die Uhr tickt. Tick, tack.« Er nahm einen weiteren Schluck seines Martini. »Für diejenigen von uns, die hierbleiben wollen, werden sich die Dinge ändern.«

Ich runzelte die Stirn. »Warum?«

Er hielt erst kurz inne und sah mich an, als hätte er die Frage nicht ganz verstanden. Doch dann schlug er sich mit der Hand aufs Knie. »Tja, das ist wohl die große Frage, was?«, rief er.

Ich nickte sprachlos. »Ja, so ist es wohl.«

Danach verstummten wir, starrten auf unsere Drinks, und ich fragte mich, wie es möglich gewesen war, dass dieser Mann Alice' Herz erobert hatte. Ich dachte an früher, an all unsere gemeinsamen Pläne, und fragte mich, wie es sein konnte, dass sie hierfür verändert worden waren. *Für ihn* verändert worden waren, obwohl ich natürlich wusste, dass es ganz so einfach nicht war.

»Also«, erklang Johns Stimme und riss uns alle aus unseren Gedanken. »Wie lange wird Lucy denn bleiben?«

»Das habe ich noch nicht endgültig entschieden«, antwortete ich.

Er nickte. »Aber was hat dich denn überhaupt hierher verschlagen?«

»Das Reisen natürlich«, erwiderte Alice schnell – zu schnell, dachte ich unwillkürlich. »Vielleicht kannst du Lucy ein paar Tipps geben«, sagte sie zu John.

Dann drehte sie sich zu mir um und sah mich an. Ihre Kopfbewegung erinnerte mich automatisch an ein Tennisspiel, wo das ständige Hin und Her des Balls mir immer Kopfschmerzen verursachte. »Wenn du etwas anderes als Tanger sehen möchtest.«

Ich nickte, erwiderte aber nichts. Stattdessen ertappte ich mich dabei, dass mich beschäftigte, was sie gesagt hatte, dass sie vorgeschlagen hatte, ich solle andere Städte besuchen, nur um mich loszuwerden, mich aus ihrer Wohnung zu bekommen, weg von ihr und John. Doch warum, war mir nicht klar.

»Ich persönlich finde Tanger schöner«, sagte John, obwohl sein Interesse eher dem Drink in seiner Hand zu gelten schien. Er hatte sich bereits seinen zweiten Martini eingegossen, während Alice und ich noch immer beim ersten waren.

»Die meisten würden dir raten, dir unbedingt Marrakesch anzuschauen. Mir persönlich genügen drei, vier Nächte dort. Und selbst die sind dir schon zu viel, stimmt's?«, fragte er, ohne sich Alice zuzuwenden, an die die Frage jedoch offensichtlich gerichtet war. »Ein paar Tage in Chefchaouen oder in Casablanca lohnen sich immer. Ich kenne Leute, die Fez für die schönste Stadt von allen halten. Die Straßensperren können natürlich etwas anstrengend sein. Doch sobald man seine Papiere vorgezeigt hat, ist alles in Ordnung. Es gibt nie Ärger«, fuhr John fort. Er hielt kurz inne und sah mich mit einem merkwürdigen Gesichtsausdruck an. »Bist du wirklich an irgendetwas davon interessiert?«

»Aber ja«, erwiderte ich, obwohl das eigentlich nicht stimmte. Ich hatte nicht vor, Tanger in absehbarer Zeit zu verlassen. Mein Blick wanderte zwischen den beiden hin und her, dem Ehepaar, und ich kam zu dem Schluss, dass irgendwas nicht stimmte – ich konnte es spüren, denn es füllte den Raum aus, knisternd, zischend, es schrie förmlich danach, bemerkt zu werden. Ich betrachtete Alice aus den Augenwinkeln, mir kam unwillkürlich der Gedanke, dass sie *verfolgt* aussah – auch wenn sich das seltsam anhörte. Trotzdem schien nichts passender als dieses Wort. Sie war ein Geist, verfolgt von ihrem früheren Ich. »Ich werde das im Hinterkopf behalten«, sagte ich. »Aber ich denke, ich werde mich erst einmal auf Tanger konzentrieren.«

»Eine kluge Entscheidung«, nickte er. »Und wo wirst du während deines kleinen Urlaubs wohnen?«

Ich rutschte auf der Couch ein wenig zur Seite und spürte in dem Moment Alice' Blick auf mir. »Ich bin mir noch nicht ganz sicher.«

»Na, dann wirst du bei uns wohnen. Wir können doch nicht zulassen, dass eine von Alice' Freundinnen in irgendeinem fragwürdigen Riad übernachtet, wenn es hier ein zusätzliches Zimmer gibt.« Er stieß Alice an. »Oder, Liebling?«

Alice blinzelte, als wäre sie überrascht, als hätte sie unser Gespräch nicht verfolgt, sondern ihre Gedanken schweifen lassen, weit weg aus diesem Raum, in dem wir drei gerade saßen. »Ja«, sagte sie schließlich mit leiser Stimme, irgendwie gedämpft. Dann nahm sie eine andere Haltung ein und klang fester und entschlossener. »Ja, natürlich«, sagte sie und drehte sich zu mir, doch ihr Blick schien leicht abgewandt, als würde sie auf meine Schulter sehen. »Du musst bei uns wohnen, Lucy. Alles andere wäre albern.«

»Ja«, bekräftigte John und nickte. »Dieser Raum ist nämlich im Moment eine völlige Vergeudung. Er ist zu einer Art Rumpelkammer verkommen, in der ich Unterlagen von der Arbeit und so aufbewahre.« Er wandte sich zu Alice, deren Gesicht einen besonderen Rotton angenommen hatte, wie ich bemerkte. »Wenngleich das nicht sein ursprünglicher Zweck gewesen ist.«

Ich begriff, was er damit sagen wollte – und dass das, so vermutete ich, wohl auch der Grund gewesen war, warum er das Thema überhaupt zur Sprache gebracht hatte. Ich sollte begreifen, und sie sollte in Verlegenheit gebracht werden. Bei diesem Gedanken, dieser Erkenntnis drehte sich mein Magen in einer Weise um, die ich nicht so recht beschreiben konnte. Alice schien es ähnlich zu gehen, denn die Röte in ihrem Gesicht ließ keine Verlegenheit, sondern eine seltsame Mischung von Gefühlen vermuten – etwas, das anstelle von Worten ihre innere Zerrissenheit ausdrückte.

»Ihr beide seid sehr großzügig«, antwortete ich. Meine Stimme klang lauter als beabsichtigt, vielleicht, um das Unbehagen zu dämpfen, das sich mittlerweile ausgebreitet hatte und in jede Ecke und Ritze des Raums gekrochen war, bis es alles andere verdrängt hatte.

»Gut, abgemacht«, sagte John und schwenkte das Eis in seinem Glas. »Wenn du wirklich so gern in Tanger bleiben möchtest, gehen wir in einen Club und hören Jazz. Vielleicht am Wochenende. Vorher können wir in Dean's Bar vorbeischauen.« Alice setzte an, um etwas zu erwidern, doch John schüttelte schnell den Kopf und brachte sie so zum Schweigen. »O nein, meine Liebe. Wir können unmöglich zulassen, dass deine Freundin diese Stadt wieder verlässt, ohne Dean's kennengelernt zu haben. Das wäre sträflich, und das weißt du.«

Ich versuchte vergeblich, mir Alice in einem Jazzclub in Tanger vorzustellen, oder auch nur in einer Bar. Sie hatte laute, verrauchte Räuberhöhlen nie gemocht, in die es unsere Kommilitoninnen gezogen hatte, weder auf dem Campus noch außerhalb. Anfangs hatte ich sie in ein paar Lokale in der Stadt geschleppt, denn ich war überzeugt, dass ich wenigstens eines finden könnte, das ihr zusagen würde. Doch schließlich musste ich mir meine Niederlage eingestehen. Stattdessen blieben wir in unserem winzigen Zimmer, mixten uns Drinks aus den Flaschen, die wir in unserem Wandschrank versteckten, hörten Platten und tanzten. Wir stellten uns auf die geknüpften Teppiche, wirbelten damit auf dem Holzboden herum, bis wir schließlich erschöpft und hysterisch lachend zusammenbrachen. Die Erinnerung daran brachte mich zum Lächeln. »Ich freue mich, dorthin zu gehen, wenn Alice mitkommt«, sagte ich und nickte in ihre Richtung.

Meine Worte schienen sie nervös zu machen. »Ich denke schon. Wie John bereits gesagt hat, jeder geht dorthin.«

Inzwischen hatte der Martini meine Zunge gelöst. Alice schien die Drinks noch immer so zu mixen wie ich früher – mit außerordentlich viel Gin. Ich merkte, wie ich mich entspannte, sodass Worte, die ich normalerweise nicht gesagt hätte, nur so aus mir heraussprudelten. »Aber was willst *du*, Alice?«, stieß ich hervor und weigerte mich, den unbehaglichen Ausdruck wahrzunehmen, der sich auf meine Frage hin auf ihrem Gesicht ausbreitete.

»Alice trifft nicht gern Entscheidungen«, warf John ein. Er sagte es mit einem Lächeln auf den Lippen, doch schwang in seinen Worten etwas Gehässiges mit. Ein Ton, den ich vorher nicht bemerkt hatte. Etwas, das über einen einfachen Tadel hinausging.

Da war wieder dieses Flattern in meinem Ohr, doch ich ignorierte es. Ich schüttelte den Kopf, als wollte ich dieses seltsame Gefühl, einen Pfropfen im Ohr zu haben, vertreiben. Ich fragte mich kurz, ob irgendein Wüstenkäfer es geschafft hatte, in mein Ohr zu krabbeln – ich hatte Geschichten gelesen, dass in so einem Fall Wasser in das Ohr geflößt werden müsste, während andere gespannt darauf warteten, dass der Beweis aus dem Gehörgang gespült wurde. Ich stellte mir vor, wie ich genauso dalag, während John über mir ragte, höhnisch grinsend.

Alice ihrerseits wirkte entschlossen, nicht auf diese Äußerung einzugehen. Sie hatte sich bereits vom Sofa erhoben und bestand darauf, noch einmal die Gläser nachzufüllen. Ich gehorchte, gab ihr meines und stellte fest, dass ich mich nicht daran erinnern konnte, wann ich das letzte Mal eine richtige Mahlzeit zu mir genommen hatte. Ich hatte morgens dieses merkwürdige Brot und am Vortag, vor der Überfahrt, nur ein paar Cracker gegessen, da mein Magen für alles andere zu nervös gewesen war.

»Das stimmt nicht«, sagte sie und setzte sich wieder neben mich. Seit Johns Bemerkung waren mehrere Minuten vergangen, und ich sah ihm an, dass ihre Äußerung ihn verwirrte. Sie stieß ihn ziemlich heftig mit der Schulter an. »Das stimmt nicht«, sagte sie erneut, dieses Mal lauter. »Eigentlich können wir heute Abend schon ins Dean's gehen«, verkündete sie lächelnd, wenngleich ihre Stimme zitterte. »Um Lucy richtig in Tanger willkommen zu heißen.«

Mir fiel wieder auf, wie seltsam ihre plötzliche Heiterkeit war – ein völliger Wandel zu der stoischen Ruhe, die sie am Vormittag noch gezeigt hatte. Es war fast eine verzweifelte Heiterkeit, als könnte schon im nächsten Augenblick die

Stimmung kippen. Und dann fragte ich mich, ob es genau das war, was gleich passieren würde, so nah, wie Alice sich am Rand eines Nervenzusammenbruchs zu bewegen schien, während sie lächelte und lachte, das Lachen leer und gezwungen. Während sie durch den Raum eilte, um die Gläser nach- und die Pausen auszufüllen, die sich in unsere Unterhaltung schlichen. Sie verhielt sich ganz anders als die junge Frau, die ich einmal gekannt hatte. Obwohl unser letztes Jahr in Bennington mich eines gelehrt hatte, und zwar, dass es so etwas wie Absolutheit nicht gab. Alles ändert sich früher oder später. Die Zeit vergeht, einfach so – ganz gleich, wie sehr man sich anstrengt, sie anzuhalten, sie zu beeinflussen, sie neu zu schreiben.

Es gibt schlicht und einfach nichts, um sie aufzuhalten. Gar nichts.

3

ALICE

Ich hatte mich geirrt: bezüglich der Vergangenheit, bezüglich der verschlossenen Schachtel. Bestimmt.

Auf dem Weg zur Bar – die Nacht war schnell hereingebrochen, sodass meine Augen nach festem Boden unter den Füßen suchten – pochte mein Herz laut und schalt mich für meinen vorschnellen Vorschlag. Ich hätte Johns Sticheleien ignorieren sollen. Denn genau so war es, das war mir klar, seine Worte sollten wehtun, sollten verletzen. Ich hätte still sein sollen, so wie immer. Doch dann hatte er diese Bemerkung gemacht. Über das zusätzliche Schlafzimmer. Über unsere ins Stocken geratenen Versuche – was meine Entscheidung war, mein Fehler. Und dann, dann hatte *sie* mich angestarrt mit demselben seltsamen, bohrenden Blick von früher. Diesem Blick, der mir so vertraut und dennoch so fremd war, denn unsere letzte Begegnung lag mittlerweile ein Jahr zurück, in dem uns ein Ozean trennte und vieles passiert war, sodass mir in dem Augenblick der Atem stockte.

Lucy Mason. Für einen Moment hatte ich meinen Augen und meinem Verstand nicht getraut. Doch sie war es. Sie war es in der Tat. Sie stand vor der Tür meiner Wohnung in Tanger. Ihr Blick brachte sie mir näher und vertrieb die Dunkelheit jener Nacht. Der Nebel drohte, sich zurückzuziehen, sodass ich mich wieder daran erinnerte, wie gut ich sie kannte, wie vertraut sie mir war, sodass es mitunter so schien, als wären wir ein und dieselbe Person. Und trotzdem – trotzdem war da noch immer dieses merkwürdige Gefühl, wie wenig ich doch eigentlich von ihr wusste, wenn es um Fakten und Wahrheiten ging.

Mir fielen die wenigen Bücher ein, die ich von Shakespeare kannte. Und diese eine Zeile, die mir immer wieder durch den Kopf ging – was vorbei ist, ist vorbei.

Und hier war sie: meine fleischgewordene, greifbar gewordene Vergangenheit oder welche hochtrabenden Worte auch immer sie finden würde. Lucy Mason. Ich hatte nach dem alten Hausmantel gegriffen, den ich gerade erst abgestreift hatte, die guten Vorsätze für den Tag schon wieder vergessen, und war zur Tür gegangen. Ich konnte an nichts anderes denken als an den Vorfall mit dem Kragen am Tag zuvor. An diesen dummen, grässlichen, kleinen Riss und was er zu bedeuten, was er zu prophezeien schien. Gab es dafür nicht ein intelligenteres Wort? Angestrengt versuchte ich mich zu erinnern, während meine frühere Zimmergenossin mich durchdringend ansah – nein, das war nicht die richtige Bezeichnung: meine ehemalige Freundin, die engste Freundin, die ich je gehabt hatte, bevor alles schiefgegangen war.

Wir standen zusammen in der Diele, und in dem Raum, den unser Schweigen ließ, fielen mir die letzten Worte ein, die ich in jener Nacht zuletzt zu ihr gesagt hatte. Ich hatte etwas Schreckliches, etwas Erbärmliches gesagt, nein, ich hatte sie angeschrien – soweit ich mich erinnern kann, war es das erste Mal, dass ich überhaupt meine Stimme gegen sie erhoben hatte. Ich schrie sie an, dass ich wünschte, sie würde verschwinden und ich würde sie nie wiedersehen. Und dann erinnerte ich mich, was danach passiert war, was ich gedacht hatte, was ich gesagt hatte – jedoch nicht zu ihr, nicht zu Lucy, die lange, bevor ich das Bewusstsein wiedererlangte, verschwunden war.

Ich spürte, wie mir die Hitze in die Wangen stieg, spürte ihren Blick auf mir – und ich war mir sicher, dass sie genau wusste, was ich dachte.

Sie sah anders aus als in meiner Erinnerung – wenngleich ich erst nicht wusste, inwiefern. Meine Augen musterten sie auf der Suche nach einem Hinweis. Nach irgendetwas, das mir verraten würde, warum sie nach allem, was sich zwischen uns ereignet hatte, hier war. Sie war dünner, und ihre Gesichtszüge waren markanter geworden, ausgeprägter. Sie war, wie ich bemerkte, hübscher als in meiner Erinnerung – doch sie hatte noch immer etwas Unheimliches an sich, diesen durchdringenden Blick, der mich dazu brachte, zu erröten und wegzuschauen, der bewirkte, dass ich sie zugleich liebte und hasste.

Ich räusperte mich. »Lucy.« Ihr Name kam aus meinem Mund wie eine Ankündigung. Ein einzelnes Wort, das alles und nichts zugleich bedeutete. In der ganzen Zeit, die zwischen den Green Mountains von Vermont und den staubigen Gassen Marokkos lag, hatte ich nie damit gerechnet, sie wiederzusehen, kein einziges Mal. Nicht nach dem, was geschehen war. Nicht nach dem, was ich gesagt hatte. Da waren noch all meine unbeantworteten Fragen – zu dem, was meiner Vorstellung nach geschehen war. Mein Herz begann zu pochen.

Ich starrte sie an und fragte mich einen aberwitzigen Moment lang, ob ich sie irgendwie herbeigerufen hatte. Ob sie meine Traurigkeit, meine Verzweiflung über den Atlantik hinweg gespürt hatte, trotz des anhaltenden Misstrauens, der anhaltenden Wut, die ich ihr gegenüber empfand, um schließlich vor mir leibhaftig zu werden, wie ein Geist, den ich unabsichtlich heraufbeschworen hatte. Ich sah sie an, während die Hitze von Tanger uns zu umfließen begann – die Hitze, die Sicherheit und Gefahr zugleich bedeutete. So wie sie. Meine Retterin in der Not. Darin lag eine Wahrheit, die mir schwer auf die Brust drückte.

Ich schob mich durch die Tür in Dean's Bar. *Das war Tanger,* war mein erster Gedanke, als ich das Lokal betrat. Die Bar war eine seltsame Mischung aus allem und jedem. Einheimische, Ausländer – darunter auch Franzosen und Marokkaner –, Anzug- und Krawattenträger, aber auch ihre etwas legerer gekleideten Pendants. Es schien, als strömten sie alle in diese kleine, schäbige Bar. Egal wer, egal woher. Der Lärm war ohrenbetäubend. Laute Stimmen übertönten sich gegenseitig, Gelächter schallte durch den Raum, schrill und mitreißend zugleich. Ich sah, wie ein Mann auf den Boden fiel, das Gesicht gerötet von Gelächter und Alkohol. Seine Begleitung, eine Frau in einem eleganten schwarzen Kleid und mit großen, glitzernden Diamantohrringen, warf den Kopf zurück und stieß ein Geräusch aus, das mich an ein Bellen erinnerte, doch sollte es ein Lachen sein, wie ich im nächsten Augenblick erkannte. Wir drängten weiter ins Innere des Lokals, und ich spürte, wie klebrig der Boden unter meinen Füßen war von den vielen verschütteten Getränken.

»Ich hole uns Drinks«, rief John und steuerte die Theke an, ohne nachzufragen, was wir eigentlich trinken wollten.

Es war bereits spät, und so gab es nur noch wenige freie Barhocker, zumindest nebeneinander. Doch nach ein paar Minuten schafften wir es, einen Platz weiter hinten zu finden, versteckt in einer Ecke. Als John kurz darauf auftauchte, die Getränke in der Hand, blickte er finster drein. »Passt dir der Platz nicht?«, fragte ich und vermutete – nein, *wusste* –, dass er lieber mitten im Geschehen sitzen würde. Das war eines der vielen Dinge, die ich in unserer Zeit hier in Tanger über ihn herausgefunden hatte: sein ständiges Bedürfnis, im Rampenlicht zu stehen und von allen beachtet zu werden. Oder nein, vielleicht war es kein *Bedürfnis,* vielleicht war dieser Begriff zu herzlos, zu berechnend. Es war einfach so. Wo immer John auftauchte, schienen die Köpfe sich nach ihm umzudrehen und die Blicke an ihm haften zu bleiben. Ganz selbstverständlich, sodass er damit rechnete und ich es für normal hielt. Auch ich hatte sie einmal gespürt, diese eigenartige Anziehungskraft, die von ihm ausging und die mich nach Tanger geführt hatte, ins Dean's, wo ich gerade auf einem Barhocker saß, flankiert von meiner Vergangenheit und meiner Gegenwart, und an einem lauwarmen Gin nippte.

Ich wollte aufbegehren, wollte ihn dafür bestrafen, dass er so offensichtlich versuchte, mich zu bestrafen. John hatte sich über meine Idee hierherzukommen geärgert – ich vermutete, einfach weil es nicht seine gewesen war – und gemurrt, dass er schon so lange gearbeitet habe. »Wer ist sie überhaupt?«, fragte er mit gepresster Stimme und suchte dabei meine Augen im Badezimmerspiegel. »Ich bin mir ziemlich sicher, dass du ihren Namen bisher noch nie erwähnt hast.« Nachdem er sich schnell frisch gemacht und das Haar sorgfältig mit Frisiercreme in Form gebracht hatte – ihr starker Geruch löste stets Übelkeit in mir aus –, verließen wir schließlich die Wohnung. Seine Stimmung kippte, er war vom Alkohol mürrisch und gereizt, versuchte aber, dies hinter einem breiten Grinsen zu verstecken.

Und während alldessen konnte ich sie spüren. Lucy. Sie saß neben mir, spähte in die Dunkelheit, beobachtete John, beobachtete alle. So wie immer. Obwohl sie erst seit wenigen Stunden in Tanger war, spürte ich schon jetzt den Einfluss, den sie stets auf mich ausübte: Sie stärkte mich, ermutigte mich. Ihre Gegenwart war wie eine Rüstung, die ich selbst nicht hatte.

John griff nach einem der Barhocker. »Schon okay«, sagte er, und seine Stimme klang noch etwas barscher als zuvor. Er schwenkte die bernsteinfarbene Flüssigkeit in seinem Glas, die rauchig, staubig und irgendwie alt roch. »Na, wie findest du's?«, fragte er, wandte sich zu Lucy um und machte eine ausschweifende Geste mit der Hand. »Nichts Großes, aber die Leute zieht es magisch an.«

Lucy nickte, ohne zu antworten. Ich gab mir alle Mühe zu lächeln, auf meiner Zunge ein säuerlicher Geschmack. Es herrschte Schweigen, und ich spürte die Anspannung. Sie war so schwer wie die marokkanische Luft um uns herum.

»Also, Lucy Mason aus Amerika«, sagte John schließlich lächelnd in die Stille hinein. »Was machst du eigentlich genau? Also, ich meine, da draußen in der wirklichen Welt?«

»Ich tippe Manuskripte ab«, antwortete sie lächelnd. »Für einen Literaturverlag.«

Er nickte, doch er wirkte gelangweilt, als würde er nicht zuhören, also, nicht richtig. Ich vermutete daher, dass er die Frage nur gestellt hatte, damit sie ihn nach seiner Arbeit fragte. Auch wenn John mit anderen Menschen kaum darüber sprach, nicht einmal mit mir, schien er doch gerne vage Andeutungen zu machen, die Regierung zu erwähnen und durchblicken zu lassen, dass ihm seine Anwesenheit hier in Tanger, in dieser besonderen Zeit, die Chance bot, sich bei seinen Vorgesetzten zu profilieren. *Die Möglichkeit*. So hatte er es mir und verschiedenen anderen gegenüber mehr als einmal bezeichnet, ohne sich aber die Mühe zu machen zu erklären, *wozu* denn eigentlich. Ich wiederum hatte mir nie die Mühe gemacht nachzufragen.

Ich sah ihm an, dass er auf Lucys Gegenfrage wartete. Darauf, mit seinem Monolog zu beginnen. Doch Lucy lächelte nur und fuhr hastig fort. »Ja, aber das ist nicht meine einzige Beschäftigung.« Sie nahm einen Schluck von ihrem Drink. »Ich bin auch Schriftstellerin.«

Er hob überrascht die Augenbrauen, und ich sah, dass sein Interesse nicht mehr geheuchelt war. »Tatsächlich?«

»Eine Art Schriftstellerin«, erwiderte sie.

John musterte sie neugierig. »*Eine Art Schriftstellerin*«, wiederholte er. »Und was heißt das genau?«

Sie zögerte, sodass ich mich fragte, ob das, was sie tat, tatsächlich so beeindruckend war, wie sie es hatte klingen lassen. Ich hoffte es, zugleich fürchtete ich es. Ich wusste, dass das nicht gut war, dass es mich nur klein und läppisch erscheinen lassen würde. Doch die Vorstellung, dass sie das, was wir uns einmal gegenseitig versprochen hatten, erfüllt haben könnte, während aus mir – was? – das Gegenteil dessen geworden war, was ich mir vorgestellt hatte, machte mich traurig und sogar etwas missgünstig.

»Ich schreibe Nachrufe für eine Lokalzeitung«, antwortete sie. In Johns Auge zuckte etwas, ein Zeichen der Enttäuschung, und Lucy versteifte sich. Ihre Stimme war angespannt, als sie weitersprach. »Das erfordert ziemlich viel Recherchearbeit. Es müssen Gespräche geführt werden, um Hintergrundinformationen zu erhalten, um Meinungen einzuholen. Ein Nachruf ist eine Geschichte wie jede andere, die in einer Zeitung gedruckt wird.« Ihre Verteidigungshaltung schlug sich in ihrem Ton nieder, was auch John nicht entgangen war, wie ich bemerkte. Lucy wandte sich zu mir und lächelte. »Aber was ist denn mit dir, Alice?«, fragte sie. »Fotografierst du noch?«

John runzelte die Stirn. »Fotografieren?«

Ich spürte, wie ich errötete. Ich hatte John nie viel von Bennington oder dem Unfall erzählt – nur das, was die Zeitungen berichtet hatten. Stattdessen hatte ich alles, was mit meinem früheren Leben zu tun gehabt hatte, verdrängt. Einschließlich Lucy und der Kamera, die ich einmal als meinen wertvollsten Besitz betrachtet hatte und die jetzt unbenutzt herumlag, der Auslöser wahrscheinlich schon eingerostet. Trotzdem gehörte sie zu den wenigen Dingen, die ich mit nach Tanger genommen hatte – zurückzuführen auf ein großes *was wenn,* das irgendwo ganz hinten in meinem Kopf herumgeisterte. Auch wenn ich die Kamera noch immer nicht aus den Tiefen meines im Schlafzimmerschrank verstauten Koffers geholt hatte, glaubte ich manchmal, ihre Gegenwart zu spüren, wenn ich daran vorbeiging. Und schon mehr als einmal hatte ich deswegen meine Schritte beschleunigt.

»Ja«, sagte Lucy. »Alice hat in Bennington ziemlich viel fotografiert. Es überrascht mich, dass du das nicht weißt.«

Er hob die Augenbrauen. »Stimmt das?«, fragte er und lachte leise. »Tja, meine Alice steckt heute Abend voller Überraschungen.«

In seiner Stimme schwang ein bissiger Unterton mit. Ich wusste, dass er mich verletzen wollte und wahrscheinlich verärgert war, dass er diese neue Information zu seiner Frau, Alice, von einer völlig Fremden bekommen hatte. Ich spürte, wie diese Erkenntnis mich bedrängte, wie sie mich von allen

Seiten bestürmte, sodass ich mir nichts sehnlicher wünschte, als dass irgendetwas geschah – vielleicht eine offene Auseinandersetzung –, um zu beenden, was an diesem Abend mit seinen Witzen über meine fehlenden Freunde, über meine mangelnde Fruchtbarkeit begonnen hatte. Es war ein verbaler Schlagabtausch, der sich in den ersten Monaten nach unserer Ankunft in Tanger zwischen uns entwickelt zu haben schien, sodass es mir manchmal so vorkam, als gäbe es nichts anderes mehr, was uns noch miteinander verband. Ich spürte, wie mein Verlangen nach einer Auseinandersetzung aus all meinen Poren zu dringen begann. Ich wischte mir den Schweiß von der Augenbraue. In der Bar war es mit einem Mal zu warm, zu drückend, und so holte ich tief Luft, doch meine Lungen schienen auszusetzen und mir diesen letzten wohltuenden, beruhigenden Atemzug zu verweigern. Ich spürte, wie meine Wangen sich vor Hitze röteten, und hoffte, dass es keiner sah.

»Warum hast du eigentlich in Bennington studiert?«, fragte John mit leichtem, trügerisch lockerem Tonfall und wandte sich zu Lucy. »Dieser Aufwand war doch bestimmt nicht nötig, nur um jetzt ein paar kleine Artikel für ein Käseblatt zu schreiben, oder? Soweit ich weiß, ist Bennington ein ziemlich teures College.«

»Ich hatte ein Stipendium«, antwortete Lucy.

Als sie das sagte, begriff ich, dass er die ganze Zeit nichts anderes hatte wissen wollen. Wonach er mit all seinen Fragen zu ihrem Beruf und zu ihrem Liebesleben gebohrt hatte – er hatte die Herkunft dieser jungen Amerikanerin herausfinden wollen, von der er noch nie zuvor gehört hatte. Er hatte sich gefragt, ob es sich lohnte, Lucy Mason zu kennen.

Jetzt schien er seine Antwort zu haben.

Er zuckte mit den Achseln. »Trotzdem. Auch wenn du es bezahlt bekommen hast.«

Lucy setzte ein Lächeln auf. »Ich habe mich schon immer für Literatur interessiert. Deswegen habe ich nach der Schule beschlossen, aufs College zu gehen.« Sie trank ihren Gin in einem letzten langen Zug aus und beugte sich zu ihm. »Hast du schon mal ein Buch der Geschwister Brontë gelesen, John?«

Ich sah von meinem Getränk auf. Noch ehe ich die Veränderung in ihrem Gesicht bemerkte, hatte ich sie schon in ihrer Stimme wahrgenommen. Ein schneller Blick zu John verriet mir, dass er sie nicht mitbekommen hatte – verständlich, denn er kannte sie ja nicht so gut wie ich. Er wusste nicht, dass *das* die Lucy aus meiner Erinnerung war. Nicht der höfliche, perfekte Hausgast, der auf unserem Sofa gesessen und Cocktail trinkend mit ihm herumgescherzt hatte. Das hier war die Lucy, die offen ihre Meinung sagte, die wusste, was sie wollte, und es sich nahm.

John, noch immer ahnungslos, schüttelte den Kopf – auch wenn die Frage und die unerwartete Wendung des Gesprächs ihn sichtlich verunsicherten. »Nein, habe ich nicht.«

Sie tat überrascht. »Ach, noch nie?«

Er lächelte angespannt. »Nein, noch nie.«

Ich wurde mir meiner Schweigsamkeit bewusst und der Tatsache, dass ich von der Unterhaltung völlig ausgeschlossen war. Trotzdem rührte ich mich nicht, sondern saß einfach nur da und beobachtete die beiden: wie sie ihre Augen zusammenkniffen, ihre Köpfe neigten und sich ein Misstrauen, nein, ein *Argwohn* zwischen ihnen zu entwickeln begann. Ich glaubte, ihn hören zu können. Die beiden begannen, sich vor meinem inneren Auge langsam zu umkreisen und zu belauern.

»Nicht einmal ein paar Seiten von *Jane Eyre?*«, fragte Lucy mit einem Lachen, das jedoch schrill klang. »Bei *Sturmhöhe* kann ich das verstehen. Heathcliff und Cathy sind selbst für den glühendsten Verehrer schwere Kost. Vielleicht hat Emily Brontë deshalb nur einen Roman in ihrem Leben veröffentlicht?« Sie nahm einen Schluck von ihrem Gin. »Ich hatte mal einen Lehrer in der Oberstufe, der *Sturmhöhe* absolut grässlich fand. Er bezeichnete es sogar als das schlechteste Werk der britischen Literatur. Ich kann die Abneigung und das Bedenken deshalb verstehen. Aber Jane? Das süße Waisenkind Jane? Du hast das Buch wirklich noch nie gelesen? Nichts davon? Keinen einzigen Satz?«

Sein Lächeln wurde breiter, es spannte sich über das gesamte Gesicht, sodass es wie eine Fratze wirkte. »Nicht ein einziges verdammtes Wort.«

Ich begriff, dass sie von den Büchern wusste. So wie sie auch schon früher immer alles gewusst hatte, wusste sie auch jetzt, dass diese kleine Bibliothek nur Schau war. Dass sie nur Teil eines sorgfältig inszenierten Bildes war, das John von sich erschaffen hatte – mehr nicht. Eigentlich hätte ich auf sie wütend sein müssen. Eigentlich hätte ich es ihr übel nehmen müssen, dass sie den Mann aufzog, dem ich versprochen hatte, ihm für den Rest meines Lebens beizustehen. So wie ich es ihr hätte übel nehmen müssen, dass sie einfach in mein Leben zurückgekehrt war, als wären Vermont und alles, was damals geschah, völlig unerheblich. Ich spürte die Wut – die Wut, die ich hätte empfinden müssen. Sie lag in der Luft und stellte blaffend Fragen, die nach Antworten verlangten. Trotzdem konnte ich nach dieser Wut nicht greifen, schaffte es nicht, sie mir zu eigen zu machen. Stattdessen konzentrierte ich mich auf die gefährliche Kurve, auf die John und

Lucy waghalsig zusteuerten. Ich wusste, wenn sie dieser Kurve nicht ausweichen würden, gäbe es kein Zurück mehr. Ich beugte mich vor. »John war noch nie ein begeisterter Leser«, sagte ich und sehnte mich in unsere behagliche schützende Wohnung zurück.

Ich merkte schnell, dass es falsch gewesen war, das zu sagen.

»Ihr klingt ja fast so, als wäre ich ein Analphabet«, sagte John mit finsterem Blick. »Nur weil ich bei den Geschwistern Brontë nicht in Verzückung gerate«, sagte er und sprach es wie Bront-ay aus.

»Brontë«, korrigierte ich ihn automatisch, ohne darüber nachzudenken.

John schwieg, trank zügig sein Glas aus und stellte es energischer als nötig auf dem Tisch ab. Ich zuckte leicht zusammen, doch Lucy gelang es, keine Regung zu zeigen. »Da drüben an der Bar ist Charlie«, sagte er unvermittelt. »Ich bin gleich wieder da.« Noch ehe ich etwas erwidern konnte, hatte er schon nach seinem Glas gegriffen und war verschwunden.

Es vergingen einige Minuten des Schweigens. »Er hat sich in der Schule schwergetan«, sagte ich schließlich.

Lucy nickte mit verschlossener Miene. »Entschuldige, ich gehe kurz zur Toilette.« Sie glitt von ihrem Barhocker. »Es wird nicht lange dauern.«

Sie lächelte und machte eine Bewegung, als würde sie mich gleich berühren. Doch dann hielt sie inne, wandte ihren Blick ab, drehte sich um und verschwand in der Menge.

Ich hatte das Gefühl, ohne John und Lucy keinen Halt, keine Erdung mehr zu haben, und so griffen meine Hände auf der Suche nach einem Anker verzweifelt nach dem Stehtisch. Ich spürte, dass etwas an meinem Bein entlangstrich, und zuckte zusammen. Als ich nach unten sah, stellte ich fest, dass es nur einer der vielen herrenlosen Hunde war, die in der Stadt herumstreunten. In den ersten Tagen nach unserer Ankunft hatte John mir eingebläut, dass ich mich vor den armen Kreaturen nicht fürchten müsse und ihnen gegenüber keine Angst zeigen dürfe, da sie das nur gegen mich aufbringen würde. Ich erinnerte mich an einen Vormittag, als ich mit ihm am Hafen entlanggegangen war. Auf dem gnadenlos heißen Pflaster hatte ein Hund neben dem anderen gelegen. Als wir an ihnen vorbeischlenderten und sie unsere Schritte hörten, hoben sie die Köpfe und spannten die Körper an. Ich hatte mich trotz Johns Ermahnung noch enger an ihn geschmiegt, da ich Angst hatte, dass einer von ihnen auf mich losstürzen, mich beißen und mit Tollwut anstecken würde. Ich war starr vor Angst, doch John stieß mich einfach weiter und flüsterte, das sei nur zu meinem Besten.

Jetzt hockte der Hund sich hin und lehnte sich gegen meine warmen Beine. Ich ließ ihn gewähren, dankbar, nicht länger allein zu sein.

Ich lernte Lucy Mason an meinem ersten Tag in Bennington kennen.

Sie stand in unserem Zimmer und hatte nur einen einzigen Koffer dabei, den sie bereits an den Fuß des Bettes gestellt hatte, das näher am Fenster stand. Ihre Augen musterten die kahlen Wände. Ich war im Türrahmen stehen geblieben, von wo aus ich das Mädchen, mit dem ich die nächsten Monate das Zimmer teilen würde, schweigend beobachtete. Obwohl die Bezeichnung *Mädchen* mir irgendwie unpassend vorkam. Sie griff in ihre Jackentasche und zog eine Packung Zigaretten und ein Feuerzeug heraus. Ich hatte bis dahin noch nie geraucht und schaute fasziniert zu, wie die Rauchschwaden sie einhüllten und sich in unserem Zimmer verteilten, als gierten sie danach, den Raum einzunehmen und seine Grenzen abzustecken.

Obwohl wir beide erst siebzehn waren, wirkte diese Fremde auf mich eindeutig älter – vielleicht auch klüger. Der Unterschied war schon an unserer Kleidung erkennbar. Ich sah an mir herunter und schämte mich plötzlich meines langen, ballerinenhaften Kleids, das mit Blumen und Ranken gemustert war. Es erschien mir wie die Aufmachung eines Kindes. Meine neue Zimmergenossin hingegen trug einen schmalen schwarzen Rock und eine dunkle smaragdgrüne Schößchenjacke, die ihre beneidenswert feminine Figur hervorhob. Obwohl weder Jacke noch Rock besonders neu aussahen – beide wiesen eigenartige Abnutzungserscheinungen auf, als hätte ihre Besitzerin sie einmal zu viel getragen –, strahlte sie eine Weltgewandtheit aus, die ich bisher nur aus Modezeitschriften kannte.

Ich machte einen zögerlichen Schritt nach vorn und klopfte leise gegen die Tür. Sie sah herüber und musterte mich mit einem aufmerksamen Blick, den ich nicht deuten konnte, der mich aber zum Erröten brachte, sodass ich wegschaute.

»Hallo«, murmelte ich und setzte ein schüchternes Lächeln auf.

Sie starrte blinzelnd zurück.

»Ich bin Alice«, sagte ich und erkannte zu spät, dass es aussah, als würde ich darauf warten, den Raum betreten zu dürfen. Und so machte ich schnell noch einen Schritt nach vorn, um die Lücke zwischen uns zu schließen. »Ich hatte schon Angst, dass du unsere Verabredung vielleicht vergessen hast«, sagte ich und streckte meine freie Hand aus.

Sie nahm sie und neigte leicht den Kopf. »Ich bin Lucy.«

Ich bemerkte, dass sie keine Handschuhe trug, und schalt mich im Stillen dafür, dass ich die Spitzenhandschuhe trug, die mir meine Tante vor meiner Einschreibung in Bennington gekauft hatte. Sie wirkten in der Umgebung des kargen Zimmers und angesichts der Schlichtheit meiner Zimmergenossin irgendwie unpassend. Lucy war ungeschminkt, sodass ich mir mit meinen rosa Lippen und den schwarz umrandeten Augen lächerlich vorkam. Wie ein kleines Mädchen, das beim Verkleiden mit den Sachen seiner Mutter erwischt worden war.

Ihr Blick wanderte zur Tür. »Sind deine Eltern mitgekommen?«

Ich senkte den Blick. »Nein, sind sie nicht«, antwortete ich und holte tief Luft. Ich hatte diese Worte den Sommer über unzählige Male vor dem Badezimmerspiegel im Haus meiner Tante geübt. Mir war klar, dass diese Frage irgendwann aufkommen würde, sie kam immer auf. Doch ich hatte mir beigebracht, die Antwort lässig klingen zu lassen – das heißt, so weit das möglich war. Ich hatte die typische Reaktion satt: das Naserümpfen, das Stirnrunzeln, den mitleidigen Gesichtsausdruck, in dem aber auch noch etwas anderes lag. Angst. Als wäre der Tod meiner Eltern eine ansteckende Krankheit, die ich, als einzige Überlebende, womöglich weitergeben könnte. Genau das hatte ich erlebt, genau das hatte ich am eigenen Leib erfahren. Anfangs hatten all meine Mitschülerinnen sich um mich geschart, sodass sich unsere Körper berührten. Sie hatten ihr Bedauern und ihr Mitleid ausgedrückt, hatten mich fest in den Arm genommen und mir versichert, dass alles wieder in Ordnung kommen würde. Dass wir die Situation gemeinsam durchstehen würden. Die erste Woche verging. Und dann die zweite. Das erste Mädchen verschwand, dann das zweite. Ein angespanntes Lächeln oder ein kurzes Winken ersetzte schon bald die Verbundenheit, wenn wir uns im Flur oder auf dem Schulhof begegneten. Als die Schule vorbei war und wir unseren Abschluss in der Tasche hatten, wallte die Erleichterung der anderen auf und wurde spürbar, wann immer wir uns sahen. Ich war nicht überrascht, als die Telefonanrufe und Besuche verebbten und niemand mehr auftauchte, als meine Taschen fürs College gepackt waren. Und so sagte ich erneut meine einstudierten Worte auf und machte mich auf das Schlimmste gefasst, rechnete förmlich damit. Ich stellte mir die Reaktion meiner Zimmergenossin vor – ein Zucken der Lippen und eine kurze, verlegene Umarmung. Dann würde sie sich auf die Suche nach einer anderen Freundin machen, unter den zahlreichen Kommilitoninnen, die es gab. Eine, die nicht bereits durch einen Schicksalsschlag beschädigt war, befleckt war, angeschlagen war.

Doch dann sah sie mich an, den Blick halb gesenkt. »Meine Eltern sind auch schon tot.«

Ich blinzelte überrascht, unvorbereitet darauf, dass das möglich war. Es traf mich völlig unerwartet. Auch wenn ich in dem Moment eigentlich hätte bestürzt reagieren müssen, empfand ich nichts als Freude. Pure, bloße Freude. Sie erfasste mich von Kopf bis Fuß, sodass ich ein Lächeln unterdrücken musste. Wenige Stunden später, wir bezeichneten uns schon als beste Freundinnen, erzählte ich es ihr. Sie hatte eine Flasche Sherry hervorgeholt – »Die habe ich meiner Tante stibitzt, aber sie wird es bestimmt nicht merken«, hatte sie mir versichert, als sie mir erzählte, dass sie den Sommer bei Verwandten verbracht hatte –, und gemeinsam waren wir nach draußen gegangen, um die Gegend zu erkunden, während wir abwechselnd einen Schluck der merkwürdigen, in der Kehle brennenden Flüssigkeit tranken. Ich lauschte dem knirschenden Geräusch unserer Schritte auf dem Laub und den herabgefallenen Ästen, das sich bis zu den Bäumen entlang des Weges auszudehnen schien. Es war bereits Mitte September. In Bennington begann das Studienjahr später als in den meisten anderen Colleges. Es wurde schon Abend, als wir den Campus überquerten, und es wehte ein kühler Wind, sodass wir uns unwillkürlich näher aneinanderdrückten, als wären wir bereits ein Paar. Wir gingen weiter. Ich spürte, wie meine Zunge sich löste, und hörte das knurrende Geräusch meines hungrigen Magens – die meisten anderen Mädchen saßen bereits beim Abendessen. Aber das war mir egal. Meine neu gewonnene Freundin war mir wichtiger als eine warme Mahlzeit. Der Vorsatz, niemanden mehr durch die Mauer zu lassen, die durch den Tod meiner Eltern wie eine uneinnehmbare Festung um mich herum entstanden war, stürzte schließlich ein, angesichts des Alkohols und Lucys Gegenwart.

»Wie alt bist du gewesen, als deine Eltern gestorben sind?«, fragte ich vorsichtig, da ich mir nicht sicher war, ob ihre Wunden noch genauso frisch waren wie meine oder ob sie überhaupt darüber sprechen wollte. Egal, wie viel Zeit seither vergangen war.

»Fünf«, antwortete sie, und wieder lag dieser gleichgültige Ton in ihrer Stimme. In mir keimte die Hoffnung auf, dass ich eines Tages vielleicht genauso auf solche Fragen antworten könnte. Dass meine Stimme nicht mehr beben und zittern würde, wenn sie mit den Worten oder Sätzen kämpfte, die offenbarten, wer meine Eltern gewesen waren und welch ein Verlust ihr Tod für mich bedeutete. »Ich kann mich an meinen Vater gar nicht mehr richtig erinnern. Es ist nur noch ein verschwommener Eindruck, der von ihm übrig ist – eine Vermutung«, fuhr sie flüsternd fort. »Im Gegensatz zu meiner Mutter – da habe ich manchmal das Gefühl, als könnte ich mich an Kleinigkeiten erinnern. Wie zum Beispiel an einen honigfarbenen Lippenstift. Oder an das eigenartige kleine Parfumfläschchen, das sie aus Eitelkeit behielt – es war aus braunem Glas und hatte einen durchsichtigen Verschluss.« Ihr Gesichtsausdruck veränderte sich. »Wie auch immer, ich versuche, nicht mehr daran zu denken.«

Dann blieb sie stehen, und ich spürte, wie ihre Locken mein Gesicht kitzelten, so dicht standen wir nebeneinander.

»Funktioniert das?«, fragte ich.

»Manchmal.« Ich spürte ihr Achselzucken. »Morgens ist es schwieriger.«

Ich wusste, was sie meinte. »Manchmal vergesse ich es. Ich wache morgens auf, und es ist so, als wäre alles aus meinem Kopf gelöscht worden. Doch dann erinnere ich mich und muss es erneut durchleben.«

Sie nickte, doch ich sah ihr an, dass etwas anderes ihre Aufmerksamkeit erregt hatte.

»Sieh mal!«, flüsterte sie.

Vor uns erstreckte sich Jennings Hall, das Herrenhaus hinter dem Hauptcampus. Benningtons ureigene, steingewordene Gruselgeschichte. Ständig kursierten Gerüchte über rätselhafte Fußschritte, geisterhafte Stimmen und merkwürdige Geräusche, die sich nicht erklären ließen. Gerüchte, denen zufolge es in dem Gebäude mehrfach gespukt haben sollte, seit es dem College geschenkt worden war. Vielleicht lag es nur am Sherry, doch mir wurde plötzlich klar, wie albern es eigentlich war, so etwas zu denken.

Die Fassade des Hauses war fast vollständig mit Efeu bedeckt, der eine leuchtend rote, herbstliche Farbe angenommen hatte, die durch die untergehende Sonne noch intensiver strahlte. Ich fand den Anblick wunderschön. Der Spaziergang durch den Wald war bei Weitem furchterregender gewesen als all das, was das Gebäude möglicherweise für uns bereithielt.

So holte ich auch nur einmal tief Luft, als Lucy in Richtung Eingang nickte und mich mit dieser Geste wortlos aufforderte mitzukommen. Ich folgte ihr hinein.

»Sieht dein Zuhause in England genauso aus wie das hier?«, fragte sie, als wir durch die Diele schritten. Sie wandte sich mir zu, einen seltsamen Ausdruck im Gesicht.

Ich runzelte die Stirn und fragte mich, welches Bild ich in den Briefen gezeichnet hatte, die wir uns geschrieben hatten. Tante Maude war zwar wohlhabend, ja, aber sie hatte vor dem Tod meiner Eltern allein gelebt – vor wenigen Jahren hätte man sie wohl noch als alte Jungfer bezeichnet – und keinen Grund gesehen, ihre Wohnverhältnisse zu ändern, nur weil ihre Nichte unerwartet in ihr Leben getreten war. »Nein«, antwortete ich und schüttelte leicht den Kopf. »Nein. Das Haus meiner Tante ist nicht so groß wie das hier. Wir leben allein.« Mein Blick erfasste die gewaltige Leere der Diele. Sie war so spärlich möbliert, dass unsere Schritte widerhallten, als wir über den marmorgefliesten Boden gingen. »Wir wüssten mit so viel Platz nichts anzufangen.«

Lucy wirkte leicht enttäuscht. Ich wartete darauf, dass sie mir etwas von dem Haus erzählen würde, in dem sie aufgewachsen war, doch sie schwieg.

»Sieh mal!«, rief sie. Sie ging vor dem Objekt, das sie so verzückte, in die Hocke und balancierte auf ihren Fußsohlen: In dem großen und offensichtlich ungenutzten Kamin standen zwei Steinlöwen. Sie streckte eine Hand aus und legte sie auf einen der gemeißelten Köpfe.

Mir war unbehaglich zumute in der Stille des Hauses, denn wir sollten eigentlich nicht hier sein, sondern beim Abendessen mit den anderen Mädchen aus unserem Wohnheim.

»Nicht, Lucy!«, bat ich sie und blickte mich um, als würde ich befürchten, dass gleich jemand aus dem Nichts auftauchen und uns einen Rüffel erteilen würde, weil wir uns nicht an die Regeln hielten. »Eigentlich dürfen wir gar nicht hier sein.«

Sie sah auf, ein Lächeln umspielte ihre Lippen. »Ganz ruhig, Alice! Es wird nichts passieren.« Doch ihre Hand ruhte weiter auf dem Löwen, und ich hatte den Eindruck, dass diese kleine, merkwürdige Trotzhandlung mir galt – um mir zu beweisen, dass sie nicht zu den Mädchen gehörte, denen man sagte, was sie tun sollten. Um mir zu beweisen, dass *sie* keine Angst hatte.

Mich erfasste ein Zittern, sodass ich die Strickjacke enger um mich schlang. Ohne die wärmende Sonne war der Schweiß, der mir nur wenige Augenblicke zuvor über den Rücken gelaufen war, erkaltet. Ich bekam eine Gänsehaut und versuchte, mich zu wärmen.

Lucy stand auf. »Du hättest sagen sollen, dass dir kalt geworden ist«, sagte sie, zog mich an sich und nahm mich in den Arm, was für mich ungewohnt war.

Meine Tante Maude war kein gefühlsbetonter Mensch, und seitdem ich bei ihr wohnte, hatte mein Leben sich in etwas Kaltes und Einsames verwandelt. Anfangs hatte ich diese kleinen körperlichen Zuwendungen vermisst, sodass ich die

Berührung eines Fremden, der mich zufällig auf der Straße gestreift hatte, für den Rest des Tages spüren konnte. Sie brannte sich ein und markierte mich an der Stelle, an der wir zusammengestoßen waren. Doch jetzt fiel es mir schwer, mich zu entspannen, und als Lucy mich schließlich losließ, konnte ich sie weiterhin spüren, als hätte sie einen Abdruck auf mir hinterlassen, der mich umsummte, vibrierte. Er summte und vibrierte da vor mir in der Luft.

Sie sah zu den Löwen. »Komisch, aber die beiden erinnern mich an ein Haustier, das ich einmal als Kind gehabt habe. Einen Hund namens Tippy.« Das Lächeln auf ihrem Gesicht erstarb. »Ich war völlig baff, als ich ihn geschenkt bekam. Dir wäre es nicht anders ergangen, hättest du meine Eltern gekannt. Meine Mutter hasste Tiere. Allein bei der Vorstellung, ein eigenes Haustier zu haben, verzog sie schon immer das Gesicht. Doch dann, eines Tages, war dieser Hund da. Mein Vater brachte ihn mit nach Hause. Der Hund eines Nachbarn musste Welpen bekommen haben, vermutete ich, und er war der Letzte des Wurfs, der Schwächste. Derjenige, den sie nicht verschenkt, geschweige denn verkauft bekommen hatten. Er war klein und hatte ein weiß-braunes Fell. Eigentlich war er gar kein richtiger Welpe mehr, da sie so lange versucht hatten, ihn loszuwerden.« Lucy hielt inne und holte Luft. Ihre Augen blieben auf den Löwen gerichtet. Offensichtlich wollte sie meinen Blick nicht erwidern. »Mein Vater legte ihn mir in die Arme, und ich musste versprechen, dass ich gut auf ihn aufpasse. Meine Mutter stand in der Zimmerecke und schaute uns zu.« Sie lachte kurz auf. »Du hättest ihr Gesicht sehen müssen.«

»Wann ist er gestorben?«, fragte ich, meine Stimme kaum mehr als ein Flüstern.

»Nicht lange, nachdem wir ihn bekommen haben.«

In der Ferne erklang ein krachendes Geräusch, und ich zuckte zusammen. Dann blickte ich wieder zu Lucy, doch selbst wenn sie es gehört haben sollte, ließ sie es sich nicht anmerken. Sie zeigte keine Regung, sondern starrte unvermindert weiter auf den Löwen und den leeren Feuerrost.

»Was ist passiert?«, fragte ich.

»Er ist von einem Auto angefahren worden«, antwortete sie. »Keiner weiß, wie er nach draußen gelangen konnte. Doch plötzlich war er weg und rannte zur Hauptstraße.« Sie hielt inne. »Eigentlich hätte er durch den Aufprall sofort tot sein müssen, doch das war er nicht.«

Ich begann zu zittern, als ich mir den verletzten Hund vorstellte, leidend, irgendwo zwischen Leben und Tod schwebend. »Hast du ihn nicht irgendwo hingebracht? Um ihm zu helfen, meine ich?« Ich wusste, dass ein Flehen in meiner Stimme lag. Doch als ich in diesem kalten, zugigen Haus stand, meinte ich plötzlich, nichts dringender zu brauchen als ein paar beruhigende Worte von Lucy, die mir versicherten, dass dem Hund geholfen worden war. Dass er gerettet werden konnte. Dass er weitergelebt hatte. Dass er noch immer lebte. Dass alles gut war.

Natürlich war mir klar, dass sie das nicht sagen würde.

»Meine Mutter konnte nicht Auto fahren«, sagte sie.

»Und die Nachbarn? Konntet ihr nicht irgendjemanden anrufen?« Ich war mittlerweile völlig verzweifelt, wollte sie schütteln, wollte diese stoische Haltung zerstören, die, wie ich mittlerweile vermutete, ihr Schutzschild gegen die Welt war. Ich wollte wenigstens hören, dass sie alles in ihrer Macht Stehende getan hatte. Dass sie versucht hatte, diesen Hund zu retten, der so unverhofft in ihr Leben getreten und eigentlich nie für sie bestimmt gewesen war – und dass sie ihn allein deswegen schon abgöttisch geliebt hatte.

Schließlich wandte sie sich mir zu, ihre schwarzen Augen suchten meinen Blick. Sie lächelte. Eine merkwürdige, verstörende Gefühlsäußerung, die mein Herz zum Stottern brachte. In dem Moment wünschte ich mir nichts sehnlicher, als weit weg von ihr zu sein, als weit weg von diesem Ort zu sein. Sie öffnete den Mund. »Da war niemand«, sagte sie.

Ich atmete langsam aus. »Und was habt ihr gemacht?«

»Wir saßen da und haben gewartet, dass er stirbt.« Sie hielt kurz inne, scheinbar, um die nächsten Worte abzuwägen. »Und so war es dann schließlich auch. Aber es zog sich hin. Und er hat schreckliche Schmerzen gehabt. Und so ist meine Mutter in den Garten gegangen, um einen Stein zu holen. So würde es schneller gehen, meinte sie. Und es sei humaner. Und weil es mein Hund sei, müsste ich es tun und niemand anders.« Sie schüttelte den Kopf und drehte sich weg. »Es war schrecklich, Alice«, endete sie mit eisenharter Stimme.

Ich glaubte ihr nicht. Meine Hand schnellte zum Mund – ob vor Entsetzen oder aus Zweifel, das wusste ich nicht –, und unwillkürlich kam mir der Gedanke, dass die Geschichte, ihre Geschichte, eigenartig distanziert geklungen hatte, als wäre sie einer völlig anderen Person zugestoßen. Ihre Worte waren bedächtig gewählt und wohlüberlegt gewesen. Sie hatte beim Erzählen nicht innegehalten, um Luft zu holen oder um sich die Tränen abzuwischen. Es war, als hätte sie die Geschichte von sich abgespalten, sodass sie nicht mehr zu ihr gehörte. Sodass ich ihr nicht mehr glaubte, dass es schrecklich für sie gewesen sei. Sodass ich sie ihr überhaupt nicht mehr glaubte.

Ich dachte daran, wie sie über ihre Eltern gesprochen hatte, wie unbeteiligt ihr Gesichtsausdruck gewesen war. Zuerst hatte ich sie deswegen beneidet, doch jetzt nicht mehr.

Ich trat einen Schritt zurück. »Lass uns gehen, Lucy!«

Beim Klang ihres Namens schienen ihre Augen aufzuleuchten, als würde sie sich daran erinnern, wo sie war. Und mit wem. Als wäre alles, was sie vorher gesagt hatte, in einer Art Trance geschehen, aus der sie gerade wieder erwachte. »Noch nicht«, entgegnete sie und griff nach meiner Hand. »Da gibt es noch etwas, das ich dir zeigen möchte.« Sie ignorierte meine Proteste und zerrte mich zu der großen Treppe. Sie lief so schnell, dass ich meine Schritte vergrößern musste, um mit ihr mitzuhalten. »Beeil dich!«, rief sie, als könnte sie meine Gedanken lesen.

Wir jagten nach oben, bis ich keuchte und meine Lungen zu brennen begannen. »Lucy«, japste ich, denn ich wusste, dass ich bald hinter ihr zurückbleiben würde.

»Nur noch ein paar Stufen«, versprach sie, ohne einen Blick zurück.

Sie umklammerte noch immer meine Hand.

Als wir schließlich stehen blieben – so abrupt, dass ich sie fast umgerannt hätte –, standen wir vor einem breiten halbrunden Fenster. Von meiner Position aus erkannte ich, dass sie uns ins oberste Stockwerk des Hauses geführt hatte. Lucy beugte sich zum Fenster und drückte ihre gespreizten Fingerspitzen dagegen.

»Die anderen Mädchen behaupten, dass es hier spukt und dass eine Familie hier gestorben ist«, flüsterte sie.

Ich runzelte die Stirn. »Welche Familie?«

»Die Jennings, die ersten Besitzer. Die Ehefrau soll sich umgebracht haben. Sie soll aus dem Fenster gesprungen sein. Genau hier. Und ihr Mann soll sich aus Kummer an einem der Bäume aufgehängt haben.«

»Das klingt nicht gerade realistisch«, entgegnete ich, allerdings flüsternd. »Soweit ich weiß, soll die Familie dem College dieses Haus vermacht haben.«

Lucy ging auf meinen Einwand nicht ein. »Vor ein paar Jahren soll auch eine Studentin aus diesem Fenster gesprungen sein. Genau wie Mrs. Jennings.«

Mein Blick wanderte zu dem Fenster und zu Lucys Fingerabdrücken, die auf der Scheibe zurückgeblieben waren. Mir fielen die Geschichten über die Frauen ein, die hier angeblich ihrem Leben ein Ende gesetzt haben sollten. Eine Generation nach der anderen. Und dann plötzlich spürte ich es – spürte, dass ich beobachtet wurde, aus den dunklen Ecken des Hauses. Ich war sicher, etwas gesehen zu haben, am Rande meines Blickfelds, und so drehte ich den Kopf nach links und anschließend nach rechts. Zuerst dachte ich, es wäre vielleicht Lucy gewesen, doch dann wurde mir klar, dass sie nicht mehr da war. Ich stand allein vor dem Fenster. Die leeren Flure, von denen ein halbes Dutzend Türen abgingen, lagen rechts und links von mir. Die Schatten kamen mir in den Sinn, von denen ich wusste, dass sie da waren und irgendwo lauerten, sodass ich den Impuls verspürte, alle diese Türen zu öffnen, um mir zu beweisen, dass sich nichts dahinter befand.

Und dann fiel mir ein, was Lucy mir nur wenige Augenblicke zuvor erzählt hatte: der Tod ihrer Eltern, als sie fünf war. Ich runzelte die Stirn. Das musste nicht heißen, dass ihre Geschichte nicht stimmte. Vielleicht hatte sie tatsächlich so frühe Kindheitserinnerungen, besonders nach einem so schrecklichen Ereignis. Trotzdem störte mich etwas daran. *Was,* fragte ich mich, was nur? Ich dachte wieder daran, wie distanziert sie auf mich gewirkt hatte, als sie die Geschichte erzählte, als wäre es die einer anderen Person. Ich schüttelte den Kopf und spürte erneut einen Windhauch, einen Luftzug, der durch das Haus wehte. Aber warum hätte sie lügen sollen?

In der Ferne hörte ich wieder ein Geräusch, und mein Herz begann zu rasen. Ich konnte es bereits in meinen Fingerspitzen spüren, es war mir vertraut. Die Ärzte hatten es als nervöses Leiden diagnostiziert, das wohl durch den tragischen Tod meiner Eltern hervorgerufen worden war. Es äußerte sich als ein Druck, ein Griff, der sich anfühlte, als würde ich erwürgt werden. Auf jeden Fall besaß er genügend Stärke, genügend Kraft. Ein Teil von mir hatte naiverweise geglaubt, dass ich all das hinter mir lassen könnte, wenn ich England hinter mir ließ, begriff ich. Dass nur genügend Abstand nötig wäre, um die Geister meiner Vergangenheit zu vertreiben. Wie töricht von mir, dachte ich und war wütend auf mich selbst, wütend auf meine Dummheit. Es würde mich überallhin verfolgen, egal, wohin oder wie weit weg ich auch gehen würde.

Doch dann stand Lucy plötzlich da, nur ein paar Schritte entfernt auf einer der Treppenstufen, sodass ich sie überragte und nicht umgekehrt.

Sie sah mich mit diesem merkwürdigen, neugierigen Blick an. Dann lächelte sie. »Du musst dich vor nichts fürchten, Alice«, sagte sie.

Ihre Stimme klang so bestimmt, so sicher.

Sie streckte ihre Hand nach mir aus. »Komm, lass uns essen gehen!«

Ich spürte, wie sich die Dunkelheit, die mich einen Augenblick zuvor noch bedroht hatte, plötzlich zu lichten begann, bis ich mir nicht mehr vorkam wie die Heldin eines Schauerromans. Eine Heldin, die nicht aus einem Geisterschloss herausfand, einem patriarchalischen Labyrinth, aus dem es kein Entrinnen gab. Stattdessen war ich einfach nur Alice, und sie war einfach nur Lucy, und es gab nichts, wovor ich mich länger fürchten müsste. Ich spürte, wie ihre Hand nach meinen Fingern tastete. Ich ergriff sie, und gemeinsam flohen wir aus dem dunklen Haus. Wir ließen all die Geister zurück, die sich darin befanden, die aus der Realität und die aus unserer Vorstellung.

Vor der Bar herrschte Aufruhr, der dann noch lauter wurde: irgendeine Art Explosion, die mich zurück in die Gegenwart holte. Zuerst dachte ich, dass es eine Schießerei gegeben hätte und dass es die dabei entstandene Hitze war, die ich auf meiner Haut spürte. Mir fielen die Aufstände ein, die Gewalt, die überall in Marokko ausgebrochen war und auch vor Kurzem Tanger erreicht hatte, ein Beleg dafür, dass selbst diese Stadt nicht davor gefeit war. John hatte nur kurz davon erzählt, von diesem Tag, an dem die Einheimischen beschlossen hatten, auf die Straßen zu gehen, um zu protestieren. Seine Schilderung der Ereignisse klang eher unterhaltsam. Die Menschen bewarfen Läden, die Ausländer gehörten, mit Flaschen und verteidigten sich später, als die Polizei mit Waffengewalt gegen sie vorging, mit allem, was sie finden konnten. Als in den Nachrichten dann davon berichtet wurde, dass in dem Gefecht mehrere Menschen umgekommen waren, fast alles Einheimische, zuckte John nur mit den Achseln und meinte, dass wir uns keine Sorgen machen müssten. Dass diese kleinen Aufstände schließlich niedergeschlagen werden würden. Er glaubte fest daran. Selbst er, der bekennende Verehrer Tangers, konnte wohl nicht vorhersehen, mit welcher Entschlossenheit die Menschen ihre Unabhängigkeit einforderten. Er hatte sich geweigert zu erkennen, zu begreifen, wie wichtig, wie unabdingbar dies für das Leben, für das Überleben dieser Menschen war.

Ich drehte mich um und sah über die dämmrige Bar hinweg Lichter aufblitzen. Niemand schrie oder rannte weg. Nur Gelächter war zu hören und das Lärmen feiernder Menschen. Ein Feuerwerk, stellte ich dann fest. Die Einheimischen feierten ihre bevorstehende Unabhängigkeit. Die Vorstellung verursachte ein Kribbeln in meinem Hinterkopf. Ich machte eine Bewegung und stieß ein Glas um, sodass es zu Boden fiel, die Scherben scharf und kaum sichtbar. Sein Inhalt, ein Gin Tonic, landete auf meinem Kleid.

Ich stieß einen spitzen Schrei aus und sprang auf. Meine plötzliche, ruckartige Bewegung ließ den Hund erschrocken hochfahren, und er jaulte auf – er fand nicht sofort Halt und biss mir ins Bein. Ich sah nach unten und entdeckte eine Blutspur entlang meines mittlerweile zerrissenen Strumpfs. Mir wurde bei dem Anblick eigenartig schwindlig. »Das hat er nicht gewollt«, flüsterte ich meinem leeren Tisch zu und sah dem Hund nach, wie er aus der Bar verschwand. Ich war noch immer benommen, als ich mich bückte, um die Glasscherben aufzuheben – der Barkeeper näherte sich dem von mir verursachten Chaos –, und ich spürte, wie ich vor Scham rot wurde. Dann fiel mir John ein und sein wütender Ausdruck heute Abend. Und dann Lucy und ihr bohrender Blick, der stets nach etwas suchte, stets nach etwas Ausschau hielt, das es nicht gab, befürchtete ich. Und dann glaubte ich, ihn an der Bar zu sehen – John –, doch er war nicht allein, war nicht mit Charlie zusammen, wie er gesagt hatte. Und direkt hinter ihm stand Lucy und beobachtete, beobachtete, beobachtete.

Und dann spürte ich noch den harten, klebrigen Boden der Bar unter mir, als ich ohnmächtig wurde und fiel. Zuerst ganz langsam, dann schneller, ohne dass mich jemand auffing.

4

LUCY

Die Suks wirkten elektrisierend auf mich: verschlungene Labyrinthe, dunkle Orte voller Händler, die hinter ihren Ständen oder auf dem Boden saßen, vor sich die mit Waren gefüllten Taschen und kübelartigen Gefäße. Zuerst riss mich der Strom von Menschen fast mit sich. Doch dann verlangsamte ich meinen Schritt – ging sicherer, zielstrebiger. Ich blieb erst an einem Stand stehen, dann an einem anderen, kaufte ein paar hellgrüne Oliven da und einen Stapel heiße Msemmen dort. Ich musterte die an Haken hängenden Hühnerkadaver, ohne vor dem Geruch zurückzuzucken, so wie die meisten Touristen, die ich beobachtete. Vielmehr begutachtete ich sie und feilschte, als hätte ich vor, eins zu kaufen. Ich blieb vor den in leuchtenden Farben gekleideten Frauen aus dem Rif-Gebirge stehen und entschied mich schließlich für eine Handvoll Saubohnen und einen Laib weißen Käse, den ich die Einheimischen hatte essen sehen und der mit aufwendig verflochtenen grünen Blättern umwickelt war.

Ich hatte aufgehört, Tageskleider zu tragen. Auch wenn die meisten Frauen der in Marokko lebenden Ausländer sie noch bevorzugten, fühlte ich mich bei der Hitze zu eingeengt von den eng anliegenden Oberteilen und hatte bemerkt, dass sich schwingende Röcke leicht an den rauen Mauern der Gassen verfingen. Stattdessen hatte ich ein paar Caprihosen aus den Tiefen meines Koffers geholt, die ich zu Hause bisher nicht zu tragen gewagt hatte, und ein paar einfarbige Blusen, die mir für dieses Klima eher passend erschienen.

Ich hatte versucht, Alice zu überreden mitzukommen. Doch sie hatte abgelehnt, den Kopf geschüttelt und mit einer ausholenden Geste auf die unaufgeräumte Wohnung verwiesen. Auf all die Arbeit, die sie bis zu Johns Rückkehr am Abend erledigen musste – Arbeit, die nie abgeschlossen, sondern immer weiterzugehen schien. *Geh nur!*, sagte sie. *Genieß deine Ferien!* Ich runzelte die Stirn und bettelte, doch schon bald war klar, dass sie nicht nachgeben würde. Als ich sie bedrängte, schüttelte sie heftig den Kopf und presste die Lippen so fest aufeinander, dass sie nur noch ein weißer Strich waren. Ihr Widerwille, einer Freundin die Stadt zu zeigen, schien eine sehr viel ernstere Angelegenheit zu sein als die Wäsche, die erledigt werden musste.

Ich dachte an Alice während meines Bummels durch die Stadt – an ihre schöne lilienweiße Haut, die offensichtlich schon seit einiger Zeit keine Sonne mehr gesehen hatte, seit sie sich in der Wohnung einsperrte. Ihr Gesicht war so blass gewesen am Abend zuvor, nachdem diese jämmerliche Kreatur sie gebissen hatte und sie ohnmächtig geworden war. In den Stunden danach, auf der hektischen Suche nach einem Arzt, um sie impfen und auf eine mögliche Gehirnerschütterung untersuchen zu lassen, war sie immer stiller geworden – noch stiller. Und in dem Chaos hatte ich das, was ich, kurz bevor Alice gebissen worden war, gesehen hatte, dessen ich Zeuge geworden war, verdrängt.

Es war, kurz nachdem John vom Tisch verschwunden war, geschehen.

Ich schaute hoch, wandte mich von Alice ab, wandte mich von meinem Getränk ab, blickte in den Spiegel, der vor mir an der Wand hing. Und darin erkannte ich ihn, sein Bild verzerrt durch die kleinen Unebenheiten in dem Spiegelglas. Er stand an der Bar. Doch er stand dort nicht allein, stand dort nicht mit einem Mann namens Charlie. Stattdessen war eine Frau an seiner Seite, ihr Gesicht halb verdeckt von einer langen, dunklen Haarmähne. Eine Einheimische, vermutete ich, während ich beobachtete, wie seine Finger über ihren Oberschenkel wanderten und am Stoff ihres Kleids zogen.

Dann sah ich zu Alice, die die Szene jedoch scheinbar nicht mitbekommen hatte, und sofort wieder zurück in den Spiegel, um abzuschätzen, in welchem Winkel er an der Wand hing. Ich war mir nicht sicher, ob sie die beiden überhaupt sehen konnte, selbst wenn sie nach oben blicken würde. Ein Teil von mir wollte es ihr zeigen, wollte auf das Spiegelbild deuten, in dem sich die Wahrheit schamlos vor uns präsentierte. Doch etwas hielt mich davon ab. Etwas flüsterte mir zu, dass die Zeit noch nicht reif war. Dass ich noch warten sollte, bevor ich diese Information der jungen Frau offenbarte, die ich einmal so gut gekannt hatte wie mich selbst und die mich jetzt mit einem Gesichtsausdruck ansah, den ich nicht ganz verstand, den ich nicht ganz einordnen konnte.

Ich bahnte mir einen Weg durch die Medina zum Grand Socco, einem schönen großen Platz mit Grünflächen, die mit Blumen bepflanzt waren. Paare, Gruppen von Männern und im Ausland lebende Rentner genossen einen geruhsamen Spaziergang in der Nachmittagssonne. Ein paar Meter weiter weg überragte ein großes, beeindruckendes Gebäude die restlichen Häuser. *Cinéma Rif* stand auf dem matten, schmutzigen Schild. Das, was einmal in Rot, Blau und Gelb geleuchtet hatte, war nun unter einer dicken Staubschicht verblasst.

Das Kino beherbergte ein kleines Café, durch die geöffneten Türen waren ein paar Stühle zu sehen, die restlichen Tische und Stühle waren auf dem Gehsteig verteilt.

Ich bewegte mich zügig auf einen kleinen Tisch zu, direkt an der rauen Hauswand, unter dem Plakat eines französischen Films, von dem ich noch nie zuvor gehört hatte, auf dem ein Junge unter einem roten Ballon abgebildet war. Es dauerte nicht lang, bis die Bedienung auftauchte: eine kleine, gedrungene Frau mit faltigem Gesicht. Ich war erleichtert, als ich feststellte, dass sie Französisch sprach. Obwohl ich nur ein paar Wörter konnte, reichten sie aus, um etwas zu bestellen, und sie kam nach ein paar Minuten mit einem schlanken Glas heißen marokkanischen Pfefferminztees in der Hand zurück. Auf ihrem strengen Gesicht breitete sich ein Lächeln aus, als sie es vor mir auf den Tisch stellte.

»Merci«, murmelte ich und beugte mich vor, um das Glas zu mir heranzuziehen. Ich wich sofort zurück und gab überrascht ein zischendes Geräusch von mir. Ich betrachtete meine Finger – die Spitzen waren leicht verbrannt und hellrosa.

»Attention«, sagte die Frau lachend. »Il est chaud.«

Ich errötete. »Oui, merci.« Die Reiseführer hatten zwar alle die Vorzüge des marokkanischen Pfefferminztees gepriesen, aber versäumt, darauf hinzuweisen, wie tückisch der Genuss sein konnte. Ich war das dicke Porzellan der Restaurants in Neuengland gewöhnt und kein dünnes Glas, an dem die Finger zu schmelzen drohten. Es gab keinen Griff, und ich fragte mich, wie um alles in der Welt ich dieses Gebräu trinken sollte.

»Lentement, Mademoiselle.«

Ich schaute über meine Schulter, um herauszufinden, von wem diese Worte kamen.

»Langsam. Sie müssen Geduld haben.« Er stand am Eingang des Cafés, weder drinnen noch draußen, ohne ein Getränk oder eine Speise in der Hand, und lehnte sich lässig an die Hauswand. Ich erkannte ihn sofort. Es war der Mann, den ich tags zuvor gesehen hatte. Derjenige, der mich in der Medina beobachtet hatte.

Ich lächelte, wandte mich dann aber wieder ab, da ich nicht sicher war, ob ich in ein Gespräch verwickelt werden wollte.

Links von ihm war ein Schuhputzer bei der Arbeit, abwechselnd widmete er sich dem rechten, dann dem linken Fuß seines Kunden – seine eigenen Schuhe aber steckten verkehrt herum an seinen Füßen, fiel mir auf. Nach längerem Hinsehen stellte ich fest, dass er überhaupt keine Füße hatte und die Schuhe nur über die Stümpfe seiner Beine gestülpt hatte, für ein besseres Gleichgewicht. Ich sah ihm weiter zu und verfiel fast in einen tranceartigen Zustand, als er zuerst die Politur auftrug, dann einen Lappen aus seinem Gürtel zog und mit ausholenden, gleichbleibend kräftigen Bewegungen immer wieder über den einen Schuh strich, bis er sich schließlich dem anderen zuwandte.

Ich trank einen Schluck meines – nun nicht mehr brühend heißen – Pfefferminztees, und als die Süße des Sirups auf meiner Zunge explodierte, fühlte ich mich wie im Rausch.

Der Mann sah mich noch immer an. Ich spürte seinen Blick auf mir. Er bohrte sich in mich hinein, untersuchte mich, sezierte mich. Dann schlug die Stimmung um, und plötzlich lag Gefahr in der Luft, Gelegenheit – so genau ließ sich das noch nicht sagen. Und so wartete ich gespannt und fragte mich, ob es mir lieber war, dass er mich in Ruhe ließ, oder ob das eher eine Enttäuschung wäre.

»Ich bin Joseph«, sagte er schließlich. Die Entscheidung war gefallen. Er trat auf mich zu und streckte die Hand aus. Mir fiel auf, dass er, obwohl er eindeutig Marokkaner war, nicht die traditionelle Djellaba trug, sondern eine dunkelgraue Hose und ein leichtes Hemd, dessen Ärmel bis zu den Ellenbogen aufgekrempelt waren. Um seinen Hals hatte er einen dünnen Schal geschlungen, und ein hellbrauner Fedora – wieder verziert mit einem violetten Band, auf dem Flecken zu sehen waren, die wohl durch die unerbittliche Hitze zustande gekommen waren, vermutete ich – saß auf seinem Kopf. Seine Kleidung wirkte in all ihrer Schlichtheit elegant. Vielleicht hatte das aber auch mit seinem Auftreten zu tun. Ihm war eine Unbeschwertheit zu eigen, die zu den anderen marokkanischen Männern, die ich bisher beobachtet hatte, nicht gepasst hätte; im Vergleich zu ihm schienen sie ernst und düster.

Ich zögerte kurz, als er sich vorstellte, dann kam mir der Name mit einer Leichtigkeit über meine Lippen, als wäre er tatsächlich meiner: »Alice.«

»Willkommen in Tanger, Mademoiselle.« Er hielt kurz inne. »Wo wohnen Sie während Ihres Urlaubs, Alice?« Er sprach den Namen so aus, dass die letzte Silbe wie ein Zischen klang: *Al-iss*. Sein Blick war dabei zur Medina gerichtet, sein Tonfall lässig, jedoch absichtlich, als hätte er die Frage vorher einstudiert.

»Bei Freunden«, antwortete ich und versuchte, ebenfalls unbekümmert zu klingen – als wäre ich es gewöhnt, solche Fragen von Fremden zu beantworten, als würde ich mein Leben damit verbringen, von einem Ort zum anderen zu reisen. Von Paris nach Kairo und weiter in den Orient. Ich dachte an den Plan. An den Plan, den Alice und ich vor so vielen Jahren gefasst hatten. Es gab Zeiten, in denen ich ihn spürte – diesen verzweifelten Wunsch. Den Wunsch, die Sonne über den Pyramiden untergehen zu sehen. Den Wunsch, die salzigen Eier und süßen Kardamomnudeln Arabiens zu probieren. Den Wunsch, weit weg zu sein von diesem deprimierenden kleinen Zweibettzimmer einer Pension und zu wissen, dass er nie in Erfüllung gehen würde.

»Und Sie haben keine Angst, die Stadt zu erkunden, so allein?«, fragte er.

Ich musterte ihn und fragte mich, was er mit dieser Frage bezweckte.

»Sollte ich?«, fragte ich zurück.

Er zuckte übertrieben mit den Achseln. »Erst letztes Jahr ist ein Verrückter mit einem Fleischermesser durch die Stadt gelaufen.«

Ich begutachtete die Straße vor uns und überlegte. »Wurde jemand verletzt?«

»O ja«, sagte er leichthin. »Der Mann brachte fünf Menschen um und verletzte noch fast ein halbes Dutzend mehr.« Er musste meinen strengen Blick bemerkt haben, denn sein ernster Gesichtsausdruck wich nach und nach einem breiten Grinsen – ein Grinsen, das ich noch beunruhigender fand als seine düstere Miene zuvor. »Keine Sorge!«, sagte er und hielt kurz inne, um eine Zigarette zum Mund zu führen. »Ich habe Sie nur geneckt, Miss Alice.«

Ich stieß die Luft aus, ohne mir bewusst gewesen zu sein, dass ich den Atem angehalten hatte. Trotzdem fragte ich mich, warum er mir das alles erzählt hatte. »Dann stimmt die Geschichte also gar nicht?«

Sein Lächeln erstarb. »O doch. Man hat dem Mann in den Bauch geschossen, bevor man ihn ins Gefängnis nach

Malabata brachte. Aber hier sind Sie ziemlich sicher – in dieser Hinsicht habe ich Sie geneckt. Im Moment müssen Sie nichts befürchten, Miss Alice«, versicherte er mir. »Woher kommen Sie?«

»Chicago«, log ich.

»Chicago«, rief er und blickte finster drein. »Das ist die gefährlichste Stadt der Welt. Ich habe einen Cousin, der einmal dort gewesen ist. Er fand es schrecklich. Zu viele Mörder. Da müssen Sie sich hier keine Sorgen machen.« Er hielt inne. »Sollten Sie allerdings nach einem Ort suchen, aus dem Sie schlau werden, muss ich Sie warnen – dann werden Sie eine Enttäuschung erleben.« Er lachte kurz auf. »Immerhin sind wir hier in Afrika.« Er grinste wieder über das ganze hagere, sonnengebräunte Gesicht. »Das vergessen viele. Sie glauben, dass wir an einem ganz anderen Ort sind. Das mag stimmen und ist doch völlig falsch. Tanger gehört noch immer zu Afrika. Um das festzustellen, genügt ein Blick auf die Landkarte.« Er wandte sich mir wieder zu, seine Augen bohrten sich in meine. »Und wo wohnen Ihre Freunde?«

»In einer Wohnung?«, antwortete ich.

Er lächelte schmallippig, bemüht. »Ja, aber wo liegt diese Wohnung?«

Ich suchte nach einer Antwort und war mir nicht sicher, ob ich diese Information weitergeben wollte. Er hatte etwas Harmloses an sich, eine weitere Fliege, die leicht zu vertreiben war. Trotzdem fiel mir die Antwort schwer. Ich hatte weder Angst vor ihm, noch war ich um meine Sicherheit besorgt. Ich wusste, dass man sich vor Männern wie ihm nicht fürchten musste. Ich war einfach nur unsicher – ob ich ihm etwas anzubieten hatte, das ihm von Nutzen sein konnte, ob er mir etwas anzubieten hatte, das mir von Nutzen sein konnte, ob wir uns gegenseitig von Nutzen sein könnten. »Irgendwo hinter der Medina«, antwortete ich schließlich. »Genau kann ich es Ihnen leider nicht sagen. Ich bin gerade erst angekommen und kenne mich noch nicht so gut aus in der Stadt.«

Alles Lügen, wie wir beide wussten. Das erkannte ich am Flackern in seinen Augen und den leicht heruntergezogenen Mundwinkeln. Die Frage war nur, wie er darauf reagieren würde. Er neigte den Kopf von der einen zur anderen Seite, als wöge er meine Antwort, meinen Verrat ab. »Das ist gut«, bemerkte er schließlich. »Eine Wohnung ist besser als ein Hotel. Außer Sie bleiben nur ein paar Tage. Dann ist ein Hotel immer die beste Lösung.« Er sah mich an und wartete auf eine Antwort.

»Ich hoffe, dass ich längere Zeit hierbleiben werde.«

Er nickte, offensichtlich erfreut. »Dann sind Sie also eine Touristin?«

Ich nickte. »Ja, ich denke schon.«

»Keine Reisende?«, fragte er lachend.

Ich rätselte über den Unterschied zwischen diesen Worten – Touristin und Reisende. Ich war noch nicht viel in der Welt herumgekommen und hielt mich deswegen eher für eine Touristin als für eine Reisende. Doch die Art, wie er diese Worte betonte, ließ darauf schließen, dass er mit Ersterem eher Geringschätzung ausdrückte, sodass ich wohl danach streben sollte, eine Reisende zu werden – ob seine These nun stimmte oder nicht. Ich hatte meinen Tee mittlerweile ausgetrunken und legte ein paar Münzen auf den Tisch. »Gibt es da einen Unterschied?«

»O ja.«

Ich erkannte sofort, dass ich etwas Falsches gesagt hatte – aber auch dass er genau das gewollt hatte. Denn das gab ihm die Möglichkeit, den Kopf zu schütteln, über die Naivität einer jungen Amerikanerin zu lachen, sich mit einem verschwörerischen Lächeln vorzubeugen und mich mit einer Handbewegung aufzufordern, näher an ihn heranzurücken. Noch näher und noch näher.

»Wie ich sehe, ist Ihnen Bowles kein Begriff. Sie müssen ihn lesen, wenn Sie diese Stadt verstehen wollen«, belehrte er mich.

»Ist er Marokkaner?«, fragte ich, da ich den Namen noch nie gehört hatte.

Er lachte. »Nein, er ist kein Marokkaner, aber er verbringt eine Menge Zeit hier. Wir sehen uns häufig und grüßen uns. Er ist bekannt, ein Nachbar. Nicht nur ein berühmter Schriftsteller.«

Bowles. Ich prägte mir den Namen ein und machte mir eine geistige Notiz, in den Regalen mit Johns ungelesenen Büchern nachzusehen, ob darin eines seiner Werke zu finden war. Auch wenn ich mich für eine Expertin der klassischen Literatur hielt – insbesondere der angelsächsischen –, gestand ich doch bereitwillig meine Defizite im Bereich der Gegenwartsliteratur ein, die meine Aufmerksamkeit bisher nicht im selben Maße erzeugt hatte. Ich fühlte mich zu Hause in der Wildnis englischer Moorlandschaften oder auf den harten Straßen des viktorianischen Londons. Doch was die Werke zeitgenössischer Autoren betraf, war ich praktisch unbeleckt.

Vielleicht war es das, was der Mann mir anbot – eine Orientierungshilfe für das Land, das Alice mittlerweile ihr Zuhause nannte, wenn auch nur widerstrebend. Vielleicht ließ sich hier etwas finden, wonach zu suchen sich lohnte.

»Ich verspreche Ihnen, Bowles zu lesen, sobald ich die Möglichkeit dazu habe«, sagte ich.

»Gut. Dann werden Sie erfahren, worin der Unterschied zwischen einem Touristen und einem Reisenden besteht. Und wir werden herausfinden, zu welcher Kategorie Sie gehören.« Er beugte sich vor und bot mir eine Zigarette an. »Hier, bitte.«

Ich zögerte – Alice rauchte nicht. Es schien wichtig, an diesem Unterschied festzuhalten. Also schüttelte ich brav den Kopf. Er zuckte mit den Achseln und setzte ein Gesicht auf, als wollte er damit andeuten, dass das wohl mein Problem sei. Und ich bedauerte meine Entscheidung in der Tat – fast augenblicklich. Ich inhalierte den Rauch, dessen Geruch an ein schweres Parfum erinnerte. Höchstwahrscheinlich französisch. *Gauloises*. Mir war bereits aufgefallen, dass man sie in Tanger eher selten roch. Ich fragte mich, ob ich meine Meinung noch einmal ändern könnte. Allerdings würde ich diesem Fremden, von dem ich mir noch nicht sicher war, ob ich ihm vertrauen konnte, auf diese Weise etwas von mir preisgeben. Ich sollte die Fassade besser weiter aufrechterhalten.

»Ich habe ein Atelier unten am Meer, in dem ich male«, sagte er nach einer kurzen Pause. »Sie müssen einmal vorbeikommen.«

»Am Meer?«, wiederholte ich. Obwohl Tanger eine Hafenstadt war, hatte ich hier noch nicht viel Wasser gesehen. Seltsam, wie es der Stadt gelang, einen vollkommen zu verschlingen, dachte ich.

»Ja. Es liegt neben dem Café Haifa. Kennen Sie das?«

Ich schüttelte den Kopf.

»Ach!«, rief er. »Dort müssen Sie unbedingt einmal hingehen. Nicht nur, dass sich die Künstler dort treffen, es gibt dort auch noch den besten Pfefferminztee der Stadt«, fügte er hinzu und deutete auf mein leeres Glas. »Und der Blick ist einfach grandios – sehr viel besser als das hier. Nur das Meer, sonst nichts.«

»Das klingt wunderbar.«

»Es ist wunderbar«, bekräftigte er lächelnd und nickte. Er spähte durch den Rauch zu mir herüber. »Also, Miss Alice. Raus damit, wollen Sie das echte Tanger kennenlernen?«

Ich zögerte, da ich vermutete, dass er sich als Reiseführer anbieten wollte. Gleichzeitig fragte ich mich, ob das eine gute Idee war – in eine Stadt einzutauchen, die ich nicht kannte, zusammen mit einem Mann, den ich noch weniger kannte. Doch dann dachte ich an Alice, die in ihrer Angst verharrte, Tag für Tag. Die in den dunklen, engen Räumen ihrer Wohnung festsaß und darauf wartete, dass John von der Arbeit zurückkehrte. *Warten, stets warten*. Das war es, womit wir beide befasst waren. Ich schüttelte den Kopf, als wollte ich das Wort aus meinem Kopf vertreiben. Als könnte ich es irgendwie aus meinem Vokabular entfernen. Ich hatte eine Menge Zeit meines Lebens damit verbracht zu warten. Zu viel Zeit. Ich nickte – eine kurze deutliche Geste, mit der ich zu verstehen gab, dass ich sein Angebot annahm.

»Marokko ist Ihr Zuhause.« Er sprach langsam und studierte mein Gesicht. »Ja, das ist es. Jetzt sind Sie eine *Tanger-ine*.«

Er sprach das Wort französisch aus. Ich lächelte und freundete mich mit dem Gedanken an. Marokko gehörte mir. Das war durchaus möglich, überlegte ich. Denn wohin sollte ich schon zurückkehren? In ein enges, feuchtes Pensionszimmer auf der falschen Seite von New York? Zu den endlosen Tagen, an denen ich die Manuskripte anderer Schriftsteller abtippte? Hier könnte ich endlich etwas selbst schreiben, könnte zum Stift greifen, so wie ich es mir schon während meiner Studienzeit erträumt hatte – so wie ich es mir zusammen mit Alice erträumt hatte. Und wenn das bedeutete, mir Marokko zu eigen zu machen, dann war ich bereit, das einfach zu tun.

Immerhin war ich jetzt eine Tangerine.

5

ALICE

Ich fragte sie nicht, wo oder mit wem sie den Tag verbracht hatte. Und ich fragte sie auch nicht, was sie in Tanger machte, warum sie hier war oder was sie wollte – meine Furcht vor den möglichen Antworten war noch immer zu groß. Stattdessen setzte ich ein gezwungenes, seltsames Lächeln auf, bat sie, Platz zu nehmen, und sagte, dass ich mich um die Getränke kümmern würde – schon jetzt begannen die Abende, wieder die Form anzunehmen wie damals in Bennington.

Ich staunte über die Leichtigkeit, mit der wir so schnell in unsere alten Rollen geglitten waren, und wie bequem das war. Und es ärgerte mich, dieses starke heftige Gefühl, das mich in der Bar plötzlich erfasst und an dem ich versucht hatte festzuhalten, bis ich an nichts anderes mehr denken konnte als daran, wie behutsam sie sich wieder in mein Leben eingefügt hatte, ohne die Vergangenheit und ihren Anteil an dem, was sich zwischen uns ereignet hatte, an dieser Tragödie, zu erwähnen. Ich wusste nicht, was ich von ihr hören wollte. Nicht genau. Doch ließ sie weder durch ein Wort noch durch einen Blick, durch nichts, erkennen, dass ihr unsere letzten Wochen und unser zunehmend angespanntes Verhältnis im Gedächtnis geblieben waren.

Ich spürte, wie die Wut in mir immer größer wurde. Und so zwang ich mich, mich auf die Aufgabe zu konzentrieren, die unmittelbar vor mir lag. Darauf, die Zesten von einer Zitrone zu schaben, die von einem Marktbesuch übrig geblieben war. Einem Besuch, der zwei Wochen zurücklag, sodass die Schale inzwischen vertrocknet und verschrumpelt war.

»So ist es leider an den meisten Abenden«, rief ich aus der Küche. »John ist immer auf irgendeiner Dinnerparty eingeladen.«

»Und was ist mit dir? Gehst du denn nie mit?«, rief sie zurück.

»Nein, nicht mehr.« Ich dachte an die Gesichter – taxierend und kühl – der Menschen, denen ich in den ersten Monaten vorgestellt worden war. »Anfangs habe ich ihn schon begleitet. Doch es stellte sich heraus, dass diese Partys nichts für mich sind. Tanger scheint einen bestimmten Typ Mensch anzuziehen. Und der bin ich wohl nicht so ganz, befürchte ich.«

Ich betrat das Zimmer. Lucy saß neben dem Fenster und blickte hinaus. Als sie mich hereinkommen hörte, drehte sie sich um und sah mich stirnrunzelnd an. »Gefällt es dir überhaupt, Alice? Ich meine, Tanger?«

Mein Gesicht nahm einen flammenden Rotton an. »Tja, ich weiß nicht so recht. Ich denke, dass ich der Stadt nie wirklich eine Chance gegeben habe. Zumindest sagt John das immer.«

Ich ließ unerwähnt, dass ich oft daran zweifelte, ob Johns Worte überhaupt eine Wahrheit in sich bargen, und mich stattdessen fragte, ob die Wahrheit nicht sehr viel einfacher war: nämlich dass Tanger und ich nicht zusammenpassten und nie zusammenpassen würden, egal, wie viele Chancen ich dieser Stadt geben würde. Das wenige, das ich von dieser Stadt wusste, hatte mich gelehrt, dass sie es einem nicht leicht machte. Man kam nicht einfach an und gehörte dazu – nein, man durchlief hier einen Prozess, unterzog sich einer Prüfung, so glaubte ich. Vielleicht sogar einer Art Initiation, die nur die Tapfersten überstanden. Tanger war ein Ort, der zur Rebellion anstachelte. Ein Ort, der dies von seinem Volk, seinen Bewohnern verlangte. Ein Ort, dem man sich ständig anpassen musste. Ein Ort, um den man sich bemühen musste. Ein Ort, wo man um das, was man haben wollte, kämpfen musste. Ich blickte auf die Frau in meinem Wohnzimmer. Es war ein Ort für Lucy.

»Ich habe heute einen neuen Freund gewonnen«, verkündete Lucy und riss mich aus meinen Gedanken. »Einen Marokkaner. Das ist wohl eher ungewöhnlich, vermute ich, aber er war ziemlich nett. Ich habe draußen vor dem Cinéma Rif gesessen. Kennst du das?« Als ich nickte, fuhr sie fort. »Ich habe Tee getrunken, und er hat bemerkt, dass ich ohne Begleitung war. Genauer gesagt hat er sich angeboten, mir Tanger zu zeigen. Er ist Künstler, hat er mir erzählt. Ich glaube, Maler.«

Ich spürte, wie ich bei ihren Worten erneut rot wurde, spürte die Hitze, die sich überall in mir ausbreitete. Der Stoff meines zartrosa Kleids war zwar leicht, aber dennoch fest und gab in der abendlichen Hitze nicht nach. Irgendetwas an Lucys Äußerung, irgendetwas an der Tatsache, dass sie bereits eine Bekanntschaft gemacht hatte, einen Freund gefunden hatte, klang seltsam beunruhigend. Und dann, plötzlich, wurde es deutlicher und nagte an mir. Ein Hauch von Neid, ein Hauch von Eifersucht. Auf meiner Stirn bildeten sich Schweißtropfen. »Hier, dein Drink«, sagte ich und gab ihr das Glas, das ich noch immer umklammert hielt. Ich trat zum Sofa und hoffte, dass sie mir dorthin folgen würde. Dass sie vergessen würde, worüber sie gerade gesprochen hatte. »Probier mal!«, sagte ich, als sie sich neben mich setzte. Ich befürchtete, dass sie die Hitze, die mein Körper mittlerweile zu verströmen schien, wahrnehmen könnte.

»Was ist das?«, fragte sie und rückte näher.

»Meine eigene Kreation.« Ich lachte nervös und führte das Glas an meine Lippen. »Sie hilft mir, die Zeit herumzukriegen.«

Lucy trank vorsichtig einen Schluck. Ich wusste, was es war, das sie gerade schmeckte – eine Süße wie die von Kirschen. »Das ist Grenadine«, erklärte ich. »In Frankreich gibt es eine Marke, die ich besonders gern mag. John muss immer ein oder zwei Flaschen mitbringen, wenn er aufs Festland reist.«

»Und du? Fährst du oft nach Hause?«, fragte sie und sah mich über ihren Drink hinweg an.

»Nach England?« Ich schüttelte den Kopf und versuchte, nicht an zu Hause zu denken, an den Geruch Londons, aromatisch und abgestanden zugleich, satt und faulig. Ich schob den Gedanken beiseite, und in der Stille des Raums fiel mir etwas anderes ein. »Das klingt nach Youssef«, sagte ich.

Sie runzelte die Stirn. »Was klingt nach Youssef?«

»Der Mann, den du gerade beschrieben hast. Ich habe mich gefragt, ob das Youssef sein könnte.«

»Du meinst Joseph?«

Ich schüttelte den Kopf. »Nein, Youssef. Er ist dafür berüchtigt, Jagd auf ahnungslose Touristen zu machen. Jeder kennt ihn hier. Wenn nicht persönlich, dann zumindest vom Hörensagen.«

»Vielleicht war es aber doch jemand anders«, entgegnete sie, und ihr Tonfall war etwas schärfer geworden.

Ich sah ihr an, dass sie diese Information aus der Fassung gebracht hatte. Dass ihr der Gedanke, vielleicht auf jemanden hereingefallen zu sein, überhaupt nicht gefiel. So etwas hätte ich eher von mir erwartet – mir war bewusst, dass ich anderen viel zu oft und viel zu schnell Vertrauen schenkte. Und dann, dann war es wieder da – dieses grässliche, grünliche Gefühl, das sich in meinem Bauch regte und in mir eine merkwürdige Freude darüber auslöste, dass Lucy es gewesen war, die einen Fehler gemacht hatte. Dass sie es gewesen war, die auf die Freundlichkeit eines Fremden hereingefallen war. Ich bohrte weiter nach, ich konnte nicht anders. »Hat er einen Fedora mit einem violetten Band getragen und behauptet, Maler zu sein?«

Sie runzelte die Stirn und nickte.

»Ja, dann ist er's. John sagt, dass er Touristen in sein Haus lockt und dann für allen möglichen nutzlosen Kram Geld verlangt. Ich glaube, er hat mal eine Komplizin gehabt, die vorgegeben hat, seine Tochter zu sein.« Ich zuckte mit den Achseln. »Einheimische verraten den Touristen nie derlei. Ich habe sogar den Verdacht, dass sie das alles eher amüsant finden.«

Bevor ich noch etwas hinzufügen konnte, ging die Haustür auf, und Johns Stimme schallte durch die Wohnung. »Ich bin sofort wieder weg. Ich muss nur schnell ein paar Sachen holen. Tut einfach so, als wäre ich nicht da!«

Ich legte meine kühlen Hände auf die Wangen, um die Röte, die sich dort ausgebreitet hatte, von Lucys Fehltritt scheinbar noch befeuert, zu vertreiben. »Ich habe Lucy gerade von Youssef erzählt«, rief ich ihm zu und dachte an die Litanei von Geschichten, die John zu dem Thema parat hatte. Mir kam der Abend in den Sinn, als er sich so unmöglich aufgeführt hatte. Und genau da, in jenem Moment, wollte ich, dass er ihr zeigte, was es war, das ich in ihm gesehen hatte. Wollte ich seinen Beweis dafür, dass er gar nicht so schrecklich war und ich mein Leben nicht verpfuscht hatte, als ich ihm an jenem verregneten Sommertag in dem winzigen Standesamt mein Jawort gegeben hatte.

John murmelte etwas, aber es war schwer zu sagen, ob er damit ausdrücken wollte, dass er mich gehört hatte oder dass ich weitersprechen solle. Ich hielt kurz inne, ein eingefrorenes Lächeln im Gesicht, meine Hände stoppten mitten in der Bewegung. »Du weißt schon, der Mann mit dem violetten Schal?«, sagte ich schließlich.

Daraufhin tauchte John aus dem Flur auf, das Gesicht glänzend vor Schweiß. Er trat zur Bar, goss sich großzügig Gin ein und fügte einen kleinen Spritzer Tonic hinzu. Ich stellte fest, dass er sich nicht einmal die Mühe gemacht hatte, den Hut abzunehmen.

»Ich habe ihr gesagt, dass er ein Schuft ist und sie vorsichtig sein muss«, fuhr ich fort.

»Schurke, mein Schatz.«

»Ja, genau«, sagte ich und wurde noch röter. »Ständig verwechsle ich Wörter«, erklärte ich und wandte mich an Lucy. »John muss mich immer korrigieren. Nichts kann ich mir merken.«

Lucy lächelte, doch sie wirkte angespannt dabei. Ich hatte bereits bemerkt, dass sie sich in Johns Gegenwart anders verhielt. Ich wandte mich wieder von ihr ab. »Erzähl ihr die Geschichte! Die von deinen Freunden in der Arbeit!«, bat ich ihn – nein, bettelte ich ihn förmlich an. So wie ein Kind seine Eltern anbettelte oder ein junger Hund sein Herrchen.

John nickte, drehte sich wieder zur Bar um und goss sich ein zweites Glas ein, dieses Mal nur mit Gin. Erst dann begann er zu erzählen. »Du wirst sehen, die Geschichte ist typisch für Tanger. Einer meiner Kollegen im Büro lernte dieses junge amerikanische Pärchen kennen. Sie machten hier Urlaub und begegneten zufällig Youssef. Sie kamen mit ihm ins Gespräch und hielten ihn für harmlos, glaubten sogar, dass er vielleicht jemand ist, den man kennen sollte oder der sich auskennt, wenn du verstehst, was ich meine. Sie glaubten, es sei für sie vielleicht von Vorteil, sich ihm anzuschließen, um das Nachtleben zu erkunden.« Er hielt inne, als wollte er die Spannung erhöhen. »Na ja, Youssef führte sie schließlich in eine Kneipe und behauptete, sie gehöre ihm – irgendeine abgelegene Spelunke auf der falschen Seite der Kasbah. Die zwei wissen mittlerweile nicht mehr, wo sie sind, sie sind eine ganze Weile herumgegangen und haben jetzt völlig die Orientierung verloren. Und dann, ehe sie sichs versehen, stehen sie vor einer Art Müllhaufen. Es ist stockfinster, und außer ihnen und Youssef ist weit und breit kein Mensch.

Natürlich fragt er nach Geld. Sagt, dass er ihnen den Weg zurück zum Hotel nur zeigt, wenn sie ihn bezahlen. Die beiden sind empört. Sie weigern sich und laufen los, um selbst einen Weg zurück in die Kasbah zu finden, zurück in die Medina. Doch sie schaffen es nicht. Es ist spät, und die Frau bekommt es langsam mit der Angst zu tun, also geben sie schließlich nach und bezahlen ihn. Er führt sie zurück, aber nicht bis zum Hotel, sondern nur so weit, dass sie sich wieder zurechtfinden. Die Amerikaner sagen in Ordnung, danke, lassen Sie uns jetzt allein. Sie sind froh, ihren Weg wiedergefunden zu haben, und marschieren los. Doch dann ...«

»Jetzt kommt der beste Teil«, warf ich lächelnd ein.

John hielt inne. »Alice, willst du die Geschichte weitererzählen?« Er lachte kurz auf, um so scheinbar zu einem unbeschwerten Ton zu finden, doch seine Worte klangen weiterhin abgehackt. »Ich weiß nicht, warum du mich überhaupt hereingebeten hast. Anscheinend brauchst du meine Unterstützung gar nicht.«

»Doch, doch«, erwiderte ich und machte eher unabsichtlich eine Art Schmollmund. Dann lehnte ich mich zurück in die Couch. »Du erzählst die Geschichte. Du kannst das besser.«

John stieß einen übertriebenen Seufzer aus, als wollte er damit nochmals unterstreichen, wie anstrengend seine dumme, kleine Frau doch war. Ich rechnete schon fast damit, dass er sich an Lucy wandte, den Kopf schüttelte, die Augen verdrehte und schließlich sein Mitgefühl über die lästigen Seiten der Alice ausdrückte, die auch sie nur zu gut kannte. Stattdessen sah er keinen von uns beiden an, sondern fuhr mit der Geschichte an genau der Stelle fort, an der er aufgehört hatte. Als hätte es nie eine Unterbrechung gegeben. »Die beiden marschieren also los, und wer taucht nach ungefähr fünfzehn Minuten wieder auf? Niemand anders als Youssef. Er will noch mehr Geld – und du wirst nie erraten, wofür.«

Die eingetretene Stille deutete darauf hin, dass nunmehr von Lucy und mir, dem aufmerksamen Publikum, erwartet wurde, sich zu äußern. »Wofür?«, fragte ich, als Lucy schwieg.

»Dafür, dass er sie in Ruhe gelassen hat.« John warf den Kopf in den Nacken und lachte, der Gin in seinem Glas schwappte hin und her. »Ist das nicht dreist? Auf jeden Fall ist er einfallsreich. Das muss man ihm lassen.«

»Ja, das muss man wohl«, antwortete Lucy, doch ihre Augen waren leicht zusammengekniffen.

»Woher kommt eigentlich deine Neugierde in puncto Youssef?« John blickte in meine Richtung, und ein Grinsen breitete sich auf seinem Gesicht aus. »Was ist? Ist sie etwa auf einen seiner Tricks hereingefallen?«, stichelte er.

»Nein, nichts dergleichen«, antwortete ich und warf Lucy einen nervösen Blick zu.

»Ich habe nur erwähnt, dass ich ihm heute begegnet bin«, sagte sie. Ich hörte, wie sie sich darum bemühte, den kalten Ton aus ihrer Stimme zu vertreiben. »Er hat einen ganz freundlichen Eindruck gemacht«, fügte sie hinzu.

»Freundlich?« John lachte.

»Ja, was ist falsch daran?«, fragte ich. Mir war Johns Hochmut peinlich. Ich hatte nur eine Gelegenheit gesucht, um Lucys Meinung zu John zu ändern. Um ihr zu zeigen, dass er gar nicht so grässlich war, sondern sogar ziemlich witzig sein konnte, wenn er wollte. Doch mein Vorhaben war erneut gescheitert – John war grausam, und Lucy war gekränkt. Scheinbar gab es nichts, womit ich die beiden zu der Überzeugung bringen konnte, dass es sich lohnte, den jeweils anderen besser kennenzulernen. Aber das hätte mich eigentlich nicht wundern sollen. Lucy und ich hatten schon immer als eine Einheit fungiert, getrennt, abseits vom Rest. Anders als der Rest.

»Schatz«, sagte John und schüttelte den Kopf. »Es ist genau diese Freundlichkeit, mit der sie sich das Geld ergaunern.«

Ich betrachtete Lucy, die John finster anstarrte, während er sie mit so etwas wie Abneigung und Spott musterte, und ich erkannte, dass ich nichts machen konnte. Rein gar nichts.

In unserem dritten Jahr am Bennington College hatte sich alles verändert.

Ich war in den Weihnachtsferien weggefahren und hatte meine Tante auf einer ihrer Reisen an die Ostküste besucht – ein förmliches Abendessen in dem Hotel, in dem sie gerade wohnte, hatte sich rasch zu einem festen Ritual zwischen uns entwickelt. Obwohl sie angeboten hatte, einen Fahrer für meine Rückfahrt nach Bennington zu engagieren, hatte ich darauf bestanden, den Bus zu nehmen. Ein paar Stunden später hatte ich mich von ihr verabschiedet, voller Vorfreude, in mein Zimmer zurückzukehren. Zu Lucy zurückzukehren. Zu dem Ort zurückzukehren, der für mich so schnell der Inbegriff von Zuhause geworden war. Als der Bus dann aber später in den Busbahnhof einfuhr, krampfte sich plötzlich mein Magen zusammen. Wir waren noch immer in Massachusetts und hatten die Grenze noch nicht überquert. Mit meiner Fahrkarte hatte ich zwar einen Anschluss nach Vermont bezahlt, doch als ich jetzt aus dem Fenster sah, die Nase gegen die kalte Schreibe gedrückt, stellte ich fest, dass der Busbahnhof völlig dunkel war.

»Der Bus wird schon kommen«, versicherte mir der Fahrer, als ich ihn fragte.

»Aber der Bahnhof sieht nicht so aus, als wäre er geöffnet«, wandte ich ein und warf einen nervösen Blick zu dem dunklen Gebäude.

»Er wird abends um sechs geschlossen«, antwortete er. »Sie werden draußen warten müssen.«

Ich schaute hinaus in die Dunkelheit. Die Temperatur lag nur wenige Grad über null, und für diesen Abend war Schnee vorhergesagt worden.

»Aber mir hat keiner gesagt, dass …«, begann ich.

»Da kann ich nichts machen, Miss«, fiel er mir ins Wort. »Ich muss weiterfahren, ich kann hier nicht stehen bleiben.« Die anderen Fahrgäste waren bereits ausgestiegen. Er deutete auf die Stufen, um mir zu verstehen zu geben, ihrem Beispiel zu folgen.

Ich nickte stumpf.

»Passen Sie auf sich auf!«, rief er und schloss die Türen hinter mir.

Danach stand ich vor dem geschlossenen Busbahnhof, den Koffer in der Hand, unsicher, ob ich ihn auf die feuchte, verschneite Erde stellen sollte. Eine einzelne Straßenlampe beleuchtete die Stelle, wo ich wartete, sodass meine Gestalt erhellt wurde. Wenige Schritte weiter begann ein schwarzes Nichts, völlige Dunkelheit. Ich bemühte mich, ruhig zu bleiben. Mein Atem bildete in der kalten Luft große Wolken, und die Feuchtigkeit drang durch meinen Schal.

»He, du!«, rief eine tiefe Stimme.

Ich spähte in die Dunkelheit. Ich war mir nicht sicher, ob dieser Ruf mir gegolten hatte. Außer dem Glitzern des Schnees auf den Straßen konnte ich von meinem Platz unter der Lampe aus nichts erkennen.

»Ja, du«, ertönte die Stimme erneut.

Eine männliche Gestalt trat in den kleinen Lichtkreis, der mich umgab. Es war ein junger Mann – bestimmt nur ein paar Jahre älter als ich –, sein sportlicher, hoch gewachsener Körper steckte in einer olivgrünen Jacke mit abgewetzten Lederflicken auf den Ellenbogen. Er hielt einen Koffer in der Hand.

»Brauchst du eine Mitfahrgelegenheit?«

»Ich warte auf den Bus«, antwortete ich. Daraufhin sah er sich um, als wollte er mir zu verstehen geben, dass er so seine

Zweifel hatte, was dessen Existenz betraf. Und so fügte ich hastig hinzu: »Er soll erst in zwei Stunden hier sein.«

Er runzelte die Stirn. »Sieht so aus, als hätte der Bahnhof heute schon zu.«

»Aber der Busfahrer hat gesagt ...« Ich verstummte, schaute mich zuerst um und dann zu dem Jungen.

Er schielte nach hinten über seine Schulter. »Ein paar von uns teilen sich ein Taxi bis zum Williams College.«

Ich spähte durch die Dunkelheit, doch ich konnte niemanden sehen. »Ich will zurück nach Bennington«, erwiderte ich. »Ich gehe dort aufs College.«

Ein zaghaftes Lächeln tauchte auf seinem Gesicht auf. »Bennington?«, fragte er, und sein Grinsen wurde breiter. »Ich habe über die Mädchen da einige interessante Geschichten gehört.«

Ich runzelte die Stirn und fragte mich, ob ich beleidigt sein sollte oder nicht.

»Nur ein Scherz«, fügte er hastig hinzu, als könnte er meine Gedanken lesen. »Außerdem studiere ich in gewisser Weise selbst da.«

»Wie meinst du das?«, fragte ich und runzelte erneut die Stirn. »Auf dem College sind nur Mädchen.« Meine Antwort klang kurz angebunden und reserviert. Ich fragte mich, ob er sich über mich lustig machte.

»Ich weiß«, lachte er. »Wie du siehst, passe ich nicht ganz ins Bild. Die meisten meiner Kurse finden am Williams College statt. Aber ich gehöre der Theatergruppe an. Also der am Bennington College, meine ich.«

»Oh«, erwiderte ich, überrascht von seiner Antwort. Wie die meisten anderen Mädchen in Bennington wusste auch ich von dem merkwürdigen Schlupfloch, durch das die einheimischen Jungen wenigstens ab und zu das College besuchen konnten. Die Schulleitung hatte sich dafür in den Dreißigerjahren entschieden, als sie erkannte, dass männliche Darsteller nötig sind, um das Spektrum der Bühnenproduktionen zu vergrößern. Die Gegenwart der Jungen sorgte stets für Gerede unter den Mädchen, die der Theaterabteilung angehörten, und bot ihnen sozusagen die Chance, sich mit dem Feind zu verbrüdern. Doch meine Welt und die des Theaters kamen selten in Berührung, weshalb er der erste Junge war, den ich nun kennenlernte, in meinem mittlerweile dritten Jahr am College, und der tatsächlich dieser Gruppe angehörte.

»Ich glaube, ich habe dich schon mal gesehen«, sagte er dann mit demselben Grinsen.

Ich schüttelte den Kopf. Der Gedanke, dass mich jemand beobachtet haben könnte, machte mich verlegen. »Das glaube ich nicht.«

Er nickte. »Doch! Dich und das andere Mädchen. Ihr seid immer zusammen.«

Ich hielt kurz inne. »Lucy.«

Er lächelte. »Schön, dich kennenzulernen, Lucy.«

Ich wurde rot, als mir die Verwechslung – ob nun durch mich oder durch ihn verursacht – bewusst wurde, und schob schnell eine Erklärung hinterher. »Nein, so heiße ich nicht. Was ich gemeint habe, ist, dass du mich mit meiner Mitbewohnerin Lucy gesehen haben musst.«

»Oh«, nickte er und klang, als wäre er enttäuscht über diese neue Information. Er zuckte mit den Achseln. »Sag mal, warum fährst du nicht bei uns mit? Du kannst doch hier nicht allein warten. Nicht bei dem Wetter«, sagte er, doch ich hatte den Verdacht, dass ihn eher die Uhrzeit beunruhigte als die Temperaturen. »Ich habe ein Auto auf dem Campus stehen, damit könnte ich dich nach Bennington bringen.«

Ich zögerte einen Augenblick, vielleicht auch etwas länger, wog die Uhrzeit, die Dunkelheit und das schleichende Gefühl der Angst ab, das mich bereits zu erfassen begonnen hatte, noch bevor er aufgetaucht war. Mein Retter. Zumindest schien er das zu sein. Also trat ich aus meinem Lichtkreis hinaus – aus meinem Schutzkreis, so dachte ich unwillkürlich –, folgte ihm und fragte mich, was ich gerade gegeneinander ausgetauscht hatte, eine unbekannte Größe gegen eine andere. Doch dann, nur wenige Meter entfernt, scharte sich die Gruppe von Freunden, von der er gesprochen hatte, um ein Taxi. Wir zwängten uns alle hinein, die Körper eng aneinandergepresst, eines der Mädchen musste sogar auf dem Schoß eines der Jungen sitzen. Ich hörte ihr zu, dieser Gruppe von Freunden, der ich mich erst nur so zögerlich hatte anschließen wollen. Sie scherzten und lachten. Sally, die im Hauptfach Kunst studierte und beabsichtigte, den Sommer in Venedig zu verbringen; Andrew, der in die Fußstapfen seines Vaters treten und Professor für Englisch werden wollte, und ein Mädchen, dessen Name mir entfallen ist, das jedoch anhaltend über das ganze Gesicht strahlte, hauptsächlich in Andrews Richtung.

Und außerdem noch der Junge, den ich als Erstes kennengelernt hatte. Er hieß Thomas, kurz Tom. Im Kreis seiner Freunde war er jetzt äußerst zurückhaltend, verfolgte ihre Unterhaltung aber mit einem Lächeln. Es versetzte mir einen Stich, als wir den Busbahnhof verließen und ich diese Verbundenheit zwischen ihnen wahrnahm, die sich in einem leichten, unbeschwerten Umgang offenbarte. Sie war so anders als das, was sich zwischen Lucy und mir entwickelt hatte, diese seltsame Zweisamkeit, die mir im Vergleich plötzlich eigenartig und einsam vorkam.

Anfangs hatte ich die Nähe zwischen uns aufregend gefunden. Doch im Laufe der Jahre war mir immer mehr aufgefallen, dass es Lucy gelang, alles, was ich ihr erzählte, in sich aufzunehmen, ohne je etwas von sich preiszugeben. Zuerst hatte ich gedacht, es sei Schüchternheit, überzeugt davon, dass sie es, anders als ich, einfach nicht gewohnt war, mit einer anderen Person so eng zusammenzuleben. Ich redete mir ein, dass sie irgendwann schon noch Vertrauen fassen würde. Ich müsste nur geduldig sein. Doch dann hatten wir Weihnachtsferien. Wir fuhren nach Hause und kehrten zurück. Dann kamen die Sommerferien, und wir fuhren wieder nach Hause. Noch immer wusste ich nicht viel über das Mädchen, das mir näherstand als jeder andere Mensch, den ich je kennengelernt hatte. Das Mädchen, das alle meine Geheimnisse kannte, jedes noch so kleine.

Aber nein, korrigierte ich mich selbst: *Mädchen* war nicht das richtige Wort. Lucy war eine Frau – sie kleidete sich wie eine Frau, sie benahm sich wie eine Frau, und sie hatte sogar den Gang einer Frau. Ich hatte immer gedacht, das gehe mit dem Verlust der Jungfräulichkeit einher. Als verleihe der Akt der Vereinigung einem plötzlich Reife. Als besäße er die Macht, die Unsicherheit und den Kummer zu vertreiben, die einen seit Beginn der Pubertät plagen. Das war natürlich Unsinn. Ich war fest davon überzeugt, dass Lucy in ihrem ganzen Leben noch nicht einmal einen anderen Menschen geküsst hatte. Trotzdem kleidete sie sich, benahm sie sich und ging sie so, wie ich es auch tun wollte – selbstbewusst und kontrolliert. Als wäre sie sich ihrer selbst völlig sicher.

Begehren. Ein eigenartiges Wort. Eines, das ich tendenziell mit langen, langweiligen Vorlesungen zu Hawthorne und anderen Schriftstellern des puritanischen Zeitalters in Verbindung brachte. Ich musste das Wort einmal im Zusammenhang mit einem Aufsatz für die Schule nachsehen. Dabei stieß ich auf die folgende Erklärung: *etwas ungerechtfertigt, übertrieben oder ohne gebührende Berücksichtigung der Rechte anderer wollen*. Es gab noch weitere Definitionen. Weitere Wörter, unterschiedliche Wörter, doch alle besagten das Gleiche. Der erste Teil der Erklärung aber war derjenige, der mir im Gedächtnis haften geblieben war: etwas ungerechtfertigt wollen.

Er kam mir merkwürdig schön und dennoch beängstigend korrekt vor.

Die Gefühle, die ich für Lucy empfand, waren ähnlich, dachte ich oft – sie gingen über eine normale Freundschaft hinaus. Sie drohten, mich zu erdrücken, möglicherweise sogar zu zerstören. Es gab Momente, in denen ich glaubte, dass ich eher so sein wollte wie sie, als dass ich sie zur Freundin haben wollte. Diese beiden Wünsche waren unglaublich stark und gegensätzlich. Dennoch vermischten sie sich und verschmolzen, sodass ich nicht mehr in der Lage war, sie voneinander zu unterscheiden. Ich begehrte nach ihrer Unbeschwertheit und verlangte nach dem einen: so zu sein wie sie. Das wollte ich für mich. Es gab Tage, an denen ich es fast spürte – wenn ich den Dämonen und Ängsten, die mich so oft plagten, standhalten konnte, ermutigt von ihrer Gleichgültigkeit der Welt gegenüber, die mir so grausam erschien, obwohl ich noch so jung war. Es gab Tage, an denen ich mich nie von ihr trennen wollte, an denen ich das Gefühl hatte, mein ganzes Sein würde von meiner engen Bindung zu ihr abhängen. Und es gab Tage, an denen ich sie hasste. An denen ich mich über mich selbst und über sie ärgerte, über diese Abhängigkeit, über diese symbiotische Beziehung, die wir geschaffen hatten – auch wenn ich mich in den dunkelsten Stunden fragte, ob sie tatsächlich so symbiotisch war. Ob ich ihr etwas anzubieten hatte. Und ob das, was sie mir bot, nicht eher eine Krücke war als eine echte Hilfe. In letzter Zeit hatte ich mit der Merkwürdigkeit unserer Beziehung mehr zu kämpfen gehabt, da ich unser Verhältnis nie richtig erklären konnte, nicht einmal mir selbst gegenüber. Und jetzt, in diesem Taxi, im Kreis dieser unbeschwerten, heiteren Gruppe von Freunden, überkam mich einmal mehr das Bedürfnis, diese Beziehung zu begreifen, bevor sie mich ganz und gar erdrückte.

Toms Freunde wollten ihn nicht den Straßen von Vermont überlassen, und so zwängten sie sich alle in sein Auto hinein, das wie versprochen auf dem Campus des Williams Colleges stand. Schweigend legten wir den letzten Teil der Fahrt zurück.

In Bennington angekommen, verspürte ich schon fast so etwas wie Bedauern, als ich die anderen schließlich verlassen musste. Bestürzt stellte ich fest, wie schrecklich düster die Aussicht, in mein Zimmer und zu Lucy zurückzukehren, geworden war.

»Warte!«

Ich drehte mich um. Der Junge mit den ledernen Ellbogenflicken, Tom, erinnerte ich mich, kam auf mich zugelaufen. Er beugte sich vor und nahm mir den Koffer aus der Hand. »Lass mich das tragen!« Und so begleitete er mich in mein Zimmer und vergewisserte sich, dass ich in Sicherheit war. Er setzte den Koffer neben meinem Bett ab und schaute sich um. Ich fragte mich, was er aus dem, was er sah, lesen konnte. Aus der hoffnungslos kindlichen, grässlich rosa-weißen Decke auf meinem Bett, die meine Tante in einem törichten Versuch gekauft hatte, ihre neue Schutzbefohlene in einem Erwachsenenhaushalt willkommen zu heißen. Und aus dem peinlichen Aufwand, den ich betrieben hatte, um meine Seite des Zimmers auszugestalten, indem ich verschiedene Skizzen an die Wand heftete. Sein Blick blieb an der Landkarte hängen, die sich auf Lucys Seite befand, und er schien die zahlreichen Nadeln zu betrachten, die wir hineingesteckt hatten. Ein albernes Spiel aus unserem ersten Jahr, als unsere Beziehung noch frisch und daher alles möglich erschienen war.

Dann trat er zu der Reihe von Fotografien, die ich über meiner Kommode angebracht hatte.

Ich hatte mich in jenem Herbst aus einer Laune heraus für einen Fotokurs angemeldet. Der Lehrer, ein professioneller Fotograf, der während der Woche ein paar Tage in Vermont und den Rest in New York City verbrachte, war von mehreren Fotobegeisterten ermuntert worden, auf dem Campus eine provisorische Dunkelkammer zu errichten. Die alte Kamera meiner Mutter gehörte zu den wenigen Dingen, die ich nach Vermont mitgenommen hatte, ohne jedoch jemals im Sinn gehabt zu haben zu lernen, wie man damit umgeht. Doch schon bald begann ich, Stunden in dem Dunkelraum zu verbringen, und fand Freude daran, selbst Fotos zu entwickeln und Abzüge davon zu machen. Ich hatte endlich das Gefühl, etwas Eigenes gefunden zu haben. Etwas, das mit der Alice, die ich in Lucys Gegenwart war, nichts zu tun hatte. Das war eine außergewöhnliche Erfahrung. Eine, die sich in meinem Innern entfaltete, sodass es Tage gab, an denen sie mich ganz ausfüllte, als würde die Erkenntnis, wozu ich fähig war, genügen, um mich zu nähren.

Mein Herz schlug schneller, und ich wartete darauf, dass Tom etwas sagte – doch dann ging die Tür auf, und Lucy stürmte herein. »Du bist schon zu Hause!«, keuchte sie. »Ich hatte mir schon Sorgen gemacht. Ich bin gerade an der Haltestelle gewesen und ...« Dann verstummte sie und drehte sich um.

Tom lächelte und nickte ihr zu.

»Lucy«, begann ich. »Das ist Tom. Er war heute mein Retter in der Not«, sagte ich, bevor ich ihr aufgeregt und nervös die ganze Geschichte erzählte und dabei außer Atem geriet, sodass die beiden sich leicht verlegen, leicht entgeistert ansahen. Als ich schließlich fertig war, merkte ich, dass sich Lucys Blick verfinstert hatte. Sie blieb still.

Da standen wir drei, und die Erkenntnis, dass sich etwas verändert hatte, etwas verschoben hatte, schwebte spürbar im Raum. Später dann fragte ich mich allerdings, ob Tom überhaupt etwas bemerkt hatte. Oder ob nur Lucy und ich es wahrgenommen hatten, ein weiteres Beispiel dafür, was für ein merkwürdiges Zweigespann wir bildeten. Es ließ sich nicht erklären, es setzte sich über jede Normalität hinweg.

Und zum ersten Mal wollte ich mich daraus unbedingt befreien.

Plötzlich gab es nicht mehr nur noch Lucy und mich.

Es gab uns beide und Tom. Ein eigenartiges kleines Dreiergespann, das nicht zusammenpassen wollte, wie ich bald feststellte. Anfangs bemühte ich mich noch sehr darum. Als ich von meinem Lehrer die Aufgabe erhielt zu erlernen, wie man eine Fachkamera bedient – deren Gewicht mehr als nur ein Paar Hände benötigte –, lud ich Lucy ein, sich Tom und mir anzuschließen. Wir schleppten die Ausrüstung über den Campus, und Tom witzelte, dass er doppelt benutzt werden würde. Als Fotoobjekt und als Lastenträger. Lucy begleitete uns nur dieses eine Mal, als wir fast eine Stunde brauchten, um die Kamera an den Rand des Campus zu schaffen, den wir lachend das Ende des Universums getauft hatten. Es war jenes Stück Land am Eingang von Bennington, das im Gegensatz zum Ende der Welt tatsächlich gefährlich und bedrohlich abfiel.

»Ich bedauere den Menschen, dessen Schicksal es ist, hier einmal mit dem Auto in die Tiefe zu stürzen«, hatte Tom gesagt, uns angelächelt und sich gegen das Geländer gelehnt, während er wartete, dass ich die Kamera aufstellte und zu fotografieren begann.

Lucy stand stocksteif da und starrte in den Wald. Obwohl ich sie bat, auch ein Foto von ihr machen zu dürfen, erwiderte sie nichts, und ich zweifelte schon, ob sie mich überhaupt gehört hatte.

Als wir später wieder zurück zum Campus gingen, versuchte Tom, mit ihr über die Kurse, die sie belegte, ins Gespräch zu kommen und über Literatur allgemein. »Ich beneide euch um euren Professor«, sagte er. »Ich würde sehr gern einen Kurs von ihm besuchen. Hast du dich schon zu einem seiner Seminare angemeldet?«

Sie wandte sich ihm zu, ihr Blick stählern und hart. »Nein. Aber ich denke, dass ich auch lieber einen Kurs bei seiner besseren Hälfte belegen würde.«

Und Tom war still.

Kurz darauf versuchte ich, mit ihr über diesen Vorfall zu sprechen – darum bemüht, die Befremdung, die sich zwischen uns geschoben hatte, zu vertreiben. Doch sie hatte sich nur abgewandt, die Miene verschlossen, zurückhaltend. Ich vermutete, dass sie mich bestrafen wollte – für meine Beziehung zu Tom, für eine Nähe, die sie nicht nur ausschloss, sondern durch die sie auch häufig allein war. Ich hatte ein schlechtes Gewissen, doch ihr seltsames Verhalten irritierte mich auch, denn ich wusste, dass ich im umgekehrten Fall nicht so gleichgültig gewesen wäre.

»Irgendwas stimmt nicht mir ihr«, sagte Tom eines Abends, als wir versteckt am Ende der Welt lagen. Mittlerweile war Frühling, und wir warteten auf den Sonnenuntergang.

»Ach komm, sei nicht so gemein!«, protestierte ich und drückte meine Schulter an seine – noch immer nahm ich meine seltsame Zimmergenossin in Schutz. Auch wenn ich ihr Verhalten nicht guthieß und es mir unangenehm war, so wie es Tom wahrscheinlich verärgerte, tat sie mir trotzdem leid – denn immerhin verbrachte sie jetzt diese langen Nachmittage allein und abgeschieden in der Bibliothek, und an den Abenden schwiegen wir uns an und blieben auf Abstand.

»Bin ich nicht«, entgegnete er und zog mich lachend zu sich. »Ehrlich nicht.« Dann verstummte er. Ich lehnte mich an ihn und spürte seinen Oberkörper, der sich hob und senkte, nahm seinen Duft wahr, der so unverwechselbar war – von Sonne, von Sand und ein bisschen von Wäsche, die im Freien getrocknet war. Ich schmiegte mich noch enger an ihn. »Es ist nur …«, begann er. »Es ist nur die Art, wie sie dich ansieht.«

Ich runzelte die Stirn. »Wie meinst du das?« Als er nicht antwortete, drehte ich mich zu ihm. »Wie sieht sie mich denn an?«, fragte ich.

Er sah weg, als wäre er verlegen. Als würde er zögern, es laut auszusprechen. »Ich weiß es nicht. Ich meine, ich weiß nicht, wie ich es sagen soll.«

»Versuch es!«, forderte ich ihn auf. Ich wollte unbedingt eine Antwort haben.

Doch er sagte kein Wort.

Ich drehte mich um, ein Schauer erfasste mich. Dann schwieg auch ich, drängte mich an seinen warmen Körper und hatte das Gefühl, als würde mir nie wieder warm werden. Zusammen sahen wir dabei zu, wie vor uns die Sonne unterging.

Einen Monat, nachdem ich Tom kennengelernt hatte, begannen Dinge zu verschwinden.

Anfangs waren es nur Kleinigkeiten. Ein Lippenstift, den ich nicht finden konnte. Eine Kette, die ein paar Tage lang fehlte, um dann an einer Stelle wiederaufzutauchen, an der ich, wie ich ganz genau wusste, bereits nachgesehen hatte. Ein Schal, von dem ich mich nicht erinnern konnte, ihn getragen zu haben, und der im Wäschekorb lag, um in die Maschine zu wandern. Anfangs dachte ich mir nichts dabei. Später, als ich begriff, dass Lucy dahinterstecken musste, dachte ich, dass Schwestern eben so zusammenleben, sich Sachen voneinander ausborgten, ohne zu fragen. Kleidung und Accessoires zu tauschen war ein ungeschriebenes Gesetz.

Doch dann, eines Tages Anfang Mai, ging ich in unser Zimmer und fand Lucy in meinen Sachen vor dem Spiegel. Ich blinzelte. Sie trug nicht nur eines meiner Kleidungsstücke – einen Schal oder einen Pullover – nein, sie steckte von Kopf bis Fuß in meinen Sachen. Ich erkannte mein elfenbeinfarbenes Kleid mit der Lochstickerei und dem Bubikragen und einen eleganten, perlenbesetzten Glockenhut, den mir meine Tante im vorherigen Winter gekauft hatte. Lucy stand da, den Kopf zur Seite geneigt, und betrachtete sich im Spiegel, während sie an dem Kleid herumzupfte, um die Passform zu richten. Doch es sah merkwürdig an ihr aus, als würde sie Kleider anprobieren, die ihr jüngeres Ich einmal getragen hatte.

Es dauerte ein paar Augenblicke, bis sich unsere Blicke trafen – bis sie begriff, dass sie nicht mehr allein im Zimmer war. »Tut mir leid«, sagte sie und nahm schnell den Hut ab. Ihr Gesicht war dunkelrot angelaufen.

»Nein, du musst dich nicht entschuldigen«, erwiderte ich lächelnd und versuchte vergeblich, so befürchtete ich, das Unbehagen dieses Augenblicks zu vertreiben. Wir hatten in den letzten Wochen nur wenig Zeit miteinander verbracht – ich war entweder in der Dunkelkammer oder mit Tom zusammen –, und die Distanz, die zwischen uns entstanden war, ließ diese Situation noch befremdlicher, noch beunruhigender erscheinen. »Du kannst dir das Kleid jederzeit ausleihen«, fügte ich rasch hinzu.

Trotzdem beeilte sie sich, die Kleider auszuziehen. Sie legte den Hut auf mein Bett und wirkte dabei eher verärgert als verlegen. Dann riss sie sich das Kleid so hastig und energisch vom Körper, dass ich schon befürchtete, die Nähte könnten aufreißen. Es dauerte nur Sekunden, und Lucy stand wieder in ihren eigenen Sachen vor mir, das Gesicht flammend rot von einem Gefühl, das ich nicht ganz interpretieren konnte.

Schlussendlich hielt ich es für das Beste, den Vorfall einfach zu übergehen. Ich wandte mich von ihr ab, setzte mich an meinen Schreibtisch und hantierte so lange mit meinen Büchern herum, bis die Spannung im Zimmer sich legte und sich schließlich auflöste, als wäre nie etwas geschehen.

Doch dann, zwei Wochen später, Lucy machte sich gerade morgens fertig, fiel mein Blick auf das, was ihr Handgelenk umschloss, und ich erschrak. Es war das Bettelarmband meiner Mutter, ein schmales Schmuckstück aus Silber. Früher hatte es geglänzt, doch mittlerweile war das Metall angelaufen. Natürlich war es nicht wertvoll, trotzdem zählte es zu meinen kostbarsten Schätzen, was Lucy sehr genau wusste. Nach dem Tod meiner Mutter hatte ich Stunden damit verbracht, diese Anhänger zu betrachten. Da gab es ein Pärchen – das Mädchen in Rot, der Junge in Blau – auf Skiern, einen Kaugummiautomaten mit winzig kleinen, farbigen Perlen, die die Süßigkeit imitierten, und eine Violine. Ich kannte alle Anhänger auswendig, hatte mir ihre aufwendigen Details eingeprägt, besonders in den Momenten, in denen mich die tragische Wahrheit, die Tatsache, dass ich dieses Armband nie wieder am Handgelenk meiner Mutter sehen würde, unsäglich traurig machte.

Als ich es an Lucys Handgelenk baumeln sah, begann mein Herz zu pochen, und vor meinen Augen tauchten Punkte auf, kleine funkelnde Sterne, helle Lichter, die sich aneinanderdrängten, um sich einen Platz zu erkämpfen. Ich blinzelte und sagte mir, dass das für Lucy nichts zu bedeuten hatte, dass sie einfach nur vergessen hatte, was ich ihr erzählt hatte und wie besonders dieses Armband für mich war. Doch dann hielt ich inne und versuchte mich zu erinnern – an eine Unterhaltung, an eine kurze Erwähnung, an irgendetwas, das ich in den Jahren, die wir mittlerweile zusammenwohnten, gesagt oder getan hatte. Doch in meinem Kopf geriet alles durcheinander und verschwamm.

»Ich wäre dir dankbar, wenn du das nächste Mal fragen würdest«, sprudelte es aus mir heraus. Ich schmeckte etwas Bitteres und schluckte schnell.

Lucy hielt inne. Ihre eine Hand umklammerte einen Notizblock. Ihre andere – die mit dem Armband – hing lässig an ihrer Seite. Sie war einen Augenblick lang still. »Was fragen, Alice?«, sagte sie dann.

Ich wandte mich ihr zu, um ihr ins Gesicht zu sehen, und tadelte mich selbst für meine Nervosität. Schließlich war es mein Armband, und es hatte einmal meiner Mutter gehört. Es zählte zu den wenigen Dingen, die mir von ihr geblieben waren. Mich vorher um Erlaubnis zu fragen, wenn sie etwas aus meinem Schmuckkästchen nahm, war eine Selbstverständlichkeit, sagte ich mir. »Keine große Sache«, sagte ich und spürte die Hitze, die auf meinen Wangen brannte. »Es ist nur das Armband. Ich habe nichts dagegen, wenn du es dir nimmst, ehrlich. Nur hätte ich gern, wenn du mich das nächste Mal fragst.«

Lucy betrachtete mich weiter mit diesem eigenartigen Gesichtsausdruck. Sie hatte ihre Hand zur Tür hin ausgestreckt, war dann aber in der Bewegung erstarrt, als könnte sie sich nicht entscheiden, ob sie etwas auf meine Bitte hin erwidern oder einfach aus dem Zimmer gehen sollte, ohne sich zu einer Antwort herabzulassen. Schließlich ließ sie die Hand sinken. »Ich verstehe nicht«, sagte sie.

»Mein Armband«, wiederholte ich und stotterte schon beim ersten Wort. Ich zeigte auf ihr Handgelenk.

Sie lachte kurz auf. »Alice, sei nicht albern!«, sagte sie.

Sie starrte mich an, ihre dunklen Augen bohrten sich in meine. Ich wand mich unter ihrem Blick, fühlte mich, als wäre ich diejenige, die etwas falsch gemacht hatte, als ob von meinem Handgelenk ein gestohlener Gegenstand baumeln würde, und nicht von ihrem. »Was meinst du?«, fragte ich.

Lucy hob den Arm an, sodass ich ihr Handgelenk von der Seite sah und einen Teil der Anhänger nicht erkennen konnte. »Dieses Armband?«

»Ja.«

Sie runzelte die Stirn. »Alice, das ist nicht dein Armband.«

Ich stockte. »Was redest du da, Lucy?«

Sie ließ den Arm wieder sinken. »Ich meine damit, dass das Armband mir gehört.« Sie drehte sich um, sodass ihre Worte leicht verzerrt waren. »Das war das Armband *meiner Mutter*.«

Ich öffnete den Mund und schloss ihn wieder. Ich wusste nicht, was ich sagen sollte. Ich verstand nicht. *Nein, das war das Armband meiner Mutter,* wollte ich sagen – und vielleicht sagte ich es auch, doch die Worte klangen undeutlich und gedämpft, als würde jemand anders sie aussprechen und nicht ich. Lucy starrte mich weiter mit diesem merkwürdigen Blick an, sodass ich mir nicht sicher war, ob sie mich gehört oder ob ich die Worte überhaupt gesagt hatte.

Sie trat zu mir. »Alice, ist alles in Ordnung mit dir? Ich kann die Schulkrankenschwester holen, wenn etwas nicht stimmt.«

Ich spürte Panik in mir aufsteigen. Alles stürmte plötzlich auf mich ein – ihr seltsames Verhalten in den vergangenen Wochen, der Vorfall mit den Kleidern, und jetzt das. Ich wollte sie anschreien. Wollte mich auf sie stürzen und ihr das Armband vom Handgelenk reißen. Aber würde man mir glauben, fragte ich mich – und wer sollte *man* überhaupt sein. Wem könnte ich mich mit so einem Problem anvertrauen, wer würde sich nicht lachend abwenden. Alles klang so absurd, das war mir natürlich klar. Dass zwei Mädchen die gleiche Geschichte für sich beanspruchten – die Geschichte eines Armbands, das ihre Mütter ihnen geschenkt hatten –, das war so unwahrscheinlich, es konnte nur absolut grotesk klingen.

Das war es, was sie wollte.

Der Gedanke schoss mir durch den Kopf. Das erschien zwar absurd und war kaum zu glauben – trotzdem musste es so sein, sagte ich mir. Es musste so sein, einfach, weil es nicht anders sein konnte. Warum sonst sollte sie behaupten, dass das Armband ein Geschenk ihrer Mutter war, als mit dieser Absicht – sie wollte mich um den Verstand bringen.

Sie kannte meine Vergangenheit. Ich hatte ihr in den ersten Monaten einmal von der Zeit nach dem Tod meiner Eltern erzählt. Von der Dunkelheit und den Schatten, die mich verfolgten, sodass meine Tante Maude mich wegschicken wollte, mich in eine Einrichtung einweisen wollte, die ich nie wieder verlassen hätte. Ich hatte Lucy erzählt, dass sie noch immer wiederkehrten, diese Schatten und diese Dunkelheit, sodass ich manchmal an der Richtigkeit meiner Gedanken und Erinnerungen zweifelte.

Ich würde lügen, wenn ich nicht zugäbe, dass mir kurz dieser Gedanke gekommen war, dass ich mich kurz gefragt hatte, ob das Armband nicht doch Lucy gehörte und ich es irgendwie mit meinem eigenen Armband verwechselt hatte. Das Geschenk einer toten Mutter mit dem der anderen.

Aber nein, sagte ich mir, sah sie an und nahm misstrauisch ihre Verwirrung wahr.

Das war mein Armband. Da war ich mir ganz sicher.

Mein Gesicht glühte. Doch dieses Mal nicht vor Verlegenheit oder Nervosität. »Bitte, Lucy!«, beschwor ich sie.

Sie stieß einen Seufzer aus. Ich dachte einen Augenblick lang, dass sie einlenken würde, dass sie alles zugeben und es als eine Art grausamen Streich abtun würde. Doch dann veränderte sich ihre Miene. Sie kniff die Augen leicht zusammen, und plötzlich sah sie schmal und gemein aus. »Ich befürchte, das müssen wir später klären. Ich habe jetzt eine Vorlesung.« Und mit diesen Worten verschwand sie.

Lucy kam in dieser Nacht nicht nach Hause.

Es war das erste Mal, dass ich allein schlief, und ich empfand ihre plötzliche Abwesenheit, die völlige Stille als zermürbend. Schatten, die ich vorher nie bemerkt hatte, wanderten über die Wände. Ein schrilles Geräusch schreckte mich mitten in der Nacht auf, und ich stellte erst später fest, dass es nur die Äste von zwei Bäumen gewesen waren, die sich im Wind berührten. Mittlerweile hatte mein Herz wild zu pochen begonnen, sodass ich ein merkwürdiges Getöse hörte, das alle anderen Geräusche übertönte, die mich Sekunden zuvor noch in Angst und Schrecken versetzt hatten.

Hör auf!, tadelte ich mich selbst. *Du bist eine erwachsene Frau. Du kannst sicherlich mal eine Nacht allein schlafen.* In Wahrheit war es jedoch die erste Nacht, die ich je allein gewesen war. Irgendjemand war immer im Haus gewesen – zuerst meine Eltern, später meine Tante. Und ja, ich wusste, dass andere Mädchen nebenan schliefen. Doch irgendwie kam mir das Haus leer vor, als wäre ich möglicherweise dessen einzige Bewohnerin. Einen Augenblick lang befürchtete ich, dass das sogar stimmen könnte. Vielleicht hatte es einen Feueralarm gegeben, den ich nicht mitbekommen hatte. Ich spähte aus dem Fenster und hielt nach einer Schar von Mädchen Ausschau, die zusammengedrängt in der Nachtluft standen. Doch da war niemand. Trotzdem gelang es mir nicht, mich zu beruhigen und mir zu versichern, dass ich hinter den Wänden unseres mit Schindeln verkleideten Hauses nicht völlig allein war. Ich lauschte angestrengt nach Geräuschen der anderen Mädchen. Nach irgendetwas anderem als dem gespenstischen Kreischen, das die beiden Bäume weiterhin von sich gaben.

Doch da war nichts.

Oder doch?

Irgendwann in der Nacht begann ich, eine Präsenz zu spüren. Mein Herz fing an zu stottern, und das Blut schoss mir ins Gesicht. Da, wo Lucy vorher als Barriere, als Schutzschild zwischen mir und dem Rest der Welt fungiert hatte – solange sie da war, würde mir nie etwas zustoßen, hatte ich geschlussfolgert –, war ich jetzt allein und schutzlos. Ich rückte bis zur hinteren Kante meines Betts, sodass mein Rücken die kalte Fensterscheibe berührte. Dann machte ich die Augen zu und hielt die Luft an – überzeugt davon, dass das Atemgeräusch weiterhin zu hören war. *Das ist nicht real,* sagte ich mir, wenngleich diese Worte nur wenig ausrichteten, um mich zu beruhigen, um das Gefühl, beobachtet zu werden und nicht mehr allein in dem Schlafzimmer zu sein, zu vertreiben.

Ich schlief nur wenig in dieser Nacht. In Romanen wälzt sich die Heldin immer im Bett herum und behauptet, nicht stillliegen und keinen ruhigen Schlaf finden zu können. Ich wälzte mich nicht herum, sondern lag völlig still. *Starr,* als würde mein Leben von der Bewegungslosigkeit meines Körpers abhängen. Nach mehreren Stunden begann ich vor Anstrengung zu schwitzen. Wenn ich dann tatsächlich einnickte und wieder aufschreckte, so schnell, dass ich nicht einmal sagen konnte, wie viel Zeit vergangen war, blieb die Feuchtigkeit meines Körpers an meiner Hand kleben, wenn ich damit über meine Brust strich. Die Panik ließ erst nach, als die ersten Sonnenstrahlen durch die Vorhänge lugten. Statt zu warten, bis der Tag anbrach, riss ich die Laken weg, als würde diese Bewegung das Eintreffen der Morgendämmerung irgendwie beschleunigen. Ich hatte genug von der Nacht. Trotzdem blieb ich im Bett liegen. Ohne Lucy, die mich leitete und mir eine Struktur vorgab, wusste ich nicht, wohin ich gehen und was ich machen sollte. Sie stand immer zuerst auf, und ich wartete, bis sie im Bad verschwunden war, ehe auch ich aus dem Bett stieg. Ohne sie steckte ich fest, lag da und wartete.

Übermüdet von der allein verbrachten Nacht, nickte ich ein, trotz meines Vorsatzes, wach zu bleiben. Mir fielen die Augen zu, und ich begann, langsam und schwer zu atmen. Ich spürte, wie der Schlaf mich übermannte, ohne dass ich etwas dagegen tun konnte.

Mit pochendem Herzen wachte ich wieder auf.

Zuerst war ich mir nicht sicher, was mich geweckt hatte. Doch dann bemerkte ich ihre Präsenz im Raum. Ich beobachtete sie, die Augen noch immer halb geschlossen, um vorzutäuschen, dass ich noch schlief. Sie zog ihre Bluse aus, sodass sie nur noch in BH und Unterhose dastand. Ein Hüftgürtel, kein Mieder, hielt ihre Strümpfe. Meine Tante hatte darauf bestanden, mir ein solches zu kaufen, trotz meiner Proteste. *Jetzt magst du noch von Natur aus schlank sein,* hatte sie gesagt, *aber warte, bis du verheiratet bist und ein paar Kinder hast – dann wirst du froh darüber sein.* Mir wurde bewusst, dass ich Lucy noch nie zuvor so unbekleidet gesehen hatte, was seltsam erschien, denn mittlerweile teilten wir uns schon mehrere Jahre ein Zimmer. Doch auch ich hatte diese Situation immer vermieden – entweder hatte ich mich umgezogen, wenn sie nicht im Zimmer war, oder ich war ins Bad geeilt, um mir meine Kleider überzustreifen. Die Blässe ihrer Haut verblüffte mich. Ihr Teint verriet bereits ihren hellen Hauttyp, doch ihren ganzen weißen Körper zu sehen war etwas anderes. Sie schien zu leuchten, sodass ich überzeugt war, sie sogar in einem völlig dunklen Raum finden zu können.

Mit einem Mal war ich mir ihrer Blöße bewusst. Sowohl ihr BH als auch ihre Unterwäsche waren weiß, hatten aber nicht den gleichen Farbton wie ihre Haut. Ihre Unterhose, die kurz unterhalb ihres Bauchnabels endete, war schlicht und nur am oberen Rand mit Spitze versehen – typisch für die Mode unserer Zeit. Auch ihr BH war nur wenig verziert, zwischen ihren Brüsten lag eine einzelne weiße Blume, an der mein Blick für einen Moment haften blieb. Ihre wohlproportionierten Formen, die im Vergleich zu meiner Figur üppig erschienen, erstaunten mich, und ich fragte mich, wie es ihr gelang, sie unter ihrer Kleidung zu verbergen. Ich riss meinen Blick von ihrem Körper los und schaute wieder in ihr Gesicht. »Lucy«, sagte ich und setzte mich auf. Es klang wie ein Flüstern, viel zu leise für das, was ich ihr zu sagen hatte. »Lucy, wo ist es?«, fragte ich und bemühte mich, energisch und bestimmt zu klingen.

Lucy blickte zu mir herüber und runzelte die Stirn. »Was?«

Ich stieß einen tiefen Seufzer aus. »Das Armband.«

»Welches Armband?«, fragte sie und schüttelte den Kopf.

»Das Armband meiner Mutter«, antwortete ich gepresst.

Sie zuckte mit den Achseln. »Ich bin mir sicher, dass es hier irgendwo herumliegt. Ich habe es nicht mehr gesehen, seitdem du es das letzte Mal getragen hast. Und das war – vor einer Woche?«

Die Worte, die ich mir in den Stunden seit unserer letzten Begegnung zurechtgelegt und eingeprägt hatte, lösten sich in Luft auf. Sie verschwanden auf einem dunstigen Pfad, bevor ich sie zu fassen bekam. Ich hatte Mühe zu verstehen, was gerade passierte. Es war, als hätte es den vorherigen Tag nicht gegeben, als hätte unsere vorherige Unterhaltung überhaupt nicht stattgefunden. Als hätte – ich hielt inne und erschauderte –, als hätte ich mir alles nur eingebildet. Ich sah meine Zimmergenossin an und suchte in ihrem Gesicht nach einem Zeichen – nach irgendetwas –, das ich als Beweis, als Beleg für das anführen könnte, was sie getan hatte. Für das, was sie noch immer tat. Doch da war nichts. Sie wirkte aufrichtig und klang, als würde sie wirklich nicht verstehen, wovon ich sprach. Als wäre sie ehrlich besorgt um mich.

Ich glaube dir nicht.

Die Wucht dieses Gedankens überraschte mich, und einen Augenblick lang hatte ich Angst, ihn laut ausgesprochen zu haben. Ich schüttelte den Kopf, hielt entschlossen an meinem Gedanken fest und erinnerte mich daran, dass ich die Wahrheit kannte. Lucy hatte das Armband genommen, weil sie wegen Tom wütend auf mich war, weil sie wütend war, dass ich nicht mehr so viel Zeit mit ihr verbrachte. Doch auch diese Vorstellung erschien mir viel zu merkwürdig, viel zu beunruhigend. Ich fragte mich, wie ich überhaupt erst auf diesen Gedanken gekommen war.

»Ich … Ich weiß es nicht«, sagte ich schließlich. Das war das Einzige, was ich herausbrachte, während mein Verstand stockte und außerstande war, dem zu folgen, was gerade geschah. Die einzige Wahrheit, zu der ich gelangte. Ich wusste es nicht.

Lucy runzelte die Stirn. »Mach dir keine Sorgen, Alice.« Sie lächelte kurz. »Wir werden gemeinsam nach dem Armband suchen. Versprochen.«

Dann umarmte sie mich. Diese Berührung war intimer als alle Berührungen zuvor, und das lag nicht einfach nur daran, dass sie bloß ihre Unterwäsche trug. Denn es war nicht meine Zimmergenossin, die entblößt war, die nackt war – es war vielmehr *ich,* alle meine Defizite und die Brüchigkeit meines Verstandes erfüllten schleichend den Raum. Ich dachte nicht gern an die Zeit nach dem Tod meiner Eltern zurück – doch ließ es sich nicht leugnen, dass sich nun dieser Abschnitt meines Lebens zwischen uns aufzudrängen schien und mir nichts anderes übrig blieb, als ihn hervorzuholen und noch einmal zu betrachten.

Noch immer unsicher, was ich glauben sollte, war ich weiterhin wie erstarrt. Aber dann bewegten sich meine Arme schließlich und umschlossen sie fest – zu fest, das war mir bewusst. Aber ich hatte plötzlich Angst, sie loszulassen. Diesen Menschen, der alle meine Geheimnisse kannte und nie über mich geurteilt hatte.

Ich hatte Angst, mich aus dieser merkwürdigen Umarmung zu lösen, und so klammerte ich mich an sie.

6

LUCY

Ich traf Youssef ein paar Tage später zur verabredeten Zeit im Café Tingis. Er lehnte an der Wand. »Bereit?«, fragte er grinsend.

Ich lächelte zurück, bereit, die Stadt zu erkunden und die mahnenden Worte und Warnungen der anderen in den Wind zu schlagen. Denn ich hatte festgestellt, dass Youssef etwas umgab. Etwas, das mir unendlich viel vertrauter vorkam als das, was die Johns dieser Welt ausstrahlten. Wir beide waren gesellschaftliche Randfiguren – ich durch meine Herkunft, er durch äußere Umstände. Da gab es etwas zwischen uns. Auch wenn es nicht ganz so stark war wie die Affinität zwischen Alice und mir, so war es zumindest eine Art Einverständnis. Natürlich war ich noch immer wachsam, noch immer vorsichtig. Doch ich vertraute auf die Andersartigkeit, die uns prägte, um einen Faden zwischen uns zu spinnen, der uns trotz oder vielleicht gerade wegen der Welt um uns herum immer miteinander verbinden würde.

Wir ließen die Medina hinter uns. Die engen, verschlungenen Gassen machten langen, breiten Straßen Platz, auf denen weniger Menschen unterwegs waren. Wir gingen in freundschaftlichem Schweigen nebeneinanderher. Obwohl ich zufrieden war, meinen Gedanken nachzuhängen, wandte ich mich ihm mit einem Mal zu, um ihm eine Frage zu stellen. »Heißen Sie jetzt eigentlich Youssef oder Joseph?« Seit unserem letzten Treffen hatte ich darüber nachgedacht, hatte ich mir den Kopf darüber zerbrochen, ob das zwei sprachliche Varianten desselben Namens waren. Joseph. Youssef. Ich war mir nicht sicher. Genau genommen war ich mir nicht einmal mehr ganz sicher, mit welchem Namen er sich vorgestellt und welchen Alice benutzt hatte, als sie von ihm sprach. Für mich war er bereits Youssef, doch projizierte ich damit möglicherweise eine *Fremdartigkeit* auf ihn, die mich reizte.

Er zuckte mit den Achseln und nahm einen tiefen Zug von der Zigarette, die er sich angezündet hatte, als wir losgegangen waren. Die heiße Asche, die auf seine schwieligen, dunkel verfärbten Finger fiel, schien ihm nichts auszumachen. »Spielt das eine Rolle?«

Ich runzelte die Stirn. *Tat es das?* Wenn ich genauer darüber nachdachte, war ich mir nicht mehr sicher, stellte ich fest. »Na ja, es ist immerhin Ihr Name«, wandte ich ein.

»Wir haben alle viele Namen«, erwiderte er.

Ich kniff die Augen zusammen. »Wie meinen Sie das?«

»Ehemann. Vater. Bruder.«

»Das sind Bezeichnungen, keine Namen.«

Er zuckte wieder mit den Achseln, offensichtlich war ihm diese Unterscheidung egal. »Tanger hat viele Namen. Zuerst hieß sie *Tingis*.« Er hielt inne und zog wieder an seiner Zigarette. »Auf Französisch heißt sie *Tanger.* Im Spanischen *Tánger,* im Arabischen *Tanjah*. Wie Sie sehen, hat sie viele verschiedene Namen. Oder Bezeichnungen. Aber es ist alles das Gleiche.«

Ich blieb einen Augenblick lang still. »Und deshalb nennen Sie sich sowohl Youssef als auch Joseph, ohne den einen oder anderen Namen lieber zu mögen? So wie sie, meine ich.«

Meine Frage brachte ihn zum Lächeln. »Ja, so wie sie.«

Ich trat zum Rand der Klippe und sah hinunter. Es waren noch weitere Paare da. Manche saßen auf dem Boden und blickten hinaus aufs Meer. Andere packten Essen aus. Ich konnte Brot, Käse und Obst erkennen. Einige Frauen trugen Hijabs, andere waren westlich gekleidet. Dieser Ort schien sowohl Einheimische als auch Fremde anzuziehen. Auch wenn ich erst noch herausfinden musste, wo dieser Ort war. Ich wandte mich meinem Begleiter zu und wartete auf eine Erklärung.

»Das hier«, begann er schließlich, »ist die Stelle, an der das Mittelmeer auf den Atlantik trifft.«

»Noch etwas, das sich überlagert«, bemerkte ich kläglich.

»Ja, Alice.« Er lächelte wieder, als wäre er erfreut. Als hätte meine Antwort ihn zufriedengestellt, als hätte ich einen Test bestanden, dessen Fragen und Antworten nur er kannte. »Hier überlagern sich Geschichte und Gegenwart.« Er zeigte unter seine Füße, und mein Blick wanderte zum Boden. »Das sind Grabmäler. Phönizische Grabmäler aus der antiken Stadt Tingis.«

Ich wusste, dass Tanger seit ihrem Bestehen immer wieder erobert worden war und so eine Kultur nach der anderen in sich aufgenommen hatte, bis die Stadt zu einem Sammelbecken wurde, das alles barg, was ihre Tore im Laufe der Jahrhunderte durchschritten hatte. Ich fragte mich, ob es Leute gab, die ihre Herkunft von heute bis zur Gründung der Stadt zurückverfolgen konnten, ohne dabei mindestens auf eine Unterbrechung, einen Eingriff von außen zu stoßen. Ich betrachtete meinen Begleiter und fragte mich, ob er es je versucht hatte. Fragte mich, was sein Blut, sein Herz ihm erzählen würde, wenn es solche Geräusche von sich geben würde wie meines. Ob seine Worte genauso wenig zu entschlüsseln wären oder ob die Botschaft klarer und stärker sein würde – erfolgreich da, wo ich versagt hatte.

»Kommen Sie!«, rief Youssef. »Es ist nicht mehr weit bis zum Café.«

Wir gingen einen schmalen Weg entlang. Einen Weg, den schon bald leuchtend weiße Mauern säumten. Das Leben oberhalb der Medina war anders – ruhiger, vielleicht auch sauberer, irgendwie losgelöst von der fieberhaften Hektik, die in den unteren Straßen herrschte. So erschien es nur natürlich, dass sogar die Steine diese Ruhe, diese Stille reflektierten. Ich legte meine Hand darauf, ich spürte ihre Kühle. Meine Finger glitten über die Mauern, während wir weitergingen. Schon bald tauchte der Eingang vor uns auf. An der weißen Wand waren Steine angebracht, die den Namen des Cafés formten. *Café Hafa, 1921*. Ich streckte meine Hand aus und strich über den mittlerweile glatten Kies, der kaum dunkler war als die blütenweiße Wand. Ich fragte mich, wie viele Hände schon genau das Gleiche getan hatten, seitdem diese Steine dort vor Jahren befestigt worden waren. In dem Moment glaubte ich sie zu spüren – die *Geschichte,* schwer und gewichtig. Als würde das Wissen der großartigen Schriftsteller, Maler und Musiker, die ebenfalls durch diesen Eingang geschritten waren, dem Ort eine Tiefe verleihen, die bisher all die anderen Orte hatten vermissen lassen.

Jetzt fiel mir auf, dass Tanger in vielerlei Hinsicht eine Geisterstadt war. Nur war sie nicht tot, leer und öde, sondern lebendig. Sie blühte und quoll über vor Erinnerungen an die großartigen Denker, die durch ihre Gassen geschlendert waren. Die hier nachgedacht und Tee getrunken hatten und inspiriert worden waren. Sie war ein Zeugnis, ein Grabmal derjenigen, die vorher hier gewesen waren. Doch die Stadt machte nicht den Eindruck, als sei schon alles vorbei. In ihr blühte und schäumte noch immer etwas, das darauf wartete, entdeckt oder freigesetzt zu werden. Ich konnte es spüren, an dem Kribbeln in meinen Händen. Ich fragte mich, ob Alice es auch spürte. Seit meiner Ankunft in Tanger hatte ich schon ein paarmal das Gefühl gehabt, als hätte ich mein ganzes Leben auf Tanger gewartet. Als wäre alles, was ich je getan hatte, alle meine Gedanken und Handlungen, darauf ausgerichtet gewesen hierherzukommen. Insbesondere, um sie und das Leben wiederzufinden, das wir miteinander haben könnten. Es passte perfekt. Ich wollte es ihr sagen. Wollte unbedingt, dass auch sie erkannte, wie perfekt es passte: Tanger, sie, wir beide zusammen, hier in dieser fremden Stadt.

Ich bog um die Ecke. Meine Augen erfassten schnell die terrassenartige Anordnung der Tische und Stühle, die zum Meer hin ausgerichtet waren. Das Blau des Wassers bildete einen Kontrast zu dem leuchtenden Weiß des Teehauses. »Es ist wunderschön«, flüsterte ich, die Worte hatten in meinen Gedanken bereits Gestalt angenommen, noch bevor ich sie aussprach.

Youssef schien sie nicht zu hören. Stattdessen schlenderte er die Terrassen hinunter, eine nach der anderen, und wählte schließlich die vorderste. »Damit Sie den Ausblick genießen können, wenn Sie sich etwas nach vorn beugen«, sagte er und nahm auf einem Stuhl Platz.

Ich nickte. Ich wusste, dass der Moment gekommen war. Denn es gab noch einen Grund, warum ich ihn hatte sehen wollen – einen Grund, wichtiger, dringender als der Besuch von Sehenswürdigkeiten. Die Erkenntnis, dass Youssef mir noch etwas anzubieten hatte, pochte gleichmäßig in meiner Brust. Ich setzte mich neben ihn und versuchte, nicht darüber nachzudenken, was es sein konnte – ein Zauberschlüssel, eine geheime Formel. Irgendetwas, das eindeutiger war, konkreter war als ein flüchtiger Blick, erhascht in einem Spiegel.

Ich zog ein Foto aus meiner Handtasche und legte es auf den Tisch. »Dieser Mann hier ist Engländer«, sagte ich, doch ehe ich weitersprechen konnte, tauchte ein junger Mann auf und fragte nach unserer Bestellung. »Tee, bitte«, antwortete ich und wandte mich an Youssef. »Sie sind eingeladen«, versicherte ich ihm.

Geld war zwischen uns bisher noch kein Thema gewesen. Doch der Blick, den er mir zuwarf, als ich ihn ansah, verriet mir, dass ich ihm ein solches Angebot besser nicht noch einmal machte. Ich nahm eine andere Sitzposition ein, schwieg und wartete. Auch wenn die Worte, die ich sagen wollte, die Fragen, die ich stellen wollte – zu John und der einheimischen Frau, mit der ich ihn gesehen hatte –, mir unter den Nägeln brannten, erkannte ich, dass Youssef Ton und Tempo der Unterhaltung bestimmen würde, nach dem offensichtlichen Fauxpas, den ich begangen hatte.

»Das ist er?«, fragte er nach ein paar Minuten des Schweigens, in denen der Tee gebracht worden war. Er nahm das Foto nicht zur Hand. Seine Finger – zwischen denen eine Zigarette klemmte – schwebten lediglich darüber. Einen Augenblick lang befürchtete ich, dass die Asche herunterfallen könnte und einen Brandfleck hinterlassen würde. Ich hatte Johns Foto an diesem Morgen aus einem der Rahmen in Alice' Wohnzimmer genommen. Ich war dabei vorsichtig und leise vorgegangen, aus Angst davor, dass Alice hereinkommen könnte und mich dabei erwischen würde. Denn in dem Fall hätte ich nicht gewusst, was ich zu ihr hätte sagen sollen. Ich zuckte zusammen, als ich sah, wie die Asche an Youssefs Zigarette immer größer wurde und sich in einen glühenden weißen, heißen Turm verwandelte, der sich gefährlich nach vorne beugte. Wenn er auf das Bild fallen würde, könnte ich es Alice nicht erklären – und sie würde sofort Bescheid wissen.

Ich stieß einen kurzen Seufzer der Erleichterung aus, als Youssef seine Hand von dem Foto wegbewegte und die Asche auf den Boden fiel.

»Ja.« Ich zögerte, wartete noch immer. Es kam mir so vor, als existierte Youssef im Grenzbereich zwischen dem Öffentlichen und dem Geheimen, zwischen Hell und Dunkel. Als ich zuvor den Verlauf unserer Unterhaltung gedanklich durchgespielt hatte, war ich davon ausgegangen, dass er die Ebbe und Flut unserer Worte bestimmen würde. Dass er wissen würde, wie und worauf unser Gespräch hinauslaufen sollte. »Da gibt es noch eine Frau«, sagte ich und warf einen schnellen, hastigen Blick in seine Richtung.

Er zog die Augenbrauen hoch. »Nicht seine Ehefrau, vermute ich?«

Ich schüttelte den Kopf. »Nein. Aber ich frage mich …«

Er sah mich an. »Was fragen Sie sich, Alice?«

Ich hielt seinem Blick stand. »Wer sie ist.«

»Bringt das etwas?«, fragte er und neigte den Kopf zur Seite. »Die Antwort darauf zu wissen?«

Ich nickte und versuchte, meine Ungeduld zu verbergen. »Ja, ich denke schon.«

Er hielt inne. »Sie ist Französin.« Er neigte den Kopf zur anderen Seite, offensichtlich um seine Aussage zu überdenken. »Na ja, halb. Halb Französin, halb Marokkanerin.« Er lachte kurz auf. »Nicht sehr ungewöhnlich, wie zu vermuten ist.«

Ich hatte gerade an meinem Tee nippen wollen, doch seine Worte ließen mich innehalten. »Kennen Sie sie?«, fragte ich überrascht. »Und kennen Sie ihn?«, schob ich hinterher und zeigte auf das Foto. Ich hatte angenommen, dass Youssef sich nach unserem Gespräch vielleicht umhören würde, der Sache vielleicht nachgehen würde – ich hatte nicht damit gerechnet, dass er die Antworten womöglich schon selbst parat hatte.

Er zuckte mit den Achseln. »Wollen Sie das wirklich wissen?«

»Ja«, sagte ich ungeduldig und fügte erst als Nachsatz *bitte* hinzu.

Er hielt inne, als würde er diese Unterhaltung nicht weiterführen wollen. Als würde er deutlich machen wollen, dass er mir bisher nur aus Gefälligkeit geantwortet hatte, und ich fragte mich, was er als Gegenleistung verlangen würde. Denn ich war mir sicher, dass er etwas verlangen würde. Dass er nichts tat, ohne in Betracht zu ziehen, was für ihn dabei herausspringen konnte. Ich wusste, es gab einen Unterschied zwischen der Verweigerung von Nächstenliebe und anderen etwas für umsonst zu überlassen.

»Sie ist Französin. Eine Künstlerin. Deswegen habe ich sie kennengelernt.« Er hielt inne. »Sie arbeitet aber auch in einem Nachtclub.«

Ich ließ das Wort sacken. Ein Nachtclub. Wir beide wussten, was er eigentlich damit meinte. Auch wenn der Schein nach außen gewahrt blieb, die Nachtclubs von Tanger waren nichts anderes als Treffpunkte für Prostituierte, die sich an ein westliches, männliches Publikum richteten. Die Clubs waren über die gesamte Stadt verteilt und wurden zumeist von Französinnen betrieben, die beschlossen hatten, nun nicht mehr ihre eigenen Körper zu verkaufen wie bisher, sondern die anderer Frauen.

»Und wie heißt sie?«, stieß ich hervor.

»Sabine.« Er wandte sich mir zu und sah mich an. »Sie heißt Sabine.«

Ich beugte mich vor, mein ganzes gespieltes Desinteresse war verschwunden. Diese Auskunft verlieh mir eine ungeheure Macht, die meine Ohren zum Rauschen und meine Hände zum Zittern brachte. Ich hatte bis zu diesem Zeitpunkt nicht geglaubt, dass es so einfach sein würde. Ich hatte mir nicht eingestehen wollen, wie sehr ich diese Antworten brauchte. »Und seit wann läuft das schon? Ich meine, zwischen *ihnen.*«

Er sah aus, als würde ihn diese Frage nicht interessieren. Stattdessen veränderte er seine Sitzposition und warf die Zigarette auf den Boden. »Sie sollten besser nicht jenes Mädchen sein.«

Dieses Wort ließ mich zurückweichen. Obwohl ich mir meine Reaktion nicht erklären konnte, brachte die Art und Weise, wie er es gesagt hatte und was er damit hatte andeuten wollen, mein Herz zum Rasen. Ich schalt mich im Stillen – es war immerhin nur ein Wort. Es bedeutete gar nichts. Nein, ich wusste, dass das nicht stimmte. Es bedeutete schon etwas – es bedeutete alles. »Welches Mädchen?«, fragte ich.

Er sah mich eindringlich an. »*Jenes* Mädchen.«

Er sprach nicht von mir. Natürlich nicht. Ich wusste, dass er fälschlicherweise angenommen hatte, dass der Mann auf dem Bild mein Ehemann war – und da ich gerade ja eigentlich Alice war, stimmte das im Prinzip auch –, doch ich war wütend, auch wenn seine Worte nicht an mich gerichtet waren. Ich war wütend im Namen von Alice, aber ich war auch noch auf etwas anderes wütend. Auf etwas, das ich nicht ganz erklären konnte.

Ich griff nach meiner Handtasche, stand auf und verließ unvermittelt den Tisch. Erst einige Minuten später bemerkte ich, dass er mir nicht hinterhergerufen hatte, ich solle zurückkommen. Dass er mir nicht hinterhergelaufen war, um sich zu entschuldigen. Egal. Ich ging weiter, ließ das Café Hafa hinter mir und spazierte zurück zu der Stelle oberhalb der Grabmäler. Wenn Youssef mir nicht helfen wollte, würde ich selbst einen Weg finden, beschloss ich. Ich blieb stehen und schaute auf das blaue Meer. Dorthin, wo der Atlantik und das Mittelmeer ineinanderflossen. Ich fragte mich, ob es ein Wort, einen Namen, eine Bezeichnung für diese eigenartige Schichtung gab, die in Tanger üblich zu sein schien. In dieser Stadt, in der alles erst einmal etwas anderes und nie so ganz nur eines war. Ich dachte wieder an Alice. Auch sie war in Tanger etwas anderes, etwas völlig anderes. Sie war abgestumpft, distanziert, müde. Eine neue Alice hatte die alte überlagert und sich einverleibt. Doch ich hatte die Hoffnung noch nicht aufgegeben. Sie war nicht einfach nur Alice, Johns Frau. Sie war einmal eine eigenständige Person gewesen, sie hatte ohne ihn existiert. Ich musste herausfinden, wie ich sie zurückbekommen konnte, wie ich sie von Tanger nach Tingis bewegen konnte – und ob eine solche Herkulesaufgabe überhaupt möglich war.

Ich ging durch die Brustwehr der Kasbah, die befestigten Mauern entlang, ab und zu kritzelte ich etwas in mein Notizbuch; ein Versuch, die merkwürdige Unterhaltung mit Youssef abzuschütteln. An der Bab Bhar, einem der großen Tore, das in das eintönige Gemäuer eingelassen war, blieb ich stehen, und so waren nur noch Meer und Himmel vor mir. Youssef hatte mir die Geschichte von diesem Ort erzählt, doch unter der heißen Sonne fiel es mir schwer, mich an seine genauen Worte zu erinnern. Irgendetwas mit einem wunderschönen weiblichen Geist, der angeblich die Umgebung heimgesucht und Männer ins Unheil gelockt hatte. Bei der Vorstellung musste ich lächeln.

Und genau in dem Moment sah ich ihn.

Ich stand neben der Bab, seinem Blick etwas verborgen. Zuerst glaubte ich, er sei allein, doch dann sah ich, wie er die Frau, die neben ihm stand, zur Mauer zog – *die Frau aus der Bar,* erkannte ich rasch, und mir stockte der Atem.

Zuerst fiel mir ihre selbstbewusste, aufrechte Körperhaltung auf, völlig anders als die von Alice. Sie trug ein fließendes Kleid, das dennoch ihre Formen betonte. Ihr Haar war hochgesteckt, und an ihren Handgelenken baumelten schwere Armreifen aus Silber und Gold, die klirrten, sobald sie sich bewegte.

Sie sah genauso aus, wie Youssef sie beschrieben hatte – ein bisschen marokkanisch, ein bisschen französisch. Eine Aufmerksamkeit erregende Mischung, eine geradezu nach Aufmerksamkeit heischende Mischung. Sie hatte goldene Haut und dunkle Augen. Mir fiel Johns Leidenschaft für Tanger ein, und plötzlich ergab alles einen Sinn – seine Lust manifestierte sich in diesem Wesen, in dieser Frau, die ihre Fremdartigkeit zur Schau stellte, um so die Aufmerksamkeit eines Fremden auf sich zu lenken. Ich bedauerte das Mädchen – denn das war sie noch, wie ich mittlerweile ebenfalls festgestellt hatte. Ein Mädchen, nicht älter als siebzehn Jahre, vermutete ich.

Ich trat noch einen Schritt zurück, spürte die Hitze, die von der Wand abstrahlte, und beobachtete, wie Johns Hände – sonnengebräunt und mit Sommersprossen überzogen – ihre schmale Taille umfassten, seine Begierde offensichtlich und ungehemmt. Ich stand da, fasziniert von der flinken Beharrlichkeit, mit der sie sich in der heißen, unerbittlichen Sonne bewegten. Mein Gesicht brannte, aber nicht von der Hitze. Beschämt vom Schmerz, den ich empfand, als ich die beiden beobachtete, wandte ich mich ab.

Später wunderte ich mich über meine gelassene Reaktion, denn eigentlich hätte es mich wütend machen müssen, ihm zuzusehen, wie er seinen Verrat so unverfroren unter der heißen, gleißenden Sonne Marokkos auslebte. Wahrscheinlich war er irgendwann zu dem Schluss gekommen, dass Alice nie davon erfahren würde, weil sie kaum die Wohnung verließ und niemanden in der Stadt kannte. Er schien beschlossen zu haben, das schamlos auszunutzen.

Doch jetzt hatte sie mich.

Das musste wohl auch ihm eingefallen sein, denn er drehte sich um und sah mich unter dem Torbogen stehen. Sein Gesicht wurde unter seiner Sonnenbräune sichtbar blass, und er begann, sich in meine Richtung zu bewegen. Er umfasste dabei noch immer die Frau, *umschlang* sie in einer Weise, dachte ich, die keinerlei Ausreden zuließ, besonders nach allem, was ich zuvor in der Bar beobachtet hatte. Ich sah ihm an, dass er überlegte, kombinierte und sich fragte, wie lange ich schon dagestanden und was ich alles gesehen hatte. Schließlich ließ er sie los und eilte zu mir herüber.

Doch ich war schneller.

Ich tauchte in der Menge unter – in dem Tor drängten sich mittlerweile Touristen, um das perfekte Foto zu schießen,

Einheimische im Schlepptau, die verzweifelt versuchten, ihnen Schmuck, Hüte oder was auch immer sie im Angebot hatten, aufzuschwatzen. Es war leicht, im Strom der Menschen zu verschwinden und sich von ihm davontragen zu lassen. Ich überließ mich dem Chaos, überließ mich der wogenden Menge, die mich umfing und nicht wieder loslassen wollte. Ich ließ mich immer weiter davontragen, dann wagte ich einen Blick nach hinten. Ich konnte seine Gestalt kaum noch ausmachen. Er war nur noch ein kleiner Farbklecks auf einer leuchtenden, reich verzierten Leinwand.

Mein Gesicht war erhitzt von der anstrengenden Flucht, und ich atmete kurz und stoßartig. Ich fragte mich, ob John mich zur Rede stellen würde, ob er mich, wenn ich in die Wohnung zurückkehrte, dort bereits erwarten und mich fragen würde, was ich gesehen hätte und ob ich es Alice erzählen würde. Ein Teil von mir hoffte darauf, hoffte, dass er derjenige sein würde, der mich empfing – ich spürte diese Hoffnung durch meinen Körper strömen. Ich spürte das Kribbeln in meinen Fingern, die Anspannung in meinen Zehen, als sie sich in meine Schuhsohlen krallten. Auf meinem Weg zurück zur Wohnung – den Streifzug durch die Stadt weiter fortzusetzen war für mich undenkbar geworden – bemerkte ich, dass ich mein Notizheft auf der Flucht verloren hatte. Doch hatte ich nur ein verschwommenes Bild davon, als hätte es gar nichts mit mir zu tun. Als gehörte das, was ich vorher gemacht hatte, unmöglich zu der Person, die ich jetzt war, jemand, der raste vor Wut und nicht länger schweigen wollte. Ich setzte meinen Weg zur Wohnung fort, und es kam mir vor, als wäre ich stundenlang durch die Stadt gelaufen, obwohl ich kaum länger unterwegs gewesen sein konnte als ein paar Minuten. Die Schatten um mich herum wurden länger, die Hitze des Tags nahm ab. Ich spürte, wie sich mein Herzschlag verlangsamte und meine Atmung sich wieder normalisierte. Als ich das Quartier Marshan erreichte, schienen sich die Gefühle, die noch vor Kurzem in mir getobt hatten, verflüchtigt zu haben, durch die Poren meiner Haut gewichen zu sein, bis ich nichts mehr empfand als bloße Erschöpfung.

Ich stieß einen kleinen Seufzer aus und betrat das Haus.

7

ALICE

»Es ist so heiß.«

Lucy blieb auf meine Worte hin stehen und wartete, bis ich zu Atem gekommen war. Wir waren auf dem Weg zum Café Hafa. Es war ein flirrender und viel zu heißer Tag – doch sie hatte am Morgen darauf bestanden, dass ich sie dorthin begleitete. Schon jetzt glühte mein Gesicht und war schweißverklebt.

»Ich kann nicht glauben, dass du noch nie dort warst«, sagte sie, wohl in dem Versuch, mich von der Hitze abzulenken. Doch dieser Kommentar passte mir gar nicht.

Mein Gesicht glühte immer mehr, mir stockte der Atem.

Ich setzte einen Fuß vor den anderen. Die Sonne brannte auf meinen Nacken und den Kopf, und so schielte ich neidisch zu Lucys Turban, unter dem heute Morgen ihr Haar verschwunden war. Sie hatte offensichtlich den Hut, den sie üblicherweise trug – ein schreckliches Modell aus schwarzem Stroh –, gegen ein helles Tuch getauscht, das zweifellos aus einem der Läden stammte, in denen die hier lebenden Ausländer häufig anzutreffen waren. Ich hatte zuvor ihre neue Errungenschaft eher streng in Augenschein genommen, als wir die Wohnung verließen. *Das ist gerade schick,* hatte sie mir versichert, doch mein Unbehagen hielt an. Nicht wegen der Aufmachung an sich, sondern eher weil mir klar wurde, wie gut Lucy zum Rest der Ausländer passte, die

die Straßen Tangers überschwemmten. Ich war bereits seit Monaten hier, ihre Füße hingegen hatten diesen Boden gerade vor einer Woche zum ersten Mal berührt. Aber schon jetzt schien es, als wäre sie diejenige, die hier lebte, und ich wäre der Gast. Ich griff verlegen nach meinem eigenen Hut – einem eher kleinen Pillbox-Modell, das albern auf meinem Kopf saß.

»Von dem Café aus soll man einen atemberaubenden Blick haben«, sagte Lucy.

Ich betrachtete sie neugierig. »Woher weißt du das?«

»Von ein paar Bekannten aus der Buchhandlung. Der Librairie de Colonnes«, antwortete sie.

Ich nickte und fragte mich, wie sie es nur geschafft hatte, auch dort noch vorbeizuschauen.

»Du klingst fast schon wie eine Einheimische«, stellte ich fest und wusste, dass meine Stimme einen leicht verbitterten Ton angenommen hatte.

Seit dem Abend, als Lucy von Youssef erzählt hatte, war sie immer erst spätabends in die Wohnung zurückgekehrt und quoll über vor Geschichten von neuen Abenteuern, die sie erlebt hatte. Ich hörte neidvoll zu, und der kleine Knoten in mir verwandelte sich in etwas Großes, das nicht mehr so leicht zu handhaben war. Ich versuchte, ihn umzuformen, versuchte, die Stadt mit ihren Augen zu sehen, versuchte, ihre Begeisterung zu begreifen, die der von John so ähnelte und mit der sie eine Welt beschrieb, die sich mir einfach nicht erschließen wollte, obwohl wir alle drei dieselben Wege gingen. Als sie mich dann am Ende ihrer ersten Woche bedrängte, sie zu begleiten, stimmte ich zu. Ich wollte unbedingt entdecken, was mir bisher entgangen war. Was meine Augen bisher nicht hatten sehen wollen.

»Du solltest das nächste Mal mit mir kommen«, meinte sie jetzt. »Zum Buchladen.«

Ich antwortete nicht.

Wir gingen schweigend ein paar Minuten nebeneinanderher, bis wir schließlich eine seltsame weiße Fläche erreichten, nur wenige Meter vom Rand der Klippe entfernt. »Ist das nicht wunderschön?«, sagte sie und sah mich an. Sie wartete auf eine Antwort, ich spürte, wie sie versuchte, mich zu erreichen. *Das ist es. Natürlich ist es das,* wollte ich sagen, doch irgendetwas hielt mich davon ab, ließ mich stumm bleiben. Noch immer gab es zu viele Fragen, zu viele Antworten, die der Nebel verhüllte. Dennoch leuchteten sie rot, hell und warnend hindurch.

»Das Wasser ist blauer als zu Hause«, räumte ich ein und starrte weiter auf das Meer, bemüht um einen distanzierten Gesichtsausdruck.

»Unter uns sind Gräber«, fuhr sie fort.

Wir standen da und betrachteten die rechteckigen Gebilde, betrachteten die Unebenheiten im weißen Stein und die Pfützen, die sich darin gesammelt hatten. »Wo? Direkt unter uns?«

Sie nickte. »Diese Gräber sind fast zweitausend Jahre alt. Sie stammen aus der Zeit, als die Stadt noch Tingis hieß.«

»Tingis?«, fragte ich und lächelte zaghaft.

»So hieß die antike phönizische Stadt vor Tanger.« Sie nahm ihre Sonnenbrille ab und blinzelte in die Sonne. »Tanger hat im Laufe seiner Geschichte sehr viele verschiedene Namen gehabt. Tingis ist nur einer davon.«

»Und wie lauten die anderen?«, fragte ich und bemerkte, dass der Klang meiner Stimme in der Hitze träge geworden war.

»Neben Tingis gibt es noch Tingi, Titgam, Tánger, Tangiers und Tangier – kommt darauf an, wen du fragst, vermute ich.«

Ich wandte mich ihr zu. »Was sagst du?«

Die Frage gefiel ihr, das war ihr anzusehen – dass mir wichtig war, was sie dachte. Sie schien einen Augenblick lang nachzudenken, als würde sie die Antwort abwägen. »Ich denke, ich werde immer Tanger sagen. Doch ich mag die Vorstellung davon, wie die Stadt Tingis gewesen ist, bevor die unterschiedlichsten Eindringlinge sie verändert haben.«

»Die Stadt hat etwas Romantisches«, gestand ich ein.

»Dieses Land ist sagenumwoben«, erwiderte sie. »Weißt du, dass selbst Odysseus auf seinen Reisen an Tanger vorbeigekommen sein soll?«

Sie sah so stolz aus auf diesen phönizischen Gräbern. Als hätte sie sie entdeckt. Ich versuchte, mir Lucy als bedeutende Forscherin vorzustellen – oder als Eroberin –, und fand die Idee passend. Ihre Begeisterung war so greifbar, dass ich beinahe spüren konnte, wie sie sich von ihrem Körper auf meinen übertrug. Die Hitze pulsierte um uns herum, und die Sonne brannte auf uns herab. Wir gingen langsam weiter, auch wenn wir uns nur widerstrebend von dem Aussichtspunkt entfernten. Es war so still hier, als wäre dieser Ort durch eine Art Zauber vom Rest der Stadt getrennt. Während in den Straßen unter uns Geschrei und Gefeilsche dominierten und der Geruch Tausender schwitzender, schmutziger, aneinandergedrängter Körper in der Luft schwebte – herrschte hier oben nichts als Stille. Nichts als einladendes Blau, das sich ausdehnte und in den Atlantik ergoss, nichts als der Geruch des Meers, frisch und sauber. Möglicherweise bildete ich es mir ein, aber mir war, als schleiften unsere Füße über den Boden, als wir uns umdrehten, um die wenigen Meter bis zum Café zu gehen.

Wir saßen auf einer der unteren Terrassen, im Schatten knorriger Bäume. Die Hitze ließ sofort nach, und ich konnte wieder durchatmen. Auf dem offenen Platz hatte kein einziger schützender Baum gestanden, und mir war nicht aufgefallen, wie erhitzt ich war, als ich aufs Meer schaute.

Als wir das Café betraten, kam einer der Kellner herbeigeeilt, in der Hand eine schwingende Konstruktion, die es ihm ermöglichte, mehrere Teegläser gleichzeitig zu transportieren. Ihr metallischer Überzug glitzerte in der hellen Sonne. Lucy bestellte zwei Tee und bedankte sich. *Choukran*.

Mir fiel ein, wie nahe »danke« und »nein danke« beieinanderlagen – lediglich ein hinzugefügtes Wort machte den Unterschied aus. Es war eine alberne Erkenntnis, an der Lucy ihren Spaß gehabt hätte. Ich schloss die Augen und seufzte. Wespen schwirrten um die Blüten der Bäume, beachteten aber weder uns noch unsere Gläser mit dem süßen, heißen Tee. Eigentlich eine friedliche Situation, in der ich mich hätte entspannen können – doch meine innere Unruhe nagte an mir, wehrte sich dagegen, übergangen zu werden.

Lucys Ankunft hatte etwas in mir ausgelöst. Schon jetzt spürte ich, wie es mich innerlich aufwühlte und nicht mehr losließ. Trotzdem hielten wir uns beide zurück und warteten darauf, dass etwas passierte. Als hätten wir seit dem Tag, an dem sie vom Boot gestiegen war, nichts anderes getan. Mich erfasste plötzlich ein unwiderstehlicher Drang, uns in den Abgrund zu stürzen – sie all das zu fragen, was mir seit ihrer Ankunft in Tanger, seit unserer ersten Begegnung in Bennington, im Kopf herumging und worüber ich schon immer gerätselt hatte. All das, was mir entglitt und was ich nicht zu fassen bekam, der seltsame Geist eines Mädchens, den ich wohl aufgrund meines Kummers heraufbeschworen hatte, der aber nie reale, nie konkrete Formen anzunehmen schien.

Ich war wütend, meine Stimmung schlug um. Die Dinge, die ich nicht verstand, umgaben mich und schienen in der sengenden Hitze vor sich hin zu brodeln. Die Orte und Menschen, die mir ein Mysterium blieben und die sich weigerten, ihr Geheimnis preiszugeben, egal, wie sehr ich mich bemühte, es zu lüften. Tanger und Lucy waren ein und dasselbe für mich, ein unlösbares Rätsel, das mir keine Ruhe ließ. Und ich hatte genug davon – genug von meiner Unkenntnis, genug von dem ewigen Gefühl, außerhalb des Geschehens, lediglich am Rand des Geschehens zu stehen.

»Alles in Ordnung, Alice?«, fragte Lucy.

»Ja, alles in Ordnung«, antwortete ich und wusste, dass der Ärger in meiner Stimme nicht zu überhören war. Ich rückte die Sonnenbrille zurecht, die durch den Schweiß, der sich auf meiner Nase gebildet hatte, heruntergerutscht war, nippte an meinem Tee und schob dann das Glas frustriert weg. Ich blieb still. Erst als ich mir sicher war, dass Lucy nicht beabsichtigte, das Schweigen zu brechen, begann ich zu reden. »Das werde ich nie verstehen«, sagte ich und blinzelte in die Sonne.

Lucy wandte sich mir zu. »Was verstehen?«

»Das hier«, antwortete ich und deutete auf den Pfefferminztee. »Wie man in einer Hitze wie dieser heißen Tee trinken kann.«

»Irgendwann gewöhnt man sich wohl an alles«, mutmaßte sie. »Dann kommt es einem normal vor.«

»Mir nicht«, entgegnete ich und strich mir verärgert über die Fingerspitzen. Ich hatte das Glas nur einen Augenblick zu lange berührt und mich daran verbrannt. Noch wütender war ich darüber, dass Lucy mir nicht sofort beigepflichtet hatte. »Nicht, was diesen Tee hier betrifft. Ich glaube nicht, dass ich so etwas je in einer derartigen Hitze trinken kann. Ehrlich gesagt glaube ich nicht, dass ich so etwas überhaupt trinken *will,* egal, wie das Wetter ist.«

Lucy nahm einen Schluck aus ihrem Glas. »Magst du den Tee denn gar nicht?«

Ich warf ihr einen Blick zu – vermutlich einen *hysterischen* –, den ich aber schnell wieder abschüttelte. »Für eine ordentliche Tasse schwarzen Tee mit Milch und Zucker könnte ich im Moment glattweg jemanden umbringen«, antwortete ich.

Einige Köpfe schnellten in unsere Richtung. Mir fiel mein Ton auf, der zwischen ernst und fröhlich schwankte und an der kaum wahrnehmbaren Grenze zwischen Lachen und Weinen entlangschrammte. Lucy streckte ihre Hand aus, doch ich nahm sie nicht. »Alles in Ordnung?«, fragte sie erneut.

Der Frage bereits überdrüssig, überlegte ich, was die richtige Antwort darauf war.

»Mein Vater hat uns auf eine äußerst geniale Weise Abkühlung verschafft, wenn es im Sommer in Neuengland sehr heiß war«, sagte Lucy plötzlich.

»Ach ja? Und wie?«, fragte ich barsch. Ich ärgerte mich, dass sie die Unterhaltung in eine andere Richtung lenkte.

Selbst wenn Lucy es bemerkt haben sollte, ging sie einfach darüber hinweg, sodass ich mich fragte, ob sie dieses Thema nicht genau aus diesem Grund angeschnitten hatte.

Weil sie meine aufflammende Wut gespürt hatte und auf diese Weise versuchte, sie zu zerstreuen. »Er hat immer den Gartenschlauch ausgepackt – so was habt ihr doch in England auch, oder?«

Ich nickte wortlos.

»Also, er hat den Gartenschlauch ausgepackt, ist damit ums Haus herumgelaufen und hat die Mauern mit Wasser bespritzt.«

Ich runzelte die Stirn. »Die Mauern?«

»Ja, die Mauern.«

»Warum um alles in der Welt hat er denn das gemacht?«, fragte ich.

Sie lächelte. »Weil die Hitze sich in den Mauern staut – deshalb. Also ist mein Vater ums Haus herumgewandert und hat sie mit Wasser bespritzt, Zentimeter für Zentimeter, sodass die heißen Steine von der Abkühlung zu dampfen anfingen.« Sie hielt inne. Ich stellte mir ein winziges Ziegelhaus und einen Vater vor, der um seine Tochter so besorgt war, dass er die Steine in der Nähe ihres Fensters besonders sorgfältig wässerte und sich vergewisserte, dass sie vor Nässe glänzten, ehe er mit seiner Arbeit fortfuhr.

»Und, hat es tatsächlich etwas gebracht?«, fragte ich mit sanfterer Stimme. Ich betrachtete Lucy und fragte mich, woran sie gerade dachte – ob sie auch dieses kleine Haus mitten in der Walachei von Neuengland vor Augen hatte oder ob ihre Gedanken ganz woanders waren.

»Ja, hat es«, antwortete Lucy in einem Ton, der wohl bestätigend und beruhigend gemeint war. »Ich erinnere mich, dass ich auf meinem Bett gelegen und gehorcht habe, wie das Wasser auf die Außenwand meines Schlafzimmers spritzte. Ich habe die Vorhänge zugezogen, damit kein Sonnenstrahl hereindrang und es im Zimmer dunkel war. Ich habe die Augen geschlossen und sofort, als das Wasser auf die Wand traf, gespürt, wie die Hitze nachließ. Es war, als hätte jemand einen Ventilator eingeschaltet und ihn direkt vor mich hingestellt. Manchmal war es so kühl, dass ich eine Gänsehaut bekommen habe.«

Ich war einen Augenblick lang still, dachte nach und stellte mir vor, wie die kühle Brise über meine Haut strich. Mich überkam eine seltsame Ruhe, so umgeben von der Liebe eines Vaters zu seiner Tochter und der Erfrischung, die er ihr so geflissentlich verschafft hatte. Doch dann zerrte etwas an meinem Gedächtnis. Mir fiel dieser eine Tag in der Jennings Hall ein, der schon so viele Jahre zurücklag, und ich wandte mich Lucy zu. »Ich habe gedacht, du könntest dich an deinen Vater nicht mehr erinnern«, sagte ich und nahm meine Sonnenbrille ab.

Es dauerte etwas, ehe sie antwortete, und ich fragte mich schon, ob sie meine Bemerkung einfach ignorieren würde. Doch dann sprach sie, ohne sich mir zuzuwenden oder ihre Sonnenbrille abzunehmen. Ihr Blick war stattdessen weiterhin auf das Meer gerichtet, ihre Miene so hart wie die Steinplatte, auf der wir vorhin gestanden hatten. »*Daran* schon«, sagte sie in einem Ton, der wie eine Warnung klang, wie eine Drohung.

Ich wandte mich von ihr ab und schwieg.

In jener Nacht schneite es heftig. Das war für die Green Mountains nichts Ungewöhnliches, mitten im Winter. Es schien ständig zu schneien oder gleich wieder zu schneien anzufangen, sodass der Boden stets von einer gespenstischen weißen Decke überzogen war. Doch in jener Nacht war alles anders. Denn der Schnee blieb nicht nur auf dem Boden liegen, sondern auch auf den Straßenlampen und einem selbst, sodass alles in einem Wirbel vorbeizog, während man sich durch das Schneegestöber vorankämpfte.

Lucy und ich hatten gestritten.

Kurz bevor es zu schneien begonnen hatte, war ich von einem Wochenendausflug aus New York zurückgekehrt. Ich hatte allen erzählt, dass ich wegen einer Hausaufgabe meines Fotokurses dorthin müsse. In Wahrheit aber hatte ich die Gelegenheit zu fliehen genutzt, um mir eine Ruhepause von dem erstickenden Unbehagen zu verschaffen, das im Laufe des vergangenen Jahres zwischen mir und Lucy entstanden war und das sich ständig vergrößert hatte, sodass es mittlerweile nichts anderes mehr zwischen uns gab. Meine Tante war an jenem Wochenende nicht einmal in der Stadt gewesen. Und so hatte ich mir ein Zimmer in einer Pension gemietet, in der ich schon häufig übernachtet hatte und die ich für einigermaßen sicher hielt. Ich hatte kurz überlegt, ob ich Tom einladen sollte, damit die Reise eher den Anschein erweckte, ein Kurzurlaub zu sein als eine Flucht. Doch letztendlich wusste ich, dass ich dringend allein sein musste. Dass ich Abstand brauchte, sowohl von Tom als auch von Lucy. Dass ich Abstand brauchte von diesem ständigen Hin und Her, das ich mittlerweile schon fast körperlich spürte, Tag für Tag. Es war, als würden sie beide so sehr an mir zerren, an meiner Haut, meinen Gliedmaßen, dass ich drohte zu zerreißen.

Anders als in Vermont, war die Luft in New York weder frisch noch rein.

Sie hing schwer und feucht über der Stadt, war voller Staub, Fett und Rauch und verklebte meine Poren. Als ich aus dem Bus stieg, lächelte ich erleichtert. Die beiden nächsten Tage streifte ich durch die Straßen von New York und machte Fotos. Ich verbrauchte alle mitgebrachten Filmrollen und ging schließlich in einen Fotoladen, um noch ein halbes Dutzend mehr zu kaufen, die ich dann auch noch verknipste. Allein zu sein – endlich allein zu sein – in einem Meer von Menschen, die ich nicht kannte und die mich nicht kannten, war irgendwie beruhigend. Ich verlor mich in der Anonymität und freute mich unbändig, von Fremden umgeben zu sein. Ich saß auf Parkbänken und lauschte den Gesprächen in meiner Umgebung. Ich erkundete die Diners der Stadt, deren Inneneinrichtungen aus Edelstahl bestanden, saß an ihren Theken, aß Käsetoasts, trank verbrannten Kaffee und genoss das Gewicht des schweren Porzellanbechers in meiner Hand. Auch wenn die Zeiten der Lebensmittelrationierung vorbei waren, hingen die entsprechenden Anzeigen noch immer an den Wänden, verblasst und mit Schmierflecken überzogen – *Fragen nach Butter heute zwecklos. Keine Hamburger, es ist Dienstag* –, und hielten so die Erinnerung daran aufrecht.

Als ich am Sonntagabend nach Bennington zurückkehrte, ging ich direkt in die Dunkelkammer, um die Filme zu entwickeln. Ich war noch nicht bereit, den inneren Frieden, den ich im Trubel der Stadt gefunden hatte, wieder loszulassen. Ich summte leise vor mich hin, während ich den Film aus der Kamera nahm. Routiniert wickelte ich ihn um die Spule und tastete nach der schmalen Rille, um ihn einzuhaken. Ich legte die Filme vorsichtig in den Behälter und hängte sie nach dem Entwickeln behutsam an die Leine. Ungefähr eine Stunde später, die Chemikalien standen schon wieder an ihren angestammten Plätzen in den Regalen und die Negative waren trocken, fertigte ich von allen einen Kontaktabzug an. Ich war gespannt, ob ich während meines kurzen Aufenthalts in der Stadt etwas Lohnenswertes hatte festhalten können.

Da entdeckte ich sie.

Zuerst dachte ich, es sei Einbildung oder ein Trugbild, entstanden durch das Licht. Vielleicht waren meine Augen auch einfach nur müde. Ich redete mir ein, dass es alle möglichen Erklärungen für meine vermeintlichen Wahrnehmungen gäbe. Und dass die Beweise ihrer Anwesenheit – die Rückansicht ihres Mantels oder das Profil ihres Gesichts – eigentlich nichts mit ihr zu tun haben konnten.

Doch dann stieß ich auf dieses eine Foto, als es ihr nicht gelungen war, völlig zu verschwinden. Auf dem sie nicht nur flüchtig zu erkennen war, sondern ihr ganzes Gesicht. Es war Lucy. Sie war es tatsächlich. Sie war da gewesen und war mir gefolgt – hatte mich *verfolgt* –, sie tauchte auf jedem einzelnen Bild auf, das ich in New York gemacht hatte.

Wären mir ihr langes, zerzaustes Haar und die Kapitänsjacke, die tagein, tagaus über dem Stuhl in unserem Zimmer hing, nicht so vertraut gewesen, wäre sie für mich leicht zu übersehen gewesen, und ich hätte sie vielleicht nicht bemerkt. Schließlich stand sie immer nur im Hintergrund, immer nur am Rand des Bilds. Nie war sie der Mittelpunkt, nie nahm sie den Vordergrund ein.

Doch es gab dieses eine Foto, wo es ihr nicht gelungen war, sich vor meiner Linse zu verstecken. Auf dem sie mich anstarrte, die Augen weit aufgerissen und unerschrocken. Auf dem sie mich beobachtete, ständig beobachtete.

Ich hielt das Foto fest umklammert. Meine Hand zitterte mittlerweile, und ich verließ die Dunkelkammer, ohne aufzuräumen oder das Licht auszumachen. Stattdessen lief ich nach draußen in die Dunkelheit, in den Schnee, der so heftig wirbelte, dass selbst der kurze Weg zwischen Dunkelkammer und Wohnheim beschwerlich war. Ich steckte das Foto, das Beweisstück, in meinen Mantel, um es vor den Naturgewalten zu schützen, sodass es, wenn ich es wieder hervorziehen, wenn ich es ihr schließlich unter die Nase halten würde, nur hier und da ein wenig verknittert wäre.

Lucy saß an ihrem Schreibtisch, über ein Buch gebeugt, und machte keine Anstalten aufzustehen, als ich plötzlich das Zimmer betrat. Zuerst sagte sie nichts und betrachtete nur das Foto, das ich ihr hingelegt hatte. In einer eigenartig ruhigen Bewegung sah sie zu mir auf. »Was ist das?«, fragte sie, die Miene verschlossen und undurchdringlich.

»Sieh es dir an!«, sagte ich, und meine Hand zitterte, als ich das Foto noch näher zu ihr hinschob. Sie reagierte mit derselben stoischen Ruhe, und so stach ich mit dem Finger auf die Gestalt auf dem Foto ein. »Ich weiß, dass du das bist, Lucy«, sagte ich, bemüht, Härte in meine Stimme zu legen. »Das Foto mag vielleicht etwas unscharf sein, aber ich weiß, dass du es bist.«

Sie erwiderte nichts. Ich wartete auf ihre Antwort, während mein Blick zu dem Foto wanderte. Jetzt stellte ich erschrocken fest, *wie* unscharf es doch eigentlich war. Ich betrachtete es noch einmal. Alles war so, wie ich es in Erinnerung hatte, nur stimmte die Bildschärfe nicht. Dadurch wirkten die Konturen der Gesichter – insbesondere *ihres* Gesichts – eher verschwommen. So wie Schatten.

Lucy runzelte die Stirn. Sie war mittlerweile von ihrem Stuhl aufgestanden. »Du hast mich also in New York gesehen?«

Nein, das hatte ich nicht gemeint. Ich schüttelte den Kopf. »Nein, ich habe dich auf dem Bild gesehen«, erwiderte ich und rang nach Worten. »Du bist da gewesen. Ich weiß, dass du da gewesen bist.«

»Alice, ich war das ganze Wochenende hier.«

Ihre Hände lagen inzwischen auf meinen Schultern und umklammerten sie so fest, dass ich ihre Finger durch meine Kleidung spürte. Ich wusste, dass das eine tröstende, besorgte Geste sein sollte. Doch es fühlte sich so an, als würden ihre Fingerspitzen sich in mein Fleisch brennen.

Ich musste hier weg.

Mein Herz begann, schnell und unregelmäßig zu pochen, meine Kehle war wie zugeschnürt. Als wäre jeder Atemzug ein Kampf, eine Strapaze. Ich spürte, wie meine Haut sich zu röten begann, und ich riss mich von Lucy los. Ich musste unbedingt etwas Raum zwischen uns schaffen, musste mich unbedingt aus ihrer Umklammerung befreien. »Du lügst!«, rief ich und trat zur Tür. Die Worte klangen wie erstickt.

Ich eilte zum Münztelefon im Flur und rief Tom an. Nach dem Gespräch konnte ich mich kaum erinnern, was ich ihm leise, aber nachdrücklich erzählt hatte. Ehe ich noch darüber nachdenken konnte, waren die Worte aus mir herausgesprudelt. Doch an das, was er geantwortet hatte – nämlich dass er kommen und mich holen würde, dass ihm der Schneesturm egal wäre, dass er mich nicht allein lassen würde –, daran konnte ich mich erinnern, konnte ich mich stets erinnern.

Ich stürmte hinaus in die eisige Kälte. Es schneite so heftig, wie ich es in den ganzen Jahren, in denen ich mittlerweile schon in Bennington studierte, noch nicht erlebt hatte. Lucy lief mir hinterher. Zuerst sprach sie besänftigend auf mich ein, dann begann sie, mit mir zu streiten, schließlich flehte sie mich an – sie flehte mich an, zu bleiben und das Foto zu vergessen. Doch ich lenkte nicht ein. Ich stand nur da und wartete, bis Tom schließlich eintraf, das Gesicht vom zerlaufenden Schnee auf der Windschutzscheibe verzerrt. Als ich mich abwandte, um zu gehen, griff eine feste, unnachgiebige Hand nach mir und zwang mich, stehen zu bleiben.

»Alice, steig nicht in dieses Auto ein!«

»Lass mich los, Lucy!«, befahl ich ihr und wand mich aus ihrem Griff.

»Alice!«, sagte sie und klang mittlerweile verzweifelt. »Du kannst doch jetzt nicht einfach so gehen.«

Ich schnellte herum. »Ach nein? Warum nicht?« Eigentlich brauchte ich darauf keine Antwort, eigentlich hätte ich einfach in das Auto steigen und wegfahren können. Doch ich wollte wissen, welche Erklärungen sie nun wieder parat hätte, um sich auch aus dieser Geschichte zu winden. Sie blieb stumm, schüttelte den Kopf. »Ich will, dass du mich in Ruhe lässt«, schrie ich schließlich. Der eisige Wind brannte auf meinen Wangen und trug meine Worte davon. »Ich will, dass du verschwindest und nie mehr zurückkommst.«

Dann wandte ich mich ab und stieg in den Wagen.

Tom sagte nichts, als wir losfuhren. Vielleicht spürte er, dass ich nicht reden wollte. Dass ich mich nicht über das unterhalten wollte, was geschehen war. Stattdessen überlegte ich, wohin wir fahren würden – vielleicht in die Stadt zu unserem kleinen Lieblingsdiner an der Route 7. Wir würden uns an die Theke setzen und einen wohltuenden, starken Kaffee trinken, der meine Hände beruhigen würde, die jetzt zitternd in meinem Schoß lagen. Ich schüttelte den Kopf und versuchte, das, was auch immer noch von Lucy übrig war, zu vertreiben. Es war aus und vorbei, versprach ich mir. Stattdessen würde ich mich auf die Zukunft konzentrieren. Auf Tom konzentrieren. Und sobald wir an diesem Diner angekommen sein würden, würde ich ihm vielleicht auch endlich das erzählen, was ich einmal Lucy erzählt hatte. Würde ihm von der Zeit nach dem Tod meiner Eltern erzählen, von den Schatten und der psychiatrischen Anstalt – und vielleicht sogar von dem, was ich selbst Lucy verschwiegen hatte.

Ich würde ihm den wahren Grund meiner Angstzustände erklären, hatte ich beschlossen – würde ihm den Unfall schildern, bei dem meine Eltern gestorben waren, und dass mich noch immer Schuldgefühle plagten deswegen. Denn immerhin war ich diejenige gewesen, die diesen unglückseligen Petroleumofen zuletzt benutzt hatte. Ich hatte ihn noch immer vor Augen. Diesen kleinen schwarzen Apparat, den mein Vater eines Abends mitgebracht hatte. Er war so stolz darauf gewesen und hatte mir gezeigt, wie man den Deckel öffnete, das Petroleum vorsichtig einfüllte und dann das eine Ende des Dochts in die Flüssigkeit tauchte, während man das andere anzündete. Er hatte uns versichert, dass der Ofen im Winter Wärme spenden würde. Und dass wir dabei auch noch Geld sparen würden, weil man das Gerät in jedes Zimmer mittragen konnte. *Doch bleib stets vorsichtig,* hatte er mich gewarnt, *denn das Petroleum ist äußerst inflammabel*. Ich konnte mich noch an meine kindische Antwort erinnern. *Inflammabel? Heißt das, dass er kein Feuer fangen kann?* Die Frage seiner *kleinen, törichten Alice im Wunderland* hatte meinen Vater zum Lachen gebracht. Dann hatte er mich fest umarmt – das war meine letzte Erinnerung an ihn.

Und das war es, worüber ich mir gerade Gedanken machte – die Geister der Vergangenheit, die ich nie ganz hatte vertreiben können, und die schlichte, quälende Frage: War es mein Fehler gewesen, hatte der Ofen meine Eltern das Leben gekostet, weil ich ihn zuletzt benutzt hatte – als es passierte.

Wir hatten gerade den höchsten Punkt des Hügels hinter uns gelassen und fuhren nun die lange, sich windende Straße hinunter, die vom College in die Stadt führte. Da wandte sich Tom zu mir um. In seinen Augen lag Panik. »Sie funktionieren nicht«, stieß er hervor.

»Was funktioniert nicht?«, fragte ich mit müder Stimme, während ich aus dem Auto in die Finsternis spähte. Es war noch nicht einmal sechs Uhr abends, doch die winterliche Dunkelheit war bereits hereingebrochen. So war es fast unmöglich, ohne ein Licht etwas in der direkten Umgebung zu erkennen. Ich hob die Hand und fragte mich, ob ich ihre Konturen wohl ausmachen könnte. Dann atmete ich aus, und es bildete sich eine winzige Wolke, die sich gleich wieder auflöste.

»Die Bremsen.«

Ich ließ die Hand fallen und betrachtete Toms entsetztes Gesicht, das ich erkennen konnte, auch in der Dunkelheit. Das ging mir in diesem seltsamen, kurzen Augenblick durch den Kopf. Doch dann hörte ich, wie er mit dem Fuß auf das Pedal trat, das nun nutzlos geworden war, und etwas in mir verstummte. »Was willst du damit sagen?«, flüsterte ich.

»Ich will damit sagen, dass die Bremsen nicht funktionieren«, erwiderte er panisch.

Wir hatten mittlerweile fast das Ende der Zufahrt erreicht – jenen Punkt, an dem der Privatweg von Bennington auf die öffentliche Straße stieß. Ich sah einen Wagen vorbeifahren, dann einen zweiten, beide in der Dunkelheit nur schwer zu erkennen. Ich schloss die Augen und hielt den Atem an. Der schwierigste Teil lag noch vor uns, selbst wenn wir es schaffen würden, beim Abbiegen in kein anderes Auto zu fahren – die Straße verlief nämlich nicht gerade, sondern machte erst eine Links- und dann eine Rechtskurve. Es gab nur einen dürftigen Schutzwall, hinter dem – und ich schluckte nervös – das Ende des Universums, wie wir es getauft hatten, lag. Ich nahm die Zuckerahornbäume hinter dem Zaun wahr, die dort eine unheilvolle Gruppe bildeten.

Dann wanderte mein Blick zurück, ich wandte mich um und spähte in die Dunkelheit, auch wenn mir klar war, dass ich nichts sehen würde, dass ich *sie* nicht sehen würde. Trotzdem spürte ich, dass sie mich beobachtete. Mir kamen ihre Worte in den Sinn, und wie sie darauf beharrt hatte, dass ich nicht in den Wagen steigen solle. Mein Magen zog sich zusammen – ob von den schlingernden Bewegungen des Autos oder der Erkenntnis, dass sich gerade etwas Unheilvolles über uns zusammenbraute, da war ich mir nicht sicher.

Und dann schrie Tom mir zu, aus dem Auto zu springen. Also griff ich mit zitternden Händen nach dem kalten Türgriff und stürzte hinaus ins Nichts. Ich merkte nur noch, wie mein Körper in die Luft gehoben wurde. Schwerelos, schwebend. Dann – Flammen, Blut, brechende Knochen, blaue Flecken. Ich spürte nichts. Außer dem Schnee unter meinem Gesicht und dem kalten, stechenden Schmerz, den er auf meinen Wangen hinterließ.

Und Lucy.

Sie sah mich an, von irgendwo aus der Ferne – beobachtete mich mit weit aufgerissenen Augen – *war am Leben*.

Das war meine letzte Erinnerung an diese Nacht.

Tante Maude traf in den Tagen danach ein. Ich habe nie herausgefunden, wann sie mit ernstem Gesicht und sorgenvoller Stirn zu mir ans Krankenbett geeilt war. Sie war ein tröstlicher Anblick, symbolisierte Normalität in dem Chaos, das um mich herum geherrscht hatte, seit ich zu mir gekommen war. Man hatte mich kaum allein gelassen, ständig schien jemand in meiner Nähe zu sein. Im Zimmer, vor meinem Zimmer, von draußen hereinstarrend. Doch niemand wechselte ein Wort mit mir – alle hasteten nur herum, versorgten mich oder erteilten Anweisungen und Befehle. Keiner machte eine Äußerung, aus der ich hätte schlussfolgern können, was passiert war. Wie es passiert war. Und – das war vielleicht das Wichtigste – warum es passiert war.

»Maude«, flüsterte ich, die Lippen ausgetrocknet und rissig.

Sie trat an meine Seite, ergriff aber nicht meine Hand. »Ruhig, meine Liebe!«, sagte sie.

Ich schloss die Augen beim Klang ihrer Stimme, beim Klang des vertrauten Akzents, der meinem so ähnlich war. Obwohl ihr Gesicht ausgesprochen feminine Züge hatte, steckte darin auch etwas von ihrem Bruder, meinem Vater, sodass sie etwas Beruhigendes ausstrahlte, das mich umhüllte wie eine wärmende Decke. Die Anspannung in mir ließ nach. Ich spürte zum ersten Mal seit Tagen, wie das Adrenalin aus meinen Poren strömte, und fühlte mich getröstet. Empfand Schmerz, spürte die Blutergüsse und Schnittwunden, die ich mich bisher geweigert hatte wahrzunehmen. Meine Wangen wurden feucht, und ich begriff, dass ich weinte.

»Lucy«, flüsterte ich. »Wo ist Lucy?« Doch ich war mir nicht sicher, ob Maude mich verstand, denn ich schluchzte immer heftiger. »Du musst mit ihr reden! Du musst sie fragen, was geschehen ist.«

»Ganz ruhig!«, flüsterte Maude und setzte sich auf den Stuhl neben dem Bett. Sie beugte sich nicht vor, um mich zu berühren, danach hätte ich mich in diesem Moment gesehnt. »Du bist erschöpft, Alice. Verwirrt. Aber das wird schon wieder, meine Liebe. Ich werde mich um dich kümmern, das verspreche ich dir.«

Eine Woche später wurde ich aus dem Krankenhaus entlassen und reiste zurück nach England. Niemand sprach über Tom, über seine Beerdigung, über eine Einladung zur Trauerfeier, die ich, das wusste ich, nie erhalten würde. Der Name Lucy fiel nur ein einziges Mal, als mir die Polizei, eingeschüchtert von Maude und unter ihrer Aufsicht, ein paar Fragen stellen durfte. Meine Antworten waren kurz und abgehackt. Die Beamten hoben die Augenbrauen, als ich sie fragte, ob sie mit Lucy Mason gesprochen hätten, doch ein eindringlicher Blick von Maude genügte, um das Thema zu beenden. »Sie müssen entschuldigen, meine Herren, meine Nichte ist etwas verwirrt.« Lächelnd wandte sie sich mir zu. »Alice, meine Liebe, du bist ein bisschen verwirrt.«

Zuerst runzelte ich die Stirn. Doch schon bald fragte ich mich, ob sie vielleicht recht hatte, denn jene Nacht und das, was damals passiert war, waren schon jetzt in unendlich weite Ferne gerückt. Da war nichts mehr außer der Überzeugung, dass Lucy eine Schlüsselrolle darin gespielt hatte und die Antwort auf die Frage kannte, die ich kaum formulieren konnte. Ich kramte in meinem Gedächtnis herum, doch ich stieß auf nichts Konkreteres als auf die verletzten Gefühle einer jungen Frau, die von ihrer besten Freundin verlassen worden war, und auf den Blick, den sie mir in jener Nacht zugeworfen hatte, nachdem ich davongestürmt und in den Wagen gestiegen war. Damit hatte ich mich endgültig für einen anderen Menschen entschieden und das Band zwischen uns zertrennt. Ich verdrängte das Bild aus meinem Kopf.

Vielleicht hatte Maude recht.

»Du bist verwirrt, Alice«, flüsterte sie noch einmal, und die Falten um ihre Augen vertieften sich. »In deiner Trauer stellst du dir etwas vor, was es nicht gibt. Aber das darfst du nicht zulassen – du musst sie aus deinen Gedanken vertreiben.« Sie versuchte zu lächeln. »Mach dir keine Sorgen, meine Liebe! Ich werde mich um alles kümmern.«

Ich nickte stumpf, noch immer verloren im Kokon meiner eigenen Trauer. Wenn Tante Maude der Meinung war, dass Lucy keine Antwort hatte, gab es für mich keinen Grund, daran zu zweifeln.

Ich dachte an meine Eltern. An ihren Tod. An die Trauer, in der ich damals versunken war. Und an die furchteinflößenden Schatten, die sich über mein Gesicht gelegt hatten. Ich schrie nach meiner Tante und flehte sie an, die Schatten zu vertreiben. Und sie vertrieb sie. Sie stellte mich wieder her, so wie sie es mir versprochen hatte. Wenn vielleicht auch nicht vollständig, aber zumindest so gut sie konnte. Sie hatte die Einzelteile aufgesammelt, in die ich nach dem Tod meiner Eltern zerfallen war, und mich wieder zu einem Ganzen zusammengefügt. Deshalb verließ ich mich auch jetzt darauf, dass sie mich wieder zusammenfügen und reparieren würde. Ich fand Trost in dem Gedanken und in der Möglichkeit, meine Wut, meinen Hass, meine Überzeugung loszulassen. Ich ließ sie aus meinen Händen gleiten, und Frieden durchströmte mich. Sie waren nicht mehr die Kraft, an der ich mich festhalten musste, ich musste mich nicht mehr mit aller Macht daran klammern. Denn schließlich war Tom nicht mehr da. Alles andere war egal. Lucy spielte keine Rolle mehr. Genauso wenig wie das, was mit ihr in den Tagen danach passiert war. Nicht einmal die seltsamen Worte meiner Tante.

Und deshalb fragte ich sie auch nicht, was sie bedeuteten.

In der Stille begann die Wut wieder zu wachsen. Wie damals, in jener Nacht. Ich hatte Lucys ausweichende Antworten und die häppchenweisen Informationen, mit denen sie mich abspeiste, wann immer es ihr passte, satt. Ich wusste noch immer nicht – zumindest nicht genau –, warum sie in Tanger war oder wie lange sie beabsichtigte zu bleiben. Ich wusste nicht einmal, was sie tagsüber trieb. Ich kannte nur die Geschichten, die sie mir abends erzählte. Ich spürte, wie ich errötete und meine Hände zu zittern begannen. Ich zwang mich, ruhig zu bleiben und mich auf meinen Pfefferminztee zu konzentrieren, der mittlerweile kalt war und bitter schmeckte. Doch ich schaffte es nicht. Meine Gefühle flammten auf, wanden sich durch meinen Körper, auf meinen Lippen lag ein Vorwurf.

Die Wahrheit war nämlich, dass sich seit der Nacht des Unfalls nichts mehr richtig anfühlte. Das Verhältnis zwischen Lucy und mir hatte sich schon lange vorher verschlechtert, sodass ich Schwierigkeiten hatte, mich überhaupt an die Zeit, in der wir enge Freundinnen gewesen waren, zu erinnern. Manchmal sah ich unsere alte Freundschaft noch einmal schemenhaft in der Ferne aufglimmen. Dann übte Lucy die gleiche Anziehungskraft auf mich aus wie damals, doch gleichzeitig war da noch etwas. Etwas Hartes und Unnachgiebiges, was es mir unmöglich machte, ihr völlig zu vertrauen oder wieder vertrauen zu können. Nicht nach dem, was alles passiert war. Nicht einmal, wenn ich es gewollt hätte.

Natürlich wusste ich, dass sie nicht schuld war an dem, was geschehen war. Also nicht so, wie ich es in jener dunklen, kalten Nacht zuerst angenommen hatte, als ich mich mit flammendem Blick in Toms Wagen umdrehte und überzeugt war, dass sie dahintersteckte. In meiner Vorstellung wurde sie zu etwas Gottlosem, zu etwas Monströsem – zu einem meiner Schatten, der in der Dunkelheit lauerte und wartete, stets darauf wartete, mich zu packen. Doch die Wahrheit war sehr viel einfacher. Hätte ich nicht mit ihr gestritten, wäre es nie zu diesem Telefongespräch gekommen, und ich wäre in jener schneegepeitschten Nacht nie in dieses Auto gestiegen. Ohne ihre Eifersucht und ihr merkwürdiges Verhalten wäre das, was geschehen war, nie geschehen. Das war die Wahrheit, zumindest teilweise. Das war der wahre Grund, warum mich ihr Anblick zum Stottern und Stammeln gebracht hatte, als sie plötzlich vor meiner Haustür in Tanger stand. Denn ich würde durch ihre Anwesenheit immer an Tom, an das, was passiert war, an das, was wegen ihr passiert war, erinnert werden.

Doch da gab es noch etwas.

Ich wandte mich ihr zu, nahm die Sonnenbrille erneut herunter und sah sie mit großen, entschlossenen Augen an. Ich setzte an, um ihr das endlich zu sagen, um sie endlich anzuklagen. Doch stattdessen stieß ich nur hervor: »Du bist gegangen.« Eigentlich hatte ich diese Worte als Frage und nicht als Feststellung formulieren wollen. Doch als sie dann über meine Lippen kamen, schwerfällig und stumpf, fragte ich mich, ob es nicht genau das war, was ich ihr schon so lange vorwarf – dass sie mich im Stich gelassen hatte, als ich sie am dringendsten brauchte. »Nach dem Unfall, nach Tom«, fügte ich hinzu und sprach das aus, worüber ich schon so lange gerätselt hatte und was ich schließlich als Beweis, als Schuldeingeständnis interpretiert hatte. »Du bist gegangen.«

Sie sah mich an und blinzelte. »Du hast doch gesagt, dass ich gehen soll, Alice.«

Ihre Antwort war schlicht, aber richtig. Das hatte ich zu ihr gesagt. Wie alles andere, woran ich mich nicht mehr erinnern konnte, aber in meiner Magengrube spürte, wenn ich zuließ, dass die Erinnerungen sich ihren Weg in mein Bewusstsein bahnten, was selten vorkam. Ich hatte mir in jenen Momenten Schreckliches gewünscht, und es war wahr geworden – nur war es nicht ihr, sondern mir und Tom widerfahren.

Es war meine Schuld, nicht ihre, dass es geschehen war.

In dem Augenblick begann sie zu bröckeln – die Mauer, die ich seit Lucys Ankunft in Tanger zwischen mir und ihr errichtet hatte, die ich seit jener tragischen Nacht zwischen mir und ihr errichtet hatte. Ich spürte, wie der Widerstand nachließ, den ich so verbissen aufgebaut hatte. Er besaß keine feste Masse mehr, nach der ich hätte greifen können.

»Ich habe das Gefühl, dass ich nicht mehr ganz ich selbst bin, seitdem wir hier leben. Es ist so, als könnte ich nicht atmen«, gestand ich und ließ dieses Bekenntnis erst einmal so stehen. »Manchmal ist mir alles zu viel, geht es dir nicht auch so? Da macht mir schon der Gedanke, allein vor die Tür zu gehen, eine Heidenangst. Ich weiß, wie lächerlich das klingt, doch ich kann einfach nicht anders. Ich spüre mich hier nicht.« Ich hielt inne und starrte ins Leere, schwer und stoßweise atmend. »Das ist alles meine eigene Schuld – nicht? Immerhin habe ich mich dafür entschieden hierherzukommen.« Ich lachte auf. »Aber was wäre mir schon anderes übrig geblieben?«

Lucy wartete kurz, ehe sie antwortete. »Ist es wirklich so schlimm, Alice?«

Fast wäre ich unter ihrem durchdringenden Blick zusammengezuckt, doch ich riss mich zusammen. Ihre Miene – und der Ton in ihrer Stimme – verrieten mir, dass sie mich nicht verstand, dass sie mich nicht verstehen konnte. Mir fiel ein, was sie vorhin über Tanger erzählt hatte, über die unterschiedlichen Namen, die die Stadt im Laufe der Geschichte gehabt hatte. Das schien auch auf diesen Moment übertragbar zu sein – wir befanden uns beide an demselben Ort, aber in zwei unterschiedlichen Versionen von Tanger. Ich konnte mir ihre Version nicht vorstellen. Einen Ort der Freude, einen Ort des Neuanfangs. Meine Version hielt nur Angst und Einsamkeit bereit. »Natürlich nicht«, murmelte ich, meine Stimme kaum mehr als ein Flüstern. Doch dann drängte die Frage schließlich aus mir heraus. Ich konnte mich nicht länger zurückhalten, jetzt, da die Worte endlich aus mir herauswollten. »Hast du es jemals bereut, nach Bennington gegangen zu sein?«

Lucy runzelte die Stirn. Meine Worte schienen sie zu verwundern. »Bereut?«

Meine Stimme bebte, als ich sprach. »Ja. Ich bereue es manchmal, fast fürchterlich sogar. Mir kommt es so vor, als hätten sie uns belogen. Als hätten sie uns das Gefühl gegeben, dass wir in die Welt hinausgehen könnten und mit ihnen auf Augenhöhe wären – mit den Männern, meine ich. Doch das ist bloß eine Lüge, oder? Sie haben uns belogen. Wir haben geglaubt, dass wir einen Beruf erlernen würden. In Wahrheit ist Bennington aber nur ein verkapptes Mädchenpensionat. Sie haben uns mit Hobbys ausgestattet, damit wir uns die Zeit vertreiben können, wenn wir verheiratet sind. Das macht alles nur noch viel schwerer.«

»Aber, Alice«, begann Lucy, »so muss es doch nicht sein.«

Ich lachte kurz auf. Doch es klang eher wie ein Schluchzen, sodass ich es schnell kaschierte. »Hör nicht auf mein Geplapper, Lucy! Daran ist die Hitze schuld. Die habe ich noch nie vertragen. So ein heißer, sonniger Tag macht mich immer ganz kribbelig. Da kommt es mir vor, als würde ich vor einem Abgrund stehen.« Ich hielt kurz inne. »Wird schon vorbeigehen.«

Doch eigentlich wollte ich gar nicht, dass es vorbeigeht. Ich wollte – ach, ich wusste nicht, was ich wollte. Ich wollte, dass sie meine Hand nahm, wie in alten Zeiten, und mir versicherte, dass sie, wenn ich Tanger verlassen wollte, genau das für mich sein würde – mein Weg nach draußen. Es lag mir auf der Zunge – alles, die ganze verfahrene Situation: Wie sehr sich John in den vergangenen Monaten von mir entfernt hatte, wie sehr ich davon überzeugt war, dass ich mit der Heirat und dem Umzug an diesen verdammten Ort die falsche Entscheidung getroffen hatte. Ich wünschte mir so sehr, mich ihr offenbaren, mich ihr anvertrauen zu können, ihr alles zu erzählen. Doch es wollte mir einfach nicht über die Lippen kommen.

Ich stand auf, kramte in der Handtasche nach ein paar Francs und blickte mich nach dem Kellner um, der uns den Tee gebracht hatte. Ich musste unbedingt weg von hier, doch wohin wusste ich nicht. Ich hatte das Gefühl festzustecken, gefangen zu sein. Die Erkenntnis, dass es keinen Ausweg gab, keinen Ort, wohin ich flüchten konnte, drohte mich zu ersticken. Lucy erhob sich ebenfalls und legte ein paar Münzen auf den Tisch. Sie war mir wieder einmal in dem zuvorgekommen, was ich eigentlich hatte tun wollen.

Auf der Hälfte des Wegs, der von den Terrassen hinaufführte, drückte sich Lucy mit einem Mal an mich, und ich hörte unterhalb von uns ein krachendes Geräusch. Erschrocken von dem Lärm, zuckte ich zusammen. Ich war mir sicher, dass ihn ein Kellner verursacht haben musste. Vielleicht hatte der Junge, der uns den Tee gebracht hatte, eine dieser schwingenden Konstruktionen fallen lassen. Doch als ich mich umdrehte, sah ich eine Frau am Ende der Stufen liegen. Sie kam mir bekannt vor, wenngleich ich sie nicht einordnen konnte. Glassplitter rahmten sie ein wie ein verschachteltes Mosaik, das in der Nachmittagssonne glänzte.

Meine Hand schnellte entsetzt zum Mund. »Lucy?«, hörte ich mich flüstern.

Dann brach die Hölle los. Die Kellner eilten der Frau zu Hilfe. Mit einem Seufzer der Erleichterung sah ich, wie sie sich langsam aufsetzte. Gäste erhoben sich von ihren Plätzen, ein paar ließen sogar ihre Habseligkeiten zurück. Sie eilten ebenfalls zu der Frau und boten ihre Hilfe an. Sie hatte sich schlimme Schürfwunden an den Armen und Beinen zugezogen, ob durch den Sturz oder durch die Glassplitter, wusste ich nicht. Dann rappelte sie sich hoch und trat vorsichtig mit dem Fuß auf, als wüsste sie nicht, ob sie ihn belasten könnte.

Schließlich blickte sie auf, dorthin, wo Lucy und ich standen, ihre Augen dunkel und glänzend.

Ich spürte, wie sich mir der Magen umdrehte. Spürte, wie sich der Geschmack der Minze in meinem Mund in etwas Bitteres verwandelte. Und dann packte mich die Angst, sodass ich die Hand ausstreckte und Lucys Handgelenk umklammerte. »Können wir gehen?«, fragte ich erschüttert und mit brüchiger Stimme. Meine Finger gruben sich in ihr Fleisch, doch ich konnte die seltsame Panik, die in mir aufstieg, nicht aufhalten, konnte sie nicht unterdrücken. Trotz all der Vorfälle, die es zwischen uns gegeben hatte, trotz meines Unbehagens, trotz meiner Verdächtigungen, war ich mir in dem Augenblick einer Sache dennoch völlig sicher: dass Lucy mich liebte, dass sie alles tun würde, um mir zu helfen. Und so drehte ich mich zu ihr. »Oh, bitte, Lucy, können wir gehen?«, sagte ich noch einmal mit flehender Stimme.

Ich wusste nicht ganz genau, was ich damit meinte. Ich wusste nur, dass ich von hier wegmusste – weg von diesem Café, weg von dem durchdringenden Blick dieser Frau, weg von der Wahrheit, die meiner Beziehung mit John zugrunde lag. Ich konnte dieser Wahrheit nicht ins Auge sehen, konnte sie nicht ins helle Sonnenlicht halten und sie mir näher ansehen – noch nicht. In dem Moment wollte ich nur weg von dieser Beziehung. Weg von John.

Weg von Tanger.

II

8

LUCY

»Wir sollten nach Chefchaouen fahren.«

Ich machte Alice den Vorschlag, als wir still beim Frühstück saßen, das aus Tee und Brot bestand. Ich sprach die Worte aus, noch ehe ich darüber nachgedacht hatte. Noch ehe ich mir darüber Gedanken gemacht hatte, ob ihre Antwort Ja oder Nein lauten würde. Ich merkte nur, dass ich nach dem Vorfall im Café Hafa die alte, die ursprüngliche Alice noch mehr vermisste. Die Alice, die einmal mit mir die Abende im Diner von Bennington verbracht und bei Kaffee und Pfannkuchen mit Ahornsirup gelacht hatte. Die Alice, mit der ich im Winter vor dem Kamin gesessen und dem flackernden Feuer zugesehen hatte. Ich wusste mittlerweile, dass Marokko diese Erinnerungen zu verbrennen drohte – dass es uns beide zu verbrennen drohte. Wir brauchten eine Auszeit – von der Hitze, von der Stadt, von Tanger.

»Wir könnten uns ein Grand Taxi mieten«, erklärte ich. »Das ist gar nicht so teuer und recht einfach zu organisieren. Wenn du willst, gehe ich gleich los und erledige das. Ich wäre in null Komma nichts wieder hier. Du müsstest nur deine Tasche packen und dich sonst um nichts kümmern. Chefchaouen soll wunderschön sein, Alice.« Ich sprach hastig, als würde ein Wortschwall genügen, um mich vor ihren Einwänden zu schützen. Vor einem möglichen Nein.

Alice nickte, sie hielt die Teetasse so fest, dass ihre Fingerknöchel weiß waren. »Na gut«, sagte sie. Die Worte kamen so schnell aus ihrem Mund, als müsste sie sie aus ihrem Inneren katapultieren, bevor sie noch einmal darüber nachdenken und es sich anders überlegen könnte. »Na gut, Lucy. Lass uns fahren!«

Ein Lächeln umspielte ihre Lippen, in dem ich einen Schimmer Hoffnung entdeckte, einen Schimmer *Alice* entdeckte.

Und da wusste ich, dass der Zeitpunkt gekommen war. Der Zeitpunkt, um ihr zu erzählen, was ich gesehen hatte. Erst in der Bar und dann später in den Straßen von Tanger. Der Zeitpunkt, um ihr all meine Hoffnungen und all meine Träume für die Zukunft und für uns zu offenbaren. Eine Zukunft, die wir gemeinsam bestreiten würden, so wie wir es immer geplant hatten. Doch zuerst mussten wir von hier weg – weg von John, weg von Tanger, weg von dieser Stadt, wo die Vergangenheit dauerhaft zurückbleiben würde und uns die Gegenwart nichts mehr anhaben könnte.

Wir erreichten Chefchaouen drei Stunden später. Die Fahrt sollte eigentlich nur zwei Stunden dauern, doch Alice bat den Fahrer zwischendurch immer wieder anzuhalten, damit sie aus dem Auto springen und ein paar Fotos von der Landschaft machen konnte – von den Frauen aus dem Rif-Gebirge, von den grünen Bergen, die in Marokko völlig fehl am Platze wirkten. Der Fahrer hatte sie zuerst nicht verstanden. Der arme Kerl wirkte sogar ziemlich verängstigt, als Alice ihm mit Nachdruck zu erklären begann, dass er anhalten sollte. Als sie merkte, dass sie ihm nicht mit Worten begreiflich machen konnte, was sie wollte, klopfte sie ihm energisch auf die Schulter.

Ich sah sie zum ersten Mal die Kamera herausholen, die einmal ihrer Mutter gehört hatte. Die Abdeckung des Objektivs war beschädigt – *die Schuld meiner Mutter,* hatte Alice einmal beharrlich behauptet. Wenn man durch die Linse sah, erkannte man eine gezackte Linie. Doch aus irgendeinem unerfindlichen Grund tauchte sie in den Abzügen nicht auf. Alice hatte mir einmal erklärt, warum, aber ich hatte es vergessen. Mir fehlte das Verständnis für die Welt der Fotografie und der Wissenschaft. Beides bestand aus Zahlen und Absolutheiten, und darin war ich noch nie gut gewesen. Aber ich hatte Alice stets gern bei der Arbeit zugesehen. Während ich in der Tür der Dunkelkammer stand, berechnete sie die notwendigen Chemikalien. Die füllte sie dann in Behälter und rührte und schüttelte sie so lange, bis sie sich miteinander verbanden. Die Negative ließen nach einer Weile etwas Reales und Greifbares erkennen. Ihre Arbeit endete damit, dass sie ihre Kontaktabzüge an die Leine hängte.

Ich hatte mich anfangs gefragt, ob sie ihre Kamera in England zurückgelassen hatte. Zusammen mit den anderen Spuren ihres früheren Lebens, das sie, so schien es, aufgegeben hatte. Ich hatte sogar einmal nach der Kamera gesucht, als sie im Bad war. Doch beim Durchstöbern ihres Zimmers stieß ich nur auf Kleider, die ich nicht kannte, auf winzige Parfumflakons, die nicht so rochen wie die Alice aus meiner Erinnerung, und auf eine merkwürdige Leere, die den Raum zu durchdringen schien. Als wäre er nicht ganz real, als wäre er nur Kulisse.

Ich warf einen Blick durch die Heckscheibe des Autos und sah hinter uns eine Staubwolke aufwirbeln, sah das in der

Ferne verschwindende Tanger und bildete mir ein, dass ich bereits einen Wandel, einen Unterschied, spürte. Dass die Stadt ihren Griff um uns lockerte, uns langsam aus ihren Fängen ließ. Die Kamera war, so kam mir in den Sinn, ein Beweis dafür.

Wir schlenderten durch die Medina von Chefchaouen. »Ist es nicht unglaublich, wie blau hier alles ist?«, murmelte Alice und wiederholte die Worte immer und immer wieder, bis es schien, als ginge es ihr gar nicht darum, eine Antwort darauf zu bekommen, sondern vielmehr darum, sich zu versichern, dass sie tatsächlich in dieser Stadt war.

Gelegentlich verschwand sie aus meinem Blickfeld, doch an dem klickenden Geräusch des Auslösers, das von den stillen Mauern widerhallte, konnte ich sie stets orten. Ich wusste, dass sie nur eine Straßenecke von mir entfernt war. Und so verlangsamte ich meinen Schritt und ließ sie vorausgehen, da ich wusste, dass ich sie, wenn nötig, finden würde. Die Stadt verströmte, anders als Tanger, Ruhe und Gelassenheit. Niemand kam herbeigerannt, um etwas zu verkaufen. Niemand winkte einen aus Restaurants oder Cafés zu sich heran. Die Stille war gespenstisch, nach all dem Lärm und Trubel Tangers. Ich war mir nicht sicher, ob ich es wirklich mochte. Ich hatte mich schon immer als Stadtmensch gefühlt – wie geschaffen für dunkle, heruntergekommene Gassen, für eine anhaltende Kakophonie von Geräuschen, für durchdringende und oft widerliche Gerüche und eine der Enge geschuldete Vertrautheit unter Fremden. Chefchaouen war das genaue Gegenteil von Tanger. Hell, luftig und besänftigend. Nicht dunkel, stickig und einengend. Ich spürte instinktiv, dass ich nicht hierhergehörte. Anders als Alice. Dieser Ort war wie geschaffen für sie – und deswegen fand ich ihn perfekt.

Wir schlenderten fast eine Stunde in diesem – mich an Ebbe und Flut erinnernden – Rhythmus weiter, bis Alice sich umdrehte, ihre Arme hingen schlapp an ihr herunter. »Ich bin völlig erledigt«, seufzte sie, »und ich brauche dringend eine Tasse Tee.«

»Höchstwahrscheinlich bekommst du wieder nur Pfefferminztee«, warnte ich sie mit einem zaghaften Lächeln und fragte mich, ob es noch zu früh war, über die Anspannung und Frustration zu lachen, die gestern unter der Sonne Tangers in ihr hochgekocht waren.

Sie holte tief Luft und schien danach zum ersten Mal auszuatmen. »Ist mir egal«, sagte sie und blickte sich um. Das Lächeln in ihrem Gesicht wurde noch breiter. »Heute Abend ist mir alles egal.«

Wir beeilten uns, eine Übernachtungsmöglichkeit in der Medina zu finden. »Sieh mal, da drüben ist eine Frühstückspension«, sagte ich und zeigte auf das erstbeste Gästehaus. Das Schild war zwar leicht ramponiert, es sah aber dennoch ansprechend aus.

»Ein *Riad*«, korrigierte mich Alice sofort und lachte. »Du weißt also doch noch nicht alles von Marokko«, fügte sie in gelöstem, neckendem Ton hinzu.

Glücklich betraten wir Arm in Arm das Haus, um unsere Francs gegen einen Zimmerschlüssel einzutauschen.

»Jetzt sind wir wieder Zimmergenossinnen«, flüsterte Alice, als wir vor der Rezeption standen und warteten. »So wie in Bennington.«

Ich nickte, erwähnte aber nicht, dass da jeder sein eigenes Bett gehabt hatte, wohingegen es hier nur eines geben würde.

Die Aussicht, dass wir schon bald ein Bett miteinander teilen würden, schon bald dicht nebeneinanderliegen würden, elektrisierte mich. Es schien, als würden meine Nerven vor Spannung vibrieren angesichts dessen, was diese Nacht vielleicht noch bereithielt.

»Tee«, scherzte Alice über meine Schulter hinweg, als ich zahlte, damit ich nicht vergaß zu bestellen.

»Ja, Tee, bitte«, wiederholte ich.

Der Mann hinter der Rezeption blickte mich einen Moment verwirrt an.

Ich wiederholte das Wort und sprach es dieses Mal französisch aus.

Seine Miene hellte sich auf. »*Ah, bien, thé à la menthe.*«

Alice und ich unterdrückten ein Lächeln. »*Oui, merci.*«

Außer dem Tee ließen wir uns noch Couscous und eine Tajine bringen. Doch letztendlich aßen wir nichts davon auf, da unsere Mägen die würzigen Speisen nicht gewöhnt waren. Trotzdem schien dieses Essen, dieses Schlingen, irgendwie notwendig zu sein. Als könnten wir so all das loslassen, was wir die ganze Zeit voreinander zurück- und voneinander ferngehalten hatten. Wir schoben das Besteck beiseite und machten uns über die Speisen her wie die Einheimischen, mit den Händen. Die Gemüse- und Fleischsäfte liefen an unseren Händen herunter, doch wir wischten sie nicht weg. Stattdessen leckten wir uns die Finger ab und fanden Vergnügen an der fremdartigen Geste. Zuerst bissen wir in etwas hinein, von dem wir vermuteten, dass es Lamm war. Dann in eine Aprikose. Dann in eine Rosine. Wir verbanden diese Früchte nicht unbedingt mit herzhaftem Essen, doch da, in dem langsam schwindenden Licht Marokkos, passten sie perfekt dazu. Als wir fertig gegessen hatten, glänzten unseren Lippen vor Fett. Wir lehnten uns zurück und lachten etwas verlegen, als wir uns gegenseitig betrachteten.

»Wir sehen grässlich aus«, erklärte Alice, musste dabei aber auch lachen.

Ich musterte ihr Kleid. Bis vor Kurzem war es noch blühend weiß gewesen, mittlerweile jedoch voller Flecken – von der Reise und vom Essen. Mein Erscheinungsbild konnte nicht besser sein. Meine Kleidung unterschied sich zwar völlig von der, die Alice trug – ich hatte eine Caprihose und eine Bluse an –, doch der Stoff war ähnlich hell und hatte genauso sehr unter dem hastig eingenommenen Mahl gelitten. »Diese Kleider zu behalten ist wohl völlig sinnlos, denke ich«, sagte ich und griff nach dem Kragen meines Oberteils, um den Schaden zu begutachten.

»Natürlich werden wir die Kleider behalten«, entgegnete Alice. »Das sind doch jetzt Andenken. Andenken an unsere Reise.«

Ich betrachtete sie: ihr lächelndes, unbeschwertes, fettverschmiertes Gesicht und das verrutschte Kleid. Am liebsten hätte ich die Hände ausgestreckt, ihre schmalen Schultern umfasst und die Antwort auf das *Warum* aus ihr herausgeschüttelt – warum hatte sie sich von einem Mann einsperren lassen, der ihrer Liebe offensichtlich nicht würdig war? Doch dann hätte ich auf ihn und seine Untreue zu sprechen kommen müssen, und das konnte ich nicht. Nicht jetzt. Dieser Tag gehörte nicht John, gehörte nicht Tanger. Wir hatten endlich unsere Schichten abgelegt, und Alice – die alte, ursprüngliche Alice, die Alice, in die ich mich verliebt hatte – war zurück. Ich war nicht bereit, sie wieder begraben zu sehen, niedergedrückt von der Gegenwart und der Zukunft – noch nicht.

»Oje, das hier kann ich nicht tragen, wenn wir zurück nach Tanger fahren«, wandte sie ein und blickte an sich herunter, um das volle Ausmaß der Bescherung zu erfassen. »Was anderes habe ich aber nicht dabei, Lucy«, fuhr sie fort und sah mich an. »Außer meinem Nachthemd. Das war ziemlich dumm von mir, ich war wohl etwas überfordert.«

Ich bemerkte, wie sich ihre Stirn in Falten legte. »Mach dir keine Gedanken!«, erwiderte ich, bestrebt, den herannahenden Sturm zu vertreiben. »Ich habe noch eine Bluse und eine Hose eingepackt, die du anziehen kannst.«

Sie rümpfte zwar die Nase, gleichzeitig gelang es ihr aber, ein fröhliches Gesicht zu machen. »Wirklich? Eine Hose?« Sie beugte sich vor, als wollte sie mein Exemplar genau betrachten. »Ich habe bisher noch nie eine Hose getragen.«

»Moment!«, sagte ich und griff nach meinem Rucksack, den ich vor wenigen Tagen in einem der Suks gekauft hatte. Das Leder roch noch immer neu, nach etwas Dunklem, Erdigem. Dung, vielleicht. Die meisten anderen Touristen rümpften bei dem Geruch ihre Nasen, doch für mich hatte er etwas Tröstliches an sich. Etwas Vertrautes. Etwas Wahrhaftiges. Als würde dieser Geruch mir versichern, dass der Rucksack echt war. Als würde er mir bestätigen, dass das Material und das Modell tatsächlich aus Tanger stammten, aus Marokko stammten, und nicht im Ausland hygienisch aufbereitet worden waren, um hier zu einem höheren Preis verkauft zu werden und die Touristen zufriedenzustellen, die diese Version von Marokko bevorzugten. Ich zog die beiden Kleidungsstücke hervor und gab sie Alice. Sie waren bereits zerknittert, wie ich ein wenig betroffen feststellte. »Hier! Zieh die Sachen an!«

»Was, jetzt?«

»Ja, jetzt.«

Sie sah an sich herunter. »Aber ich bin doch noch ganz schmutzig und nicht einmal gebadet.«

»Das ist doch egal. Zieh die Sachen nur kurz an, damit du siehst, wie sie aussehen.«

Ich konnte an ihrem Gesichtsausdruck erkennen, dass ihr die Idee gefiel. Und so drängte ich weiter, bis sie schließlich nachgab. Ich lächelte ihr hinterher, als sie ins Bad eilte, um die Hose und die Bluse anzuprobieren. Die Tür stand einen Spalt offen, sodass ich sah, wie sie ihr Kleid auszog und es auf den Boden gleiten ließ. Der Stoff bildete einen Kranz um ihre Füße. Sie stieß es weg. Da fiel mir auf, dass sie kein Mieder mehr trug. Sie war noch immer schlank, doch ihre Figur war nicht mehr in dieses starre Kleidungsstück eingezwängt, auf das sie früher bestanden hatte. Stattdessen stand sie nur noch in einem BH und einer Unterhose da, ein einfacher Hüftgürtel hielt ihre Strümpfe. Sie wirkte erwachsener ohne dieses Mieder. Doch nicht so, dass ich mich nach alten Zeiten gesehnt hätte, sondern so, dass mir bewusst wurde, wie lange wir uns schon kannten. Wie viel Zeit seit unserer ersten Begegnung vergangen und was seitdem alles geschehen war.

»Na, was meinst du?«

Sie stand vor mir, in meiner weißen Leinenbluse und der hellbraunen Hose. Ich hatte sie noch nie in etwas anderem gesehen als in ihren kindischen Rüschenkleidern, sodass sie für mich Alice verkörperten und eine untrennbare Einheit mit ihr bildeten, wenn ich Bilder von ihr vor Augen hatte. Sie sah ohne dieses ganze Drum und Dran – selbst ihre Frisur und ihr Make-up wirkten dezenter als früher – völlig anders aus. Und so kam es mir mit einem Mal vor, als würde ich sie überhaupt nicht kennen. Die Veränderung verschlug mir für einen kurzen Augenblick die Sprache.

Sie machte ein sorgenvolles Gesicht, als ich schwieg. »Ist es so schlimm?«, fragte sie.

»Nein«, erwiderte ich und versuchte, sie zu beruhigen. »Nein, du siehst großartig aus. Wenn du so auf der Straße an mir vorbeigehen würdest, könnte es durchaus sein, dass ich dich nicht erkennen würde«, sagte ich und meinte es ernst.

Alice lächelte und machte eine Bewegung, als würde sie knicksen, ehe sie wieder ins Badezimmer verschwand. Sie ließ sich Badewasser ein. Ich hörte das Wasser auf den Boden der Wanne prasseln. Dann tauchte sie noch einmal in der Tür auf, noch immer angezogen, doch der oberste Knopf der Bluse stand offen. »Das war genau das, was ich gebraucht habe, Lucy.« Sie griff nach meiner Hand und schloss so eine Lücke zwischen uns. »Danke.«

Ich lächelte. Selbst als sie ihre Hand schon wieder weggezogen hatte, konnte ich ihre Wärme noch spüren.

In dieser Nacht schlief ich nicht. Lange nachdem die Sonne untergegangen war und der Himmel sich verdunkelt hatte, lag ich noch immer wach. Plötzlich fiel ohne Warnung Regen auf das Schrägdach unseres *Riads*. Ich lag im Bett und betrachtete Alice, die im Schlaf stirnrunzelnd unverständliche Worte murmelte. Minuten vergingen, vielleicht sogar Stunden. Schließlich stand ich auf, schlüpfte in meinen dünnen Morgenmantel und verließ leise das Zimmer, um sie nicht zu wecken.

Ich sah zum Dachfenster, von dem der Regen heruntergleitt.

In dem Aufenthaltsraum war es mittlerweile kühler. Ich ging an den Tischen vorbei, an denen am Morgen das Frühstück serviert werden würde – frischer Käse, Oliven und Brot. Vielleicht auch etwas Öl oder Butter, wenn wir Glück hatten. Ich wanderte ziellos an den Bodenkissen vorbei, die als Sofa dienten. Die dekorativen Wandbehänge mit verschiedenen Motiven aus Marokkos Geschichte verbargen den heruntergekommenen Zustand des Hauses. Auf einem der Tische entdeckte ich eine liegen gelassene, noch fast volle Zigarettenpackung. Obwohl in meiner Handtasche ebenfalls eine Packung war, griff ich danach. Ich zog eine Zigarette heraus, steckte sie in den Mund und ließ das Päckchen in die Tasche meines Morgenmantels gleiten. Dann zündete ich mir die Zigarette an. Ihr Geschmack war beißend und brannte in meiner Kehle. Ich versuchte, mich daran zu erinnern, wann ich das letzte Mal eine Zigarette derart schlechter Qualität geraucht hatte. Das war schon lange her. In meinem letzten Jahr am College. Alice und ich hatten uns am Abend in einen der Tanzsäle geschlichen. Natürlich hatten wir uns nicht wirklich hineingeschlichen, da die Gebäude nie zugesperrt waren. Ich fand schon damals, dass Bennington seine Studentinnen zu einer merkwürdigen Art der Rebellion anregte – wir hielten es nämlich für einen Spaß, in das Schulgebäude *ein-* statt daraus auszubrechen.

Martha Graham hat hier mal unterrichtet, sagte Alice, als wir den Tanzsaal betraten. Der frisch gewachste Boden glänzte selbst in der Dunkelheit. Der Saal war an drei Seiten verspiegelt, die vierte Seite bestand aus Glas und ging auf den im Dunkeln liegenden Campus hinaus. Ich nahm unsere Spiegelbilder in der Fensterscheibe wahr: dünnes, langes Haar, eine etwas größer als die andere. Unsere Erscheinungen waren eher unauffällig, zumindest auf den ersten Blick. Doch genau da ging mir durch den Kopf, dass wir für Schwestern gehalten werden könnten. Unsere Körperhaltung und unsere Gesten ähnelten sich so sehr, als wären sie aufeinander abgestimmt.

Hast du gehört, was ich gerade gesagt habe? Alice war vor einen Spiegel getreten. Sie hielt ein langes, festes Seil in der Hand, das von der Decke herabhing. *Das von Martha Graham?*

Ja, antwortete ich lächelnd. Ich wusste nicht, wer Martha Graham war, sagte es aber nicht, da dieser Abend harmonisch verlaufen sollte. Seitdem Alice ihre Freizeit fast nur noch mit Tom oder allein in der Dunkelkammer verbrachte, hatte sich unser Verhältnis seltsam verändert. Paris und all die anderen Pläne, die wir einmal gemeinsam geschmiedet hatten, schienen weit weg zu sein – Versprechen zweier Mädchen, an die ich mich nicht mehr erinnern konnte.

Sie deutete mir mit einer Geste an, zu ihr herüberzukommen. *Hier,* sagte sie und warf mir das Seil zu.

Ich betrachtete es unschlüssig. *Was soll ich damit?*

Du sollst darauf schwingen.

Als ich sie weiterhin verwirrt ansah, seufzte sie schließlich und nahm mir das Seil wieder aus der Hand. *Schau zu!*, sagte sie. Alice ging in die äußerste Ecke des Raums und zog das Seil hinter sich her. Dann stellte sie einen Fuß auf den dicken Knoten am unteren Ende der Seils, schlang die Arme und ein Bein darum und stieß sich mit dem zweiten Fuß vom Boden ab. Das Seil schwang durch den Raum. Ich trat einen Schritt zurück, um zuzusehen. Alice' Haar wehte durch die Luft und verdeckte ihr Gesicht. Ihr Lachen hallte durch den Saal, während sie hin- und herschwang wie ein menschliches Pendel.

Ein Donnern ertönte und brachte mich wieder zurück in die Gegenwart nach Chefchaouen. Ich drehte mich zum

Fenster, obwohl es außer der Dunkelheit und meinem eigenen, einsamen Spiegelbild, auf das ich weiterhin starrte, nichts zu sehen gab. Da stellte ich fest, wie sehr es sich von dem unterschied, das mir damals im Tanzsaal entgegengeblickt hatte. Nicht nur Alice hatte sich verändert. Auch ich. Ohne sie war mein Gespür für mich selbst ins Wanken geraten. Ich hatte in den Tagen nach dem Unfall versucht zu akzeptieren, dass ich sie nie wiedersehen würde. Dass all das, was zwischen uns existiert hatte, in diesem flammenden Inferno untergegangen und nichts als Asche übrig geblieben war. Ich spürte den Verlust. Es war ein körperlicher Schmerz. Ein Knoten in meinem Magen, der mich von innen her auffraß. In New York war ich manchmal nachts durch die Straßen gelaufen, weil ich nicht schlafen konnte. Weil ich nicht aufhören konnte, an sie zu denken. Ich war so lange umhergestreift, bis die Haut unter meinen Füßen riss und blutete. Trotzdem bin ich weitergegangen, ich konnte nicht anders. Ich war haltlos gewesen, ich war verloren gewesen.

Ich hörte wieder dieses flatternde Geräusch in meinem Ohr. Mittlerweile kam es mir völlig normal vor, so wie es mir früher einmal seltsam vorgekommen war. Vorsichtig tastete ich das Ohr ab. Ich spürte noch immer keinen Schmerz, kein Anzeichen einer Entzündung – nur dieses seltsame Gefühl, als wäre es verstopft. Doch dann bemerkte ich, dass da *doch* etwas war. Ich betrachtete meine Fingerspitze. Sand klebte daran. Ich konnte mich noch so sehr abschrubben, Tanger wollte mich einfach nicht loslassen. Vor wenigen Tagen hätte mich dieser Gedanke noch erfreut, doch jetzt ergriff mich Panik. Marokko wurde zu gefährlich, nicht nur für die hier arbeitenden Ausländer, auch für Alice. Die Stadt drohte, sie nicht freizugeben. Ich begriff, dass wir wieder zu uns selbst zurückfinden mussten, zu unserem ursprünglichen Ich. Und das nicht nur für vierundzwanzig Stunden.

Ich stand am Fenster, doch wegen der Dunkelheit konnte ich nichts erkennen. Alice musste es erfahren. Das Warten musste ein Ende haben. Ich konnte es nicht länger hinauszögern. Ich musste ihr erzählen, was ich gesehen hatte. Musste ihr erzählen, dass, wohin wir auch gingen, unsere Uhr tickte. Ich wusste, dass John nicht ewig warten würde.

Ticktack. Ticktack.

Und dann stand sie plötzlich hinter mir, wie aus dem Nichts. Als wäre es einem Teil meines Hirns irgendwie gelungen, sie heraufzubeschwören. Ich betrachtete unsere Spiegelbilder im Fenster, doch wir sahen nicht mehr aus wie Schwestern. Ich war mir nicht ganz sicher, was sich verändert hatte. Wir hatten mittlerweile unterschiedliche Frisuren – ich trug das Haar noch immer altmodisch lang, während Alice es zu einem Bob hatte kürzen lassen. Ich fragte mich, ob das vor oder nach ihrem Umzug nach Tanger geschehen war. Ob sie damit auf die Hitze reagiert oder sich darauf vorbereitet hatte. Doch da war noch etwas. Etwas in unseren Gesichtern. Sie waren nicht mehr austauschbar. Verschwunden waren die gemeinsamen Gesten und das Miteinander-verschmolzen-Sein. Wir waren einfach nur zwei Frauen – früher einmal vertraut, doch heute verschieden. Überhaupt nicht mehr gleich.

»Wir müssen von hier weg, Alice«, sagte ich. Meine Stimme klang heiser, als wären mir die Worte in der Kehle stecken geblieben.

Ein verschlafenes Grinsen begann ihre Lippen zu umspielen. »Ich weiß. Obwohl ein Teil von mir sich wünscht, dass wir länger bleiben könnten. Für immer sogar.«

Sie glaubte, dass wir von Chefchaouen sprachen. »Nein«, entgegnete ich und schüttelte leicht den Kopf. »Ich meine, dass wir von Tanger wegmüssen.«

Schlagartig war sie wach, ihr Körper angespannt. Sie trat einen Schritt zurück, weg von mir.

»Du kannst nicht länger hierbleiben. Du bist hier nicht sicher«, fuhr ich fort.

»Nein?«

»Nein.« Ich räusperte mich. »John weiß, dass ich – von Sabine weiß.«

Sie sah mich an. Verwirrung breitete sich auf ihrem Gesicht aus, aber da war noch etwas. Etwas anderes. Ein eigenartiger Blick, der die Vermutung, die ich bereits gehegt hatte, bestätigte: *Alice wusste es*. Vielleicht wusste sie nicht den Namen der Frau, vielleicht wusste sie es nicht einmal mit endgültiger Sicherheit. Doch sie wusste, dass John ein Verhältnis hatte. Wie tief auch immer sie es in sich vergraben haben mochte, sie wusste es.

Alice blinzelte. »Wovon sprichst du?«, fragte sie.

Ich schüttelte den Kopf und überging die vorgetäuschte Ahnungslosigkeit in ihrer Miene. Das Versteckspiel und die Heuchelei mussten ein Ende haben, sagte ich mir. Meine Stimme war fester und bestimmter, als ich antwortete. »Du weißt, wovon ich spreche. Du weißt, wer sie ist, Alice.«

Sie wirkte überrascht, doch ich war mir unsicher, ob das an meinem Ton oder an meinen Worten lag.

»Nein, weiß ich nicht«, protestierte sie.

Ich beugte mich vor. »Doch.«

»Nein«, entgegnete sie noch einmal und machte einen weiteren Schritt zurück. »Ich weiß es nicht. Ich will es nicht wissen.« Sie sah mich an, mit flehendem Gesichtsausdruck. »Ich will es nicht wissen, Lucy.«

»Alice.« Sie schüttelte so heftig den Kopf, dass ich besorgt zu ihr trat. »Alice«, murmelte ich und bemühte mich, mit leiser, ruhiger Stimme zu sprechen.

Ihr Gesicht war rot, Tränen kullerten ihr über die Wangen. »Ja, ich weiß es«, stieß sie keuchend hervor, und die Worte füllten den Raum. »Ich weiß es, Lucy. Es ist alles so schrecklich beschämend. Doch ich weiß es, selbstverständlich.«

Ich atmete aus – ich hatte mit meiner Vermutung richtiggelegen. Ich konnte Alice noch immer deuten. Ich kannte sie noch immer so gut wie früher. »Was glaubst du wohl, was er machen wird, wenn er herausfindet, dass du es weißt?«, fuhr ich fort. »Wenn er begreift, dass das Geld ausbleiben wird.« Sie blieb still, die Augen weit aufgerissen. »Du weißt, was wir tun müssen, oder?«, drängte ich. »Wir müssen von hier weg, ehe er es bemerkt.«

»Was bemerkt?«, flüsterte sie.

»Dass du es weißt.« Sie sagte nichts, und so flüsterte ich. »Uns bleibt keine andere Wahl.«

Ich war mir nicht sicher, ob sie zuhörte. Sie zitterte heftig, obwohl es noch immer warm war und die feuchte Luft die Fenster beschlagen ließ. Sie schlang die Arme um ihren Körper, als wollte sie sich gegen die Kälte schützen. Ich spürte, wie ich als Reaktion darauf selbst zu zittern begann.

»Wir werden morgen zurück nach Tanger fahren. Wir werden es ihm gemeinsam sagen. Und dann werden wir fortgehen«, flüsterte ich, die Stimme ruhig und fest.

»Ja«, erwiderte sie ebenfalls flüsternd und drehte sich zum Fenster.

»Ist es nicht das, was du gewollt hast, Alice?«, fragte ich sie. »Tanger verlassen? Zurück nach Hause fahren?«

»Ja. Ja, natürlich«, antwortete sie.

Mein Herz flatterte. Ich begriff, dass die Zeit gekommen war, den nächsten Schritt zu machen und mich ihr zu offenbaren. Ich beugte mich vor, sodass ich nur wenige Zentimeter von ihrem tränenüberströmten Gesicht entfernt war. Und dann küsste ich sie.

Wir waren unzertrennlich, bevor *er* auftauchte.

Doch in jenem Jahr, unserem vierten Jahr in Bennington, änderte sich unser Verhältnis. Alice begann, seltener in unserem Zimmer zu sein. Ständig war sie weg. Entweder in der Dunkelkammer oder in der Stadt. Oder sie verabredete sich mit Tom, wann immer sie konnte. Häufig sah ich sie über den Rasen zum Parkplatz eilen, in das warme Innere von Toms Wagen, einem Skylark. Das Auto war wegen seiner in der Sonne glänzenden dunkelroten Lackierung einfach auszumachen. Es leuchtete zwischen all den anderen hellen, eher biederen Wagen der Fakultätsmitarbeiter hervor. Dass ein junger Kerl sich ein derart luxuriöses Auto leisten konnte, war erstaunlich. Denn die meisten Autohändler hielten noch immer an den Vorschriften aus dem Krieg fest. Ehe ein fahrbarer Untersatz ihren Hof verließ, musste vorher über mehrere Monate hinweg eine Anzahlung geleistet worden sein. In mir keimte Abneigung auf und drang wie ein Stachel durch meine Haut.

Tom Stowell. Schon bald fand ich heraus, dass er von einer alteingesessenen Familie aus Maine abstammte, doch nicht einer aus Fischern und Tischlern, sondern einer, die in einem Haus aus der Kolonialzeit lebte und jeden Sonntagabend im Sommer eine Party feierte, auf der es Hummer gab. Seine Familie gehörte zum alten Geldadel, was bedeutete, dass das wenige, noch vorhandene Kapital an das Anwesen gebunden oder geliehen war, soweit der Familienname das noch ermöglichte. Er hatte ein Stipendium vom Williams College erhalten – ohne das hätte keine Aussicht darauf bestanden, dass der Name Stowell innerhalb der Mauern eines angesehenen Colleges von Neuengland vertreten gewesen wäre.

Einige dieser Informationen hatte ich Alice selbst entlockt, obwohl sie erstaunlich verschlossen war, was Tom betraf. Den Rest hatte ich aus unterschiedlichen Quellen zusammengetragen, darunter Kommilitoninnen in Bennington. Wie sich herausstellte, wussten sie alles, was es über die Jungen des benachbarten Colleges zu wissen gab – sie hatten es sich zur Aufgabe gemacht herauszufinden, wer ihre zukünftigen Ehemänner sein würden. Obwohl sie Literatur, Mathematik oder sogar Medizin im Hauptfach studierten, schien die große Mehrheit sich darüber im Klaren zu sein, dass sie nur einen Beruf haben würden: den der Ehefrau und Mutter.

Ich machte es mir zur Aufgabe, alles über Tom Stowell in Erfahrung zu bringen – welche Kurse er belegte, welche Freunde er hatte. Ich dürstete geradezu nach diesen Informationen und sammelte sie begierig. Als wären die Gerüchte und das Gerede die einzige Quelle auf der ganzen Welt, die diesen Durst stillen konnte. Das Auto, erfuhr ich schon bald, hatte ihm sein Großvater, der stoische Patriarch der Familie, zu seinem sechzehnten Geburtstag geschenkt. Mein Studium begann unter meiner Recherche zu leiden, doch das war mir egal. Tom war jetzt mein Hauptfach – mein

Leben und mein Glück hingen davon ab, alles über ihn herauszufinden.

Da Alice nicht mehr Bestandteil meines Lebens war, zog ich mich an meine alten Lieblingsplätze zurück. Ich verbrachte die Nachmittage in der Bibliothek, überzeugt davon, dass sie schon bald genug von ihm haben und einfach wieder lächelnd durch die Tür hereinspazieren würde, die Arme voller Bücher. Die Monate zuvor würden vergessen sein. Sie würden sich auflösen, als hätte es sie nie gegeben. Ich beobachtete und wartete geduldig, da ich wusste, dass Toms Zeit ablief.

Wenn sie dann aber am Ende des Tages doch nicht auftauchte, ging ich nach Hause, zitternd, der Winter war schnell hereingebrochen, und fragte mich, ob mir je wieder warm werden würde.

Ich begann, mir Kleidungsstücke von ihr auszuleihen, nur um ihr weiterhin nahe zu sein. Einen Schal, ein paar Strümpfe. An allem schien ihr Geruch zu haften, eine würzig-blumige Note, so unverwechselbar wie ein Parfum. Einmal zog ich eines ihrer Kleider an. Der Stoff gab nicht nach und spannte sich über meinem Körper. Zuerst war ich enttäuscht, doch dann fiel mir ein, dass Alice und ich nicht ein und dieselbe Person waren. Wir waren verschiedene, eigenständige Menschen, die erst zu einem Ganzen verschmolzen, wenn sie zusammen waren. Das brachte ihr Duft mir in Erinnerung, als ich in ihrem Kleid dastand, beruhigte meinen aufgewühlten Geist, wenn auch nur für einen kurzen Augenblick.

Dann platzte sie herein.

Meine Wangen brannten vor Scham, sodass ich hastig nach dem Kleid griff und daran zerrte, bis der Stoff schließlich nachgab. Ich sah das Erstaunen in ihrem Gesicht – doch da war noch etwas. Entsetzen, begriff ich. Entsetzen darüber, dass sie mich in ihren Kleidern erwischt hatte. Auch wenn sie mir versicherte, dass das in Ordnung sei, dass ich mir jederzeit etwas ausleihen könne, sackte ich unter ihren Worten innerlich zusammen. Sie verstand nichts. Sie schrieb mein Handeln lediglich persönlicher Eitelkeit zu, ohne darüber nachzudenken, ohne zu begreifen, dass ich *ihr* auf diese Weise nur näher sein wollte. Danach hatte ich das Bedürfnis, ihr gegenüber grausam zu sein. Sie zu bestrafen. Ich war von dem Verlangen erfüllt, sie spüren zu lassen, wie es war, sich klein und minderwertig zu fühlen. Wie es war, den Launen anderer ausgesetzt zu sein, so wie ich immer wieder ihren Launen ausgesetzt war, ohne dass sie je darüber nachdachte. In dem Moment wollte ich, dass sie am eigenen Leib erfuhr, wie es sich anfühlte, so behandelt zu werden.

Dann, eines Tages, erschien Alice wieder in unserem Zimmer. Sie hielt mir ihre Hand hin. Für mich brach die Welt zusammen. Ein schmaler goldener Reif mit einem winzigen Diamanten schimmerte an ihrem Ringfinger. »Dann ist es also beschlossen?«, fragte ich und sah sie an. Meine Stimme klang so distanziert, dass ich mir sicher war, sie durch das Zimmer hallen zu hören.

»So gut wie«, antwortete sie lächelnd. »Die Verlobung ist noch nicht offiziell, doch sobald wir unseren Abschluss in der Tasche haben, wird es eine Feier geben. Danach fahren Tom und ich ins Ausland.«

Aus der Traum von Paris. Aus der Traum von Budapest. Aus der Traum von Kairo.

Wir würden nichts davon gemeinsam sehen.

Ich schüttelte den Kopf und sagte mir, dass ich nicht wieder in mein stumpfsinniges Leben zurückkehren würde. In ein Leben der Dunkelheit, in ein Leben der Mittelmäßigkeit. Sie war diejenige gewesen, die mich aus der Schattenwelt der Bibliothek gezerrt hatte. Aus der Welt meiner Gedanken. Ich hatte ihr im Gegenzug geholfen, ihre eigenen Schatten zu vertreiben. Hatte ihr geholfen, die Angst hinter sich zu lassen, die sie beim Tod ihrer Eltern erfasst hatte. Alles war so klar ersichtlich, doch irgendwie war ihr Blick getrübt. Sie war nicht in der Lage zu erkennen, dass Tom Stowell sich nicht so um sie kümmern könnte wie ich. Dass er sie nicht so verstand wie ich. Da wurde mir klar, dass sie daran erinnert werden musste.

Und so lächelte ich und gratulierte ihr.

Und ich begann, einen Plan zu entwerfen.

Ich presste meine Lippen auf die von Alice, die Geste so vertraut von den vielen Malen, die ich sie mir vorgestellt hatte – zuweilen überzeugt, dass es nie passieren würde –, und wartete. Wartete auf eine Reaktion, wartete auf ein Zeichen. Wartete auf irgendetwas, das mir zu erkennen gab, was sie dachte, was sie fühlte. Und dann – ja, ich war mir ganz sicher – spürte ich ihre Reaktion. Spürte, wie ihr Körper sich bewegte. Spürte, wie ihre Lippen sich leicht öffneten. Ich drückte die Augen noch fester zusammen und legte alles in diese eine Geste – all meine Sehnsucht, all meine Träume aus den vielen Jahren seit unserer ersten Begegnung, all den Schmerz unserer einjährigen Trennung und all die Hoffnung für die Zukunft.

Später, im Schlafzimmer, drehte ich mich zu ihr um und lächelte. »Das hier ist Schicksal, begreifst du das nicht? Nach allem, was wir durchgemacht haben«, sagte ich und senkte meine Stimme zu einem Flüstern. »Damals, in der Nacht, als der Unfall geschah und Tom …« Ich bemerkte, wie sie zusammenzuckte, doch mir war klar, dass auch das etwas war, dem sie sich stellen musste. »Ich hätte nie gedacht, dass du diesen Unfall überleben würdest, wo doch die Bremsschläuche zerschnitten waren. Und dann habe ich dich gesehen und war fest davon überzeugt, dass du tot warst. Ich war mir sicher – doch du warst nicht tot …« Ich hielt kurz inne und bemerkte ihren Gesichtsausdruck. Sie war blass geworden, ihr Blick bohrte sich in meinen. Ich sah sie an, wartete, dass sie etwas sagte, doch sie blieb still. Ich schaute zum Fenster, das durch die Feuchtigkeit größtenteils beschlagen war, sodass ich Alice' Spiegelbild nicht mehr erkennen konnte. Nur noch mein eigenes, seltsames Gesicht starrte mir entgegen.

9

ALICE

Es war ihr fast gelungen, mich zum Narren zu halten.

Ich hatte mir in ihrer Anwesenheit erlaubt, die entsetzliche Vergangenheit, die öde Gegenwart und die deprimierende Zukunft zu vergessen, die jeder Wahrsager, der sein Geld auch nur annähernd wert war, aus meiner traurigen Hand hätte lesen können. Ich schloss die Augen, auf dem Rücksitz dieses ramponierten Wagens, und ließ mich auf der kurvenreichen Fahrt durch Marokko hin und her schleudern. Ließ zu, dass Wind und Sand über mein Gesicht fegten, und vergaß alles um mich herum. Ich versetzte mich zurück nach Chefchaouen, in die Stunden vor der katastrophalen Wende, als ich nur Entschlossenheit, Hoffnung und das Wissen verspürt hatte, dass die Zukunft das sein könnte, was immer ich daraus machte.

Und es hatte fast funktioniert. Ein paar herzzerreißende, wunderbare Stunden lang – so rein und so schön, dass ich zeitweise das Gefühl hatte, vor Freude keine Luft mehr zu bekommen – hatte ich es geschafft. Ich holte meine Kamera heraus, machte Fotos, lächelte Fremde an und lachte über die Freundlichkeit der Kinder. Ich stellte mich dem Unbekannten und wollte einfach nur mehr davon. Also aß und trank ich, bis ich glaubte zu platzen. Ich lachte, bis mir die Muskeln wehtaten und die Glieder schwer wurden. Doch dann – dann stürzte die Fassade ein, brach in sich zusammen, zersplitterte zu meinen nackten Füßen. Und ich wusste, dass ich sie nie wieder würde zusammenfügen können.

Lucy hatte mir flüsternd von Johns Untreue erzählt und mich an das erinnert, was ich bereits wusste, aber was mir zu vergraben gelungen war. Tief zu vergraben. Sie hatte mich davon überzeugt, dass ich Tanger verlassen musste. Dass *wir* Tanger verlassen mussten. Heimlich, im Schutze der Nacht. Denn sie wusste nicht nur von seiner Untreue, sondern auch von dem Geld. Von den monatlichen Zahlungen, die ich und damit auch John von meiner Tante erhielten. Sie wusste, was er verlieren würde, wenn ich fortging. Und ich fragte nicht, woher sie es wusste. Ich wusste nur, dass sie es wusste. So wie sie immer alles wusste. Ihre Argumente klangen völlig einleuchtend, und so nickte ich und stimmte zu. Tanger gehörte mir nicht, ich hatte nie einen Anspruch auf die Stadt erhoben, genauso wenig wie sie auf mich. Ich wusste, dass ich sie relativ unbekümmert verlassen könnte.

Doch dann kam sie auf den Unfall zu sprechen und sagte seinen Namen – *Tom* –, der wie eine Zauberformel wirkte, alles augenblicklich vertrieb und jene Nacht erneut zutage förderte, sodass mir nichts anderes übrig blieb, als mich noch einmal damit auseinanderzusetzen. Sie hätte ihn nicht sagen dürfen, den Namen, denn so waren wir gezwungen, uns zu erinnern. So waren wir gezwungen, uns der Vergangenheit zu stellen, obwohl ich lieber in der Gegenwart geblieben wäre – und sei es nur ein paar Stunden länger. Doch sie hatte ihn gesagt, und der Bann war gebrochen. Dann sprach sie die nächsten Worte. Worte, die weder eine Zeitung noch ein Polizeibeamter benutzt hatte. Nicht einmal meine Tante. Denn ich hatte das, was in diesen letzten Minuten passiert war, niemandem erzählt. Ich hatte diese Information für mich behalten, da ich wusste, dass, selbst wenn ich sie laut ausspräche, sich nichts mehr ändern würde, sich nichts mehr ändern könnte. Meine Tante erzählte mir mehrere Wochen später, als ich mich von meinem Schock zu erholen begann und schließlich wieder aufrecht sitzen, zuhören und essen konnte, dass von dem Auto nicht viel übrig geblieben war. Nur verbrannte Wrackteile, die die Polizei im Rahmen ihrer Möglichkeiten untersucht hatte, ohne jedoch einen offiziellen Bericht veröffentlicht zu haben.

Als wir am nächsten Tag zurück nach Tanger fuhren, flackerte etwas in meinem Gedächtnis auf, und ich bemühte mich, es mir ins Bewusstsein zu rufen. Ich dachte an die wenigen Geschichten, die Lucy von ihrer Familie erzählt hatte, von ihrem Vater – von der Werkstatt, in der er gearbeitet hatte. In dem Augenblick schien es, als würde ich keine Luft mehr bekommen, als würden meine Lungen versagen. Ich hatte Mühe zu atmen und nahm die Strecke zwischen Chefchaouen und Tanger nur noch bruchstückhaft und verschwommen wahr. In meinem Kopf schwirrten nur noch die Worte herum, die sie am Abend zuvor im Bett gesagt hatte, während der Regen laut und beharrlich auf das Dach geprasselt war, sodass ich einen Augenblick lang gedacht hatte, einen Augenblick lang gehofft hatte, mich verhört zu haben.

Doch ich hatte mich nicht verhört. Ich hatte sie richtig verstanden. Ihr Atem hatte heiß und feucht gegen meine Wange geweht, während sie gelächelt, geseufzt, sich an mich geschmiegt und im Flüsterton seinen Namen gesagt hatte. Von dieser Nacht gesprochen hatte.

Von diesen Bremsen gesprochen hatte.

Als wir nach Hause zurückkehrten, stand John in der Tür, um uns zu empfangen. Er schaute zu, wie wir die Treppe hinaufstiegen. Einen langsamen Schritt nach dem anderen zurück in die Wohnung. Ich gab mir alle Mühe, ein Gesicht zu machen, das der Person ähnelte, die ich vor unserer Abreise nach Chefchaouen gewesen war. Eine Art Furcht beschlich mich, als ich die Stufen hinaufging. Die Erkenntnisse, die ich in den letzten Stunden gewonnen hatte, belasteten mich so sehr, dass ich die Zukunft nicht mehr sehen konnte. Um genau zu sein, konnte ich nicht einmal mehr über meinen nächsten Schritt hinaussehen.

»Was um Gottes willen hast du denn da an?«, rief John, als wir in Sichtweite kamen.

Ich blickte an mir herab, zog verlegen an der Bluse und strich nervös über die Bundfalten der Hose. Ich hatte das dringende Bedürfnis, die Kleider loszuwerden. »Das habe ich mir von Lucy geliehen«, erklärte ich und wurde rot bei der Erwähnung ihres Namens. Als hätte sich die gestrige Nacht in mein Gesicht gebrannt. Als müsste John mich nur kurz betrachten, um zu erkennen, was geschehen war. Um zu erkennen, was zwischen Lucy und mir geschehen war.

Er runzelte die Stirn. »Was ist mit deinem Kleid passiert?«

»Es ist schmutzig geworden.« Ich wusste, dass ich kurz angebunden und schroff klang. Doch ich konnte daran nichts mehr ändern – ich schien plötzlich keine Energie mehr zu haben, keine Kraft mehr zu haben, um zu lächeln, um zu nicken und so zu tun wie all die Monate zuvor, als wäre meine Entscheidung, mit ihm nach Tanger zu ziehen, kein Riesenfehler gewesen.

Diese Zeiten waren vorbei.

»Schmutzig?«, lachte er. »Wovon denn, um Gottes willen?«

Ich stieß einen lauten Seufzer aus. »Spielt das eine Rolle?«

John blickte mich einen Augenblick lang erstaunt an. »Nein, eigentlich nicht«, sagte er schließlich, schüttelte den Kopf und trat beiseite, um uns in die Wohnung zu lassen. Es folgte eine kurze spöttische Bemerkung über meine Nachricht. Sie habe ihn überrascht, obwohl klar war, dass er eigentlich meinte, sie habe ihm missfallen. Er fuhr sich mit den Fingern durchs Haar und setzte ein fröhliches Lachen auf, doch sein Blick suchte meinen: fragend, mutmaßend, rätselnd, ob es Lucy gelungen sein könnte, mir ihr kleines gemeinsames Geheimnis zu offenbaren. Er begriff nicht, dass ich es bereits gewusst hatte – und dass nicht nur er in der Lage war, etwas zu verheimlichen.

»Vielleicht solltest du besser ein Bad nehmen«, sagte er, die Stimme dumpf. »Du bist voller Staub.« Er lachte wieder. »Außerdem werden die Leute anfangen, sich zu wundern, wenn sie dich in diesen Kleidern sehen.«

Ich blinzelte ihn an. »Ach ja? Worüber, John?«, fragte ich aufmüpfig.

»Ich weiß es nicht«, antwortete er leicht trotzig. »Aber gut ist das sicher nicht.«

Ich wollte etwas erwidern, wollte ihn zurechtweisen, doch die Worte blieben mir im Hals stecken. Dann waren der Moment vorbei und die Möglichkeit verpasst, auf die unterschwellige Andeutung etwas zu entgegnen. John ergriff wieder das Wort. Er habe mir nichts unterstellen wollen, beharrte er, sondern sei nur nervös und besorgt um mich gewesen. Das schien die Wahrheit zu sein, denn seine Augen waren gerötet, als hätte er in der Nacht zuvor nicht geschlafen. Da schämte ich mich für meinen harschen Ton und meine Wut über eine Sache, von der er gar nichts wusste. Ich setzte an, um mich zu entschuldigen, doch er sprach bereits weiter und schlug vor, dass wir gemeinsam einen Drink nehmen und in einen Jazzclub gehen könnten, um sein Versprechen vom ersten Abend einzulösen – jenem Abend, der mittlerweile schon eine Ewigkeit zurückzuliegen schien. Ich vermutete, dass ihn die Idee deshalb begeisterte, weil er uns so im Auge behalten konnte. Weil er so unsere Gespräche mitbekommen würde. Ich fragte mich, warum ihn das überhaupt noch interessierte, denn immerhin hatte er doch eine andere. Vielleicht beabsichtigte er eine Dreiecksbeziehung, was mich nicht verwundert hätte – er, ich und *Sabine*. So hieß sie, laut Lucy, die mich ansah – starr, eindringlich, so wie immer. Sie forderte mich schweigend dazu auf, das Wort zu ergreifen, unseren Plan in die Tat umzusetzen. Nein, *ihren* Plan in die Tat umzusetzen, rief ich mir in Erinnerung. Lucys und Johns Blicke bohrten sich in mich hinein. Einen Augenblick lang befürchtete ich, in tausend Teile zu zerfallen, direkt vor ihren Augen. Der Gedanke amüsierte mich. Ich drückte meine Fingernägel in die Handinnenflächen. »Ich gehe vorher nur kurz in die Badewanne«, sagte ich und bemühte mich um einen gelösten Tonfall, wenngleich die Worte scheinbar dumpf und schwer durch das Zimmer hallten. John hatte recht. Nach der langen Fahrt waren Lucy und ich schmutzig, verstaubt und derart von der Sonne verbrannt, dass sich schon bei der geringsten Bewegung kleine Schuppen von unserer Haut lösten.

Ich eilte ins Bad und spürte ihre Blicke in meinem Rücken.

Als ich die Badezimmertür hinter mir geschlossen hatte, stieß ich einen langen, tiefen Seufzer aus. Ich fragte mich, ob John und Lucy mich hörten, ob sie auf der anderen Seite der Tür horchten. Während ich mich auf den Rand der Wanne setzte, drehte ich das heiße Wasser auf. Mir war egal, nein, ich freute mich sogar darauf, dass meine Haut sich röten und ich zu schwitzen beginnen würde.

Ich glitt ins Wasser, tauchte unter und war dankbar, dass es meinen Schrei dämpfte. Als ich wieder auftauchte, brannte die Luft, die in meine Lungen drang, so sehr, dass ich hustete und spuckte und schon befürchtete, mich übergeben zu müssen.

Sie war schuld an dem Unfall. Ich hatte es schon immer gewusst.

Das war es, was der Nebel verborgen hatte – doch jetzt erinnerte ich mich daran, wie sehr ich anfangs von ihrer Schuld überzeugt gewesen war. Meine Tante ging über meine Anschuldigungen jedoch hinweg, erst im Krankenhaus und dann später in England. Stattdessen ermahnte sie mich, still zu sein. Und da ich mir nicht ganz sicher war, da ich mir nie ganz sicher war, was Lucy anbelangte, was die dunklen Ecken meines eigenen Verstands anbelangte, gehorchte ich und verschloss die Augen vor dieser Möglichkeit.

Ich dachte an Chefchaouen, dachte an all das, was dort in mir wachgerüttelt worden war. Gutes, Schlechtes und Beängstigendes. Ich war wütend auf Lucy, wütend auf mich selbst. Ich drehte das heiße Wasser noch weiter auf. Die Hitze sollte die Gedanken verbrennen, die in meinem Kopf herumkreisten.

Ich würde Lucy sagen, dass ich wusste, was sie getan hatte. Und dann würde ich dafür sorgen, dass sie verschwand.

Ich schloss die Augen und sprach mir Mut zu. Dieses Mal würde ich klug genug sein sicherzustellen, dass sie nicht nur aus Tanger verschwand, sondern aus meinem Leben. Sie dürfte nie wieder auftauchen, nie wieder unerwartet an meine

Tür klopfen. Ich musste sie aus meinem Leben verbannen, musste sie daraus entfernen, ein für alle Mal.

Ich hatte mir alle Mühe gegeben, die Vergangenheit zu vergessen. Sie zu begraben. Sie hinter mir zu lassen. Ich hatte John geheiratet. Ich war auf einen anderen Kontinent gezogen, Tausende Meilen von dem Ort entfernt, der mich an Tom erinnerte. Doch jetzt wusste ich, dass die Vergangenheit nie wirklich vorbei war. Dass ich nicht ständig vor ihr davonlaufen konnte. Dass der Nebel mich nicht immer schützen würde. Da kam alles wieder hoch. Jedes schmerzhafte Detail jener Zeit, sodass ich die Hitze des Wassers und der Stadt auf meiner Haut nicht mehr spürte.

Ich zitterte und fragte mich, ob mir je wieder warm werden würde.

10

LUCY

Wir spazierten schweigend durch den Stadtteil Ville Nouvelle, und ich merkte fast instinktiv, dass er außerhalb meiner Zuständigkeit lag. Als ob die anderen Orte – die Medina, die Kasbah und all die verwinkelten Gassen dazwischen – mir vollständig gehörten. Anders als diese Straßen, die mir unbekannt blieben und mir ihre Geheimnisse nicht preisgaben. Die Gegend erschien mir vielmehr Johns Territorium zu sein. Da war noch etwas – ein Unbehagen, ausgelöst durch Alice' Schweigen, das Chefchaouen mit einem Mal in weite Ferne gerückt hatte. Ich konnte ihre Gedanken nicht mehr lesen, konnte nicht begreifen, warum sie John noch nicht von unserem Plan erzählt hatte. Warum wir ihm stattdessen durch die Straßen Marokkos folgten, auf einer beunruhigenden Schnitzeljagd, deren Siegerpreis keiner von uns kannte.

»Wir gehen erst noch woandershin und danach in den Jazzclub«, verkündete John und bog in eine dunkle Gasse ab, die mir nicht vertraut war.

»Oh, John«, begann Alice. Der Ausflug nach Chefchaouen hatte erkennbar seinen Tribut von ihr gefordert. Sie hatte dunkle Ringe unter den Augen, und trotz des Bads klebten noch immer Sand und Hautschuppen an ihr, als hätte sie sich gar nicht die Mühe gemacht, sie zu entfernen. »Ein andermal vielleicht.«

»Jetzt hab dich nicht so!«, entgegnete John lachend. Er zerrte spaßhaft an ihren Armen, doch die Geste war so nachdrücklich, so hartnäckig, so verzweifelt, dass sie mich an den ersten Abend erinnerte. Alice hatte derart aufgesetzt gelächelt und gelacht, dass ihre Fassade drohte, einzustürzen und in einem Scherbenhaufen auf dem Boden zu landen. John hatte den gleichen getriebenen Blick. Doch während ich mich um Alice sorgte, lösten seine unberechenbaren Launen nur Unbehagen in mir aus. Dann wandte er sich von uns ab und beschleunigte sein Tempo, sodass er nicht neben uns ging, sondern vor uns herlief. »Kommt, beeilt euch, wir sind fast da!«, rief er. Der Singsang in seiner Stimme erweckte den Eindruck, als wäre alles nur ein Spiel, alles nur ein Spaß. Ich dachte unwillkürlich an den Rattenfänger von Hameln, als er die Kinder aus der Stadt hinaus in den Wald führt. Obwohl ich auch das Märchen kannte, das man kleinen Kindern erzählte, fiel mir in dem Moment die sehr viel düstere Version ein, in der der Mann die ahnungslosen Kinder aus Rache in den Tod treibt.

Doch John führte uns nicht aus der Stadt hinaus, sondern in eine der vielen namenlosen Bars. Das Lokal sah heruntergekommen und schäbig aus. Es war spärlich beleuchtet, um den Dreck überall zu verbergen. Ich wunderte mich laut darüber, dass er uns hierhergebracht hatte. Doch John überging meinen Kommentar und bahnte sich den Weg weiter in das Innere der Bar, bis wir sie fast durchquert hatten, zu ihrem hinteren Ausgang. Doch dann blieb er abrupt stehen, sodass wir gegen ihn prallten.

»Hier!«, sagte er und zeigte auf den Boden. »Zieht eure Schuhe aus und stellt sie dorthin!«

Ich runzelte die Stirn und sah Alice an, aber sie ließ sich nicht anmerken, ob Johns Folge-dem-Anführer-Spiel sie erschreckte. Stattdessen beugte sie sich vor, löste die Riemen ihrer Schuhe und ließ sie auf den verschmierten Boden fallen. Ich schaute ihr erstaunt zu. Als ich begriff, dass mir nichts anderes übrig blieb, als mitzumachen, zog ich meine eigenen Schuhe aus und stellte sie in eine Ecke, in der Hoffnung, dass niemand darauftrat.

»In Ordnung«, sagte John und strahlte uns über die Schulter hinweg an. »Dann mal los! Folgt mir!«

Ich betrat das Hinterzimmer als Letzte und blinzelte. Nach mehreren Sekunden hatte ich mich an das dämmrige Licht gewöhnt. Während ich unsere Umgebung erfasste – eine Art Bodenmatte, nicht aus Bambus, aber auch nicht aus Holz; Wände, die so viele Tabakflecken aufwiesen, dass ihre Farbe in dem schummrigen Licht nicht zu erkennen war, und schließlich noch ein paar niedrige Tische, an denen eine Handvoll Männer in traditionellen Djellabas saß und Pfeife rauchte –, hatten John und Alice bereits an einem der niedrigen Tische Platz genommen, im Schneidersitz. Ich eilte zu ihnen.

»Ich musste etwas Überzeugungsarbeit leisten, um euch hereinzubekommen«, sagte John mit ernstem Gesicht, aber in selbstgefälligem Ton. »Das ist so was wie ein Herrenklub. Frauen haben deshalb eigentlich keinen Zutritt. Aber ihr habt Glück, der Besitzer schuldet mir einen Gefallen, trotzdem musste ich ihm versprechen, dass wir nicht länger als eine Viertelstunde bleiben, höchstens eine halbe.«

»Und was machen wir jetzt hier?«, fragte ich und musterte die anderen Männer in dem Raum. Die meisten schienen älter als fünfzig zu sein, vielleicht auch schon älter als sechzig. Sie hatten uns interessiert angesehen, als wir den Raum betreten hatten. Doch mittlerweile hatten sich ihre

Blicke wieder von uns abgewandt. Sie nahmen ihre Unterhaltungen wieder auf und griffen nach den erkalteten Pfeifen.

»Das hier«, antwortete John und zog seine eigene Pfeife hervor, die bis dahin offensichtlich in einer Innentasche seines Anzugs gesteckt hatte. »Du hast doch keine Angst, oder?«, neckte er Alice und hielt ihr die Kif-Pfeife hin. Sein Lächeln schien einen spitzen, gemeinen Ausdruck anzunehmen. Ich kam zu dem Schluss, dass er doch nicht der Rattenfänger von Hameln war: eher der große, böse Wolf, der versuchte, uns vom Weg abzubringen. Scheinbar wollte er uns schubsen, uns stoßen – uns umdrehen, um nachzusehen, was herausfiel. Ich begriff, dass er nervös war, weil er nicht wusste, was ich Alice über Sabine erzählt hatte, oder vielleicht, weil er nicht wusste, was zwischen uns passiert war. Ich sah sein Misstrauen und seine Paranoia in der Luft herumflirren.

Alice streckte die Hand aus und zog brav an der Pfeife. Sie hustete und spuckte sofort, was ich sehr erschreckend und John offensichtlich sehr vergnüglich fand. Die Pfeife wanderte weiter in meine Hände. Ich zögerte kurz. Obwohl ich schon immer gern geraucht hatte – ich stahl schon in frühester Jugend meine erste Packung aus dem Laden an der Ecke und rauchte sie unten am Bach –, war das hier doch etwas völlig anderes. Ich schürzte die Lippen und überlegte, ob diese Art des Rauchens zu mir passte und was hier eigentlich vor sich ging. Der Abend hatte bereits einen seltsamen Verlauf genommen, den ich nicht nachvollziehen konnte. Auf den ich mir keinen Reim machen konnte.

John lachte laut. »Na bitte!«, verkündete er und schnappte sich wieder seine Pfeife. »War doch gar nicht so schlimm, oder?«

Ich neigte den Kopf zur Seite. Ich war mir nicht ganz sicher, wem die Worte gegolten hatten. Kurz darauf erschienen sie mir unwirklich, so wie alles andere. Der Drink, den wir vorher in der Wohnung zu uns genommen hatten, und der Kif vernebelten meine Sinne. Wir schienen schon eine Ewigkeit hier zu sitzen, obwohl ich mir sicher war, dass nicht mehr als wenige Minuten vergangen sein konnten. Ich kam zu dem Schluss, dass ich den Kif nicht mochte, wenn auch nur deswegen, weil er die Zeit schluckte. Trotzdem verspürte ich einen seltsamen Mut an diesem Tisch, in unserem merkwürdigen Dreierkreis. Ich dachte daran, was ich ansprechen wollte. Was ich bereit war, endlich laut auszusprechen, sollte Alice es nicht tun. Ich blickte sie an, um mich zu vergewissern, ob sie genauso fühlte. Sie saß da, in sich zusammengesackt, die Augen glasig, mit abwesendem Blick. Ich fragte mich, ob der Kif daran schuld war oder ob sie schon vorher so ausgesehen hatte, ohne dass es mir aufgefallen war.

Plötzlich schien ich keine Luft mehr zu bekommen. Ich stand auf, lief zur Hintertür, beugte mich hinaus unter den Nachthimmel und atmete tief ein und aus. Dankbar stellte ich fest, dass die Sonne bereits untergegangen war und die feuchte Wärme langsam nachließ. Alles drehte sich in meinem Kopf, und ich umfasste ihn, um die Bewegung zu stoppen.

Ich blickte zu unserem Tisch. Alice saß noch immer regungslos da – steinern, undurchdringlich. John nahm einen tiefen Zug von seiner Pfeife, sah auf und ertappte mich dabei, wie ich Alice anstarrte. Ich versuchte auszumachen, was sich hinter seinem Blick verbarg. Doch dann blinzelte er und stand auf. »Sollen wir weiterziehen?«, fragte er.

Ich hörte allgemeine Zustimmung, obwohl ich kein Wort gesagt hatte. Trotzdem folgten wir ihm, Alice und ich. Wir tippelten erneut hinter ihm her wie brave Schulkinder. Weder Alice noch ich fragten, wohin wir nun unterwegs waren. Wir taperten einfach weiter, still und folgsam. Die Köpfe gesenkt, konzentrierten wir uns auf den unebenen Weg, um bloß keinen falschen Tritt in der Dunkelheit zu machen.

Nach ein paar Minuten, die wir schweigsam nebeneinander hergegangen waren, verschwand John in einem versteckt gelegenen Eingang. Das Lokal war noch düsterer als das Hinterzimmer, das wir gerade verlassen hatten. Ich stolperte daher mehrmals, ehe ich einen Sitzplatz fand. Auf der Bühne war eine Gruppe älterer Männer. Sie saßen in einem Halbkreis und spielten eindeutig keinen Jazz – das erkannte selbst mein in dieser Musikrichtung ungeschultes Ohr. Stattdessen erklangen arabische und andalusische Melodien, die sie gelegentlich mit Gesang begleiteten. Die Musiker spielten häufig zusammen, doch mitunter pausierte auch einer, während die anderen weitermusizierten. Alle schienen den Rhythmus und die Melodie der anderen zu erahnen. Einer der Männer nutzte die Pause, um seine Kif-Pfeife aus der Hosentasche zu ziehen. Der alte Mann inhalierte, und ein, zwei Sekunden dehnten sich aus zu drei oder vier.

Ich bemerkte Johns verärgerten Blick. »Ist wohl der falsche Abend«, sagte ich und bemühte mich, meine Stimme nicht hämisch klingen zu lassen.

Er ging auf meine Äußerung nicht ein. »Sieh einer an! Da hat Alice doch tatsächlich die Wohnung verlassen!«, verkündete er stattdessen und sah mich und Alice abwechselnd an, als müsste er sich entscheiden, ob er seiner Verzweiflung nachgeben oder sich an der verlogenen Illusion, dass alles in Ordnung war und bleiben würde, festhalten wollte. Ich wandte mich ab, da ich nicht wusste, worauf ich hoffen sollte. In

Johns jubelnder Stimme klang dennoch ein strenger, ruppigerer Ton mit.

Die Worte schwebten durch den Raum. John sah uns weiterhin abwechselnd an, als wartete er gespannt darauf, wer zuerst reagieren würde. Wer zuerst anbeißen würde.

»Sei nicht albern!«, entgegnete Alice, griff nach ihrem Drink und nahm einen kräftigen Schluck. »Ich bin kein Eremit.« Ihre Stimme war leise, sodass ich mich über den Tisch beugen musste, um sie zu verstehen. Alice wirkte abgestumpft und steifer. Völlig anders als das lebendige Wesen vom Abend zuvor. Ich bemühte mich zu begreifen, was sich verändert hatte.

»Ja, ich war ziemlich überrascht. Das muss ich zugeben. Zuerst habe ich mich gefragt, ob du nicht einfach zurück nach England gefahren bist«, sagte John mit einem breiten Lächeln und leuchtenden Augen. Er lachte. »Oh, meine kleine Alice im Wunderland, was um Gottes willen mache ich bloß mit dir?«

»Nenn mich nicht so!«, flüsterte sie, doch ihre Stimme ging in dem Lärm fast unter.

John wandte sich mir zu und musterte mich von oben bis unten. Ich trug wieder eine Bluse und eine Hose und hatte mein unmodern langes, dunkles Haar zu einem ebenso unmodernen Zopf geflochten. »Was um Gottes willen mache ich bloß mit ihr?«, fragte er, und sein Blick bohrte sich in meinen.

Eine Million Antworten schossen mir durch den Kopf. Die erste davon lautete: *Lass sie gehen!* Ich sprach die Worte nicht aus, doch meine Lippen formten sie. Stattdessen wandte ich mich ab, brach den Blickkontakt ab und griff nach meinem Gin, um dessen beruhigende Wirkung zu spüren.

Einen Augenblick lang trat Stille ein. Dann wandte sich John erneut an mich. »Sag mal, müsste dein kleiner Urlaub nicht bald zu Ende sein?« Er lehnte sich in seinem Stuhl zurück und schwenkte die Eiswürfel im Glas. »Es ist doch sicher Zeit, in die richtige Welt zurückzukehren«, fügte er lachend hinzu, doch ich sah das Funkeln in seinen Augen.

Seine Äußerung war kränkend gemeint. Er verübelte mir meine Beziehung zu Alice. Seine Verärgerung drang durch jedes Wort und kochte zwischen den einzelnen Silben förmlich über. Ich bemerkte auch Alice' Reaktion – sie zuckte leicht zusammen und schnappte kurz nach Luft. Sie hatte seinen beleidigenden Ton ebenfalls wahrgenommen. Seine Worte sollten mir einen Stich versetzen, mich verletzen, mir wehtun – das hatte er überhaupt erst damit bezweckt. Ich würde nie wirklich hineinpassen, nie wirklich dazugehören. Das war es, was er mir zu verstehen geben wollte. Ich würde nie eines dieser unangestrengten Mädchen der feinen Gesellschaft sein. Nie eines dieser Mädchen mit langem blondem, glänzendem Haar, hellem Teint, unauffälligen Gesichtszügen und einer aristokratischen Nase, die auf Wohlstand und gute Herkunft schließen ließ. Nie eines dieser Mädchen, die für ihr Auskommen nicht arbeiten mussten. Nie eines dieser Mädchen, die sich nur auf ihren Daddy und dann später auf ihren Mann verlassen mussten. Ich war anders. Ich gehörte zur arbeitenden Bevölkerung. Das war ein Mal, das an mir haftete. Ein Umstand, der dauerhaft eine Trennlinie zwischen uns zog und uns letztendlich in unterschiedliche soziale Gruppen teilte. John verstand meine Freundschaft zu Alice nicht. Vielmehr noch, sie passte ihm nicht. Das war mittlerweile völlig klar. Ich hatte Alice beschmutzt, sie verändert – oder zumindest seine Wahrnehmung von ihr. Er fand, dass sich unsere Freundschaft nachteilig auf ihren Charakter auswirkte. Deshalb musste sie ein Ende finden.

Anfangs hatte ich ihn nicht gestört – die merkwürdige Frau, die plötzlich vor seiner Tür gestanden hatte. Unabhängig, allein. Das waren zwei Paar Schuhe, das wusste ich. Man konnte allein, aber trotzdem völlig abhängig sein, so wie Alice. Sie war allein in Bennington gewesen. Sie war allein hier. Doch sie war stets von jemandem abhängig gewesen – von ihrer Tante, von John, selbst von Tom, für einen kurzen Zeitraum. Ich war da völlig anders. Ich verkehrte nicht in den Kreisen eines John McAllister. Zuerst hatte ihn die Frau, die da auf seinem Sofa gesessen und Gin getrunken hatte, fasziniert. Er hatte sogar Gefallen an ihr gefunden. Doch jetzt war er wütend, meine ständige Anwesenheit war ihm lästig. Vielmehr noch, er fühlte sich durch mich bedroht.

Ich biss mir beim Lächeln so sehr auf die Lippen, dass ich einen Augenblick lang glaubte, Blut zu schmecken. »Eigentlich gibt es da keine *richtige* Welt, in die ich zurückkehren müsste«, begann ich. Der Alkohol und der Kif entfalteten ihre volle Wirkung, lösten den Knoten in meinem Kopf und ließen die Worte mühelos über meine Lippen gleiten: »Ich habe meine Stelle bei dem Verlag nämlich gekündigt.« Alice runzelte die Stirn. Ich hatte ihr diese Neuigkeit erst nach unserer Abreise erzählen wollen, doch vielleicht war es besser, ein solches Geheimnis vorher zu lüften. Vielleicht würde es sich sogar vorteilhaft auswirken. Denn immerhin war ich so völlig ungebunden. Der Weg wäre frei für uns. Wir könnten überall hingehen.

John nickte und nippte an seinem Getränk. »Dann hast du also gehofft, hier in Tanger Arbeit zu finden, oder was?«, fragte er und zog beim Sprechen die Augenbrauen hoch, als wäre der Gedanke lächerlich. Als hätte er noch nie eine so absonderliche Idee gehört. »Ich glaube kaum, dass es hier viele Verlage gibt. Abgesehen davon, wird dich deine Familie nicht vermissen? So weit weg von zu Hause?«

Alice rutschte nervös auf ihrem Stuhl herum. »Lucy hat keine Familie mehr. Das habe ich dir doch erzählt, John«, sagte sie, und ihre Stimme klang eindeutig verärgert.

Er nickte. »Stimmt! Jetzt, wo du es sagst, fällt es mir wieder ein. Nur ...«, er hielt inne und sah mich direkt an, »nur stimmt das nicht so ganz«, fuhr er fort und lachte kurz auf. »Weißt du, ich habe nämlich ein bisschen nachgeforscht. Ich weiß, ich weiß, das hätte ich nicht tun sollen«, sagte er und wandte sich wieder an Alice. »Amtsmissbrauch. Aber ich will nun mal gern wissen, wer unter meinem Dach schläft.«

Ich schwieg, wartete und fragte mich, was er ausgegraben, welche Leichen er im Keller gefunden hatte und ans Licht zerren würde. Er hielt inne – wartete ebenfalls – und zog sein Grinsen, sein Lachen künstlich in die Länge, um den Moment voll auszukosten. Um seine Großartigkeit, seinen vermeintlichen Triumph über die Frau, die gedroht hatte, ihn auszustechen, hervorzukehren.

Und Alice ...

Alice beobachtete mich. Ich spürte ihren brennenden Blick – bohrend, anklagend.

Sie ergriff das Wort, die Stimme schwach, bebend. »Was hast du herausgefunden?«

»Ach, letztendlich gar nichts so fürchterlich Interessantes. Eine am Existenzminimum lebende Familie aus der Unterschicht. Eine winzige Wohnung über einer Garage. Eine Mutter und ein Vater, die nie präsent waren. Nichts Außergewöhnliches. Das ist wohl die schönere Formulierung.«

»Aber …«, begann Alice.

»Weißt du, mir kommt das schon komisch vor«, sagte John und unterbrach sie.

»Was?«, fragte ich.

»Na ja, die ganze Situation. Dass du hier in Tanger bist. Dass du plötzlich, ohne Einladung, hier auftauchst.« Die Worte sprudelten aus ihm heraus, sodass sich in seinen Mundwinkeln Spucke zu sammeln begann. Mir wurde übel bei dem Anblick. Angewidert sah ich weg.

»Das hat Alice sich gewünscht«, sagte ich, die Stimme stählern. Ich war es zwar leid, auf seine Anschuldigungen zu antworten, doch ich wollte mich unbedingt verteidigen.

»Nein.«

Ich drehte mich um. Der Einwand stammte von Alice. Sie hatte das Nein nicht direkt herausgeschrien. Doch es war aus ihrem Mund gekommen, laut und vernehmlich. Es schien durch den Raum zu hallen, trotz der zahlreichen Menschen, die uns umringten. Wir beide schienen allein zu sein, so wie früher, was Johns Anwesenheit unheimlich werden ließ.

»Nein«, sagte sie noch einmal, dieses Mal leiser, als könnte sie selbst nicht so recht glauben, was sie da gesagt hatte und was es bedeutete. »Nein, das habe ich mir nicht gewünscht, Lucy. Ich habe dich nie eingeladen.« Sie hielt meinem Blick stand. »Ich wollte dich nie hier haben«, flüsterte sie. Die beiden letzten Worte gingen in dem Lärm, der um uns herum herrschte, fast unter, sodass ich mir nicht ganz sicher war, ob sie sie tatsächlich gesagt hatte.

Alice stand so abrupt auf, dass der Tisch zu wackeln begann und unsere Drinks umzukippen drohten. Ich richtete meinen Blick auf die Gläser. In Wahrheit aber konnte ich mich einfach nicht überwinden, ihr ins Gesicht zu schauen und zu lesen, was dort geschrieben stand. Nicht nach dem, was sie gerade gesagt hatte. Als ich mich dann schließlich doch noch überwand, sah ich nur noch, wie sie durch den Ausgang verschwand. Ich schielte kurz zu John hinüber und stellte überrascht fest, dass seine Lippen kein süffisantes Lächeln umspielte, wie ich es erwartet hätte. Stattdessen saß er mit langem, abgespanntem Gesicht da. Ich fragte mich, ob sich Verwirrung oder etwas anderes darin spiegelte. Er machte keine Anstalten, seiner Frau hinterherzueilen, sondern zog stattdessen seine Kif-Pfeife hervor. Ich wartete einen Augenblick – zählte leise bis drei – und stand dann auf, um Alice zu folgen.

In den Straßen drängten sich die Menschen. Hunderte von Einheimischen sangen und schwenkten Fahnen, doch sie demonstrierten offenkundig nicht. Stattdessen tanzten und lachten sie, klopften sich gegenseitig auf den Rücken, als würden sie sich gratulieren. Die Stadt pulsierte, die Stimmung erfasste auch mich. Am liebsten hätte ich mich auf den Boden gehockt und die Hände auf die Straße gelegt, um die Geräusche, den Pulsschlag auf meiner Haut zu spüren. Die Stadt schien zu wissen, dass nun endlich etwas passieren würde – nach dem langen Warten. Meine Hände kribbelten. Ich beobachtete die an mir vorbeiziehenden Menschen – Einheimische, in Tanger lebende Ausländer, Touristen, Reisende – und wünschte mir nichts sehnlicher, als dem Strom zu folgen, als mich von ihm mitreißen zu lassen, als mich zu bewegen, immer weiterzubewegen und nie mehr stehen zu bleiben.

Doch dann fiel mir Alice wieder ein.

Ein schrilles, markantes Heulen durchbrach die Nacht – *Ululation,* hatte ich gelernt. Ein Wort, dessen Klang meine Lippen genüsslich formten. Die Frauen stießen diesen typischen Laut aus, um etwas zu feiern. Ich bemerkte Alice nur wenige Schritte von mir entfernt. Sie hatte die Arme um den Körper geschlungen wie am Abend zuvor, obwohl die Temperaturen noch nicht zurückgegangen waren. Es war noch immer heiß, auch wenn die Sonne schon lange untergegangen war. Noch immer lief mir der Schweiß am Hals und am Rücken herunter.

»Was ist das?«, fragte Alice mit zitternder Stimme, als ich auf sie zuging.

»Nichts«, antwortete ich, doch ich war mir nicht sicher, ob sie mich über den Lärm hinweg hörte. Ob sie überhaupt in der Lage war, mich zu hören. Der Ausdruck auf ihrem Gesicht war undurchdringlich.

Ich sah mich nach John um, da ich nicht wusste, ob er mir aus der Bar gefolgt war. Die Stimmen wurden langsam lauter. Mittlerweile ertönten Sprechchöre, deren Worte ich aber nicht verstand. Nur noch hier und da stand ein Ausländer an der Straße.

Das Heulen erklang erneut. Alice zuckte zusammen. »Das ist schrecklich«, schrie sie. »Warum hören sie nicht damit auf?«

»Sie feiern, Alice. Das ist ihre Art zu feiern«, antwortete ich.

Sie sah sich um, ihr Blick überflog die Menge. »Es klingt, als würde jemand sterben.«

»Nein, es stirbt niemand. Ehrlich nicht!«, sagte ich und streckte die Hand nach ihr aus. Sie ließ zu, dass ich sie zu mir zog. Gemeinsam gingen wir weiter, doch kam sie nur schleppend voran, als würde sie durch Schlamm waten. Ihr Gesicht war ausdruckslos, wenngleich diese Ausdruckslosigkeit so vollständig ihre Miene zu durchdringen schien, dass sie ihre Gesichtszüge völlig vereinnahmte. Ich setzte an, um etwas zu sagen. Um sie zu fragen, was sie da vor wenigen Augenblicken in der Bar gesagt hatte. Doch etwas hinderte mich daran – eine Hand auf meiner Schulter –, und so drehte ich mich um. Mein Herz raste, und ich rechnete eigentlich damit, dass John vor mir stand.

Doch stattdessen blickte ich in die Augen von Youssef.

Ich schreckte zurück und fragte mich, wie es ihm gelungen war, mich zu finden. Genau genommen, wie es ihm überhaupt jemals gelungen war, mich in dem ständig herrschenden Chaos und dem Trubel Tangers zu finden. Ich starrte ihn wütend an. Misstrauen stieg in mir auf. Da nahm ich die Seltsamkeit dieses Abends, das Unbehagen, die Wut bewusst wahr – und ich hasste ihn dafür. Hasste ihn dafür, dass er meinen Moment mit Alice störte, dass er ihn unterbrach. Dass er mir die Möglichkeit zu nehmen drohte, alles wieder in Ordnung zu bringen. Ich warf einen müden Blick über meine Schulter. Alice schien Youssefs Gegenwart nicht zu bemerken. Stattdessen starrte sie weiter geradeaus – ihre Augen erfassten das Chaos um uns herum. Er drückte erneut meine Schulter. Sein Griff war so fest, dass ich das Gesicht verzog.

»Ich habe mir nach unserer letzten Unterhaltung Sorgen gemacht«, sagte er, die Stimme leise und eindringlich.

Ich blinzelte. Unsere Unterhaltung – über John, über Sabine – schien mir Wochen, sogar schon Monate zurückzuliegen. Ich dachte daran, was sich seitdem alles verändert hatte – und was sich jetzt noch einmal verändern würde. Ich erinnerte mich, wie er mich genannt hatte – *Mädchen* – und wie ich darauf reagiert hatte. Ich wurde rot. Allmählich erfüllte die Wut meinen ganzen Körper, und ich war dankbar, dass die Dunkelheit meine errötenden Wangen verbarg. Vielleicht hatte ich überhastet agiert – auf jeden Fall schien es gerade so. Trotzdem fand ich die Bezeichnung noch immer herabwürdigend, und sie hinterließ einen bitteren Geschmack in meinem Mund.

»Sie sind mir in letzter Zeit aus dem Weg gegangen«, sagte er.

Ich wurde innerlich still, leise.

Er spähte durch die Dunkelheit. »Ich weiß nicht, warum, aber es ist nicht zu leugnen«, fuhr er fort und trat dicht an mich heran.

Ich machte einen Schritt zurück.

Er schien meine Gedanken zu lesen. »Am Ende seid ihr doch alle gleich, ihr Tangerines. Die Marokkaner sind für euch nur menschliche Ware, die man kauft, an der man sich bereichert.« Er trat wieder auf mich zu. »Ich frage mich, Mademoiselle, was genau Sie bereit sind zu zahlen.« Er griff nach meinem Handgelenk und umklammerte es so fest, dass er meine Haut quetschte. »Was genau Sie eigentlich kaufen wollen.«

Ich riss mich von ihm los und stieß dabei gegen Alice, sodass sie mit einem kurzen Aufschrei zu Boden fiel. Da vergaß ich Youssef und seinen drohenden Ton. Er war nur eine Fliege, sagte ich mir. Die Zeit war gekommen, ihn endlich zu verscheuchen. Ich wandte ihm den Rücken zu und half Alice auf die Beine. »Hast du dich verletzt?«, fragte ich und strich über ihren Rock und ihre Knie – die nun voller Staub und Schmutz waren. »Alice«, begann ich erneut, doch dann tauchte

John auf. Er kam mit großen Schritten auf uns zu. Sein Haar, mittlerweile schweißnass, klebte an seinem Gesicht, sein Hut war nirgends zu sehen.

»Ich muss ins Büro«, sagte er. Er stand da mit schlaff herunterhängenden Armen, als hätte man ihn all der Energie beraubt, die ihn noch vor wenigen Augenblicken vorangetrieben hatte, und wirkte wie eine leere Hülle. Er hielt inne und nahm Alice' zerzauste Erscheinung wahr.

»Sie ist gestürzt, aber sie hat sich nicht verletzt«, erklärte ich.

John zögerte, dann nickte er und musterte die feiernden Menschen. »Tanger ist nun wohl Vergangenheit. Zumindest das Tanger, wie wir es bisher gekannt haben.« Er wischte sich den Schweiß von der Stirn. Da erkannte ich seine Liebe zu dem Land – zu diesem schmalen Landstrich, der allen und niemandem gehörte. Und ich erkannte auch, wie sehr ihn der Gedanke schmerzte, dass sich alles veränderte. Denn er würde nicht mehr das Sagen haben, er würde nur noch ein Außenseiter sein. Er kam sich machtlos vor. Wie gefangen. Außerstande, etwas zu tun. Obwohl ich die Vorstellung grässlich fand, dass wir uns ähnlich sein könnten, dass es etwas geben könnte, was uns verband – insbesondere, nachdem er mir an diesem Abend so übel mitgespielt hatte –, hatte ich schon das Gleiche erlebt. Erlebte es irgendwie jeden Tag aufs Neue. Ich versuchte, mich darüber zu freuen, dass es ihm nun genauso ergehen würde. Doch bei dem Gedanken fühlte ich mich nur hohl und leer. »Ist etwas passiert?«, fragte ich. Sein verändertes Verhalten beunruhigte mich.

»Alle sind angespannt«, antwortete er achselzuckend, doch sein Gesicht drückte Sorge aus. »Nach all den Unruhen der vergangenen Jahre.« Er schüttelte den Kopf, er wirkte erschöpft. *Müde,* dachte ich. »Ich muss los. Ich komme später nach Hause. Doch ich habe Charlie versprochen, dass ich mit ihm morgen nach Fez fahre«, sagte er. Seine Worte waren an Alice gerichtet, die noch immer nicht zuzuhören schien. Er wandte sich wieder an mich. »Bring sie bitte nach Hause!« Er zögerte. »Sei vorsichtig!«

Und dann war er in der Menge verschwunden.

Ich wachte mitten in der Nacht auf und schnappte nach Luft. Zuerst war ich mir nicht sicher, was mich aufgeschreckt hatte – ein Albtraum oder ein Geräusch im Zimmer. Mein Herz raste, mein Kopf war wie vernebelt, und ich war so erschöpft, dass ich mich nicht erinnern konnte, wo ich mich befand und was geschehen war. *Tanger.* Meine Erinnerung kehrte zurück. *Ich war in Tanger. Bei Alice.*

Und dann sah ich sie. Sie stand in der Tür meines Schlafzimmers.

Ich wünschte mir in dem Moment nichts sehnlicher, als dass sie die Barriere zwischen uns überwand. Als dass sie den Raum durchqueren und zu mir in das schmale Bett steigen würde – in jenes Bett, das sie für mich gemacht und das nach ihr gerochen hatte und jetzt nach uns beiden roch –, als dass sie mir erlauben würde, sie zu trösten und zu umsorgen. Die Erkenntnis war mir schon vor Jahren gekommen. Schon an dem Tag, als wir uns kennenlernten. Niemand würde sich so gut um sie kümmern, so gut auf sie aufpassen und sie so sehr lieben wie ich.

In unseren gemeinsamen Jahren in Vermont hatte ich darauf gewartet, dass auch sie das erkennen würde. Die Monate vergingen. Die Wolke unseres häuslichen Glücks hüllte mich ein. Wir picknickten an sonnigen Frühlingstagen am Ende der Welt. Im Herbst machten wir Spaziergänge über den Campus, das Laub knisterte unter unseren Füßen. Wir verbrachten ganze Nachmittage in der Bibliothek. Dann kam der Winter, ihre Lieblingsjahreszeit, die sie zum Lächeln brachte. Denn er erinnerte sie daran, dass sie einmal ein Kind gewesen war, einmal eine Tochter gewesen war. Und so wurde er auch meine Lieblingsjahreszeit. Wir setzten uns vor den Kamin, tranken Tee und Kakao. Ich sorgte stets dafür, dass genügend Holz da war. Und wenn nicht, hinterließ ich eine freundliche Notiz. Ich wusste, wie gern sie in das flackernde Feuer schaute, während draußen der Schnee fiel. Als dann in jenem letzten Jahr die Stabilität bedroht war, die wir uns aufgebaut hatten, kümmerte ich mich auch darum. Ich tat es für sie. Alles tat ich nur für sie – leise und klaglos. Es machte mich glücklich. Ich wollte es so. Ich tat es und wartete darauf, dass sie es eines Tages bemerken würde. Dass sie es erkennen würde.

Und auch jetzt, in meinem Bett, blieb ich still, blieb ich geduldig und wartete auf sie – so wie immer.

Als sie dann schließlich zu sprechen begann, durchbrachen ihre Worte die Dunkelheit und teilten sie in zwei Hälften.

»Ich will, dass du gehst, Lucy.«

Mein Herz blieb stehen, mein Magen zog sich zusammen. Ich dachte an die schrecklichen Klischees, die ich aus Büchern kannte. In dem Augenblick verstand ich sie alle. Ich schüttelte den Kopf, um ihre Worte zu vertreiben. So hatte ich mir das alles nicht vorgestellt. Ich runzelte die Stirn, rekapitulierte alles gedanklich und versuchte, mir einen Reim darauf zu machen. Versuchte zu verstehen, wie sich innerhalb nur weniger Stunden das Blatt derart hatte wenden können, ohne dass ich es bemerkt hatte. In mir stieg Wut auf, flammende Wut. Sie schnürte mir die Kehle zu. Alice hatte bereits zugestimmt, mit mir wegzugehen. Sie hatte es mir bereits versprochen.

»John will, dass ich gehe. Das meinst du wohl«, schaffte ich es schließlich zu sagen, die Worte kurz und abgehackt. »Das willst du sagen.«

»Nein, Lucy.«

Sie stand da. Aufrecht. Gerade. Als würden Selbstvertrauen und Entschlossenheit sich in ihrer Körperhaltung manifestieren. Am liebsten hätte ich sie zu Boden geworfen, um das, was sie dazu brachte, diese schrecklichen Dinge zu sagen, zu vertreiben.

Sie verschränkte die Arme. »*Ich* will, dass du gehst.«

Ich setzte mich auf und warf die Bettdecke zur Seite. »Das kann nicht dein Ernst sein!«, entgegnete ich und wusste, dass meine Stimme zwischen einem barschen und beschwichtigenden Ton hin- und herschwankte. Ihre Worte hatten mich so aus der Fassung gebracht, mich so aus meiner Verankerung gerissen, dass ich nicht mehr deuten konnte, wie sie mich gerade haben wollte. Ich schüttelte den Kopf. »Das kann nicht dein Ernst sein, Alice.«

»Doch, Lucy!«, entgegnete sie und nickte kurz und entschieden.

»Ich weiß nicht, was er dir sonst noch erzählt hat«, begann ich. »Aber du darfst nicht zulassen, dass er unsere Freundschaft zerstört.«

Sie sah einen Moment verwirrt aus, doch dann schüttelte sie erneut den Kopf, dieses Mal war die Geste von einem Lächeln begleitet. »Nein«, sagte sie leise und sah mir in die Augen. »Nein, dahinter steckt nicht John.« Ein schrilles, bitteres Lachen erklang. »Dahinter stecke ich. Ganz allein ich. Ich bin diejenige, die dich auffordert zu gehen. Ich bin diejenige, die will, dass du gehst.« Sie hielt inne. »Dass du gehst und nie wiederkommst. Ich will, dass du mich in Ruhe lässt.«

Ich sackte innerlich zusammen. Alice hatte zwar gesagt, dass das alles nichts mit John zu tun hatte. Doch am liebsten hätte ich sie an den Schultern gepackt, geschüttelt und geschrien: »Natürlich will er, dass ich gehe! Natürlich will er das!« Sie war zu sehr verwirrt, stand zu sehr in seinem Bann, um das klar zu erkennen. »Alice ...«, begann ich.

Sie hob eine Hand, als wollte sie meine Worte körperlich abwehren.

»Wir wollten doch gemeinsam von hier weg«, hielt ich dagegen, stieg aus dem Bett und trat auf sie zu. »Du hast doch gesagt, dass wir gemeinsam weggehen – weg von ihm, weg von Tanger. All das hast du gesagt.«

»Nein, Lucy. Das hast *du* gesagt. Das hast *du* entschieden.« Sie schüttelte den Kopf.

»Alice.« Ich streckte die Hand nach ihr aus.

»Nein.« Sie trat zurück in den Flur. »Ich hätte meine Haustür nie öffnen dürfen. Ich hätte dich nie hereinlassen dürfen.« Sie machte einen Schritt in Richtung ihres Schlafzimmers, blieb dann aber stehen. »Ich weiß, was du getan hast. In Bennington. Ich weiß, dass du es gewesen bist.«

»Alice ...«, begann ich erneut.

»Warum hast du mich gebeten zu bleiben?«

Ich runzelte die Stirn, alarmiert von der Frage. »Wann?«

»Damals. An diesem schrecklichen Tag in Vermont«, sagte sie, die Stimme kalt und hart. »Du hast zu mir gesagt, dass ich nicht in den Wagen steigen soll. Warum?«

»Weil«, erwiderte ich und sah weg, nur eine Sekunde – doch sie hatte es bemerkt. »Weil ich nicht wollte, dass du gehst. Weil ich nicht wollte, dass wir einander länger böse sind.«

»Nein«, sagte sie und schüttelte den Kopf. »Sei still, Lucy! Ich höre dir nicht länger zu. Ich glaube dir nicht.«

»Alice, du bist verwirrt.« Ich hielt kurz inne und sah sie beschwörend an. »Glaubst du wirklich, dass ich dir je wehtun könnte?«

Sie zögerte. Doch dann schüttelte sie erneut den Kopf, als wollte sie sich nicht mehr von ihrem Entschluss abbringen lassen. »Bis morgen hast du die Wohnung verlassen.« Sie machte eine Bewegung, um zu gehen, hielt dann aber inne. Ihre Worte flammten in der Dunkelheit auf, sprühten Funken. »Falls nicht, werde ich die Polizei rufen und ihnen genau schildern, was du getan hast.«

Sie durchquerte den Flur, betrat ihr Schlafzimmer und machte die Tür hinter sich zu.

Mit einem lauten, schallenden Geräusch drehte sich der Schlüssel im Schloss.

Ich schlief nicht in jener Nacht.

Stattdessen saß ich da und beobachtete, wie das Licht langsam ins Zimmer fiel und lange Schatten auf die Wände warf. Meine Augenlider fühlten sich schwer an, und meine Gedanken kreisten wirr in meinem Kopf herum. Ich verließ die Wohnung, als der Morgen graute.

Durch enge, verwinkelte Gassen ging ich an vertrauten Orten vorbei und erkundete neue Viertel. Ich ging so lange, bis mir die Füße wehtaten. Bis die Fußsohlen aufrissen und bluteten. Ich entdeckte das Grab des Forschungsreisenden

Ibn Battuta. Ich legte meine Hand auf das raue Gemäuer und strich über die Gedenktafel, die zu seinen Ehren angebracht worden war. Ich weigerte mich, stehen zu bleiben. Genau so wie er. Ich war nicht müde – spürte weder Hunger noch Durst. Ich marschierte weiter. Tief in mir verbarg sich die Erkenntnis, dass ich weitergehen musste, immer weitergehen musste. Ich durfte nicht stehen bleiben, durfte nicht zu viel nachdenken. Das war das Wichtigste. Am Ende würde alles wieder gut werden, das wusste ich. Alice würde wieder zur Vernunft kommen. Sie würde John erzählen, was wir beschlossen hatten. Wir würden Tanger verlassen und zurück nach England fahren. Vielleicht würden wir unsere Fahrt in Spanien unterbrechen und ein paar Monate dort bleiben. Ich malte es mir aus – wir beide in Madrid, in Barcelona. Wir würden Sherry in einer und Gin in einer anderen Bar trinken. Wir würden so lange draußen sitzen, bis die Sonne unterginge und die Nacht hereinbräche. Wir würden Tapas essen und Rioja trinken. Alice würde lieber Wein trinken als Gin.

Dann stolperte ich über einen Stein, der fast unmerklich aus dem Boden ragte. Ich strauchelte. Nicht schwer, aber doch so schlimm, dass ich mir den Knöchel prellte und mich ein Schmerz durchfuhr, als ich versuchte aufzutreten. Niemand hatte mein Missgeschick mitbekommen. Ich war allein in einer leeren Seitengasse. Trotzdem glühten meine Wangen vor Verlegenheit und Wut. Ich hatte dieses Land geliebt, seit ich es betreten hatte, und dennoch behandelte es mich *so*. Dennoch legte es mir unerwartete Hindernisse in den Weg und fügte mir in seinen schmutzigen Straßen Verletzungen zu. Ihre Pflaster waren mit allen möglichen Körperflüssigkeiten überzogen, und bei der Vorstellung schauderte ich. Meine Hände und Knie waren zerschrammt, mein Knöchel nicht zu gebrauchen. Ich dachte an Alice. War es mit ihr nicht genauso? Ich hatte alles für sie getan. Ich hatte sie geliebt, auf sie aufgepasst, sie aber hatte mich schäbig behandelt. Sie hatte manches vor mir verborgen, hatte meinen Blick verschleiert. Hatte mich dazu gebracht, mich in Sicherheit zu wähnen. Das flatternde Geräusch in meinem Ohr wurde stärker. Ich schlug verzweifelt dagegen. Die Mühe, die ich aufbringen musste, um ruhig zu bleiben, erschien zu groß. Ich spürte die Wut und den Zorn. Sie brodelten in mir. Winzige Pusteln tauchten auf meinen Armen auf. Dann größere, unheimlicher wirkende rote Bläschen. Obwohl es heiß war, weigerte sich meine Haut, den Schweiß, der sich in meinem Körper staute, austreten zu lassen. Deswegen breiteten sich rote, entzündete Quaddeln über meine Arme und den Bauch bis hin zum Hals und Gesicht aus.

Ein Mann bog um die Ecke. Ich ignorierte ihn. Ich wollte, dass er mich ebenfalls ignorierte, dass er mich bloß nicht ansah. Er ging schweigend an mir vorbei. Ich merkte, dass meine Wut einen Augenblick lang nachließ.

Doch dann drehte er sich um. »Lächeln Sie! Freuen Sie sich!«

Ich warf ihm einen hasserfüllten, vernichtenden Blick zu. Er schreckte entsetzt zurück. Plötzlich wünschte ich mir nichts sehnlicher, als dieser Gasse zu entkommen, diesem Mann. Nein, das war kein Wunsch, das war ein Bedürfnis. Meine Wangen wurden wieder rot vor Zorn. Ich schämte mich und war wütend, dass dieser Mann in der Lage war, diese Gefühle in mir auszulösen. Dass überhaupt ein Mensch in der Lage war, diese Gefühle in mir auszulösen. Ich spürte, wie ich außer Kontrolle geriet, so wie schon in der Vergangenheit. So wie an jenem Tag, als der Unfall geschah. Durch meinen ganzen Körper pulsierte diese Energie, so als hätte man mir einen Elektroschock verpasst und mich ins Leben zurückgeholt, sodass ich innerlich brannte. Ich stand derart unter Strom, dass die Energiequelle nicht mehr einzudämmen war. Ich musste meine gesamte Willenskraft aufbringen, um mich nicht auf den Mann zu stürzen. Mein Verstand sagte mir, dass meine Wut nichts mit ihm zu tun hatte, sondern völlig andere Ursachen hatte. Gleichzeitig konnte ich mich nicht beherrschen, wollte ich mich nicht beherrschen. Ich hatte Angst, dass sonst diese gewaltige Wut durch meine Poren entweichen, ich zerbrechen und eine kleine, bedauernswerte Person zurückbleiben würde, die man auslachte und über die man sich lustig machte. Tränen stiegen in mir auf. »Lassen Sie mich in Ruhe!«, fauchte ich. Mir war klar, dass er meine Worte wahrscheinlich nicht verstand, meinen Tonfall aber bestimmt deuten könnte.

Er blickte irritiert.

Ich wünschte mir fast, er würde etwas tun, irgendetwas – schreien, zuschlagen, mich anspucken –, doch stattdessen schlich er sich davon in eine der zahllosen Gassen im Labyrinth der Stadt.

Ich empfand nun nichts mehr als Verachtung – für sie alle. Ich hasste John und sein selbstsicheres Grinsen. Ich hasste die unbekannten Gesichter, an denen ich mich vorbeidrängen musste, um meinen einsamen Platz in diesem Meer von Fremden zu finden. Und für einen ganz kurzen Moment hasste ich sogar sie. Alice. Ich hatte alles für sie getan – war um die halbe Welt gereist, um sie zu finden, um sie aus dem Chaos zu retten, das sie aus *unserem Leben* gemacht hatte.

Ich hasste sie dafür, dass sie schwach war. Dass sie kein Rückgrat besaß. Dass sie die Entscheidungen, die sie getroffen hatte, immer wieder zurücknahm.

Jetzt blieb nur noch ein Ausweg.

Ich drehte mich um, ließ die dunkle Gasse hinter mir und ging zurück zur Medina, zurück zum Petit Socco. Ich betrat das Café Tingis, bestellte einen Kaffee und fragte den Kellner, ob ich das Telefon benutzen könnte.

Ich wählte die Nummer und wartete darauf, dass John abhob.

Alice hätte in jener Nacht nicht in diesem Auto sitzen sollen.

Tom hätte nicht sterben sollen.

Doch dann hatten wir gestritten, und eine so gewaltige Lawine böser Worte und Vorwürfe war auf mich niedergegangen, dass sie den Schneemassen gleichkam, die der Sturm mit sich brachte, der draußen wütete und der sich später als Blizzard herausstellte. Als ich schließlich begriff, was da gerade passierte – Tom fuhr vor, Alice stieg ein, der Sturm erreichte seinen Höhepunkt –, überzog die Straßen bereits eine Eisschicht, und der Unfall nahm einen sehr viel tragischeren Ausgang als je von mir geplant.

Er sollte ihm einen Schrecken einjagen. Als ich unter der Motorhaube seines Wagens entlang der Spritzwand nach der Leitung tastete, stellte ich mir vor, wie er sich ein Bein brach. Wie er das Stipendium verlor. Wie irgendetwas geschah, was ihn weit wegbringen würde von Alice, und wie ich wieder allein mit ihr sein würde. Ich arbeitete flink, die alten Handgriffe saßen noch immer, waren tief in meinem Gedächtnis gespeichert, und jetzt war die Zeit, sie endlich auszuführen.

Ich atmete den durchdringenden, verstörenden Geruch des Öls ein, der mir vertraut und zugleich völlig fremd war. Ich verquetschte die Bremsleitung mit einer Zange und wusste genau, dass sich das auf die Bremsen und den Bremsdruck auswirken würde, doch ich hatte nicht damit gerechnet, dass die Leitung reißen würde. Hatte nicht mit dem Schnee, dem Eis, den Bergen und Alice gerechnet.

Ich hatte versucht, Alice aufzuhalten. Hatte sie gewarnt, aber sie wollte nicht hören. Ich hatte daran gedacht, ihr zu folgen, mich an ihr vorbeizudrängen und mit ins Auto zu steigen, doch dann war ich wie erstarrt stehen geblieben, denn der Sturm war immer stärker geworden, und sie hatte mir zu verstehen gegeben, dass ich verschwinden sollte. Dass sie mich nie wiedersehen wollte. Und ich war wie gelähmt, als sie mir dabei einen hasserfüllten, wütenden Blick zuwarf.

Ich ging zurück ins Wohnheim. Als ich in unserem stillen, kleinen Zimmer stand, begriff ich, dass es vorbei war. Dass es für mich keinen Grund mehr gab zu bleiben. Und so packte ich meine Tasche, einen einzigen Koffer, nicht mehr. Ich steckte nur die Sachen ein, mit denen ich in Bennington angekommen war – ein paar Kleider, zwei Paar Strümpfe. Die anderen Sachen, die mittlerweile hinzugekommen waren – ein Roman aus der örtlichen Buchhandlung, ein getrocknetes Laubblatt vom vergangenen Herbst –, ließ ich da.

Zuerst wollte ich die Hauptstraße und das, was ich dort vielleicht vorfinden würde, meiden – doch dann dachte ich an den Wald, die Dunkelheit und den Schnee und stapfte los.

Ich kämpfte mich durch den Blizzard, meine Hände zitterten und waren blau und taub. An dem Autowrack, dem Ergebnis meiner Begierden, blieb ich stehen. Ich betrachtete es und fragte mich, was nur passiert war, während mir das Blut in den Ohren rauschte. Ich fand Alice. Sie lag im Schnee, mehrere Meter von dem Wrack entfernt, ihr Körper blutverschmiert und kaum noch zu erkennen. Ich beugte mich über das Mädchen, das ich einmal geliebt hatte und dessen Körper durch meine Träume, meine Wünsche leblos war. Da spürte ich sie – die Dunkelheit. Sie umgab mich, sie verwandelte mich, sie trieb mich vor sich her. Sie machte ein Monster aus mir, mit dem ich nicht gerechnet hatte.

Ich zog nach New York, doch vorher schaute ich noch in der Werkstatt vorbei, in der ich aufgewachsen war, wofür ich vor wenigen Tagen noch dankbar gewesen war. Dafür, dass ich die vielen Sommer dort ausgehalten hatte, schwitzend, zusammen mit den Männern, denen ich vernichtende Blicke zuwarf, wenn ihre eigenen zu lange auf mir weilten. Ich nahm das wenige Geld aus der Kasse – das man mir, so fand ich, für meine jahrelange Plackerei schuldete – und kaufte mir eine Busfahrkarte. Als ich schließlich in New York ankam, hielt ich es nicht für notwendig, meinen Namen zu ändern. Die Stadt war groß, und ich wusste, dass keiner nach mir suchen würde.

Und so verschwand ich. In einer Pension mit einem Dutzend anderer Frauen. Frauen, die vor ihren gewalttätigen oder gleichgültigen Ehemännern geflüchtet waren. Oder Frauen, die sich einfach mehr von ihrem Leben versprachen. Die ersten Wochen durchforstete ich die Zeitungen auf der Suche nach einer Todesanzeige. Wenige Straßen von meiner Unterkunft entfernt führte ein winziger Zeitungskiosk das Lokalblatt von Bennington. Tag für Tag marschierte ich dort vorbei, mit in der kalten Morgenluft zitternden Schultern. Jedes Mal war ich sicher, dass ich in dieser Ausgabe die Anzeige entdecken würde, auf die ich so sehnsüchtig wartete und vor der ich mich so sehr fürchtete. Nach einer Woche erschien dann die Anzeige für Thomas Stowell. Die Länge des Nachrufs schien unterstreichen zu wollen, dass er aus einer angesehenen, großen Familie stammte. Als würde eine derartige Herkunft verlangen, dass die Öffentlichkeit von seinem Ableben erfuhr. Ich wartete auf eine ähnliche Anzeige für Alice, doch sie tauchte nicht auf. Während die Tage vergingen und der Kioskbesitzer mich schon mit der Zeitung in der Hand erwartete – in der irrigen Annahme, dass sie einem Mädchen Trost spendete, das in der großen, neuen Stadt Heimweh hatte –, begann ich, die ausgleichende Gerechtigkeit zu spüren. Dieses ewige Warten war mein Schicksal, meine Strafe. Es strukturierte meine Tage. Meine anonymen Schritte von der Pension am Zeitungsstand vorbei zur Arbeit und wieder zurück waren alles, worauf ich noch hoffen konnte. Eine Zeit lang redete ich mir ein, dass ich es schaffen könnte. Dass ich so weiterleben könnte. Unsichtbar in der kalten grauen Leere dieser Stadt, dem perfekten Deckmantel, um meine Monstrosität vor der Welt zu verbergen.

Doch dann, eines Tages, begegnete ich ihr: Alice' Vormund, Tante Maude. Sie stieg aus einem Taxi, nicht mehr als fünf Meter von mir entfernt, in einem schicken Kleid, das aussah, als würde es mehr kosten, als ich in einem Jahr verdiente, die Frisur gepflegt und teuer. Obwohl ich sie noch nie zuvor getroffen hatte, erkannte ich sie sofort von den Bildern, die Alice in unserem Zimmer aufbewahrt hatte. Ich trat auf sie zu, da ich in dem Moment das Bedürfnis hatte, jemandem nahe zu sein, der Alice einmal nahe gewesen war. Ich schlang den abgetragenen Mantel fester um mich und hoffte, dass er das noch tristere Kleid verbergen würde, dessen Stoff vom vielen Tragen so fadenscheinig war, dass man stellenweise hindurchsehen konnte.

»Ms. Shipley!«, rief ich.

Alice' Tante drehte sich um, musterte mich kurz und zog missfällig die Mundwinkel nach unten. »Ja?«, fragte sie kurz angebunden.

»Ms. Shipley«, wiederholte ich und setzte ein Lächeln auf. »Ich dachte mir schon, dass Sie es sind.« Ich überging das leichte Stirnrunzeln in ihrem Gesicht, während sie – vergeblich – versuchte, mich einzuordnen. »Ich bin mit Ihrer Nichte, Alice, aufs College gegangen.« Zum ersten Mal seit Monaten sprach ich ihren Namen wieder laut aus, und er blieb mir fast in der Kehle stecken.

Maude Shipleys Miene änderte sich sofort, als der Name ihrer Nichte fiel – doch sie entspannte sich nicht, wie ich bemerkte. »Ach ja?«, sagte sie. »Dann werde ich sie von Ihnen grüßen.«

Und mit diesem einen Satz, diesem einen Versprechen, änderte sich alles.

Ich kam später zu dem Schluss, dass meine zufällige Begegnung mit Tante Maude ein Zeichen gewesen sein musste. Ein Zeichen, das nicht übergangen werden durfte. Ein Zeichen, das danach verlangte – nein, förmlich danach *schrie* –, von mir beachtet zu werden. Da spürte ich, wie der Faden – der Faden, der Alice und mich verband – sich zu spannen begann. Unsere Geschichte war noch nicht vorbei. Sie wurde noch immer weitergeschrieben. Als dann später die Dunkelheit, die mich während meiner Zeit in New York umgeben hatte, allmählich verschwand und meine kleine, traurige Regenwolke sich endlich verzog, kam ich zu dem Schluss, dass es Schicksal sein musste. Ich trat auf Tante Maude zu.

»Was für ein glücklicher Zufall, dass ich Sie treffe. Ich habe schon versucht, Alice' aktuelle Adresse herauszufinden – wegen eines möglichen Treffens ehemaliger Studentinnen –, doch das ist mir nicht gelungen. Ich nehme an, dass sie nicht mehr unter ihrer alten Adresse wohnt, oder? Der Adresse in London?«

»Wie war noch mal Ihr Name, meine Liebe?«, fragte sie und zog die Augenbrauen hoch. »Den haben Sie, glaube ich, noch nicht erwähnt.«

»Oh, wie töricht von mir«, sagte ich, und meine behandschuhte Hand schnellte zu meinem Hals. »Entschuldigen Sie bitte, Ms. Shipley. Ich bin Sophie. Sophie Turner«, erwiderte ich und benutzte den Namen einer Kommilitonin, die am Ende des Flurs gewohnt hatte. Eine unscheinbare Person, mit der die meisten anderen Mädchen nur deshalb gesprochen hatten, weil sie wussten, wer und wie wohlhabend ihre Eltern waren. Ich hatte mich in Bezug auf einige meiner ehemaligen Mitstudentinnen auf dem Laufenden gehalten, meine Quellen im Verlag und in der Zeitung genutzt, um ein bisschen nachzuforschen. Neidvoll hatte ich von ihren Errungenschaften und Plänen gelesen. Daher wusste ich auch, dass Sophie Turners Leben eine etwas enttäuschende Wendung genommen hatte. Sie hatte zwar geheiratet, aber keine besonders gute Partie gemacht. Sie lebte im Süden – in einem Bundesstaat, von dem ich hoffte, dass ich seine Grenze nie überqueren würde – in einer Stadt, deren Name einem leicht über die Lippen ging, den man aber genauso leicht wieder vergaß. Ich wusste aus eigener Erfahrung, dass sie kein Mädchen war, an das man sich aufgrund ihres Aussehens erinnerte. Doch ihre Familie war ein Begriff. Diesen Umstand hatte ich mir mitunter zunutze gemacht. Zum Beispiel, wenn ich mir einen Drink in einer Bar bestellte oder gelegentlich in einem Hotel übernachtete. Stets lächelte man mich an und nickte. Man stellte keine Fragen. Doch dann gerieten die Turners in eine finanzielle Notlage – ich hatte mir nicht die Mühe gemacht, die Details in Erfahrung zu bringen –, sodass das Personal in Hotels und Bars eher zögerlich war, ohne garantierte Zahlungsart ein Zimmer zu buchen oder ein Getränk zu servieren. Trotzdem gebrauchte ich weiterhin den Namen, wenn ich dachte, er könnte mir nützlich sein. Als ich nun vor einer Frau stand, die all das verkörperte, wofür der Name Turner einmal gestanden hatte, dachte ich erneut, er könnte mir nützlich sein.

Als ich den Namen erwähnte, begann Maude zu lächeln – wenn auch noch immer etwas angespannt –, und sie erzählte mir von Alice' Ehemann und von Tanger. »Ich bedaure es zum Teil, die beiden bekannt gemacht zu haben«, gestand sie, und die Falte zwischen ihren Augen grub sich noch tiefer in ihr Gesicht. »Aber wie um alles in der Welt hätte ich wissen können, dass er mit ihr nach Afrika zieht?« Maude war sich weder sicher, ob ihre Nichte glücklich war, noch ob Alice' Ehemann sie des Geldes wegen geheiratet haben könnte. »Können Sie sich ein Mädchen wie Alice an einem Ort wie Tanger vorstellen?«, fragte sie.

Diese Worte gaben letztlich den Ausschlag für meine Entscheidung.

Maude zog ein kleines Notizbuch aus ihrer Handtasche, dessen Einband mit einem an viktorianische Tapeten erinnernden Pflanzenmuster verziert war. Sie zog den goldenen Stift aus seiner Lasche und schrieb die Adresse auf ein Stück Papier. Als ich danach griff und es in meine Manteltasche steckte, zitterte meine Hand.

Gleich am nächsten Tag hob ich mein Mietgeld vom Konto ab und stellte mich in die Schlange des Fahrkartenschalters der Reederei Cunard, um eine Fahrt über den Atlantik zu buchen.

Wir waren fast fünfzehn Minuten spazieren gegangen, ohne dass einer von uns ein Wort gesagt hatte. Zuerst schrieb ich seine Schweigsamkeit den Temperaturen zu, denn obwohl die Sonne bereits untergegangen war, herrschte noch immer eine drückende Hitze, die auf meinen Hinterkopf brannte. Meine Bluse klebte an mir, der Stoff unter den Achseln war feucht, sodass ich meinen eigenen Schweiß riechen konnte. Ich fragte mich, ob er genauso unter der Hitze litt, doch sie schien ihm nie etwas auszumachen. Vielleicht war das aber auch nur eine Täuschung wie so vieles in seinem Leben. Oder vielleicht war er nach gestern Abend noch immer bestürzt. Ich fragte mich, ob das der wahre Grund war, weshalb er den Blick nach vorn richtete, auf die Straße. Scheinbar auf alles und jeden, nur nicht auf mich.

Schließlich begann er dann doch noch zu sprechen.

»Ich weiß, dass du uns gesehen hast.« Seine Stimme klang weder freundlich noch drohend, die Worte ohne Emotion, als wollte er abwarten, wie ich reagierte.

Ich drehte mich zu ihm. »Dich und Sabine.«

In Johns Gesicht blitzte Erstaunen auf. Er hatte nicht damit gerechnet, dass ich ihren Namen wusste. Und ich fragte mich, was er wohl gesagt hätte, wenn ich geschwiegen hätte. Ob er dann versucht hätte, die Sache zu verharmlosen und Sabine als eine Kollegin oder die Ehefrau eines Freundes auszugeben – denn das hätte er bestimmt an jenem Tag in der Kasbah gemacht.

»Ich werde dich nicht fragen, wie du ihren Namen herausgefunden hast«, sagte er. Seine Lippen umspielte wieder dieses spöttische Lächeln, doch dieses Mal wirkte es halbherzig. Als könnte er nicht mehr genügend Energie für derartige Heucheleien aufbringen. »Natürlich bin ich überrascht, doch du scheinst ziemlich einfallsreich zu sein.« Er räusperte sich. »Hast du es Alice gesagt?«

Ich antwortete nicht auf seine Frage. »Ich werde bald abreisen«, sagte ich stattdessen lächelnd. »Und Alice will mitkommen.«

Ich bemerkte die Veränderung in seiner Miene. Bemerkte, wie er die Augenbrauen zusammenzog – kein Stirnrunzeln, keine offenkundige Missbilligung. Eher Bestürzung, fand ich. War er wirklich so naiv zu glauben, dass Alice ihn nach einem derartigen Fehltritt nicht verlassen würde? Wir gingen weiter auf unser Ziel zu, und ich rückte fast instinktiv von ihm ab, sodass ein kleiner Abstand zwischen uns entstand. Ich fragte mich, wie er reagieren würde. Ob er gewalttätig werden oder ob er zu weinen anfangen und mich bitten würde, meine Meinung zu ändern. Ich war mir nicht sicher, was mir mehr missfallen hätte. Langsam setzten wir einen Schritt vor den anderen, und die Dunkelheit brach schnell herein, sodass unser Ziel bereits schwieriger auszumachen war. Die Lichter der Medina lagen weit hinter uns.

»Du hast es ihr also erzählt?«, fragte er, doch seine Stimme klang weder ängstlich noch besorgt. Stattdessen schien es fast so, als wäre er amüsiert. Als wäre der Gedanke, dass ich Alice seine Untreue verraten hatte, belanglos. Als ließe sich die Sache einfach unter den Teppich kehren.

»Das war nicht nötig, John«, sagte ich und hielt kurz inne. »Sie hat es bereits gewusst. Sie hat es selbst herausgefunden.«

Er schwieg einen Augenblick und nickte, als wollte er das, was ich gesagt hatte, auf diese Weise sacken lassen. »Ja, das habe ich mir schon fast gedacht, denn schwer von Begriff ist sie ja nun mal nicht, was?«, sagte er mit einem kurzen Lachen, aus dem sein Unbehagen sprach.

»Nein, ist sie nicht.« Ich schluckte den bitteren Geschmack in meinem Mund hinunter. »Und, was wirst du jetzt machen?«

Er sah mich an. »Inwiefern?«

»Na, was Alice betrifft.« Ich hielt kurz inne. »Du erwartest doch sicher nicht, dass sie bei dir bleibt. Nicht nach dieser Geschichte.«

Er lachte wieder – dieses Mal ein ehrlicheres, authentischeres Lachen. »Wieso sollte sie nicht bei mir bleiben?«, fragte er. »Immerhin war das alles die Idee ihrer Tante. Sie und meine Mutter waren ganz erpicht darauf, uns bekannt zu machen. Auch wenn ich nicht Tante Maudes Lieblingsschwiegerneffe bin, habe ich ganz gute Karten, denke ich. Andernfalls müsste sie sich nämlich selbst um Alice kümmern oder jemand anders dafür engagieren.«

Ich wandte mich ihm zu und geriet beim Gehen kurz ins Stocken.

Er musste meine Verwirrung bemerkt haben, selbst in der Dunkelheit, denn er sprach weiter. »Alice wird nirgendwohin gehen, Lucy. Ich denke, das weißt du. Denn abgesehen von all den familiären Bindungen gehören wir einfach zusammen. Zwischen uns herrscht – wie nennst du das? Eine Symbiose. Ist das nicht eine deiner hochtrabenden Bezeichnungen dafür? Wir brauchen uns gegenseitig, Alice und ich. Hast du das noch nicht begriffen? Ich brauche ihr Geld – na ja, vielleicht nicht *brauchen*. Vielleicht ist schätzen das passendere Wort«, lachte er. »Und sie braucht jemanden, der sie vor der Klapse bewahrt.«

Ich blieb stehen. Wir hatten unser Ziel erreicht. Ich sah selbst in der Dunkelheit, dass er sich umschaute, um die Umgebung zu erfassen. Er erkannte den Ort nicht, woraus ich schlussfolgerte, dass er noch nie da gewesen war. Das freute mich. Das würde die Sache einfacher machen.

John war das Problem. Zu diesem Schluss war ich gekommen, als ich im Café Tingis gesessen hatte. Er war der patriarchalische Kopf, den es galt abzutrennen. Der Drache, den es galt zu erschlagen, um die Heldin zu retten. Ich konnte nicht mit ihm konkurrieren, genauso wenig wie ich mit Tom hatte konkurrieren können, nicht wirklich – die Welt gab mir deutlich zu verstehen, dass das unmöglich war. Ich war ihnen in allem überlegen, außer in einem. Ich musste sie lediglich besiegen, damit auch Alice das erkannte. Damit auch sie erkannte, dass nicht diese Männer ihre Zukunft waren, sondern ich. Ich spürte die Beharrlichkeit, die durch die Luft pulsierte. Die Tage der Unterdrückung, die Tage der Unterwerfung, die die Marokkaner hatten erdulden müssen, neigten sich dem Ende zu. Und in mir breitete sich das Gefühl aus, dass auch für mich und für Alice ein neues Zeitalter anbrach.

»Sie wird mit mir kommen«, sagte ich mit tonloser, gleichbleibender Stimme. »Sie wird erkennen, dass es die richtige Entscheidung ist.«

»Lucy«, sagte er, und in seiner Stimme lag so etwas wie Verärgerung. Seine Wut loderte immer mehr auf, angefacht von meiner Beharrlichkeit, von meiner Entschlossenheit. »Eigentlich ist Alice diese Geschichte mit Sabine egal«, fuhr er gehetzt fort. »Andernfalls hätte sie nämlich schon längst etwas gesagt oder getan, nicht?«

Ich hatte Mühe, die Sprache wiederzufinden. »Sie hat Angst vor dir.«

»Nein, Lucy«, entgegnete er lachend. »Sie weiß einfach, dass eine Frau wie sie keine besseren Alternativen hat.«

Der Moment war gekommen, ich spürte es – ich atmete derart stoßartig, dass es mir wehtat. Dass jeder Atemzug mühsam und schmerzhaft war. »Das hier ist mein Lieblingsort in Tanger«, sagte ich und schob das Gefühl beiseite. »Direkt unter dir sind Gräber.« Ich hielte kurz inne und drehte mich zu ihm. Meine Stimme bebte, so aufgewühlt war ich. »Alice *wird* mit mir kommen, John. Sie wird dich verlassen. Das hat sie mir schon in Chefchaouen gesagt. Das ist beschlossene Sache. Du hast es bloß noch nicht begriffen, weil du nicht clever genug bist.«

Er stürzte sich auf mich, sodass ich überrascht das Gleichgewicht verlor und auf den harten, staubigen Boden fiel. »Du Miststück!«, zischte er. Ich krabbelte von ihm weg und richtete mich auf, damit er sich nicht über mich erheben konnte. Sein Gesicht war in der Dunkelheit nicht klar zu erkennen. Doch ich stellte es mir vor. Wutentbrannt, rot. Seine Wut erschien absurd. Er hatte Alice gehabt und sie für diese andere Frau sausen lassen. Ich glaube, dass es das war – der Gedanke an seinen Verrat –, der mich endgültig zu der Überzeugung brachte, dass es das Richtige war.

Das einzig Richtige.

John hatte Alice völlig beherrscht und es ihr unmöglich gemacht, selbstständig zu leben. Sie würde es auch nicht können, solange er lebte. Es gab nur eine Möglichkeit, um sie zu befreien und sicherzustellen, dass sie nicht für immer und ewig an ihn und an diesen Ort gebunden sein würde. Ich dachte daran, wie sehr John Tanger liebte, und begriff, dass er recht hatte. Alles änderte sich, alles verschob sich. Tanger – wir alle – würden nie wieder so sein, wie wir einmal gewesen waren. Ich wusste, dass er für immer dableiben würde, wenn er könnte. Hier, in dieser Stadt – seinem Tanger –, so, wie sie gerade war.

Als ich das erkannt hatte, war der Rest erstaunlich einfach.

III

11

ALICE

Als ich an jenem Morgen aufwachte, dachte ich einen seltsamen, wunderschönen Augenblick lang, dass ich wieder in Neuengland war. Ich konnte den eisigen Wind spüren, der in den Wintermonaten wehte, und die kalte, reine Luft riechen, sodass ich mich noch tiefer unter meine Bettdecke grub. Doch dann änderte sich, verkehrte sich dieser euphorische Zustand in sein Gegenteil und wurde durch wachsenden Druck und Unbehagen ersetzt. Diese Erkenntnis zog mich nach unten, immer weiter nach unten, bis ich nicht mehr zurück nach oben fand. Mein Magen schmerzte, ich strampelte und krallte mich fest, doch es nutzte nichts. Ich war wieder in Vermont, aber es war nicht mehr der atemberaubende, nostalgische Ort. Jetzt herrschte dort Dunkelheit. Etwas Großes und Unkontrollierbares drohte, mich erneut in den Klammergriff zu nehmen. Dann sah ich Tom. Er lag im Schnee, die makellose weiße Schneedecke verfärbte sich langsam tiefrot. Ich trat näher heran. Nein, es war gar nicht Tom, stellte ich fest. Es war John. Er lag still und regungslos da – tot. Und plötzlich wusste ich es. Wusste ich, dass …

Ich setzte mich ruckartig auf.

Jemand klopfte an die Haustür.

Noch immer benommen von dem Traum, drehte ich mich zu John, um herauszufinden, ob er das Klopfen ebenfalls gehört hatte. Seine Seite des Bettes war leer. Da erinnerte ich mich an den Abend – an die Bar, an den Kif, an die Drinks und daran, dass er anschließend nach Fez verschwunden war. Ich machte ihm deswegen keine Vorwürfe. Dieser Fluchtimpuls gehörte offensichtlich zu den wenigen Dingen, die uns miteinander verbanden. Schließlich hatte ich mich auch aus dem Staub gemacht, war nach Chefchaouen gefahren und hatte ihn zu Hause warten lassen. Da war es wohl an mir, jetzt ebenso zu warten, dass er müde und in der tiefen Erkenntnis, unserem gemeinsamen Leben nicht entfliehen zu können, aus Fez zurückkehrte.

Ich holte tief Luft und versuchte, mein Herz dazu zu bringen, langsamer zu schlagen, versuchte, den Schweiß auf meiner Haut zum Trocknen zu bringen. Doch ich hatte weiterhin das Bild eines blassen, regungslosen John vor Augen.

Es schien eine Ewigkeit her zu sein, dass ich ihn das letzte Mal gesehen hatte.

Nach unserem Abend in der Stadt hatte ich den Vormittag im Bett verbracht, um einen schrecklichen Kater auszukurieren. Deshalb wusste ich nicht genau, wann er nach Hause gekommen war und ob er die Nacht in unserem Bett oder auf dem Sofa im Wohnzimmer verbracht hatte. Ich war wach geworden, als er sich in der Küche sein Frühstück machte, das immer aus dem Gleichen bestand. Einem gekochten Ei, einem Stück *Msemmen* und einer schnellen Tasse Tee. Später hörte ich das Telefon klingeln – Charlie, vermutete ich, und erinnerte mich daran, dass er mit ihm nach Fez fahren wollte. Kurz darauf fiel die Tür ins Schloss.

Danach horchte ich auf Geräusche von Lucy, die darauf hindeuteten, dass sie packte und die Wohnung verließ – doch da war nichts, nur Stille. Ein paar Stunden später ging ich auf Zehenspitzen an ihrer Tür vorbei – nach dem Licht zu urteilen, das mit einer Hartnäckigkeit auf die Wände fiel, als würde es sich ans Leben klammern, war es wohl später Nachmittag – und wagte einen kurzen Blick in ihr Zimmer. Es war leer. Ich atmete aus und verspürte so etwas wie Erleichterung, als ich in mein Schlafzimmer zurückkehrte und wieder unter die Bettdecke kroch. Ich freute mich, den Tag von der Behaglichkeit meines Bettes aus verstreichen lassen zu können, und war mir sicher, dass mein Leben nun endlich wieder in seine gewohnten Bahnen geraten würde. Das Bewusstsein darüber, dass Lucy gegangen, John in Fez und ich wieder allein war, hatte etwas Beruhigendes.

Als die Abenddämmerung hereinbrach, wachte ich auf. Ich konnte nicht mehr schlafen und stand eine Weile am Fenster. Ich blickte auf Tanger. Auf die Stadt, die irgendwie mein Zuhause geworden war, und ich fragte mich in der Stille, ob ich sie je lieben könnte. Ob ich wirklich jemals glücklich werden könnte, wenn ich dabliebe, zusammen mit John. Unser Leben war schon jetzt so anders, als ich es mir vorgestellt hatte. Und nun, da Lucy weg war, nun, da diese Sache endlich vorbei war, wusste ich nicht, was das für mich und John bedeuten würde. Ob wir in der Lage sein würden, in diese Normalität zurückzugleiten, die wir uns gemeinsam erschaffen hatten – ob wir das überhaupt wollten.

Dann hatte ich mich wieder hingelegt, es war noch früher Abend. Ich hatte die in meinem Kopf herumschwirrenden Gedanken zum Schweigen bringen wollen, wenn auch nur für kurze Zeit.

Das Klopfen wurde lauter.

Ich schlang den Morgenrock fester um mich und eilte über den Flur. »Komme!«, rief ich, und meine Tritte hallten auf den kühlen Fliesen wider. Ich griff nach dem Messingknauf und war mir bereits sicher, dass John vor mir stehen würde, zurück von seiner Spritztour mit Charlie. Wahrscheinlich schmollend, weil er während seines Abenteuers seinen Schlüssel verlegt hatte und sich jetzt nach einem Bad und einer Tasse Tee sehnte. Die Vertrautheit brachte mich zum Lächeln, und da ich das Bild des regungslosen John unbedingt aus meinen Träumen vertreiben wollte, öffnete ich die Tür.

Es war nicht er.

Stattdessen stand ein mir unbekannter Mann da, seinen Hut in den Händen. Er war groß, seine Gestalt füllte die Tür aus. Sein Körper schien sich jedes Mal aufzublähen, wenn er atmete. Eine Narbe verlief durch seine Augenbraue, sodass ein Stück fehlte und die Haut an dieser Stelle so hell schimmerte, als würde sie in der Dunkelheit angestrahlt.

Ich runzelte die Stirn, spähte in den in dämmriges Licht getauchten Hausflur und versuchte, den Mann einzuordnen.

»Entschuldigen Sie bitte die frühe Störung, Alice«, begann er, und sein Akzent verriet, dass er ein Landsmann war.

Ich stutzte beim Klang meines Namens. »Ja?«, fragte ich und bedauerte, dass meine Stimme so schwach und zögerlich klang.

»Ich suche Ihren Mann. Er ist gestern nicht im Büro erschienen. Und auch heute nicht.« Er hielt inne und schielte über meine Schulter hinweg in die Wohnung hinein. »Wie Sie sich wahrscheinlich denken können, machen wir uns deshalb ein wenig Sorgen.«

»Oh«, sagte ich und spürte Erleichterung in mir aufsteigen, als mir klar wurde, dass nur ein beunruhigter Arbeitskollege in der Haustür stand und kein Polizist in Zivil, um mir schlechte Neuigkeiten zu überbringen, die meinen Albtraum vom Morgen hätten wahr werden lassen. »Er ist nicht da. Also ich meine, nicht in Tanger. Er ist mit seinem Freund, Charlie, nach Fez gefahren«, antwortete ich und lächelte ihn zaghaft an.

Der Mann runzelte die Stirn. »Wann haben Sie ihn zuletzt gesehen?«

»Er hat gestern Nachmittag die Wohnung verlassen, nach dem Frühstück«, sagte ich und beachtete nicht das Kribbeln in meinen Fingerspitzen. »Darf ich fragen, worum es geht?«

»Aber Sie haben ihn gesehen?«, hakte er nach, ohne auf meine Frage einzugehen. »Gestern, meine ich, bevor er gefahren ist.«

»Nein«, gab ich zu, und das Wort kam mir nur langsam über die Lippen. »Wir waren am Abend zuvor ausgegangen, und ich habe am nächsten Morgen ziemlich lange geschlafen, sodass ich mich nicht von ihm verabschiedet habe.« Mir erschien es wichtig, diesem Fremden, der da vor mir stand und mich taxierte, zu erklären, wie es sein konnte, dass ich über die Aktivitäten meines Mannes nicht im Einzelnen Bescheid wusste.

Der Mann blickte wieder in das Innere der Wohnung. »Aber er war hier bei Ihnen, anschließend?«

Ich runzelte die Stirn. »Ich habe geschlafen, als er nach Hause kam.«

»Wie können Sie dann wissen, dass er nach Hause gekommen ist?«

»Ich habe ihn gehört«, sagte ich trotzig. Doch dann fragte ich mich, was ich da tatsächlich gehört hatte. Ob es überhaupt John gewesen war, der sich tags zuvor das Frühstück gemacht hatte. Mein Magen zog sich zusammen, und ich befürchtete einen Augenblick, dass mir schlecht werden würde. »Er war es.«

Der Mann lächelte, doch sein Gesichtsausdruck ließ mich noch mehr in die Wohnung zurückweichen. Mir fielen die vielen Andeutungen von John ein, die seine geheimnisvolle Arbeit betrafen. Oft hatte ich mich über seine Geschichten lustig gemacht und sie für Übertreibungen gehalten, genährt von Unsicherheit und Stolz, da er außer seinem Namen nichts hatte, woran er sich hätte festhalten können. Doch jetzt beschlich mich der Gedanke, dass diese Geschichten vielleicht doch einen Funken Wahrheit in sich trugen, und ich fragte mich, was das in Bezug auf den Mann, der da vor mir stand, bedeuten könnte.

»Ist irgendetwas Ungewöhnliches passiert?«, fragte er, ohne auf meine Erklärung zu reagieren. »In jener Nacht, meine ich?«

»Nein, natürlich nicht«, erwiderte ich, erstaunt über die Frage. »Es ist überhaupt nichts passiert.« Dann dachte ich an Lucy, an unseren Streit, und mir stockte der Atem. Ich war mir sicher, dass er es bemerkt hatte, denn er kniff die Augen leicht zusammen. Doch als ich nichts mehr sagte und ein paar Sekunden des Schweigens vergangen waren, nickte er, bedankte sich dafür, dass ich mir Zeit genommen hatte, und drehte sich um, als wolle er gehen.

Ich schloss langsam die Tür. Mittlerweile wünschte ich mir nichts sehnlicher, als dass dieser Mann wieder verschwand, doch dann hielt er in der Bewegung inne, das Gesicht konzentriert und angespannt. »Verzeihen Sie«, sagte er, »aber wann, haben Sie gesagt, hat er die Wohnung verlassen?«

Ich verschränkte die Arme vor der Brust. »Irgendwann am Nachmittag. Ich bin mir nicht ganz sicher. Vielleicht war es auch später Vormittag«, antwortete ich. Ich wusste nicht, wie lange ich am Tag zuvor tatsächlich im Bett geblieben war. Es war mir vorgekommen wie eine Ewigkeit und gleichzeitig wie ein paar Sekunden. Ich schüttelte den Kopf und betrachtete den Mann, der mein Gesicht mittlerweile konzentriert musterte. »Tut mir leid, ich weiß es nicht.«

Er runzelte die Stirn, als würde ihm meine Unsicherheit missfallen. »Ich verstehe«, sagte er. »Also, wenn Sie etwas von ihm hören, melden Sie sich bitte.« Er zog eine Visitenkarte aus der Tasche seines Anzugs.

Ich nahm die Karte, runzelte die Stirn und dachte wieder an den Traum. »Ist er … Ist etwas passiert?«

Er taxierte mich mit einem eigenartigen Blick. »Glauben Sie, dass etwas passiert ist?«

»Wie bitte?« Ich spürte, wie ich rot wurde. »Nein, ich dachte nur, ich meine, ich dachte, dass Sie andeuten würden …« Ich hielt inne und wartete, dass er etwas sagte. Doch er sagte nichts. Stattdessen zeigte er auf die Visitenkarte in meiner Hand. Dann wandte er sich endgültig ab, um zu gehen. »Warten Sie!«, sagte ich mit zitternder Stimme. »Sollten wir … Ich meine, sollte ich nicht die Polizei anrufen?«

Sein Gesicht entspannte sich, sodass die Narbe in seiner Augenbraue wieder auftauchte. Dann grinste er so breit, dass ich die Tür am liebsten auf der Stelle zugeschlagen hätte, ohne auf eine Antwort zu warten. »Dazu gibt es, glaube ich, keinen Grund«, erwiderte er leise und beschwichtigend. »Wir wollen nach den Geschehnissen der letzten Tage doch nicht die Einheimischen in unsere Angelegenheiten einbinden, oder?«

Trotz des eigenartigen Lächelns, das an seinen Lippen haftete, hörte ich den Nachdruck in seinen Worten, hörte ich die Drohung. Er drehte sich um. Als die Schritte sich entfernten, schloss ich die Tür.

John war also nicht in Fez. Er war nicht mit seinem Freund Charlie zusammen. Der Mann – ich war mir nicht sicher, ob er seinen Namen erwähnt hatte, er stand auch nicht auf der Visitenkarte, da war lediglich eine Telefonnummer – hatte bestimmt schon mit Charlie gesprochen. Ich überlegte, ob ich ihn anrufen sollte, nur um mich zu vergewissern. Doch dann fiel mir ein, dass ich gar nicht wusste, wie ich mit ihm Kontakt aufnehmen könnte. Ich hatte Charlie nur wenige Male getroffen, gelegentlich auf einer Party. Und da war ich überzeugt gewesen, dass er eigentlich nicht die geringste Ahnung hatte, wer ich war. Er wusste, dass John verheiratet war. Er wusste auch, dass er seine Frau nach Tanger mitgebracht hatte. Doch mein Name, mein Gesicht – beides waren ihm ein Rätsel, das er nicht unbedingt lösen wollte.

Ich ging ins Wohnzimmer an Johns Schreibtisch, den er selten nutzte und dessen Schubladen als Aufbewahrungsort für Unterlagen und Schreibutensilien dienten. John hatte Charlies Kontaktdaten bestimmt irgendwo aufgeschrieben. Ich durchforstete sämtliche Dokumente und ließ sie neben mich auf den Boden fallen, auf dem ich kniete, ohne mich um die Unordnung zu scheren, die dadurch entstand. Verzweifelt versuchte ich, etwas zu finden, irgendetwas, um das Bild von Johns leblosem Körper aus meinem Kopf zu vertreiben. Um zu verhindern, dass es Realität wurde.

»Was suchst du?«

Ich zuckte zusammen und rutschte mit meinen bereits lädierten Knien über den Holzboden. Lucy ragte über mir auf, das Haar offen, die langen Strähnen fielen auf die weiche weiße Bluse, die im Morgenlicht zu leuchten schien.

Sie lachte kurz auf. »Du bist viel zu leicht zu erschrecken, Alice.«

Ich blinzelte. Das war kein Streich, den das Licht oder mein Verstand mir spielte. Sie war noch immer da. Ich schüttelte den Kopf – das konnte nicht sein. Ich hatte sie gebeten – nein, ich hatte sie *aufgefordert* – zu gehen. Neulich abends. Ich erinnerte mich, wie ich sie, während sie schlafend im Bett lag, angestarrt hatte. Ich durfte meiner Angst nicht länger erlauben, mich vom Sprechen abzuhalten. Und so sagte ich es, ließ es schließlich heraus.

So war es.

»Lucy«, stieß ich hervor, »was machst du hier?« Genau die gleichen Worte hatte ich zu ihr gesagt, als sie in Tanger angekommen war. Mein Kopf fühlte sich schwer und benommen an – mein Verstand konnte nichts anderes erfassen als ihre Anwesenheit. Als das, was das möglicherweise bedeutete. Ich stützte mich mit den Händen ab, um aufzustehen, und spürte Sand unter meinen Fingerkuppen. »Ich habe dir doch gesagt, dass du gehen sollst.«

Lucy stieß ein kurzes Lachen aus. »Sei nicht albern, Alice! Wir waren müde, wir hatten ein bisschen zu viel getrunken.« Dann schüttelte sie leicht den Kopf. »Du musst dir keine Sorgen machen. Ich gehe nirgendwohin.«

Ich merkte, wie dieses allzu vertraute Gefühl der Angst tief in mir, tief in meinem Innern, an mir zog, an mir zerrte. Meine Glieder zitterten. Ich war mir sicher, dass ich zusammenbrechen würde, wenn ich auch nur einen Augenblick länger in ihrer Gegenwart bliebe. Ich drängte mich an ihr vorbei und ging – nein, rannte förmlich – in mein Schlafzimmer, in meine Schutzzone. Mit hektischen Fingern verriegelte ich fieberhaft die Tür.

Ich saß auf dem Boden in der Ecke des Schlafzimmers und wartete.

Sie hatte sich vorhin meinem Schlafzimmer genähert. Ich hatte die Holzdielen knarren hören, als sie sich vorbeugte zu meiner Schlafzimmertür, wahrscheinlich um nach mir zu horchen, so wie ich gerade nach ihr horchte. Dass unsere Handlungen derart deckungsgleich waren, ließ mich erzittern. Jetzt wanderte mein Blick suchend durch den Raum. Doch ich wusste nicht, wonach ich suchte – nach einem Ausgang, nach einer Falltür. Nach irgendwas, das mir die Flucht vor dem ermöglichen würde, was gerade um mich herum passierte. Diesem Albtraum, aus dem ich nicht erwachen konnte. Meine Augen erfassten das Telefon neben Johns Bett.

Diese Anschaffung war reiner Luxus gewesen. Wir hatten es nicht gebraucht. Ich hatte John erklärt, dass zwei Telefone in einem Haushalt absurd seien. Doch er hatte darauf bestanden und erwidert, dass er nicht jedes Mal aufstehen und in den Flur laufen wolle, wenn meiner Tante einfalle, uns anzurufen. Das war nur eine Ausrede, stellte ich schon bald fest. In Wirklichkeit diente dieses Telefon nur dazu, dass er vom Bett aus Besprechungen führen konnte, ich musste mich jedes Mal wegdrehen und mir ein Kissen auf die Ohren drücken, um die Geräusche auszublenden. Als ich jetzt zu dem Telefon kroch, dankte ich ihm im Stillen für seine Entscheidung. Ich verharrte augenblicklich in meiner Bewegung, wenn eine Diele unter dem Gewicht meines Körpers knarrte. Ich horchte und wartete, da ich mich vor den möglichen Folgen fürchtete, wenn Lucy begriff, was ich vorhatte. Als könnte sie meinen Plan erspüren. Als könnten meine Gedanken aus meinem löchrigen, unzuverlässigen Geist dringen und für sie sichtbar werden.

Ich griff nach dem Telefon, umfasste das kalte Bakelit und wählte die einzige Nummer, die ich mir je hatte merken können.

Als ihre Stimme erklang, umklammerten meine Finger den Hörer.

»Alice?«, fragte Tante Maude, und es klang einen Augenblick lang so, als wäre sie in meinem Zimmer und nicht Tausende Meilen entfernt. »Alice, was ist los? Was ist passiert?«

Ich fragte mich kurz, woher sie wusste, dass ich am anderen Ende der Leitung war und dass etwas nicht stimmte. Ob sie es irgendwie spüren konnte, trotz der Entfernung. Doch dann erinnerte ich mich an die Telefonistin und schüttelte beschämt den Kopf. »Ich rufe an wegen John«, begann ich. Sie wartete darauf, dass ich weitersprach. »Er ist ...« Ich zögerte.

»Was? Was ist er?«, fragte sie. Ihre Stimme, die normalerweise immer ruhig und gelassen war, hatte bereits einen schrillen, panischen Ton angenommen. Das Telefon schien davon zu vibrieren.

»Er wird vermisst«, schaffte ich es schließlich zu sagen, die Worte abgehackt, die Stimme brüchig. »Heute Morgen war jemand von seiner Arbeit da und hat sich nach ihm erkundigt. Ich habe ihm gesagt, dass John in Fez sei, zusammen mit seinem Freund Charlie ... doch jetzt bin ich mir nicht mehr sicher, ob das stimmt.« Ich holte tief Luft. »Der Mann meinte, dass ich nicht zur Polizei gehen solle. Doch ich glaube, dass etwas passiert ist. Und ich glaube ... Ich glaube, dass ich weiß, wer damit möglicherweise etwas zu tun hat.«

In der Leitung blieb es still.

»Tante Maude?«, flüsterte ich und befürchtete schon, dass ich mir ihre Stimme vor wenigen Augenblicken nur eingebildet hätte.

»Ja, Alice. Ich bin hier.« Dann trat erneut Stille ein. »Ich möchte, dass du mir genau zuhörst. Ich werde meine Sekretärin beauftragen, mir einen Flug nach Spanien zu buchen. Von dort aus nehme ich eine Fähre nach Marokko. Ich bin mir nicht sicher, wie lange es dauern wird, um alles zu organisieren, doch ich werde mich bemühen, bis Ende der Woche bei dir zu sein. Hast du mich verstanden?«

»Ja«, hauchte ich. »Vielen Dank, Tante Maude.« Da dachte ich an ihre starke, zuverlässige Art, an ihre verblüffende Fähigkeit, aus einem unübersichtlichen Chaos eine geordnete, strukturierte Angelegenheit zu machen, und Erleichterung erfasste mich, hüllte mich tröstend ein.

»Alice«, sagte sie, und ihre Stimme unterbrach meine Gedanken. »Ich möchte, dass du mir etwas versprichst.«

Ich nickte. »Ja, natürlich.«

»Ich möchte, dass du mir versprichst, nicht mit der Polizei zu sprechen. Du hast gesagt, dass sie noch nichts von Johns Verschwinden wissen. Deshalb will ich, dass du mir versprichst, es ihnen nicht zu melden.«

Ich nickte wieder, obwohl sie mich nicht sehen konnte. »Natürlich«, erwiderte ich. Ich wusste, dass es mir nicht schwerfallen würde, das Versprechen zu halten. Denn allein der Gedanke, ganz allein eine Polizeiwache zu betreten, gegen den Rat des Mannes mit der Narbe, um Johns Verschwinden zu melden und zu versuchen zu erklären, was alles passiert war, ließ mich erblassen. »Ich verspreche es dir, Tante Maude.«

»Gut«, sagte sie. »Und wenn die Polizei zu dir kommt, um dich zu befragen, wirst du ihnen sagen, dass du erst im Beisein deines Vormunds mit ihnen sprechen wirst.«

Ich nickte erneut. Meine Vormundschaft dauerte noch einige Monate an. Ihre Fesseln ärgerten mich mitunter gewaltig – ich sehnte mich danach, ein selbstbestimmtes Leben zu führen und nicht mehr wie ein Kind behandelt zu werden –, doch gerade war ich dankbar dafür, rechtlich noch immer an Maude gebunden zu sein. Obwohl sie meine Tante war, meine Familie, hatte ich immer eine Distanz zwischen uns gespürt. Eine Verlegenheit seitens meiner Tante gegenüber dem Mädchen, das sie nach dem Tod ihres Bruders hatte großziehen müssen. Sie hatte nie Kinder haben wollen. Auch wenn sie sich nie über ihre Pflichten als Vormund beschwert hatte, fragte ich mich häufig, ob es sie geärgert hatte, mich aufnehmen zu müssen. Ich schob meine Bedenken beiseite. Wir verabredeten, bald wieder miteinander zu telefonieren. Ich wollte den Hörer schon wieder auf die Gabel legen, als ich ihre Stimme noch einmal hörte. »Hat sich eigentlich deine Freundin bei dir gemeldet?«

Ich runzelte die Stirn. »Meine Freundin?«

»Ja. Wie war noch mal ihr Name? Ich habe ihn mir irgendwo aufgeschrieben.« Tante Maude hielt kurz inne, und ich glaubte, das Rascheln von Papier zu hören. »Ah ja, da. Sophie Turner. Ich bin ihr zufällig vor einigen Monaten in New York begegnet. Sie wollte mit dir Kontakt aufnehmen. Hat sie das gemacht?«

Meine Finger umklammerten das Telefon. Ich hatte nie ein Wort mit Sophie Turner gewechselt, als ich in Bennington gewesen war. Außerdem gab es nur eine Person, die wissen konnte, wie Tante Maude aussah. *Lucy*. Erst neulich hatte sie erzählt, dass sie in einem Verlag in New York gearbeitet hatte. Sie musste die vermeintliche Sophie Turner sein. Ich hatte mich schon gefragt, wie sie mich ausfindig gemacht hatte. Doch Lucy hatte schon immer Dinge bewerkstelligt, die andere nie hinbekamen.

»Alice?«

»Ja. Ja, das hat sie«, erwiderte ich. Meine Stimme senkte sich zu einem Flüstern. Ich sah mich im Zimmer um und war mir sicher, dass sie zuhörte. Ich konnte ihre Gegenwart förmlich spüren, ihren Atem, genau da, auf der anderen Seite der Tür. Und so warf ich schnell einen Blick über meine Schulter. Dann wandte ich mich wieder zum Telefon, das ich noch immer umklammert hielt.

Anfangs hatte ich Tante Maude vor Lucy warnen wollen. Hatte ihr erzählen wollen, dass sie in Tanger war, dass sich alles wiederholte – dass der Nebel sich aufgelöst hatte und dass ich mich an all das, was ich hatte vergessen wollen, wieder erinnern würde. Doch die Worte erschienen zu gefährlich, um sie laut auszusprechen, die Wände zu dünn, zu durchlässig. Ich machte mir Sorgen, dass selbst die Telefonverbindung nicht sicher war, dass sie manipuliert war. Immerhin gab es in Tanger Telefonistinnen. Vielleicht hatte sich Lucy mit einer davon angefreundet und sie überredet, ihr von sämtlichen Gesprächen zu berichten, die ich führte. Ich schüttelte den Kopf. Das war verrückt – trotzdem. Mir kam eine Idee. Wenn ich Tante Maude von Sophie Turner erzählen würde, eine Art Code für die wahre Lucy, dann ließe sich vielleicht später, wenn sie in Tanger war, alles einfacher erklären. Tante Maude wäre in der Lage, selbst zu erleben, wie hinterhältig Lucy Mason tatsächlich war, wie manipulativ, denn sie könnte sich nirgends verstecken.

Ich holte tief Luft. »Sie ist sogar hier.«

»Was? In Tanger?«, fragte meine Tante. Sie klang offenkundig überrascht und verwirrt. »Ich habe nicht gewusst, dass sie vorhatte, dich zu besuchen. Das hat sie nicht erwähnt.«

»Ja«, antwortete ich. »Ihr Besuch kam sehr plötzlich. Ich war auch ziemlich überrascht.«

Eine kurze Stille trat ein. »Na, dann bist du ja nicht ganz allein. Sophie wird für dich im Moment bestimmt eine große Quelle des Trosts sein.«

Ich kniff die Augen zusammen. »Ja, natürlich, Tante Maude.« Ich hasste es zu lügen. Hasste es, sie etwas glauben zu machen, das nicht stimmte. Doch es war notwendig, sagte ich mir.

»Mach dir keine Sorgen, Alice!«, sagte meine Tante, und ihre Stimme war wieder ruhig und gelassen. »Ich bin bald bei dir und kümmere mich um alles. Das verspreche ich dir.«

Ich dachte an ihre Worte damals in Bennington. Es war schon fast unheimlich, wie sehr sie denen ähnelten, die sie gerade gesagt hatte.

Meine Hand schwebte einige Augenblicke zitternd in der Luft, ehe ich den Hörer zurück auf die Gabel legte.

12

LUCY

Sie war eine Schwindlerin. Der Gedanke kam mir, als ich auf dem Bett lag, eine Zigarette zwischen den Fingern, deren heiße Asche auf das Laken zu fallen drohte. Es war eine eigenartige Vorstellung, und hinzu noch eine lächerliche, das war mir klar. Trotzdem spukte dieser Gedanke weiter in meinem Kopf herum, und ich erinnerte mich, wie sie mich vorhin angesehen hatte – als wäre ich eine Fremde. Als wäre ich jemand, den sie nicht kannte. Als wäre ich jemand, vor dem sie sich fürchtete. Bisher hatte ich ihre Worte und ihr Verhalten auf Johns Anwesenheit zurückgeführt, auf seinen Einfluss. Doch jetzt war er tot, jetzt gab es keine Entschuldigungen mehr.

Ich setzte mich auf. Asche rieselte auf meine Bluse, und ich klopfte sie unwirsch ab.

Vielleicht war das der Grund für ihr seltsames Verhalten. Sie wusste noch nicht, dass er tot war, wusste es noch nicht sicher. Vielleicht musste ich ihr nur sagen, was ich getan hatte – was ich für sie getan hatte –, damit alles wieder so sein würde wie früher. Doch dann zerrte etwas an mir, riss etwas an mir, und ich fragte mich, was dieses Wort, dieses *früher,* denn eigentlich bedeutete. Und wie viel früher es denn sein musste – vor John, vor Tom, vor all dem Wahnsinn, der sich wie ein Ring um uns geschlossen hatte.

Stimmengeräusch unterbrach meine Gedanken.

Ich schlich zur Tür und legte neugierig mein Ohr gegen den Rahmen. Es war eindeutig Alice' Stimme. Doch sie trällerte nicht wie am ersten Abend, sie murmelte nicht einfach etwas laut vor sich hin. Nein, es klang so, als wären ihre Worte in einem steten Fluss an jemanden gerichtet. Als wäre noch jemand da.

Dann begriff ich. Das Telefon.

Ich öffnete die Tür – erst zögerlich, sodass ich nur das Geräusch des sich drehenden Messingknaufs wie ein Klingeln in meinen Ohren hörte. Dann trat ich vorsichtig in den Flur und machte einen großen Schritt über die beschädigte Holzdiele, deren Oberfläche fleckig und verwittert war. Alice' Stimme war zwar jetzt klarer zu hören, aber noch immer gedämpft. Ich runzelte die Stirn und tappte barfuß zu ihrem Schlafzimmer. Jetzt war sie wieder stumm. Ich wartete, hielt den Atem an, und dann – ja. Ich hörte Alice, doch konnte ich noch immer nicht verstehen, was sie sagte. Eine Sekunde verging, dann noch eine. Meine Frustration stieg an. Dann erinnerte ich mich an das zweite Telefon im Wohnzimmer hinter dem Sofa. Ich zögerte nicht einen Augenblick, da ich befürchtete, dass das Gespräch vorbei sein könnte, wenn ich auch nur den Bruchteil einer Sekunde länger warten würde.

Ich nahm den Hörer von der Gabel und legte eine Hand über meinen Mund, damit Alice auf keinen Fall den Verdacht hegen könnte, dass ich mithörte. In der Leitung war es kurz still, und ich befürchtete schon, erwischt worden zu sein. Aber nein – ich erkannte Maudes Stimme –, sie sprach in einem traurigen Ton zu ihrer Nichte und wollte wissen, was los war. Wollte wissen, was passiert war.

Ich horchte gespannt auf Alice' Antwort.

John wurde vermisst. Das waren ihre Worte, sodass ich für einen Augenblick abgelenkt war, unfähig, der Unterhaltung zu folgen. Ich war verblüfft, dass sie es doch wusste. Dass sie es bereits gewusst hatte. Dann erwähnte sie einen Mann an der Tür. Er hatte nach John gesucht. Ich warf einen hastigen Blick zum Flur, als könnte dieser Mann noch immer da sein. *Welcher Mann?*, fragte ich mich. Ich hatte den Vormittag fast ausschließlich im Bett verbracht, aber ich schreckte normalerweise bei dem leisesten Geräusch auf, weil ich einen leichten Schlaf hatte. Doch ich hatte nichts Alarmierendes gehört, das auf die Anwesenheit einer weiteren Person in der Wohnung hingedeutet hätte. Als ich Alice vormittags im Wohnzimmer vorfand – die Augen weit aufgerissen, das Haar zerzaust und an den Kopf gedrückt –, wühlte sie gerade Johns Schreibtischschubladen durch, offensichtlich auf der Suche nach etwas. Wonach sie gesucht hatte, hatte ich nicht gewagt zu fragen.

Dann hörte ich sie die Worte flüstern: *Ich weiß, wer es getan hat.* Hörte, wie sie Sophie Turner erwähnte, und wusste sofort, dass sie meine Tarnung durchschaut hatte. Wusste sofort, was sie vorhatte, denn ich kannte Alice besser als sie sich selbst. Ich konnte ihre Handlungen und Reaktionen stets vorhersehen, noch bevor sie sich selbst darüber im Klaren war.

Ich sank auf den Boden, meine Finger krallten sich in den Berberteppich. Meine Nägel verfärbten sich weiß, so fest umklammerte ich die zerfransten Kanten. Ich blieb dort sitzen, außerstande, mich zu bewegen. Irgendwann bemerkte ich, dass die Haustür ins Schloss fiel. Dass Alice gegangen war. Dass die Telefonistin noch immer am anderen Ende der Leitung war.

»Miss? Sind Sie noch da? Miss?«

Ich saß noch immer auf dem Boden. Der Teppich scheuerte gegen meine Knie. Ich genoss das brennende Gefühl auf meiner Haut.

»Ja. Ja, bin ich«, antwortete ich, der Mund trocken.

»Hier ist noch mal die Vermittlung. Kann ich sonst noch etwas für Sie tun?«

Ich zögerte, aber nur den Bruchteil einer Sekunde.

»Ja. Könnten Sie mich bitte noch einmal mit der Nummer verbinden, die Sie zuletzt gewählt haben?«

»Dieselbe Nummer?«

»Ja, bitte.«

Ich wartete, hörte mehrfach ein Klicken in der Leitung und stellte mir vor, wie die Telefonistin an ihrem Pult saß und die Leitungen ein- und ausstöpselte, um das Telefon in Alice' Wohnzimmer mit einem Apparat zu verbinden, der weit entfernt war. Ich konzentrierte mich auf dieses Bild, strengte mich an, es mir gegenwärtig zu halten und an nichts anderes zu denken.

Es klingelte einmal, zweimal und dann ... »Alice?«

Ich wusste bereits, dass Maude am anderen Ende der Leitung sein würde, da ich erst wenige Sekunden zuvor ihre Stimme gehört hatte. Trotzdem war es jetzt etwas anderes. In meinem Handeln lag eine Endgültigkeit, die mich erschauern ließ, und ich zitterte am ganzen Körper trotz der glühenden Nachmittagshitze.

Ich beugte mich vor, um den Hörer wieder auf die Gabel zu legen. Doch dann verharrte ich in der Bewegung und nahm ihn zurück ans Ohr. »Ms. Shipley?«, begann ich zaghaft.

Eine kurze Stille trat ein. »Ja?«

»Ich bin es. Sophie Turner.«

»Sophie?« Ich hörte die Überraschung in ihrer Stimme.

»Ja. Es tut mir furchtbar leid, dass ich Sie auf diesem Weg kontaktiere, aber ich muss dringend mit Ihnen sprechen.« Ich legte eine Pause ein, hielt den Atem an und zählte still bis drei. »Es geht um Alice.«

Dieses Mal antwortete sie sofort. »Ist alles in Ordnung, Sophie?«

Ich bemühte mich, ein brüchiges Zittern in meine Stimme zu legen. »Nein. Nein, ich fürchte nicht«, flüsterte ich ins Telefon.

Ich musste mich beeilen, denn vor Alice' Rückkehr gab es noch eine Sache zu erledigen. Einen Anruf – einen, den ich nicht von der Wohnung aus machen konnte, sollte die Polizei je auf die Idee kommen zu versuchen, ihn zurückzuverfolgen. Ich war mir zwar nicht sicher, wie genau das möglich war, doch ich wusste, dass es Aufzeichnungen gab. Kleine Karten, die die Telefonistinnen verwalteten und auf denen protokolliert wurde, wer welchen Anruf angemeldet und wie lange der Anruf gedauert hatte. Es durfte keine Beweise für das Telefongespräch geben, das ich gleich führen würde. Nicht, wenn mein Plan aufgehen sollte.

Und so ging ich mit gleichmäßigen, sicheren Schritten die Straße entlang, in der Hoffnung, dass er aufgehen würde.

In der Hoffnung, dass der aus Verzweiflung und Hoffnungslosigkeit geborene Plan genügen würde. Denn ich hatte mit dieser Wendung nicht gerechnet, hatte sie nicht vorhergesehen – die Geschichte erfuhr gerade eine Korrektur, der ich nicht zugestimmt hatte und die mich schmerzte. Dabei war meine Version schon so perfekt ausgearbeitet gewesen, bis sie daherkam und sie auslöschte.

Die Telefonzelle stand am Ende der Straße, so wie ich es in Erinnerung hatte. Ich ging hinein und wartete einen Augenblick, bis das Knacken erklang und die Telefonistin sich meldete. Dann begann ich zu sprechen. Dabei ahmte ich Alice' Akzent nach. »Ich möchte gern mit der örtlichen Polizei verbunden werden.« Ich horchte. »Ja, ja, ich warte. Mein Name? Alice Shipley.«

Die Sache war erledigt. Jetzt gab es kein Zurück mehr.

Ich hängte ein. Meine Gedanken schwirrten hin und her. Innerhalb einer Stunde hatte sich alles verändert. Eigentlich schien es unmöglich, nahezu lächerlich, dass nur wenige Worte ein ganzes Leben auf den Kopf stellen konnten. Mein Verstand versuchte vergeblich, mit den Ereignissen Schritt zu halten und die Folgen zu verstehen, die ich gerade mit meinem Anruf in Gang gesetzt hatte. Aber nein, erinnerte ich mich. Ich hatte ja gar nichts in Gang gesetzt – das war sie gewesen. Alice.

Ich wollte aus der Telefonzelle treten, doch da stand eine Gestalt und versperrte mir den Weg. Youssef.

»Oh, bitte, lassen Sie mich einfach in Ruhe!«, murmelte ich und spürte plötzlich, wie brüllend heiß es in dem Glashäuschen war. Meine Bluse klebte am Rücken. »Wir haben uns nichts zu sagen.«

Er lächelte. »Aber ich möchte doch nur kurz mit Ihnen sprechen und versuchen, die Dinge zwischen uns wieder geradezubiegen.«

Ich sah ihn an und wusste, dass er das, was er da sagte, nicht meinte. Wusste, dass es da noch etwas gab. Einen anderen Grund, warum er jetzt auftauchte, warum er neulich abends aufgetaucht war. Ich wusste, dass unsere Begegnung nicht zufällig war. Er wollte etwas von mir – nein, es war mehr als das. Er dachte, dass er etwas bekommen könnte, etwas, das er vielleicht verdiente, das ich ihm vielleicht schuldete. Ich fragte mich, was das sein könnte. Fragte mich, wie das, angesichts der Ereignisse der letzten Stunden, überhaupt noch eine Rolle spielen könnte. Die Polizei würde bald eintreffen. Ich hatte also nicht viel Zeit, ich musste zurück in die Wohnung. Doch dann hielt ich kurz inne. Ich wollte noch ein paar Minuten, ein paar Stunden so tun, als wäre noch alles wie am Tag zuvor. Und so lehnte ich mich gegen den Rahmen der Telefonzelle und stimmte zu, obwohl ich wusste, dass das nicht besonders klug war. Obwohl ich wusste, dass ich die Fliege besser verscheuchen und das zu Ende bringen sollte, was noch zu Ende zu bringen war.

»Na gut«, sagte ich und überging sogar das gefährliche Lächeln auf seinem Gesicht.

Ich verdrängte die Bosheiten, die er neulich abends gesagt hatte, ging mit ihm am Café Hafa vorbei und folgte ihm durch eine der Türen der zahlreichen Häuser, die keine Hausnummern besaßen. Das war typisch für die Wohnungen, in denen die Einheimischen lebten. Ich stimmte schließlich sogar seiner lächerlichen Bitte um ein Porträt zu, nur weil ich in dem Moment wissen wollte, wissen musste, was hinter diesem Lächeln steckte. Ich war müde und wütend darüber, dass er an diesem Tag schon der Zweite war, der beschlossen hatte, mich hereinzulegen.

Ich betrat das Atelier. Überall standen Bilder herum, ungefähr ein Dutzend. Während ich herumschlenderte und sie still betrachtete, fragte ich mich, ob sie tatsächlich von Youssef stammten oder auch nur Teil seiner Fassade waren. Die Farben und Pinsel lediglich Requisiten auf einer Bühne, die Leinwände von einer anderen Hand fertiggestellt – von dieser Tochter, die John oder Alice einmal erwähnt hatte, wer von den beiden, daran konnte ich mich nicht mehr erinnern. Die Motive der Bilder waren zwar unauffällig, doch sie passten. Eine untergehende Sonne, ein blaues Meer, der Markt an einem belebten Tag. Alltag in Tanger. Die hellen, freundlichen Farben zerstreuten jedweden Gedanken, dass durch die Lebensadern dieser Stadt irgendetwas Widerwärtiges fließen konnte. Dreck und Schmutz waren aus den Bildern gefegt worden. Plötzlich war mir zum Lachen zumute.

Doch ein Bild weckte mein Interesse. Es zeigte mehrere Dächer, nichts Außergewöhnliches, aber die Leuchtkraft der Farben faszinierte mich. Vielleicht war es der breite Pinselstrich, oder es waren die kontrastierenden Farben – ich erkannte Wäscheleinen, die die Häuser miteinander verbanden und ein wirres Durcheinander bildeten, sodass es unmöglich war, Anfang und Ende der einzelnen Leinen auszumachen. Das Bild war scheußlich, es verstieß gegen sämtliche Regeln der Kunst – und trotzdem hatte es etwas Anziehendes. Etwas, das mich an Tanger erinnerte, so als wäre ich bereits nicht mehr da. Was immer es war, es ließ mich innehalten, und meine Finger legten sich auf seinen Rahmen.

»Das Bild ist wunderschön«, sagte ich.

Youssef nickte und führte mich zu einem Hocker in der Mitte des Raums, auf den ein Sonnenstrahl fiel. Seine Staffelei und seine Leinwand standen nur wenige Schritte entfernt. »Bitte«, sagte er.

Ich war dankbar für sein Angebot und setzte mich hin. Dankbar für die Gelegenheit, mich auszuruhen, meine Gedanken schweifen zu lassen. Nicht an all das zu denken, was in den letzten Tagen geschehen war und was noch geschehen würde. In der Stille des Raums begannen meine Lider sich zu senken. Ich spürte die Wärme der Sonne auf meinem Gesicht. Ich seufzte, und mein Körper entspannte sich.

»Wissen Sie«, sagte Youssef, und seine Stimme durchbrach die Stille, »ich habe Sie gesehen.«

Ich runzelte die Stirn, mein Verstand arbeitete noch immer langsam in der Hitze. Ich hatte nicht erwartet, dass er so schnell auf den Punkt kommen würde. »Sie haben mich gesehen?«, wiederholte ich und öffnete die Augen, um ihn anzusehen.

Sein Gesicht tauchte hinter der Leinwand auf, die Augen seltsam leuchtend. »Ja. Ich habe Sie neulich gesehen. Bei den Gräbern.«

Ich erstarrte. Meine Hände zuckten, doch es gelang mir, sie wieder unter Kontrolle zu bringen. »Sie meinen, mit meiner Freundin?«, antwortete ich und bemühte mich, gelassen zu klingen und ein Hauchen in meine Stimme zu legen, obwohl ich mittlerweile hellwach war. »Ja, ich bin mit ihr ins Café Hafa gegangen, um ihr die Aussicht zu zeigen. Ich dachte mir, dass ihr das gefallen würde.«

»Ja«, erwiderte er, »da habe ich Sie auch gesehen.«

Aha. Jetzt also rückte er schließlich mit der Wahrheit heraus – er war mir gefolgt, hatte mich beschattet wie ein tollkühner Detektiv in einem drittklassigen Film. Ich hatte Youssef scheinbar nicht genügend Beachtung geschenkt. Er war in den Hintergrund gerückt, eine Fliege, die es zu verscheuchen galt, deren Summen jedoch zurückkehrte, wenn ich mich an den Gesichtsausdruck erinnerte, damals, an jenem Abend, an dem ich ihn abgewiesen hatte. Seine Miene hatte Verärgerung gezeigt, aber auch noch etwas anderes. Wut. Große, tief sitzende Wut, nicht nur auf mich, sondern auf vieles mehr. Das wusste ich. Meine Gedanken rasten. Wenn er mir gefolgt war, dann bedeutete das – mir stockte der Atem –, dass er es *wusste*. Er wusste es und hatte beschlossen, mich damit zu erpressen.

»Ja«, fuhr er fort. Er sprach langsam, selbstsicher, ruhig – und bestätigte meinen Verdacht. »Ich habe Sie gesehen. Zusammen mit ihm.« Und dann fügte er noch einen Satz hinzu, nur um sicherzustellen, dass wir uns richtig verstanden. »Ich habe gesehen, was Sie getan haben.«

Ich rührte mich nicht. »Ich habe Geld«, erwiderte ich ruhig, als wäre es keine große Sache. Doch noch während ich die Worte sagte, dachte ich an mein fast leeres Konto.

Youssef nickte, aber er verzog das Gesicht dabei, als hätte ich ihn beleidigt – obwohl ich genau das gesagt hatte, was er von mir hatte hören wollen. Ich verstand seine Abscheu und seinen Hass. Und ich war bereit, ihm zu vergeben, angesichts seiner Situation. Ich war bereit, darüber hinwegzugehen, dass er gerade versucht hatte, *mich* hereinzulegen. Die einzige Person, die auf seiner Seite war und die ihn verteidigte. Trotzdem verstand ich seine Verzweiflung, verstand ich, was sie mit einem Menschen machen und wozu sie ihn bringen konnte. Wir beide, Youssef und ich, waren uns gar nicht so unähnlich. Doch dann dachte ich an das Geld. Ich knetete meine Hände so fest, dass die Nägel sich schmerzhaft in mein Fleisch gruben. Ich ignorierte den Schmerz, ignorierte, dass ich blutete. Eine Zahlung würde nicht genügen. Kein Geld der Welt würde ihm je genügen.

Nein – ich brauchte eine Lösung.

Und dann erinnerte ich mich daran, wie wir uns vor mittlerweile vielen Tagen kennengelernt hatten, draußen vor dem Cinéma Rif. Youssef glaubte, dass ich Alice hieß.

Es war damals, kurz nachdem ich in Tanger angekommen war, keine bewusste Entscheidung gewesen, mich mit ihrem statt mit meinem eigenen Namen vorzustellen. Das war nur einer Unsicherheit geschuldet gewesen, einer Vorsicht gegenüber dem Mann, der sich zu mir an den Tisch gesetzt hatte. Er war es gewohnt, Masken zu tragen. Und so hatte ich mir meine eigene Maske aufgesetzt, wie schon so viele Male zuvor. Mehr als dieses instinktive Gefühl hatte es nicht gegeben. Doch jetzt, jetzt erkannte ich die Vorteile, die sich dahinter verbargen. Ich hasste es, das zu tun. Mein ganzer Körper rebellierte bei dem Gedanken daran. Doch fiel mir wieder ein, dass mir nichts anderes übrig blieb. Dass ich in der Falle saß. Dass man mich in die Ecke gedrängt hatte und dass es jetzt nur noch ums Überleben ging – um mein eigenes Überleben. Alice und Youssef, sie beide, ließen mir keine andere Wahl.

13

ALICE

Nach dem Telefonat mit Tante Maude war ich erleichtert, sogar optimistisch, denn sie würde bald in Tanger sein. Würde alles wieder ins Lot bringen. Trotzdem hatte ich, als ich im Wohnzimmer stand und jeden noch so kleinen Gegenstand betrachtete, der John gehörte, ein schlechtes Gewissen, weil ich mich nur wenige Stunden zuvor gefragt hatte, ob ich überhaupt in Tanger bleiben sollte. Ob ich überhaupt bei ihm bleiben sollte. Das kam mir vor wie Verrat, ein Verrat, der weitaus schlimmer war als sämtliche Vergehen, die John je in seinem Leben begangen hatte. Dann verließ ich die Wohnung. Diesen Raum, der bis in den letzten Winkel von ihm durchdrungen war. Ich musste von dort weg. Ziellos wanderte ich durch die Straßen. Ich kam am Markt vorbei, den wir gemeinsam besucht hatten, ignorierte den penetranten Geruch von Leder und Fleisch, obwohl sich mir fast der Magen umdrehte. Ich spazierte an einem Café vorbei, das ich wiedererkannte und in dem wir gesessen und gelacht hatten. Ohne ein wirkliches Ziel vor Augen, erhöhte ich mein Tempo. Ich stolperte dabei über meine eigenen Füße und erkannte, dass jede Ecke, jeder Winkel dieser Stadt Erinnerungen an John barg. Es gab kein Entrinnen, egal, wohin ich lief.

Irgendwann bemerkte ich, dass ich beobachtet wurde.

Er war schlau, blieb unauffällig im Hintergrund, und so sah ich ihn erst nur aus den Augenwinkeln. Die breite Hutkrempe verdeckte sein Gesicht. Ich schüttelte den Kopf und sagte mir, dass ich aufhören sollte, mir etwas einzubilden. Doch dann tauchte er wieder auf. Es war der Mann, der morgens vor meiner Haustür gestanden hatte. Der Mann mit der Narbe. Er ging erst rechts und dann links von mir. Manchmal war er mir ein paar Schritte voraus. Er war stets darauf bedacht, dass ich ihn nicht – vollständig – sah. Er war schlau. Doch dann fiel mir ein, dass er das wohl sein musste, wenn er zusammen mit John für die Regierung arbeitete. Mein Herz begann, schneller zu schlagen, und ich fragte mich, was er von mir wollte. Was er glaubte, von mir erfahren zu können. Ich beschleunigte meine Schritte, bog in eine Gasse ab, dann in noch eine. Doch es nutzte nichts.

Ich konnte ihn nicht abschütteln.

Als ich zur Wohnung zurückkehrte, war ich außer Atem. Mein Herz pochte, und meine Hände zitterten, als ich nach dem Türschloss tastete. Ich betrat die Wohnung und ging durch den Flur zum Wohnzimmer. Mein zusammengebundenes Haar hatte sich während meines Spaziergangs durch die Stadt gelöst. Die Strähnen kitzelten mir im Gesicht, und so strich ich sie mit einer energischen Handbewegung weg, um mich von der lästigen Berührung zu befreien.

Ich blieb unvermittelt stehen.

Lucy saß da auf dem Sofa, doch sie war nicht allein. Neben ihr saßen zwei Polizisten, in die vertraute hellbraune Uniform gekleidet, diesen merkwürdigen Hut auf dem Kopf. Ihre Gewehre lehnten an einem der Bücherregale. Ich blinzelte und fragte mich, ob die Beamten wirklich da saßen oder ob ich sie mir nur einbildete.

»Alice«, begann Lucy mit besorgter Stimme, »die Polizei ist hier, weil sie Fragen zu John haben, zu seinem Verschwinden. Sie wollten mit dir sprechen, ich habe ihnen gesagt, dass ich nicht wüsste, wo du bist. Vielleicht auf dem Markt.«

Ich begriff, dass ich wie eine Verrückte aussehen musste, und hielt mich an dem Bücherregal fest, da ich das dringende Bedürfnis hatte, einen realen Gegenstand anzufassen. »Tut mir leid«, murmelte ich, ohne zu wissen, an wen die Entschuldigung überhaupt gerichtet war.

Einer der Polizisten stand auf. »*Est-ce que tout va bien, Madame?*«

»*Oui*«, presste ich hervor. Ich bemerkte, dass ich kurz und stoßartig atmete.

»*Elle a l'air malade*«, stellte der andere Polizist fest.

Er schien auf mich zuzugehen, doch ich hob die Hand. »Nein«, erklärte ich bestimmt. »Ich bin nicht krank.«

Eine kurze Stille trat ein, in der die beiden Polizisten mich mit einem Blick beäugten, der etwas anderes als Besorgnis ausdrückte. »Wir haben Ihren Anruf erhalten, Ms. Shipley«, sagte einer von ihnen schließlich.

»Meinen Anruf?« Ich blickte mich im Zimmer um und sah dann in die erwartungsvollen, mich musternden Gesichter. »Aber ich habe niemanden angerufen.«

Der Beamte runzelte die Stirn und blickte in sein Notizbuch, das er in den Händen hielt. »Eine Miss Alice Shipley hat uns heute Vormittag mitgeteilt, dass sie ihren Mann vermisst.« Er hielt inne. »Sind Sie das nicht?«

»Nein«, antwortete ich, und mein Blick wanderte zu Lucy. Ich fragte mich, wie lange die Polizisten schon da waren und was sie ihnen in der Zwischenzeit alles erzählt hatte. Dann dachte ich an den Mann mit der Narbe und daran, wie sehr er darauf bestanden hatte, dass ich die örtliche Polizei nicht kontaktierte.

»Sie vermissen Ihren Mann also nicht?«

»Wie bitte?«, fragte ich und wandte meine Aufmerksamkeit wieder dem Beamten zu. »Nein ... ich meine, ja, doch.«

»Also, Sie vermissen Ihren Mann, aber Sie haben die Polizei nicht angerufen, um das zu melden?«

Ich nickte, meine Wangen röteten sich. »Nein. Nein, das habe ich nicht.«

Es trat erneut Stille ein. Die beiden Beamten runzelten die Stirn. Dann ergriff Lucy das Wort. »Also ...«, sagte sie und klang, als würde sie an der Stelle, an der das Gespräch durch mein Eintreten unterbrochen worden war, fortfahren. Ihr Blick schweifte durch den Raum und blieb schließlich an mir haften. Für den Bruchteil einer Sekunde nur, doch lange genug, dass ich ihr Spiel durchschaute. Ich kannte sie genauso gut wie mich selbst – ich wusste, wie ihre Lippen ein »Oh« formten, wenn sie verlegen war. Ich wusste, welches Geräusch sie machte, wenn sie erschrocken war. Ich wusste, wie ihre Pupillen sich weiteten, wenn sie sich freute. Ich kannte sie. Und ich hatte in dem Moment, in dem sie mich angesehen hatte, gewusst, dass ihre Überlegungen zu einem Ergebnis gekommen waren.

»Da war ein Mann«, sagte sie. »Youssef.«

Ich runzelte die Stirn, in meinem Nacken begann es zu kribbeln.

»Youssef?« Der Polizist hielt kurz inne und blätterte durch seinen Notizblock. »Wer ist das?«

Lucy zuckte mit den Achseln. »Nur ein Einheimischer. Eigentlich ein Gauner. Er ist auch unter dem Namen Joseph bekannt.« Sie schüttelte den Kopf, als wollte sie ihre Gedanken ordnen. »Ich weiß nicht einmal, wieso ich ihn erwähnt habe.«

Das war eine Lüge.

Sie wandte sich mir zu. »Ich glaube, dass Alice ihn kennt. Ich erinnere mich, dass sie ihn einmal erwähnt hat, ganz am Anfang, als ich hierhergekommen bin. Ich habe mich noch darüber gewundert. Doch mittlerweile habe ich begriffen, dass Tanger eine kleine Stadt ist, in der fast jeder jeden kennt.« Sie hielt kurz inne. »Er trägt immer einen Fedora mit einem violetten Band. Daran erkennen ihn die meisten Leute – er geht nirgendwohin ohne diesen Hut«, fügte sie dann noch hinzu.

In ihrer Stimme lag nichts Anklagendes. Dazu war sie zu schlau. Im Gegensatz zu dem Polizisten – seine Augen leuchteten auf, wenn auch nur kurz, doch lange genug, um erkennen zu können, dass er angebissen hatte. Sein Körper blähte sich auf und schien den ganzen Raum einnehmen zu wollen.

Ich begriff ihren Schachzug – sie hatte einen Zusammenhang hergestellt, eine Verbindung zwischen mir und Youssef. Eine Spur. Sie war dabei, eine Fährte zu legen.

»*Merci beaucoup*«, sagte der Polizeibeamte und nickte kurz. »Wir werden diesem Hinweis nachgehen und Ihnen Bescheid geben, wenn sich weitere Erkenntnisse daraus ergeben. Aber wahrscheinlich hat Mr. McAllister das getan, was die meisten Tangerines tun – sich in einer Bar betrunken. Und jetzt schläft er irgendwo seinen Rausch aus, oder …« Er ließ den Satz unvollendet.

»Oder was?«, fragte ich, ohne so fordernd zu klingen, wie ich gewollt hatte.

Er zuckte lediglich mit den Achseln. »Sollten Sie in der Zwischenzeit von Ihrem Mann hören, Madame, lassen Sie es uns bitte wissen.«

Ich nickte und ignorierte den tadelnden Ton in seiner Stimme, als wäre Johns Verschwinden meine Schuld. Ich dachte über das nach, was er unausgesprochen gelassen hatte. Ein aus dem Ruder gelaufener Streit mit einem einheimischen Spieler. Eine Auseinandersetzung mit einem Türsteher in einem der einschlägigen Nachtclubs. Ich schüttelte den Kopf. All das traf nicht zu. Doch ehe ich das den Beamten sagen konnte, waren sie in ihren schweren Stiefeln und den dicken Uniformen bereits aus der Wohnung verschwunden.

»Wo bist du gewesen?«, fragte Lucy und durchbrach die Stille.

Sie stand auf, trat zum Fenster und setzte sich auf den Sims. Ich betrachtete sie. Sie trug eine dunkle Hose, eine schlichte, helle Bluse und führte gerade eine brennende Zigarette an ihren Mund. *Genau das ist sie,* schoss es mir durch den Kopf. Lange, elegante Linien, keine Rüschen, keine Schleifen. Sie war noch immer die wunderschönste Frau, der ich je begegnet war, doch sie war es auf eine Weise, die mich vor Angst erschauern ließ.

»Es ist so dunkel hier drinnen«, sagte ich. Die Sonne ging gerade unter, und so war es in dem Zimmer düster geworden, seit die Beamten die Wohnung verlassen hatten. Ich trat zu einer der Lampen, da ich mich plötzlich nach Helligkeit sehnte.

»Nein, nicht!«, rief Lucy mit fester, resoluter Stimme. »Ich will den Sonnenuntergang beobachten.«

Ihr Ton war fordernd, und ich rang mit mir, sie einfach zu übergehen und den Schalter doch zu drücken, sodass wir einen Augenblick geblendet sein würden. Ich dachte wieder an Tante Maude und daran, dass sie jetzt auf dem Weg nach Tanger war. Meine Finger zuckten erneut, sie fieberten ihrer Ankunft entgegen.

»Der Sonnenuntergang ist hier völlig anders als zu Hause, findest du nicht auch?«, fragte sie, ohne sich zu mir umzudrehen.

Ich blickte aus dem Fenster. Rosafarbene, weiße und blaue Streifen verliefen quer über den Himmel. Ja, der Sonnenuntergang war anders, dachte ich. Vielleicht sogar schöner. Doch in dem Moment sah ich darin nur etwas Unheilvolles. Eine Warnung. Eine Bedrohung, der ich nie ganz entkommen könnte. Ich hatte meiner Tante versprochen, die Polizei nicht einzuschalten. Trotzdem hatten die Beamten plötzlich vor meiner Haustür gestanden. Obwohl ich mir sicher war, dass ich sie nicht angerufen hatte, dass ich sie nicht geholt hatte, versuchte mein Verstand vergeblich, sich an den Moment nach dem Telefonat mit meiner Tante zu erinnern. Ich hatte mich in dieser Wohnung, die untrennbar mit John verbunden war, so erschöpft gefühlt. Diese Wohnung und diese Stadt gehörten in einer Weise zu ihm, die ich nicht verstand. In dem Moment hätte ich alles dafür gegeben, um unter den dunklen, regnerischen Himmel meiner Kindheit zurückzukehren.

Lucy drehte sich zu mir. »Du gehst nie hinaus.«

In ihrer Stimme lag nichts Anklagendes. Sie sprach, als würde sie Fakten aufzählen – und das war nun mal ein Fakt. Ich hatte die Wohnung früher nie verlassen. Ich hatte mich zu sehr vor dem gefürchtet, was in den dunklen Ecken der Gassen und in den Hinterzimmern der Bars und Cafés auf mich warten könnte. *Das war früher,* wollte ich erwidern. Ehe sie aufgetaucht war. Ehe John verschwunden war. Ehe sich alles verändert und ich begonnen hatte, mich zu erinnern und zu erahnen, dass nicht nur mein Verstand es war, von dem die Gefahr ausging.

»Wo bist du gewesen?«, fragte sie.

Eine Rauchwolke umhüllte ihr Gesicht, und ich fragte mich, ob sie vielleicht Bescheid wusste. Ob sie diese Frage möglicherweise nur stellte, um herauszufinden, ob ich ehrlich war. »Auf dem Markt«, log ich.

Ihr Blick schweifte durch die Wohnung. »Und, was hast du gekauft?«

»Nichts«, erwiderte ich achselzuckend, obwohl ich nicht mit Sicherheit sagen konnte, dass sie die Geste gesehen hatte, da es so dunkel war. »Ich wollte mich nur umschauen.«

»Es ist schon ziemlich spät für den Markt.«

Meine Antwort erfolgte mit zu viel Nachdruck. »Da war ich zuerst, und dann habe ich einen Spaziergang gemacht.«

Sie nickte. »Es hat mich gewundert, dass du es mir nicht erzählt hast. Also, dass John verschwunden ist, meine ich«, sagte sie, und ihr Blick bohrte sich in meinen.

»Hätte ich das tun müssen?«, fragte ich. Ich hielt ihrem Blick stand, doch meine Stimme zitterte.

Die Frage füllte den Raum und blieb unbeantwortet.

Sie wandte sich zum Fenster. »Wir können noch immer von hier weggehen. Wir beide. Zusammen«, sagte sie. »Wir können nach Spanien gehen. Nach Paris.« Sie hielt kurz inne, drehte sich so langsam zu mir, dass ich hörte, wie ihre Hose bei der Bewegung knisterte. »Es ist noch nicht zu spät. Das hier muss nicht das Ende sein.«

Ich sah die Verzweiflung. Sie schimmerte in ihren Augen. Obwohl ich wusste, wie aberwitzig und falsch es wäre, wollte ein Teil von mir Ja sagen. Es würde einfacher sein, die Augen zu schließen und nachzugeben, die Kluft zwischen uns zu überwinden und den Albtraum hinter mir zu lassen. Vielleicht spürte sie es auch, dieses Nachgeben, denn sie streckte ihre Hand aus, als wollte sie mich berühren. Doch dann dachte ich an Tom, an John und daran, was sie höchstwahrscheinlich – nein, flüsterte ich mir grimmig zu, *ganz sicher* – getan hatte. Ich wurde blass und stieß ihre Hand so heftig weg, dass wir beide erschraken. Der Schock, die Enttäuschung und ja, auch die Wut – sie standen ihr ins Gesicht geschrieben. »Du kannst mich nicht dazu zwingen, dich zu lieben, indem du mich erpresst, Lucy«, zischte ich. Ich konnte mich nicht mehr zurückhalten. »So funktioniert das nicht.«

Ihre Miene versteinerte, sodass ihre Gesichtszüge wie in sich zusammengeschrumpft aussahen. Dann setzte sie ein schiefes Lächeln auf. Ihr Blick war der einer Katze, die mit einer Maus spielte.

Meine Haut begann zu jucken. Sie wusste wohl, dass gleich etwas passieren würde, witterte die Gefahr.

»Wann wirst du es der Polizei sagen?«, fragte sie.

Ich wurde still.

»Du weißt schon.«

»Was denn?«, flüsterte ich und versuchte, das Zittern zu ignorieren, das meinen Körper erfasst hatte.

Ein richtiges Lächeln, ein echtes Lächeln, tauchte auf, das sie nicht unterdrücken konnte. »Das mit Sabine.«

Ich schlang die Arme um meinen Körper. Ich wollte weg. Weg von hier, weg von Tanger, weg von Afrika. Das war nicht mein Zuhause. Das war es nie gewesen. Ich hatte mir lediglich ein Gehäuse geschaffen, um mich darin einzuschließen. Ein Gehäuse mit einem Schloss, dessen Schlüssel ich Lucy gegeben hatte. Mein Magen zog sich zusammen, und ich meinte kurz, mich übergeben zu müssen. Hier in diesem Wohnzimmer, umringt von Johns Sachen und der breit grinsenden Lucy.

»Sabine?«, wiederholte ich.

»Ja.« Sie drehte sich um. »Die Polizei wird wissen wollen, was an jenem Tag im Café Hafa passiert ist.«

Da spürte ich, wie mein Körper sich zusammenzog, wie ich vor Schreck erstarrte. Nein, nicht vor Schreck. Vor Angst. Ich erinnerte mich an den Tag. Erinnerte mich an die Frau. Erinnerte mich an die Glasscherben – an das Blut auf der Treppe, das in der Nachmittagssonne glänzte. Ich war überzeugt davon gewesen, dass sie mir irgendwie bekannt vorkam, doch ich konnte sie zuerst nicht einordnen, dann aber doch, natürlich – ich hatte sie an jenem Abend gesehen, kurz bevor ich in Ohnmacht gefallen war und die Wahrheit über John und unsere Beziehung sich enthüllt hatte. Ich konnte mich nicht bewegen, konnte nicht sprechen. Ich stand da wie erstarrt.

»Wovon sprichst du, Lucy?«

Sie lachte kurz auf. »Alice, ich weiß, dass du sie die Treppe hinuntergestoßen hast.«

Das Blut rauschte durch meine Adern, ich hörte das Geräusch in meinen Ohren. Es pulsierte gegen das Trommelfell. »Das war ich nicht, Lucy. Ich habe diese Frau nicht gestoßen.«

»Du meinst Sabine?«, fragte sie.

Mein Herz fiel ins Bodenlose, als sie ihren Namen sagte, doch ich unterdrückte meine Panik.

Ich hatte mich bereits ein Dutzend Mal gefragt, was an diesem Tag geschehen war, ohne dass ich je eine Antwort darauf gefunden hatte. Ich hatte die Szene immer wieder in meinem Kopf durchgespielt und manchmal den angsterfüllten Ausdruck vor Augen gehabt, der, kurz bevor sie fiel, auf ihrem Gesicht gelegen hatte. Ihr war klar gewesen, was passieren würde und dass sie es nicht würde verhindern können.

Hatte ich die Szene vielleicht genossen, fragte ich mich und horchte in mich hinein, auf der Suche nach einer Antwort. Natürlich hatte ich selbst damals schon gewusst, wer sie war. Ich sah Lucy an und rang vergeblich nach Worten.

»Ich mache dir keinen Vorwurf, Alice«, sagte sie und trat vom Fenster weg. »Ich hätte das Gleiche getan, wenn ich derart hintergangen worden wäre …«, sagte sie und verstummte. Ihre Augen leuchteten in der Dunkelheit.

Mein Pulsschlag beschleunigte sich, und die Schatten begannen, sich auszubreiten.

»Ich gehe ins Bett«, sagte ich schließlich. Meine Stimme hallte in meinem Körper nach. »Ich habe schreckliche Kopfschmerzen.«

In jener Nacht schloss ich mein Schlafzimmer ab und verbarrikadierte mich, indem ich die schwere Holzkommode vor die Tür schob. Zufrieden hörte ich die Holzbeine über die Dielen scharren, und mir wurde bewusst, wie aberwitzig diese Situation war. Mir wurde bewusst, wie sich alles wiederholte. Ich brauchte fast eine Stunde – ich schob und zerrte –, doch ich kam erst zur Ruhe, als die Kommode endlich eine Barriere zwischen meinem Zimmer und dem Flur bildete. Zwischen Lucy und mir. Ich blickte auf den Boden – in den Dielen waren tiefe Kerben entstanden. Ich freute mich über diese Spuren. Sie würden meine Handlungen dauerhaft belegen, sie würden ein Protokoll meines Widerstands sein. Ich würde sie Tante Maude zeigen, sobald sie da war, damit sie begriff, dass ich alles getan hatte, um mich aus Lucys Umklammerung zu befreien.

Dann würde sie mich endlich verstehen – und wir würden gemeinsam einen Ausweg finden.

14

LUCY

Ich wartete mehrere Tage, ehe ich an den Ort zurückkehrte, an dem ich seine Leiche versteckt hatte.

Ich wollte mich zum einen vergewissern, dass es stimmte – dass es passiert war, dass John tatsächlich tot war und nicht wieder auftauchen würde, wie ein Geist, der mich verfolgte –, und zum anderen sicherstellen, dass Youssef sich nicht mittlerweile daran zu schaffen gemacht hatte. Ich wartete, bis Alice schlief und die Stadt endlich zur Ruhe gekommen war. Dann ging ich los, ich bewegte mich schnell durch die Dunkelheit. In meinem Kopf schwirrten tausend Gedanken herum, meine Ohren klingelten. Die Schwüle schien mit jedem Schritt, der mich ihm unweigerlich näher brachte, größer zu werden.

Auch wenn ich wusste, was ich dort, wo ich ihn zurückgelassen hatte – unter einem Felsbrocken, so nah am Rand der Klippe, dass nicht einmal die Einheimischen sich dorthin vorwagten –, vorfinden würde, war sein Anblick schockierend, der augenscheinliche Beweis meiner Wut. Ich neigte den Kopf zur Seite. Im gebrochenen Mondlicht hätte man ihn fast für einen friedlich schlafenden Touristen halten können.

Nach der Tat war die Zeit eigenartig schnell verflogen, dass mich eine seltene Unruhe, eine seltene Panik erfasste, als ich mich mühte, ihn zu bewegen. Mich mühte, seine Leiche in das von mir vorgesehene Versteck zu schaffen – eine

Stelle, die mir einmal perfekt erschienen war, aber jetzt viel zu weit weg und zu ungeschützt vorkam.

Ich stand da und betrachtete ihn – meinen früheren Gegner, der nun bezwungen und besiegt vor mir lag. Er stellte keine Gefahr mehr dar. Das Klingeln in meinen Ohren verstummte langsam, und sie kamen mir nicht mehr so verstopft vor, als würden mit meinen bisherigen Gedanken auch der gesamte Kummer, die gesamte Wut nachlassen, die mich seit meiner Ankunft in Tanger gequält hatten.

Ich rückte näher, wandte mein Gesicht ab und begann, das hervorzuzerren, was ich erst vor wenigen Tagen so energisch unter den Felsbrocken gezwängt hatte. Ich gab der bereits starren, verwesten Leiche einen kräftigen Stoß. Ich schaute nicht auf seinen Schädel, um das Loch zu begutachten, das dort sein musste, verursacht von dem scharfkantigen Stein, den ich in jener Nacht hinter meinem Rücken versteckt gehalten hatte.

Der Stein hatte ihn mit einem dumpfen Schlag getroffen. Ich musste mich recken – immer weiter recken, musste über mich hinauswachsen, schien es –, sodass ich mir dabei die Schulter verrenkte und rückwärts taumelte. Ich fürchtete schon, dass er mich doch noch überwältigen würde. Aber nein, er war bereits zu Boden gegangen, auf die Knie gefallen – ob vor Schmerzen oder vor Überraschung, wusste ich nicht, konnte ich mich nicht mehr erinnern. Dieses durchdringende, brummende Geräusch in meinen Ohren war zu dem Zeitpunkt schon so dröhnend laut gewesen, dass ich, selbst wenn er etwas gesagt haben sollte, nichts gehört hätte. Seine möglicherweise letzten Worte waren der Nachwelt somit nicht überliefert. Nur Tanger kannte sie, und ich vermutete, dass die Stadt ihre Geheimnisse für sich behielt.

Danach betrachtete ich den Stein in meiner Hand, die kalte Masse, an der sein Blut klebte, und fragte mich, ob es überhaupt ein Stein oder der Brocken eines der Gräber war. Ich musste ein Lachen unterdrücken.

In dem Moment rührte sich John, das Gesicht verzerrt vor Wut, da er erkannte, in welcher Lage er sich befand. Sein Gefühlsausbruch war so heftig, dass es uns beide zu Boden warf und der Stein mir aus der Hand glitt. Mein Gedächtnis deutete an, dass er in dem Moment etwas gesagt hatte. Ein paar kurze Sätze, nichts, woran man sich erinnern müsste – er hatte undeutlich gesprochen, als hätte er zu viel getrunken.

Dann griff er nach dem Stein und hob die Hand bis über den Kopf, sodass er wie die groteske Version eines Tänzers aussah, der versuchte, eine Pirouette zu drehen. Er machte mehrere Schritte auf mich zu, die Beine wacklig, die klaffende Wunde auf seiner Stirn so heftig blutend, dass sein Gesicht blutüberströmt und in eine schmierige Dunkelheit gehüllt war.

Danach ging alles ziemlich schnell. Ich stand auf und riss ihm den Stein aus der Hand – er leistete wenig Widerstand, als würde er begreifen, dass er keine Chance mehr hatte. Ich zog ihm den Stein noch einmal über den Kopf. Der Schlag war derart heftig, dass John sich nun nicht mehr rührte.

Als ich seine Leiche jetzt über den Boden zerrte und meine Arme vor Anstrengung zitterten, fragte ich mich, wozu ich das alles getan hatte. Am Rand der Klippe blieb ich stehen.

Wir waren am Ende angelangt.

Ich bückte mich, versetzte der Leiche einen letzten Stoß und spürte die Anstrengung, spürte den Kraftaufwand in meinem ganzen Körper, in allen meinen Muskeln. Als könnte ich deswegen von meinem Verbrechen freigesprochen werden.

Ich verharrte – verdreckt, verstaubt – und horchte auf das Platschen. Wartete auf die Verkündigung des Endes.

Da kam nichts.

Ich blieb am Rand der Klippe stehen, blickte auf das Meer hinaus und versuchte, mir meine Zukunft vorzustellen. Alice würde nicht mit mir kommen, das wusste ich. Wir würden nicht nach Spanien reisen, würden nicht in der untergehenden Sonne Tapas essen oder Wein trinken. Wir würden nie durch die Straßen von Paris schlendern, begriff ich dumpf. Ich erkannte, vielleicht zum ersten Mal, dass das Leben, so wie ich es mir für uns beide erträumt hatte, nie Wirklichkeit werden würde. Und ich erkannte auch, warum das so war – es lag an ihr, an Alice. Sie hatte sich nach Tanger davongemacht und mich allein und mit gebrochenem Herzen in den kalten Straßen von New York zurückgelassen. Ihre Entscheidungen, ihre Entschlüsse, hatten uns hierhergebracht. Ich hatte immer nur das Beste für uns gewollt, um ihr das Leben, das sie behauptet hatte, sich zu wünschen, zu schaffen. Nur dass sie sich dieses Leben am Ende dann doch nicht gewünscht hatte. Nicht wirklich. Mir fiel ein, was sie neulich Abend in der Bar gesagt hatte, und die Erkenntnis traf mich mit der Wucht eines Hammerschlags, sodass die Wahrheit mir in den Ohren klingelte und sich ihr kupferartiger, metallischer Geschmack in meinem Mund ausbreitete. Sie hatte mich nie gewollt.

Ich wandte mich vom Meer ab, wandte mich von dem ab, was ich getan hatte.

Sterbesakramente waren mir fremd, und ich wusste, dass es nichts Ehrliches und Angemessenes zu sagen gab. Mehr als den Gedanken, dass er bei einer Frau war, die er geliebt hatte, in guten wie in schlechten Zeiten, konnte ich nicht aufbringen, als ich in der anbrechenden Dämmerung davonging. Was immer ihm diese Liebe bedeutet hatte, er würde immer bei ihr bleiben. Dieser Liebe namens Tanger.

Insofern war John der Glücklichere von uns beiden.

15

ALICE

Als ich an der Haustür ankam, war ich außer Atem. Ich hatte den Vormittag in der Bank verbracht, um das Geld abzuheben, das noch auf unserem gemeinsamen Konto war, ehe ich Tanger für immer verlassen würde. Zuerst war ich entsetzt, als ich entdeckte, wie viel Geld John ausgegeben hatte, und rätselte, was mit dem Betrag geschehen war, den Tante Maude jeden Monat überwies. Mir war Sabine eingefallen, und ich hatte mich gefragt, ob sie ebenfalls von dem Erbe meiner Eltern profitiert hatte. Bei dem Gedanken war mir schlecht geworden. Doch dann erinnerte ich mich an ihr Gesicht, wie es kurz vor dem Sturz ausgesehen hatte, so jung, so verängstigt, und an das, was Lucy behauptet hatte. Da hörte ich auf, mir den Kopf darüber zu zerbrechen, wie viel Geld in ihre Hände geflossen sein könnte.

Ich drehte den Schlüssel hektisch im Schloss, da ich sichergehen wollte, dass die Wohnung aufgeräumt war, bevor Tante Maude eintraf. Ich hatte erst tags zuvor ein Telegramm von ihr erhalten. Eigentlich hatte ich sie am Hafen abholen wollen, doch das hatte sie entschieden abgelehnt und mir erklärt, dass ich mir keine Umstände machen müsse. Sie würde sich ein Taxi nehmen und mich in der Wohnung treffen.

Ich hoffte nur, dass sie bereits unterwegs war.

Die letzten Tage waren nach einem bestimmten Muster verlaufen. Lucy stand früh auf, verbrachte den Nachmittag größtenteils außer Haus und kehrte erst abends wieder zurück, wenn ich mich bereits hinter meiner verschlossenen Schlafzimmertür in Sicherheit gebracht hatte. Zuerst machte ich mir Sorgen und fragte mich, ob ich auf der Hut sein sollte. Ob es mich beunruhigen sollte, dass sie nicht meine Gesellschaft suchte, so wie früher, sondern davor wegzulaufen schien, als wollte sie den Tag unbedingt ohne mich verbringen. Das war eigenartig und sehr untypisch für sie. Schließlich kam ich jedoch zu dem Schluss, dass es besser wäre, die Zeit zum Packen und Aufräumen zu nutzen und mich auf die Ankunft meiner Tante und die anschließende Abreise von Tanger vorzubereiten. Auf diesen Moment, ab dem ich mich nicht mehr mit Lucy Mason befassen müsste. Nie wieder.

Ich betrat den Flur und blieb stehen. Aus dem Wohnzimmer drangen Stimmen. Gelächter und wenige, hastige Worte in der Stimmlage meiner Tante. Mein Magen drehte sich um, als ich durch den Flur zum Wohnzimmer schritt. Ich fragte mich, wie um alles in der Welt Lucy hatte wissen können, dass Tante Maude heute eintreffen würde. Und ich fragte mich auch, was sie getan hatte, was sie gesagt hatte, das sie derart zum Lachen gebracht hatte – ein Geräusch, das ich mich nicht erinnern konnte, in all den Jahren, die ich sie mittlerweile kannte, je von Tante Maude gehört zu haben.

Sie saßen zusammen auf dem Sofa, als wäre es das Natürlichste der Welt, ein Tablett mit Tee und Keksen auf dem Tisch.

»Was geht hier vor?«, fragte ich.

Tante Maude blickte verwundert auf. »Alice, da bist du ja!« Sie stand auf, kam auf mich zu und umarmte mich flüchtig. »Ich bin etwas früher angekommen, aber Sophie war da, um mich hereinzulassen.« Sie runzelte die Stirn, als sie meinen erstarrten, erschrockenen, verängstigten Gesichtsausdruck bemerkte. Dass Tante Maude hier war, zusammen mit ihr, machte mir Angst. Tante Maude war bereits hier, zusammen mit ihr, und ich fragte mich, was diese einfache Tatsache wohl zu bedeuten hatte. »Alice, was ist los? Du bist ganz blass geworden.« Sie machte einen Schritt auf mich zu. »Dann hat die Polizei es dir also gesagt, ja?«

Mein Blick wanderte zu Lucy, die auf der Sofakante saß. Sie trug dasselbe schwarze Hemdblusenkleid wie am Tag ihrer Ankunft. Es war ihre Tarnkleidung, begriff ich. »Das ist nicht Sophie Turner«, antwortete ich, ohne auf die Frage meiner Tante einzugehen.

Maude runzelte die Stirn. »Wovon um alles in der Welt sprichst du?« Sie drehte sich um zu Lucy. »Haben Sie eine Idee?«

Lucy setzte ein besorgtes Gesicht auf. »Das liegt vielleicht an dieser belastenden Situation. Wie ich schon am Telefon gesagt habe, ist sie seit Johns Verschwinden nicht mehr ganz sie selbst.«

»Sie lügt«, blaffte ich, sodass Maude sich überrascht zu mir wandte. »Lucy erzählt nur Lügen. Das war schon immer so.«

»Alice«, begann Maude ruhig. »Ich glaube, du bist verwirrt. Ich glaube, du verwechselst das, was John zugestoßen ist, mit dem, was Tom zugestoßen ist.«

»Nein. Ich verwechsle gar nichts!«, entgegnete ich und schüttelte den Kopf.

»Doch, meine Liebe«, erwiderte sie. Sie griff sich an den Hals, so wie ich es tat, wenn mich etwas beunruhigte. Diese Geste hatten wir gemeinsam. Es war der einzige Wesenszug, der sichtbar bewies, dass in unseren Adern das gleiche Blut floss. »Du hast mir doch erst vor ein paar Tagen erzählt, dass Sophie hier ist. Bei dir. Erinnerst du dich nicht?«

Ich schüttelte den Kopf, in dem Moment unfähig, aus meinen eigenen Lügen herauszufinden. Und dann fiel mir ein, dass sie von der Polizei gesprochen hatte. »Was soll die Polizei mir gesagt haben?«

Sie stockte. Auf ihrem Gesicht machte sich Verwirrung breit. »Ich habe gedacht, dass du deshalb so bestürzt bist. Weil du von der Polizei kommst.«

»Was ist passiert?«, fragte ich.

Lucy stand auf. »Alice, die Polizei war vorhin da, um mit dir zu sprechen. Ich habe deiner Tante erzählt, warum – Fischer haben ihn gefunden. John, meine ich.« Sie hielt kurz inne und setzte ein besorgtes Gesicht auf. »Sie haben nach dir gesucht.«

»Nach mir?«, fragte ich.

»Ja, Alice«, antwortete Maude, »du musst ihn identifizieren.«

Dann hatte ich also doch recht gehabt. John war tot, genauso wie Tom.

Ich durchquerte mit wenigen Schritten das Wohnzimmer, ohne dem schockierten Gesicht meiner Tante oder Lucys amüsierter, überraschter Miene Beachtung zu schenken.

Ich griff nach Lucys Handtasche.

»Alice«, rief Maude. »Was machst du da?«

Ich ging auf ihre Frage nicht ein und durchwühlte die Tasche auf der Suche nach dem, was sich darin befinden musste. Ich war überzeugt davon, dass selbst Lucy das nicht hatte vorhersehen können. »Ihr Pass«, sagte ich, und meine Finger bekamen schließlich ein kleines Heft zu fassen. Ich schleuderte die Handtasche weg. Lucy zuckte zusammen, als sie polternd auf den Boden fiel. Eine silberne Puderdose fiel heraus, der Deckel schnappte auf, sodass der Puder sich auf dem Fliesenboden verteilte. »Da!«, sagte ich und hielt meiner Tante den Pass hin. Meine Hand zitterte, aber nur für einen Augenblick, als mir die Vorfälle in Bennington in den Sinn kamen. Das Armband, die Fotos. Ich schob eine Haarsträhne beiseite, die hartnäckig an meiner verschwitzten Stirn klebte. Das war alles unwichtig, sagte ich mir. Das hier war etwas anderes. Eine andere Zeit, ein anderer Sachverhalt. Damals hatte Lucy alles geplant, jeden einzelnen Schritt, sodass ich zwangsläufig in die Falle treten musste, die sie mir gestellt hatte. Doch jetzt handelte sie rein instinktiv. Sie reagierte auf meine Weigerung nachzugeben. Meine Zurückweisung hatte sie unvorbereitet getroffen, hatte sie überrascht. Und diese Überraschung stand ihr deutlich ins Gesicht geschrieben.

»Schau dir den Pass an!«, befahl ich meiner Tante. »Schau ihn dir an! Dann wirst du sehen, dass sie lügt. Du wirst sehen, dass sie nicht Sophie Turner ist, sondern jemand anders.«

»Und wer?«, fragte Maude.

»Das habe ich dir bereits gesagt«, erwiderte ich mit erstickter Stimme. »Lucy Mason.«

Sie seufzte. »Ach, Alice.« Dann schüttelte sie den Kopf. »Sind wir wieder an diesem Punkt angelangt?«

»Nein«, sagte ich und weigerte mich, ihr zuzuhören. »Du wirst schon sehen. Du wirst sehen, dass ich dieses Mal recht habe. Schau einfach in den Pass!«

Tante Maude seufzte noch einmal und fasste das Dokument mit spitzen Fingern an, als würde sie sich fürchten, es zu öffnen. Als würde sie sich davor fürchten, es überhaupt zu berühren. Aber wieso nur, wollte ich herausschreien, wieso nur? Dieses Dokument war doch der Beweis dafür, dass ihre Nichte recht hatte. Dadurch würden doch gegen diese Frau – gegen diese Fremde –, die da neben ihr saß, Verdachtsmomente und Zweifel aufkommen, und nicht gegen ihr eigenes Fleisch und Blut.

»Tante Maude, bitte«, flüsterte ich und hasste sie in dem Augenblick dafür, dass sie mich dazu zwang, sie zu bitten, sich für ihre Nichte zu entscheiden.

»Na gut«, seufzte sie und öffnete den Pass.

Ich wartete – auf das verwirrte Stirnrunzeln, auf den Zorn, der unweigerlich kommen würde, sobald Maude begriff, dass auch sie sich von diesem scheinbar unschuldigen Mädchen, das da vor ihr auf dem Sofa saß, hatte täuschen lassen.

Und ja, da war es – das Stirnrunzeln, es stahl sich über ihr Gesicht, und die Falten zwischen ihren Augen vertieften sich – ich lächelte erleichtert. Sie gab Lucy die Papiere zurück – ich wusste, dass sie eine Erklärung verlangen würde. Und so beugte ich mich vor, gespannt zu hören, welche Ausreden Lucy diesmal parat haben würde. Ich wusste, dass sie nun nichts mehr in der Hand hatte, dass sie nichts mehr retten konnte.

Doch Lucy steckte die Papiere in die Tasche ihres Kleids, und Maude setzte sich wieder auf das Sofa.

»Was ist los?«, fragte ich. »Was hat sie getan?«

Maude schüttelte den Kopf, als wäre sie enttäuscht. »Sophie hat gar nichts getan.«

Ich hatte Mühe zu atmen. »Warum nennst du sie noch immer Sophie?« Ich schüttelte den Kopf und versuchte zu verstehen. »Du hast doch in ihren Pass gesehen, du hast ihn dir gerade angeschaut.«

Maude nickte. »Ja, Alice, das habe ich.«

Mein Blick wanderte von Maude zu Lucy und wieder zurück zu Maude. Die beiden saßen da wie ein Paar und sahen mich an, mit strenger, stählerner Miene. Jetzt fiel mir auf, wie ähnlich sie sich waren – hart und manchmal distanziert, streng und häufig unnachgiebig. Ich wunderte mich, dass mir das noch nie aufgefallen war. Und dann durchzuckte mich ein Gedanke, auch wenn ich wusste, dass er unsinnig war. Auch wenn ich wusste, dass er der Verzweiflung entsprang, dem Wahnsinn. Trotzdem fragte ich mich, als ich die beiden betrachtete, ob es möglich war, dass sie unter einer Decke steckten. Ob das alles nur einem einzigen Zweck dienen sollte. Mich in den Wahnsinn zu treiben, um mich so für immer wegzusperren. Lucy würde sich freuen, denn ich würde nie jemand anders gehören, würde nie von jemand anders berührt werden können. Und Maude? Mir fiel ein, dass sie mein Vormund war, mir fiel der Fonds ein, über den ich bald verfügen würde. Die Vorstellung war krank, sie war verrückt, trotzdem kam ich nicht umhin zu denken, dass das alles einen Sinn ergeben würde.

»Warum tust du das?«, flüsterte ich kalt und ruhig.

»Was?«, fragte Tante Maude.

»Das«, antwortete ich und zwang mich, weiterhin mit fester und gelassener Stimme zu sprechen. »Welcher Name steht in dem Pass?«, fragte ich und bemerkte, dass ich selbst den Wörtern neben dem Foto keine Aufmerksamkeit geschenkt hatte.

Maude betrachtete mich kühl. »Was glaubst du, Alice?«

Ich war mir nicht sicher, ob es ihr Blick war – derart distanziert, dass es schien, als wären wir nicht mehr miteinander verwandt – oder ihre Stimme, leise und herausfordernd, die ich in dem Moment nur als Bedrohung deuten konnte. Oder einfach nur die schlichte Erkenntnis, dass die einzige Frau, der ich je vertraut hatte, die einzige richtige Familie, die ich je gehabt hatte, mich im Stich gelassen hatte, mich verraten hatte. Ich drohte, an der Einsicht zu ersticken, sodass ich einen merkwürdigen, irren Schrei ausstieß, als ich mich auf Lucy stürzte – die Papiere in der Tasche ihres Kleids.

Ich musste es wissen. Sie hielt ihre Hände schützend vor sich, ich stieß sie weg. Meine Nägel gruben sich in ihr Fleisch. Ich musste wissen, was in dem Pass stand, musste wissen, ob meine Tante mir einfach nicht glaubte oder ob sie mit ihr unter einer Decke steckte, mit Lucy – ob sie das Beste für mich wollte oder nur mein Vermögen. Und so zog und zerrte ich. Ich kratzte, bis ich Blut, Lucys Blut, unter meinen Fingernägeln spürte. Ich verausgabte mich, bis ich Kupfer schmeckte. Bis ich zwei kräftige Arme spürte, die mich wegzerrten.

»Alice!«, schrie Maude. Sämtliche Farbe war aus ihrem Gesicht gewichen.

Ich hielt inne und blickte in die angsterfüllte Miene meiner Tante. Ihre Frisur hatte sich gelöst, einzelne Haarsträhnen fielen in ihr Gesicht. Ich wandte mich zu Lucy um, sie sah genauso betroffen aus. Ihr hochgestecktes Haar war zerzaust und hing auf ihre Schultern herab. Ihr Kleid war verrutscht, ihre Strümpfe zerrissen, ihr Körper wies Spuren meines Wutausbruchs auf. Eine Entschuldigung drängte sich auf meine Lippen, doch ich schluckte sie herunter. Lucys Ausweispapiere lagen in meinen Händen wie eine schwere Last. Ich musste es wissen. Und so warf ich einen hastigen Blick darauf. *Sophie Turner*. Ich bekam kaum noch Luft.

Sie war mir noch immer einen Schritt voraus. Mir wurde bang ums Herz.

16

LUCY

Maude Shipley davon zu überzeugen, dass ihre Nichte allmählich überschnappte, war ziemlich einfach.

Nach dem ersten Telefonat sprachen wir noch mehrere Male miteinander, bevor sie dann in Tanger eintraf. Ich berichtete ihr von den Aktivitäten und der Gemütsverfassung ihrer Nichte. Ich erinnerte mich daran, was Alice mir einmal erzählt hatte – dass sie nach dem Tod ihrer Eltern diese Angst gehabt hatte. Dass ihre Tante sie hatte einweisen wollen. Dass sie befürchtete, ihre Tante hielte sie für verrückt und damit möglicherweise recht haben könnte.

Alice' Verhalten an jenem Nachmittag hatte mir nur in die Hände gespielt. Ich hatte sie fast bemitleidet, als ich merkte, wie zuversichtlich, wie sicher sie war, mich ausstechen zu können. Als sie da vor uns stand, der Blick verstört, die Augen weit aufgerissen, und immer und immer wieder in meinem Pass vor- und zurückblätterte, als könnte sie seinen Inhalt damit irgendwie verändern, war ich fast versucht, zu ihr zu eilen, sie in den Arm zu nehmen und ihr alles zu verzeihen, was sie getan hatte. Stattdessen wendete ich den Blick von ihr ab und schob das Gefühl beiseite.

Sie konnte nicht wissen, dass ich mir bereits einen anderen Pass besorgt hatte. Die Idee war mir in Youssefs Atelier gekommen. An jenem Tag, als er versucht hatte, mich zu erpressen. Ich hatte danach still auf dem Hocker gesessen. Ich hatte Angst, mich zu bewegen. Wollte keine Schwäche zeigen. Erst als ich meinen Plan gedanklich ausgearbeitet hatte, erlaubte ich mir ein Lächeln, eine Bewegung. Dann machte ich mich innerlich auf seine Antwort gefasst. »Bevor ich Ihnen das Geld gebe, müssten Sie erst noch etwas für mich erledigen«, sagte ich schließlich.

Youssef kniff die Augen leicht zusammen, zweifellos überrascht von der Dreistigkeit meiner Bitte.

Ich hielt seinem Blick stand. »Ich brauche einen neuen Pass.«

»Und warum sollte ich Ihnen dabei helfen?«, lachte er. »Damit Sie verschwinden können, ohne mich zu bezahlen?«

»Ich werde Sie bezahlen – sogar im Voraus. Aber nur, wenn ich neue Papiere bekomme. Die Polizei wird früher oder später herausfinden, was passiert ist. Wenn nicht von Ihnen, dann von Alice. Ich komme nur mit neuen Papieren von hier weg. Ansonsten kann ich mein Geld auch verprassen, um meine letzten Stunden in Freiheit zu genießen.« Ich lächelte weiter, obwohl ich spürte, wie meine Lippen zitterten.

Youssef hielt inne und dachte nach. Er schien meine Worte vorsichtig abzuwägen, so wie ich es mir gedacht hatte. Denn was kümmerte es ihn schon, wenn ich Tanger verließ, solange er vorher das bekam, was er haben wollte? Ja, er hätte mich gern länger ausgenommen, doch wenn es darum ging, sich zwischen nichts und einer Einmalzahlung zu entscheiden, war er schlau genug, um zu wissen, was er tun sollte – und ich wusste, wie er sich entscheiden würde.

»Na gut«, willigte er ein. »Ich kenne jemanden, der vielleicht helfen könnte.« Er zeigte mit dem Pinsel auf mich. »Aber erst, wenn ich mein Geld bekommen habe.«

Ich nickte. »Einverstanden!«

Er kniff erneut die Augen zusammen. »Irgendwelche Tricks, und unsere Abmachung ist gestorben.«

»Verstanden.« Ich streckte ihm meine Hand hin. »Sollen wir das mit einem Handschlag besiegeln?«

Da lachte er, ein amüsiertes, durchdringendes Geräusch, das seinen Triumph über das hilflose amerikanische Mädchen zum Ausdruck brachte. Und diesen Triumph wollte ich ihm lassen, bevor ich weitere Schritte unternahm. Seine Hand fühlte sich rau an, doch ich ergriff sie und schüttelte sie – als hätte ich verloren, als hätte er gewonnen, als wäre diese Geste ein Eingeständnis meiner Niederlage.

Später, auf der Straße, brach ich in lautes Gelächter aus und wunderte mich, dass ich seinen Nutzen je in Zweifel gezogen hatte.

Ich wartete, bis Maude ihre Nichte davon überzeugt hatte, dass sie sich ausruhen solle. Bis sie sie ins Bett gebracht hatte wie ein Kind. Kurze Zeit später tauchte sie wieder auf, die Miene besorgt und erschöpft.

»Sie haben recht gehabt«, sagte sie und sank niedergeschlagen auf das Sofa. Ich saß neben ihr. »Vielen Dank, dass Sie mich angerufen und erzählt haben, was passiert ist, Sophie. Ich befürchte, dass Alice schon immer zu derartigen – Ausbrüchen geneigt hat.«

Sie legte ihre Hand auf meine, sie war trocken und kühl, als wäre Maude selbst gegen die Hitze der Wüste immun. Als könnten selbst die Elemente der Natur ihr nichts anhaben. Sie war unnachgiebig, durch nichts zu erschüttern. Unwillkürlich kam mir der Gedanke, dass sie sich an einen Menschen wie Alice verschwendete. Ich stellte mir vor, was aus mir hätte werden können, was ich hätte erreichen können, wenn das Schicksal mir eine Verwandte wie diese Frau geschenkt hätte.

Ich schob den Gedanken schnell beiseite.

»Gern geschehen.«

»Zugegebenermaßen hatte ich gehofft, dass John nur mit ein paar Freunden um die Häuser gezogen wäre, auf der Suche nach einem dummen, kleinen Abenteuer. Das hätte mich nicht überrascht, schließlich kenne ich ihn.« Ihr Blick suchte den meinen. »Sie waren doch hier, als er verschwand. Was, glauben Sie, ist passiert?«

Ich wägte meine Worte gut ab, ehe ich antwortete, und beschloss, all die Informationen wegzulassen, die nicht zweckdienlich waren. »Ich weiß es nicht. Anfangs schien alles in Ordnung zu sein. Doch dann offenbarte sich, dass zwischen den beiden etwas nicht stimmte. Schließlich hat sich Alice mir anvertraut und mir erzählt, dass es eine andere Frau gebe.« Ich schüttelte den Kopf. »Ich habe John das letzte Mal vor diesem schlimmen Streit gesehen. Ich weiß nicht, was danach passiert ist. Ich weiß es einfach nicht«, flüsterte ich und zwang mich, so viel Gefühl wie möglich in die letzten Worte zu legen, sodass sie unheilvoll und eindringlich klangen. Sodass sie für uns spürbar im Raum hängen blieben, sich nicht zerstreuen wollten.

Sie nickte. »Jetzt stellt sich wohl die Frage, was zu tun ist.«

Ich tat überrascht. »Sie meinen, mit Alice?«

»Ja.« Sie seufzte. »Ehrlich gesagt habe ich nie genau gewusst, was ich in Bezug auf meine Nichte tun soll, was das Richtige ist. Da ähnelt unser Verhältnis dem, das ich mit meinem Bruder gehabt habe. Da sind mir auch nie die passenden

Worte eingefallen.« Sie schüttelte den Kopf, ein Schatten huschte über ihr Gesicht. »Es ist kaum zu fassen, dass einem einzelnen Menschen so viel Unglück widerfahren kann. Zuerst ihre Eltern, dann dieser Junge in Vermont. Jetzt das.« Sie schüttelte noch einmal den Kopf. »Und dann diese dumme Geschichte mit ihrer Mitbewohnerin. Das verstehe ich überhaupt nicht. Wissen Sie, sie beharrte darauf, dass dieses Mädchen etwas mit dem Unfall in Bennington zu tun hat. Ich habe mit Engelszungen reden müssen, um die Polizei davon zu überzeugen, dass meine Nichte nicht ganz bei Sinnen ist. Dass sie einfach alles durcheinanderbringt – den Unfall, das Verschwinden des Mädchens.«

Ich spürte die Tragweite ihrer Worte – die Tragweite von Alice' Anschuldigung. »Hat die Polizei etwas in dieser Richtung angedeutet?«, fragte ich. Als ich die Verwirrung in Maudes Gesicht bemerkte, fuhr ich fort, außerstande, von dem Thema abzulassen. »Ich meine, in Bezug auf ihre Mitbewohnerin. Ich denke, dass die Polizei ziemlich forsch sein kann, wenn nötig.«

Maude schüttelte den Kopf. »Nein, das war allein Alice' Idee. Warum fragen Sie, meine Liebe?«

Ich blinzelte, ich hatte plötzlich den Eindruck, alles nur noch verschwommen – verschleiert – wahrzunehmen. Doch dann, nein – ich schüttelte den Kopf, das Flattern in meinem Ohr war wieder da. Stark und hartnäckig. Unerbittlich. »Weil es einfach so absurd klingt«, sagte ich schnell. »So unglaublich. Fast als …« Ich hielt inne und senkte den Blick. »Verzeihen Sie mir die Frage, Ms. Shipley, aber wurde Alice jemals in eine Klinik eingewiesen?«

Maudes Blick durchbohrte mich, und sie antwortete zögernd. »Nein. Warum fragen Sie?«

»Sie wirkt so – zerbrechlich. Außerdem haben Sie diese Ausbrüche erwähnt.« Ich rutschte auf dem Sofa hin und her. »Wir waren nicht die besten Freundinnen, aber sie erschien mir immer sehr empfindsam«, fuhr ich fort, dachte an unsere erste Begegnung zurück und füllte diese Worte mit Wahrheit. »Ich habe mir deshalb Sorgen um sie gemacht.« Ich hielt kurz inne. »Ich hatte eine Tante mit psychischen Problemen. Sie hat immer Dinge behauptet, die – na ja – nicht den Tatsachen entsprachen. Einmal meinte sie zum Beispiel, dass jemand in ihr Haus eingedrungen sei, die Lampen berührt und die Möbel verrückt hätte. Meine Eltern hielten es letztlich für das Beste, sie irgendwo unterzubringen, wo man auf sie aufpasste.«

Maude betrachtete mich, ihrem scharfen Blick entging nichts. »Darüber habe ich auch schon nachgedacht«, sagte sie und durchbrach die Stille. »Nachdem ihre Eltern gestorben waren. Sie war damals untröstlich. Ihre Trauer ging über ein normales Maß hinaus.« Ein kurzer, hastiger Blick traf mich, sodass mir klar war, dass die folgenden Worte von besonderer Bedeutung sein würden. »Sie hatte sich in die Auffassung verrannt, am Tod ihrer Eltern schuld zu sein.«

Ich sagte nichts und ließ die Vorstellung Form annehmen: das Bild der armen Waisen, in deren Leben sich derart viele Todesfälle ereignet hatten. Dann schien Maude eine Entscheidung getroffen zu haben, obwohl ich mir den Grund dafür nicht erklären konnte. Als hätte sie die Zeit genutzt, die Stille genutzt, um sich Fragen zu stellen. Um nachzudenken. Um zu beschließen. Sie wandte sich mir zu. Vor mir saß keine ratlose, irritierte Frau mehr, sondern eine Frau mit einem Ziel. Und einem Plan.

Ihre Augen verengten sich. »Es tut mir leid, dass Ihre Familie in eine derart missliche Lage geraten ist. Das wollte ich Ihnen schon eben gesagt haben.«

»Ach ja?«, erwiderte ich und zog die Augenbrauen hoch. Ich war gespannt auf den Entschluss, den sie scheinbar gefasst hatte – und welche Rolle Sophie Turner darin spielen würde.

»Ja.« Sie hielt kurz inne. »Wissen Sie, mir ist da eine Idee gekommen, bei der ich allerdings etwas Unterstützung brauche.« Als ich keinen Einwand erhob, fuhr sie fort. »Sie müssten etwas in Spanien erledigen, falls Sie sich dazu imstande sehen. Natürlich würde ich Ihnen Ihre Zeit vergüten. Alice erhält jeden Monat einen kleinen Betrag aus ihrem Fonds. Diese Summe könnte ich in der Zwischenzeit Ihnen überweisen. Die Bank würde sich um alle Details kümmern, sodass Sie sich keine Gedanken machen müssten.«

»Ich verstehe«, sagte ich, obwohl ich nicht verstand. Noch nicht. Doch ich wusste, dass ich bald verstehen würde. Maude vertraute mir völlig. Sie glaubte, dass die Frau, die da vor ihr saß, Sophie Turner, eine gute und anständige Person war, die finanzielle Hilfe verdiente. Auch wenn ich bereits einen eigenen Plan geschmiedet hatte, interessierte mich der von Maude. Ich wollte wissen, worauf er abzielte und ob er langfristig gesehen für mich vorteilhafter sein könnte.

Ich wog die Risiken ab, dachte über die Chancen nach – rief mir das deprimierende, gesichtslose Zimmer in der Pension in Erinnerung – und stimmte schnell zu.

Maude nickte bestätigend. »Mich hat das Verhalten, das Alice heute an den Tag gelegt hat, zu der Überzeugung gebracht, dass etwas geschehen muss.« Sie sah weg, hinüber zum Fenster. »Etwas, das eigentlich schon vor langer Zeit hätte geschehen müssen.«

17

ALICE

Am frühen Morgen des nächsten Tages stand die Polizei vor der Tür.

Natürlich hatte ich sie erwartet und gewusst, dass die Ruhe – dieses Zwischenstadium, in dem ich noch immer so tun konnte, als wäre nichts Entsetzliches geschehen, als wäre alles nur ein Traum – nicht lange andauern würde.

John war tot. Das hatte ich tags zuvor erfahren – von Maude und Lucy –, doch ich hatte diese Tatsache noch nicht als Wahrheit verinnerlicht. Sie war noch nicht zu meinem Verstand vorgedrungen, obwohl sie konkret, unzweifelhaft, unumstößlich und unabänderlich war. Maude hatte mich wie ein Kind ins Bett gepackt. Als wäre ich ein Pflegefall, ein Problem, dessen sie sich nie richtig entledigen konnte. Tot. Das Wort hallte durch meinen Kopf. Es war mir so vertraut und doch so fremd. Als meine Tante an den Laken zog, lag mir auf den Lippen zu sagen, dass das nicht wahr sein konnte. Dass John nicht verschwunden, nicht tot sein konnte, denn er war doch derjenige, der mich aus meinen Depressionen herausholen musste. Aus dieser Finsternis, die mich seit jener bitterkalten Nacht in Vermont, und auch schon vorher, umhüllte. Er konnte nicht verschwunden sein, er konnte nicht tot sein.

Mein Verstand wollte das einfach nicht akzeptieren. Nicht einmal später, als ich seine Leiche im grellen, harten Licht des rechtsmedizinischen Instituts sah. Mir wich sämtliche Farbe aus dem Gesicht, und ich taumelte rückwärts. Dabei war mir bewusst, dass meine Tante und die Beamten neben mir standen und jede einzelne Regung, jeden einzelnen meiner Atemzüge beäugten und einzuordnen versuchten. Ich spürte, wie sie mich – allesamt – beobachteten. Wie sie warteten. Auf die Tränen. Auf den hysterischen Anfall. Auf einen Auftritt, zu dem mir scheinbar die Kraft fehlte.

Ich wandte mich ab und setzte eine steinerne Miene auf.

»Madame?«

Ich blickte zu den beiden Beamten, in deren Gesichtern ein zögerlicher, unsicherer Ausdruck lag – als hätten sie Angst vor mir. Am liebsten hätte ich laut gelacht, denn wovor um alles in der Welt hätten sie sich fürchten müssen? Das hätte ich zu gern gewusst. Ich war schon drauf und dran, sie zu fragen, doch dann erdrückte mich die Last des Augenblicks, die Last der Gefühle, die ich spüren sollte. Von denen man erwartete, dass ich sie zeigte. Ich nickte den Männern zu – eine kurze, angedeutete Geste, ähnlich einer Verbeugung – und begann, rückwärts in Richtung Tür zu gehen. In mir stieg das gleiche Gefühl auf, das ich vor wenigen Tagen im Café Hafa und schon so häufig zuvor in meinem Leben gehabt hatte, wenn die Panik sich allmählich in mir ausbreitete. Dieses Gefühl, gefangen zu sein, drohte, über mich hereinzubrechen, sodass ich nur noch wegwollte. Trotzdem blieb ich stehen und sah nach links und rechts, als fehlte etwas, als hätte ich etwas vergessen.

Es war Lucy, begriff ich mit einem Mal.

Ich hatte nach Lucy gesucht.

Und da lachte ich tatsächlich.

»Madame.« Ich vernahm die Stimme des Beamten, spürte Maudes durchdringenden Blick. Trotzdem war ich nicht in der Lage zu antworten, war ich nicht in der Lage, etwas anderes zu tun, als mich abzuwenden und aus dem Raum zu flüchten, hinaus in den Flur, den zahlreiche Türen säumten. Doch hinter keiner schien sich der Ausgang zu verbergen, nach dem ich suchte. Ich stieß gegen die erste Tür, dann gegen die zweite, doch beide ließen sich nicht öffnen. Es gab keinen Weg nach draußen – ich war gefangen, ich saß fest in diesem labyrinthartigen Korridor.

Eine Gestalt tauchte vor mir auf. »Madame McAllister?«

Ich war noch nie mit dem Namen meines Mannes angesprochen worden, und mich streifte der Gedanke, wie aberwitzig es doch war, ihn ausgerechnet jetzt zu hören, wo ich nur wenige Schritte von seiner Leiche entfernt war. »Shipley«, flüsterte ich mit zitternder Stimme. »Mein Nachname lautet Shipley.«

Der Mann runzelte die Stirn. »Na gut, dann Madame Shipley.« Er hielt kurz inne und deutete zu der Tür neben ihm. »Folgen Sie mir, bitte!«

Der Mann war nicht besonders groß, wir waren fast auf Augenhöhe. Doch er strahlte eine Autorität aus, die mich innehalten ließ, die mein Herz vor Angst zum Pochen brachte. Er bekleidete offensichtlich einen höheren Dienstrang als die beiden anderen Beamten, mit denen ich vorher gesprochen hatte. Ich fragte mich, was er von mir wollte. Mein Blick wanderte zu der Tür, auf die er gezeigt hatte. Bei dem Gedanken, was sich dahinter verbergen könnte, stieg Panik in mir auf. Obwohl ich eigentlich wusste, dass ich ihn nach seiner genauen Funktion und seinem Anliegen fragte sollte, war das Einzige, was ich hervorbrachte: »Wohin gehen wir?«

»In mein Büro«, antwortete er, ohne eine weitere Erklärung abzugeben.

Ich spürte eine Hand auf meiner Schulter, drehte mich um und sah in Tante Maudes Gesicht. Ein leichter Schweißfilm glänzte über ihrer Lippe. »Du hast gehört, was der Mann gesagt hat, Alice«, sagte sie mit schroffer Stimme. »Lass uns hineingehen!«

Der Mann runzelte die Stirn und schien enttäuscht zu sein, dass sie uns begleitete.

Sein Büro war spärlich eingerichtet. Die Wände waren schmucklos, die gelbe Farbschicht schien in den Ecken abzublättern. Ich setzte mich auf einen der beiden Stühle vor seinem Schreibtisch, Tante Maude nahm auf dem anderen Platz.

Dann ließ er sich ebenfalls nieder, auf seinem Stuhl hinter dem Schreibtisch, und beugte sich vor. »Madame Shipley«, begann er. »Können Sie sich erklären, warum ein Mann namens Youssef im Besitz der Habseligkeiten Ihres Mannes war?«

Ich schüttelte den Kopf, überrascht von der Frage. Was auch immer ich erwartet hatte, das auf jeden Fall nicht. Doch dann drang etwas in mein Bewusstsein, und ich erinnerte mich daran, was Lucy neulich abends zu dem Polizisten gesagt hatte, über Youssef.

»Nein«, flüsterte ich, die Stimme leise und heiser. »Ich habe keine Ahnung.«

Er runzelte die Stirn und sah mich an. »Geht es Ihnen gut, Madame?«

Ich überlegte, ob ich ihm erzählen sollte, dass Lucy den Namen Youssef gegenüber dem Polizisten absichtlich erwähnt hatte. Dass sie höchstwahrscheinlich hinter allem steckte, worüber die Polizei gerade spekulierte. Ich überlegte, ihm nicht nur das, sondern auch alles andere, was passiert war, zu erzählen, doch dann bemerkte ich seinen stechenden, durchdringenden Blick, und die Worte erstarben auf meinen Lippen.

»Könnte ich bitte ein Glas Wasser haben?«, fragte ich stattdessen.

Die Bitte schien ihn zu verärgern, trotzdem gab er dem vor der Tür stehenden Beamten ein Zeichen. Nach einer kurzen Stille brachte man mir schließlich ein Glas lauwarmes Wasser.

»Danke«, murmelte ich. Ich stellte das Glas auf seinen Schreibtisch. Am Boden des Glases bildete sich ein feuchter Kranz und verschwand schließlich im Holz. Ich spürte Tante Maudes Blick auf mir, doch ich schaffte es nicht, ihn zu erwidern. Noch nicht.

»Tut mir leid, wie, sagten Sie, war Ihr Name?«, fragte ich den Mann, um Zeit zu schinden.

Er lehnte sich in seinem Stuhl zurück und seufzte. »Entschuldigen Sie, Madame. Mein Name ist Ayoub«, antwortete er. »Also, soweit ich weiß, haben Sie den Mann gekannt.«

Ich runzelte die Stirn, rieb meine Schläfe und fragte mich, ob sonst noch jemand bemerkt hatte, wie stickig und eng dieses Büro war. »Wen?«, fragte ich, obwohl ich genau wusste, wen er meinte.

»Youssef«, antwortete er barsch und betonte den Namen überdeutlich. »Vielleicht kennen Sie ihn aber auch unter dem Namen Joseph. Er ist derjenige, der für den Tod Ihres Mannes verantwortlich ist, Madame.«

»Nein«, wandte ich ein und schüttelte angesichts dieser Behauptung, die völlig unmöglich war, den Kopf. Nein, die Polizei lag völlig falsch. Tante Maude rutschte nervös auf ihrem Stuhl herum.

»Nein?« Ayoub zog die Augenbrauen hoch. »Wollen Sie damit sagen, dass Sie ihn nicht kennen oder dass er für den Tod Ihres Mannes nicht verantwortlich ist?«

»Ich will damit sagen, dass ich ihn nicht kenne«, sagte ich. Am liebsten hätte ich auch den zweiten Teil seiner Frage verneint.

»Da lauten die Informationen, die ich von meinen Männern habe, aber anders.« Ayoubs Augen verengten sich. »Demnach sollen Sie beide sich nämlich kennen.«

»Nein, das stimmt nicht«, protestierte ich. Die Annahme, dass wir uns kannten, hatte sich bereits in eine Tatsache verwandelt, stellte ich beunruhigt fest. Ich war mir des Unterschieds sehr wohl bewusst. »Ich habe ihn gekannt, aber nicht persönlich. John …« Ich hielt inne, meine Stimme stockte einen Augenblick, stolperte über seinen Namen. »Er hat mich vor ihm gewarnt.«

»Er hat Sie gewarnt … Warum?«, fragte Ayoub.

Ich schüttelte den Kopf. »Ich weiß es nicht. Ich sollte mich wohl vor ihm in Acht nehmen und vorsichtig sein, falls er mir zufällig begegnen würde, wenn ich allein unterwegs war.«

Der Beamte schien nachzudenken. »Dann ist Ihr Mann ihm also begegnet?«

Ich schüttelte erneut den Kopf. »Nein.« Doch dann fiel mir Sabine ein und das andere Leben, das er neben unserem gemeinsamen geführt hatte. »Ich weiß es nicht«, hörte ich mich sagen. »Ich meine, ich glaube es nicht. Er hat dahingehend nie etwas erwähnt.« Ich griff wieder nach dem Wasserglas.

Der Beamte beobachtete mich mit regungsloser, verschlossener Miene. »Ich bin leicht verwirrt, Madame. Wenn Sie Youssef nie kennengelernt haben und auch Ihr Mann ihn nie kennengelernt hat, warum haben Sie dann Angst vor ihm gehabt?«

»Wir haben keine Angst vor ihm gehabt«, antwortete ich umgehend.

»Nein?«, fragte er und runzelte die Stirn.

»Nein«, wiederholte ich, mittlerweile frustriert. »John hat mir Geschichten von Youssef erzählt. Dass er den Touristen Geld aus der Tasche zieht.«

»Und Sie haben Angst gehabt, dass er das auch mit Ihnen machen würde – Ihnen Geld aus der Tasche ziehen?«

Ich schüttelte wieder den Kopf. »Nein, eigentlich nicht. Es ist nur ...«

»Was nur, Madame Shipley?«, blaffte er.

Mir stieg die Röte ins Gesicht und breitete sich über mein Dekolleté aus. Wahrscheinlich war das selbst in diesem trostlosen, düsteren Raum zu erkennen. Ich räusperte mich, doch ehe ich etwas sagen konnte, ergriff Tante Maude das Wort. Sie beugte sich vor und legte eine Hand auf den Schreibtisch des Beamten. »Worum bitte geht es hier eigentlich?«

Ayoub neigte den Kopf, sichtlich verstimmt wegen der Einmischung, doch er gab sich alle Mühe, es zu verbergen. »Um gar nichts, Madame«, sagte er schließlich mit einem Lächeln, das aufgesetzt wirkte. »Wir versuchen nur, eine Verbindung zwischen dieser jungen Frau, ihrem Mann und dem Täter herzustellen.« Dann wandte er sich wieder mir zu, das Gesicht ausdruckslos. »Sie sind Youssef also nie begegnet?«

Ich schüttelte den Kopf. »Das habe ich Ihnen bereits gesagt. Ich bin ihm nie begegnet.«

»Das ist interessant.« Er lehnte sich auf seinem Stuhl zurück, und ein richtiges Lächeln tauchte auf seinem Gesicht auf. »Denn wir haben mit dem Verdächtigen gesprochen, und er behauptet, dass er Sie sehr gut kennt, Madame Shipley.«

Seine Worte ließen mich aufhorchen. »Wie meinen Sie das?«, sagte ich.

»Er sagt, dass Sie sich kennen. Dass Sie sich vor ein paar Wochen in einem Café vor dem Cinéma Rif kennengelernt haben.«

»Aber ich bin noch nie im Cinéma Rif gewesen«, wandte ich ein. Doch dann ging mir ein Licht auf – das war Lucy, von der er da gerade sprach. Sie war diejenige, die diese Idee gehabt und diese Falle gestellt hatte, sodass ich jetzt hier saß, in diesem Büro. »Lucy«, hauchte ich.

Ein Stirnrunzeln erschien auf Ayoubs Gesicht. »Wie bitte, Madame?«

»Sie meinen Lucy«, sagte ich wieder, dieses Mal lauter.

»Ich verstehe nicht«, sagte Ayoub, und sein Blick wanderte zu meiner Tante.

Ich zögerte, spürte den eisigen Blick meiner Tante, ihr Missfallen, doch ich schob beides beiseite, um fortzufahren. Ich konnte nicht länger schweigen. Nicht, wenn die Dinge so verdreht wurden. Die Polizei würde meine Hilfe brauchen, um das Gewirr zu entflechten, damit endlich alles einen Sinn ergab. Maude erkannte das noch nicht, konnte es noch nicht erkennen, aber das würde sie, irgendwann.

»Lucy Mason«, sagte ich, doch meine Stimme zitterte. »Ich kenne sie vom College. Sie war meine Mitbewohnerin.«

Das Stirnrunzeln blieb. »In welchem Zusammenhang steht das mit dem hiesigen Vorfall?«

»Lucy ist erst vor Kurzem hier in Tanger angekommen«, begann ich. »Ich glaube, dass sie etwas damit zu tun haben könnte.«

Ayoub schüttelte den Kopf. »Ich verstehe nicht ganz. Womit genau?«

»Mit allem«, sagte ich und beugte mich zu dem Beamten vor. »Mit dem Tod von John. Mit der albernen Idee, dass ich Youssef kenne. Und damit, dass ich irgendetwas mit dem Tod meines Mannes zu tun haben könnte.«

Ayoub schwieg einen Augenblick lang, doch dann lächelte er. »Interessant, dass Sie das erwähnen – dass Sie etwas mit seinem Tod zu tun haben könnten«, sagte er. »Denn wissen Sie, Youssef hat ebenfalls behauptet, dass jemand anders am Tod Ihres Mannes schuld ist. Eine Tangerine, eine Frau.« Er hielt kurz inne. »Seine gute Freundin, Madame Alice Shipley.«

»Was wollen Sie damit sagen?«, hakte ich nach.

»Ich will damit sagen, dass der Mann behauptet, unschuldig zu sein.« Ayoub zuckte mit den Achseln. »Er sagt, dass Sie, Madame Shipley, zu ihm gekommen sind und ihn über eine Frau befragt haben. Eine Frau, mit der Ihr Mann eine Affäre hatte. Und dann behauptet er noch, dass er sie kurz danach beobachtet hat, wie sie ihren Mann angegriffen und umgebracht hat. Ihren Mann, Madame Shipley.«

»Und das glauben Sie ihm?« fragte meine Tante in spöttischem Ton.

Ayoub machte eine wegwerfende Handbewegung. »Wir wissen über Youssef Bescheid, wir beobachten ihn schon seit Jahren. Bisher war er allerdings immer nur in Bagatelldiebstähle verwickelt. Kleine Gaunereien, nichts Weltbewegendes.« Er hielt inne. »Deshalb hat mich dieses Verbrechen ziemlich überrascht. Trotzdem …«

»Was?«, fragte ich mit bebender Stimme.

»… kann ich es mir vorstellen«, sagte er spitz. »Wenn er vielleicht, na ja, sagen wir mal, dazu überredet wurde. Haben Sie, Madame Shipley«, fuhr er fort und betonte meinen Namen, »von der Affäre Ihres Mannes gewusst?«

Ich erstarrte. Doch ehe ich antworten konnte, spürte ich Tante Maudes Hand auf meiner Schulter. Sie beugte sich vor und sprach in einem leisen, energischen Ton. »Monsieur, wollen Sie meiner Nichte etwas zur Last legen?«

Er schien sich seine Worte sorgfältig zu überlegen. »Nein, nicht im Moment, Madame. Das hier ist nur ein informelles Gespräch. Eine Chance für Madame Shipley, uns alles zu erzählen, was sie möglicherweise weiß.«

»Aber ich habe Ihnen doch gerade alles erklärt«, ergriff ich das Wort. »Ich habe mit diesem Mann nichts zu tun und er nichts mit John. Lucy steckt dahinter, nicht er.«

»Ach ja?« Daraufhin zog er mehrere Gegenstände aus seiner Hosentasche und legte sie auf den Tisch. Ich erkannte Johns lederne Brieftasche, die er sich in den Suks gekauft hatte. Sie roch wie die Stadt und rief Erinnerungen und Bilder in mir wach, die ich lieber hinter mir gelassen hätte. John hatte sie an dem Tag gekauft, als ich ihn auf dem Markt aus den Augen verloren hatte und deshalb wütend, verwirrt und verängstigt gewesen war. Aber nein – dann fiel mir ein, dass das überhaupt nicht am selben Tag geschehen war, sondern an zwei verschiedenen Tagen. Ich schüttelte den Kopf, und mein Blick wanderte zu dem anderen Gegenstand – klein und silbern –, den Ayoub hervorgezogen hatte.

Zuerst konnte ich ihn nicht einordnen. Doch dann hörte ich das vertraute Gerassel, erkannte die Form und die Details. Da wusste ich, was es war. Da wusste ich, dass es nur das sein konnte und nichts anderes.

Das Armband meiner Mutter.

Der Beamte musterte mich gespannt – und strahlte bereits triumphierend. »Sie erkennen diese Gegenstände, nicht wahr?«

In dem Zimmer herrschte eine drückende Hitze. »Ja«, antwortete ich. »Das Armband hat meiner Mutter gehört.« Doch selbst als ich die Worte sagte, hatte ich Mühe zu verstehen, wie dieses Armband in den Besitz von Youssef gelangt war. Ich hatte Mühe zu verstehen, welche Ereignisse dazu geführt hatten, dass dieses Armband – das einmal meiner Mutter gehört und das sie an ihrem Handgelenk getragen hatte – in den rauen, schwieligen Händen eines Fremden gelandet war, viele Meilen entfernt von dem Ort, an dem ich es zuletzt gesehen hatte.

»Aber es ist bis vor Kurzem noch in Ihrem Besitz gewesen?«, fragte der Beamte. »Also, bevor Sie es verschenkt haben.«

»Ja«, fuhr ich fort, doch dann schüttelte ich den Kopf. »Nein. Ich meine, es gehört mir noch immer, ich habe es nicht verschenkt«, sagte ich, die Stimme leise und heiser.

Er sah mich an. »Wenn das wahr ist, Madame, wie glauben Sie dann, dass ich in den Besitz dieses Armbands gekommen bin?«

Ich hatte Mühe zu sprechen. »Ich weiß es nicht«, erwiderte ich und wandte mich schließlich zu meiner Tante. Meine Worte waren eher an sie als an den Beamten gerichtet. »Ich habe keine Ahnung. Ich habe es in Bennington verloren. Zuerst habe ich geglaubt, dass Lucy es gestohlen hätte, was sie aber abstritt. Seitdem habe ich es nicht mehr gesehen.«

Der Beamte lehnte sich auf seinem Stuhl zurück. »Soll ich Ihnen verraten, wo ich es gefunden habe?« Seine Augen verengten sich. »Obwohl ich vermute, dass Sie es bereits wissen.«

»Nein, weiß ich nicht«, sagte ich. »Tante Maude.« Ich griff nach ihrer Hand. »Du musst mir glauben, ich habe keine Ahnung.«

Tante Maude schwieg.

»Wir haben dieses Armand bei Ihrem Freund Youssef gefunden.« Er hielt inne. »Entgelt«, sagte er und zog das Wort in die Länge.

Ich drehte mich wieder zu ihm. »Wie bitte?«

»Entgelt«, wiederholte er. »Er behauptet, dass Sie ihm dieses Armband als Entgelt gegeben haben.« Ayoub stieß ein kurzes Lachen aus. »Er schien keine Ahnung zu haben, dass es völlig wertlos ist, nur ein Stück strassbesetztes Metall.«

Maude rutschte nervös auf ihrem Stuhl hin und her. »Entgelt? Wofür genau?«

Der Beamte wandte sich zu ihr. »Ausweispapiere, Madame. Laut Youssef deutete Madame Shipley an, dass die Polizei früher oder später herausfinden würde, was sie getan hatte. Sie wollte sicherstellen, dass sie davor noch unbemerkt das Land verlassen kann.«

Ausweispapiere. Lucy hatte also vor Kurzem neue Papiere erhalten. Und Lucy war auch diejenige, die sich vor mehreren Wochen mit Youssef angefreundet hatte. Vielleicht hatte Lucy das alles geplant – obwohl ich nicht wusste, warum. Aber nein, wieso würde dieser Mann sich zu alldem bereit erklären, wenn er dafür im Gefängnis landete? Jetzt gab es keinen Grund mehr für falsche Behauptungen. Aber vielleicht wusste er gar nicht, dass seine Behauptungen falsch waren. Vielleicht glaubte er tatsächlich, dass sie ich war – dass sie Alice hieß.

Ich setzte an, um zu sprechen.

»Madame?«, sagte der Beamte stirnrunzelnd.

»Der Name«, keuchte ich. »Wie lautet der Name in den Ausweispapieren?«

»Wie bitte?«

»Der neue Pass«, sagte ich gepresst. »Wie lautet der Name in den Ausweispapieren?«

Der Beamte blickte in seinen Notizblock und blätterte mehrere Seiten durch, ruhig und bedächtig, sodass ich mich nach vorn beugte und die Armlehnen meines Stuhls so fest umklammerte, dass meine Knöchel weiß hervortraten.

»Alice, was ist los?«, fragte Tante Maude. Sie betrachtete meine zitternden Finger, und ich ließ die Armlehnen schnell wieder los.

»Die Ausweispapiere«, flüsterte ich, da ich den Beamten nicht stören wollte. »Das sind die Ausweispapiere, begreifst du das nicht?« Sie runzelte die Stirn, und ich beeilte mich, es ihr zu erklären. »Lucy. Sie hat sich neue Ausweispapiere machen lassen. Ausweispapiere, die auf den Namen Sophie Turner lauten.«

»Alice ...«, begann sie, und die Falten zwischen ihren Augenbrauen vertieften sich.

»Nein«, fiel ich ihr ins Wort und schüttelte den Kopf. »Ich habe recht. Ich weiß, dass ich recht habe. Das ergibt Sinn. Nur das ergibt Sinn.« Ich wandte mich wieder dem Beamten zu. »Haben Sie ihn gefunden? Den Namen?«

Ayoub blickte auf. »Youssef kannte den Namen nicht. Er hat gesagt, dass Madame darauf bestanden hat, mit dem Fälscher persönlich in Kontakt zu treten, um ihn nicht noch weiter in die Sache mit hineinzuziehen.«

Ich sank zurück in den Stuhl.

»Madame«, fuhr der Beamte fort, doch seine Stimme klang mittlerweile, als wäre sie weit entfernt. »Wir wollten auch mit der Geliebten Ihres Mannes sprechen. Doch wir haben sie nicht finden können. Sie scheint das Land verlassen zu haben – beziehungsweise sie scheint wohl eher geflüchtet zu sein, aus Angst um ihr Leben. Wie es aussieht, fand die Flucht eine Nacht vor dem Verschwinden Ihres Mannes statt und geschah mit dessen Hilfe. Soweit wir wissen, hatte er vorgehabt, sie später in Europa zu treffen.«

Ich schüttelte den Kopf, während ich die Worte, eines nach dem anderen, in mir aufnahm. »Ich habe sie nicht gestoßen«, flüsterte ich und wusste, dass ich etwas Falsches gesagt hatte.

Sowohl Ayoub als auch Maude beugten sich augenblicklich vor. Laut und hastig sprudelten Worte aus ihnen heraus, die ich jedoch nicht hörte, nicht wahrnahm. Stattdessen merkte ich, wie mir langsam das Blut aus dem Gesicht wich. Mir kam eine Erkenntnis – glasklar, scharf und derartig schlagartig, dass mir der Atem stockte. Zum ersten Mal begriff ich, was gerade geschah – warum dieser Mann mir diese Fragen stellte. Ich wandte mich zu Tante Maude um, da ich wissen wollte, ob auch sie es begriff. Ihre steinerne Haltung verriet mir, dass dies der Fall war, und ich ertappte mich bei der Frage, ob dies wohl von Anfang an so gewesen war, von dem Moment an, als der Beamte uns in das Zimmer gebeten hatte.

Meine Haut kribbelte. »Entschuldigen Sie mich, bitte«, sagte ich, und meine Stimme klang dabei so dumpf, dass ich sie nicht als meine eigene erkannte.

Ayoub betrachtete mich mit diesem strengen Blick, aus dem schon lange jedwede Freundlichkeit verschwunden war. »Da ist noch etwas«, sagte er.

Ich zögerte. »Ja?«

Er starrte mich an. »Warum sind Sie nicht zur Polizei gegangen, als Ihnen klar geworden ist, dass Ihr Mann verschwunden war?« Als ich nicht antwortete, fuhr er fort. »Aber vielleicht haben Sie es ja doch gemeldet. Das ist noch so eine unklare Sache. Laut meiner Beamten hat nämlich eine Frau namens Alice Shipley hier im Revier angerufen. Als sie Ihnen dann aber einen Besuch abstatteten, bestritten Sie, mit der Polizei telefoniert zu haben.«

Ich blinzelte. »Das war nicht ich. Und ich wusste anfangs auch nicht, dass John verschwunden war.«

Er runzelte die Stirn. »Sie wussten nicht, dass Ihr Mann verschwunden war?«

»Nein«, antwortete ich kopfschüttelnd. Mir war klar, wie das klingen musste und dass es dafür nie eine hinreichende Erklärung geben würde. Trotzdem beeilte ich mich zu sagen: »Er wollte wegfahren. Mit einem Freund.«

»Mit einem Freund?«

Ich zögerte und erahnte bereits seine nächste Frage. »Er heißt Charlie«, erwiderte ich. Als Ayoub dann genau die Frage stellte, mit der ich gerechnet hatte, nämlich wie er ihn erreichen könnte, schüttelte ich erneut den Kopf. »Ich weiß es nicht«, antwortete ich.

»Sie wissen nicht, wie Sie den Freund Ihres Mannes erreichen könnten?«, fragte er, und in seiner Stimme schwangen Misstrauen und Zweifel mit.

»Nein«, gab ich zu, und mein Herz begann zu klopfen. »Ich habe ihn nur ein paarmal getroffen. Charlie, meine ich.«

»Aber das erklärt noch immer nicht, woher Sie es wussten.«

»Was? Das mit Charlie?«, fragte ich verwundert.

»Nein, Madame«, entgegnete er und schüttelte den Kopf. »Dass Ihr Mann verschwunden ist.«

»Ein Kollege von John kam vorbei und erzählte es mir.« Ich hielt kurz inne und war bereits auf seine nächste Frage vorbereitet. »Ich weiß nicht, wie er heißt.«

»Er hat sich Ihnen nicht vorgestellt?«

»Nein, hat er nicht.«

Er verzog das Gesicht. »Verzeihen Sie meine Direktheit, aber Sie scheinen einiges nicht zu wissen. Und auch auf einiges keine Antwort zu haben.«

Das beschäftigte mich, als ich aufstand und mich von dem Beamten abwendete. Tante Maude erhob sich ebenfalls. Ich spürte sie in meinem Rücken, als ich die Tür öffnete und wir schließlich wieder in den Flur traten.

»Madame«, ertönte noch einmal Ayoubs Stimme.

Ich blieb stehen, drehte mich aber nicht um.

»Man hat uns darüber in Kenntnis gesetzt, dass Sie Ihr Konto bei der örtlichen Bank aufgelöst haben. Wir müssen Sie daher bitten, Ihren Pass hierzulassen.«

Ich nickte steif und ließ die Tür zufallen.

Tante Maude bestand darauf, dass ich sie zurück zum Hotel Continental begleitete.

Es war eines der ältesten Hotels in Tanger. Die breite weiße Fassade überragte die restlichen Gebäude, als sollte dies die Wichtigkeit des Hauses hervorheben. Auf mich hatte es stets wie eine Burg aus einem Märchen gewirkt, nur dass es statt von einem Burggraben von einem Hafen umsäumt war, statt von Säulen von Dutzenden von Palmen verziert wurde und statt einer königlichen Familie Künstler und Schriftsteller beherbergte, die über die Grenzen Tangers hinaus, *da draußen,* berühmt und bedeutend waren. Ich konnte mir eigenartigerweise eine Welt außerhalb dieses Landes, außerhalb Marokkos, nicht mehr vorstellen. Eine Welt, die parallel dazu existierte. Alle Stränge meines Lebens schienen für immer und ewig mit diesem Land, mit diesem Ort, verknüpft zu sein, egal, wie weit ich mich davon entfernte. Ich versuchte, mich zu erinnern, ob ich genauso empfunden hatte, bevor ich damals Bennington verließ. Doch Bennington schien so weit weg, als würde es neben der gleißenden Sonne Tangers ebenfalls nicht mehr existieren. Als besäße diese heiße, staubige Stadt die Macht, die grünen Wälder, die Hügel und den Geruch des feuchten Laubs auszuradieren. In diesem Moment war ich sicher, dass ich Bennington nie wiedersehen würde.

»Geht es dir nicht gut?« Die Stimme meiner Tante riss mich aus meinen Gedanken. Wir saßen uns auf der zum Hafen hin liegenden Terrasse gegenüber, zwischen uns ein kunstvoll verziertes Teeservice. Bis jetzt hatten wir geschwiegen. Das Ungesagte bildete eine Kluft, die ich nicht zu überbrücken wusste.

»Nein, ich habe nur nachgedacht«, begann ich und setzte meine Teetasse klirrend ab.

Sie hob abwehrend eine Hand, um mich zum Schweigen zu bringen. »Schon in Ordnung, Alice. Du musst nichts sagen. Wir werden eine Lösung finden, so wie wir schon einmal eine Lösung gefunden haben.«

Ich runzelte die Stirn und begriff, dass sie Bennington meinte. »Maude«, setzte ich erneut an. Der Klang ihres Namens ließ sie verwirrt aufblicken. »Du musst mir glauben. Ich meine, das mit Lucy.«

»Alice …«

»Nein«, fiel ich ihr ins Wort und weigerte mich, ihr zuzuhören. »Du musst mir glauben. Du musst mir vertrauen, wenn ich dir sage, dass sie an allem, was hier geschehen ist, schuld ist, genau wie damals. Du musst.«

Sie schüttelte den Kopf, stellte ihre eigene Teetasse ab und seufzte dabei verärgert. »Schluss jetzt, Alice!«, befahl sie, doch ihre Stimme klang nicht so streng, wie von ihr beabsichtigt. Stattdessen wirkte Maude traurig und müde – als würde sie dieses Gespräch schon ihr ganzes Leben lang führen. »Bitte, ich möchte von dieser Lucy Mason nichts mehr hören!«

»Aber wenn du mir doch nur zuhören würdest, dann …«

»Nein, Alice«, unterbrach sie mich. »Das kann ich nicht. Ich kann mir das alles nicht noch mal anhören.« Sie schüttelte den Kopf. »Nach dieser schrecklichen Geschichte damals in Vermont hast du nur noch von Lucy gesprochen. Du schienst von ihr besessen zu sein.« Sie hielt inne. »Einige deiner Kommilitoninnen haben mir damals erzählt, dass ihr euch gestritten hättet und du etwas gesagt hättest – in jener Nacht.«

Ich versuchte, mich zu erinnern. »Was habe ich denn gesagt?«

Tante Maude sah weg. »Du hast gesagt, dass sie verschwinden soll.« Sie hielt kurz inne. »Und dann ist sie verschwunden.«

»Aber das war …«, begann ich zu protestieren.

»Alice«, fiel sie mir erneut ins Wort. »Du musst doch begreifen, wonach das alles aussieht.«

Ich schüttelte den Kopf und verstand nicht, was sie damit meinte. »Lucy hat es getan – Lucy steckt dahinter – so wie damals.«

»Alice«, begann sie erneut und senkte ihre Stimme. »Dafür gibt es keinerlei Beweise. So wie es auch keinerlei Beweise dafür gibt, dass überhaupt jemand daran schuld ist. Das war einfach nur ein Unfall. Etwas, wofür niemand zur Rechenschaft gezogen werden kann. Das ist eine Tragödie, ja, und ich kann nachvollziehen, dass du mit dieser Ungerechtigkeit noch immer zu kämpfen hast. Aber jemand anders die Schuld dafür zu geben, einem Mädchen, das niemand gesehen hat, seit …« Sie verstummte.

Ich runzelte die Stirn. Dass sie eine solche Abneigung gegen dieses Thema hatte, war mir unbegreiflich. Genauso wie die Tatsache, dass sie Lucys Namen lieber verleugnete, als ihrer Nichte Gehör zu schenken und sich so der Wahrheit zu öffnen.

Und dann erinnerte ich mich daran, was sie nach dem Unfall gesagt hatte. *Ich werde mich um alles kümmern*. Ich schnappte nach Luft. Das war es also. Das war also ihre Wahrheit. Schon die ganze Zeit, ich hatte nur bisher die Augen davor verschlossen. Ich schaute sie an und stellte sicher, dass wir Blickkontakt hielten. »Maude«, sagte ich mit gleichmäßiger, ruhiger Stimme. Und dann stellte ich die Frage, die, wie ich gerade begriffen hatte, seit dem letzten Jahr zwischen uns gestanden war. »Maude, was glaubst du, was ich getan habe?«

Sie wurde blass. Ich wartete darauf, dass sie es leugnete und mich für lächerlich, vielleicht sogar für hysterisch erklärte. Doch dann wandte sie ihren Blick von mir ab und schaute zum Hafen. »Ich weiß es nicht, Alice«, flüsterte sie. Sie wandte sich wieder mir zu. »Doch was noch schlimmer ist, ich weiß nicht, ob du es weißt.«

Da spürte ich, wie die Schatten sich mir näherten. Ich erinnerte mich an die Tage nach dem Tod meiner Eltern. Alles hatte verstärkt gewirkt, aber gleichzeitig dumpf und fern. Mein Zeitgefühl ließ mich im Stich. Stunden vergingen wie Tage und Tage wie Stunden. Zumeist lag ich in meinem Bett, mit rasendem und gleichzeitig erschöpftem Verstand. Der

Schlafmangel ließ mich ständig blinzeln, meine Augen waren trocken und müde und hatten deswegen nicht ausmachen können, was real war, was greifbar war und was mein fiebriger Geist sich nur einbildete.

So durfte es nicht enden.

Ich vertrieb die Gedanken an meine Eltern und ihren Tod aus meinem Kopf. Ich ignorierte die dunklen Flecken, die sich von den Rändern her in mein Sichtfeld fraßen, immer weiter, von Minute zu Minute mehr.

Irgendetwas musste ich doch unternehmen können. Etwas, das dazu beitragen würde, dieses schreckliche, verdammte Chaos, das Lucy erneut angerichtet hatte, zu beseitigen.

Ich stand auf. Dabei stieß ich meine Teetasse um, sodass die hellbraune Flüssigkeit sich über den Tisch ergoss und auf den Boden tropfte. »Tut mir leid«, murmelte ich. »Entschuldige mich bitte, Tante.«

Als ich das Hotel Continental und Tante Maude verließ – die meinen fluchtartigen Aufbruch irritiert und betroffen verfolgte –, kam mir in den Sinn, was der Polizeibeamte auf dem Revier gesagt hatte. Ja, ich hatte auf einiges keine Antwort. Das stimmte.

Doch ich wusste, wer als Einziger die Antworten darauf hatte.

18

LUCY

Ich schälte mich aus meinem Kleid, dem ansehnlichen schwarzen Hemdblusenkleid, das ich an meinem ersten Tag in Tanger getragen hatte. Dann noch einmal neulich, anlässlich Maudes Ankunft in Tanger. Ein Mädchen wie Sophie würde wohl keine Hose tragen. Ich war schweißnass, das Kleid klebte an meinem Rücken, als wollte es sich nicht von mir lösen. Dann, nachdem ich ein paar Minuten wütend am Reißverschluss herumgezerrt hatte, gab der Stoff endlich nach. Das Kleid fiel von mir ab, ich war frei. Besiegt lag es in einem Knäuel auf dem Boden. Ich seufzte. Am liebsten hätte ich es dort liegen gelassen oder aus dem Fenster geworfen. Doch ich stopfte es in meinen Koffer und hoffte, dass diese Heuchelei bald ein Ende haben würde.

Die Zeit war gekommen, Abschied zu nehmen. Abschied von Tanger.

Noch vor wenigen Stunden, als ich durch Youssefs leeres Atelier gestreift war, hatte ein Teil von mir sich dagegen gewehrt und sogar Schuldgefühle gehabt. Youssef hatte sein ganzes Leben auf die Befreiung Tangers gewartet. Jetzt war diese Freiheit zum Greifen nah – es konnte sich nur noch um wenige Wochen handeln, bis die Stadt unabhängig sein würde. Mir war bewusst, wie ungerecht es war, selbst als ich Johns blutverschmierte Brieftasche auf dem Boden platzierte, hinter eines von Youssefs Bildern, wo bereits irgendwo das Armband lag, eine Anzahlung für meine Dankbarkeit. Mir war bewusst, wie unfair es war. Er würde den Rest seines Lebens hinter Gittern verbringen, nur deshalb, weil er das Gleiche getan hatte wie ich – gekratzt und gekrallt und so hart wie möglich darum gekämpft, seinen Anteil vom Kuchen abzubekommen, den die Welt ihm verweigerte. Ich war einmal mehr erstaunt, wie ähnlich wir uns doch waren, Youssef und ich. Unterdrückt von den gleichen Mächten, von Männern wie John. Obwohl wir Verbündete hätten sein müssen, obwohl der Sieg über John uns zu Partnern, zu Mitverschwörern hätte werden lassen müssen, würden wir jetzt nur noch Feinde sein.

Als ich das Bild auf der Staffelei sah, verharrte meine Hand kurz in der Bewegung. Ich hatte Youssef bei meinem letzten Besuch im Atelier nicht gefragt, ob ich es sehen dürfte. Ich hielt es nicht für nötig, einen Blick darauf zu werfen. Später fragte ich mich, ob er überhaupt gemalt hatte, ob es tatsächlich ein Porträt von mir war, das er da mit seinen Pinselstrichen geschaffen hatte. Doch zumindest schien er in dem Punkt ehrlich gewesen zu sein.

Das Bild, eine seltsame Mischung aus Blautönen, die ich nicht benennen konnte, gab meine Gesichtszüge in erstaunlicher Klarheit wieder. Und es verriet, dass er mich in den letzten Wochen genau beobachtet hatte – denn das konnte er unmöglich in den wenigen Momenten wahrgenommen haben, in denen ich ihm Modell gesessen hatte. Aus dem Bild sprach Intimität. Etwas, das auf eine Beziehung zwischen dem Künstler und dem Modell hindeutete. Meine Kenntnisse in Kunst waren sehr beschränkt, doch mir kam es so vor, als sollte es zum Fühlen, zum Nachdenken anregen.

Langsam brach der Abend herein. Ich beobachtete das blasser werdende Licht, das auf das Bild herabfiel, und war hin und her gerissen zwischen dem Impuls, dieses Atelier zu verlassen, Tanger zu verlassen, und dem Wunsch zu bleiben. Mit einem Mal schien alles so plötzlich gekommen zu sein, als hätte ich keine Zeit gehabt, mich auf den Abschied vorzubereiten und mir zu erlauben zu trauern. Ein Teil von mir wollte das Bild dalassen, als Erinnerung, als Beweis dafür, dass ich einmal hier gewesen war. Dass ich Tanger geliebt hatte. Dass ich Alice geliebt hatte. Dass alles eine Bedeutung gehabt hatte. Doch dann kam mir der Gedanke, dass Youssef bei seinem Anblick meinen könnte, er hätte mich ausgestochen – auch wenn diese Illusion nur kurz andauern würde. Die Vorstellung beunruhigte mich. Mir kam auch der Gedanke, dass die Polizei das Bild finden und vielleicht lange genug davor verweilen könnte, insbesondere wenn Youssef begreifen würde, dass seine Alice nicht *die* Alice war, und er beschließen würde, mit dem Finger auf mich zu zeigen. Ich erkannte, dass ich es mitnehmen musste.

Und so hatte ich es mitgenommen.

Jetzt hielt ich kurz inne, ehe ich die Bluse über meinen Kopf stülpte und herunterzog. Meine Lider flatterten, als ich mich im Spiegel betrachtete. Eine junge Frau, relativ hübsch, aber keine aufsehenerregende Schönheit. Ich dachte an Youssefs Bild – an die Gerissenheit, die er eingefangen hatte. Ich entspannte mein Gesicht, bemühte mich, meine Gesichtszüge weicher werden zu lassen, mich in ein Mädchen namens Sophie Turner zu verwandeln. Doch ich ahnte bereits, dass sie nicht mehr zu mir passen würde – sie würde mit jedem Schritt, den ich machte, nutzloser, wertloser werden.

Ich griff nach meinem Koffer und warf einen letzten Blick in die Wohnung.

Wir hätten hier glücklich werden können, dachte ich traurig.

Ich schloss die Tür und trat auf die Straße.

Draußen atmete ich die Düfte Tangers ein und dachte daran, dass ich den Boden dieser Stadt vielleicht nie wieder unter meinen Füßen spüren würde. Ich schlenderte über die Märkte und ließ meinen Blick über die riesigen Gewürzberge schweifen, vom leuchtenden kürbisfarbenen Kurkuma bis hin zu den zerstoßenen Rosenblättern und den überbordenden Körben mit Pfefferkörnern. Genau hier würde ich meine Zeit verbringen, wenn ich eine Malerin wäre, eine Künstlerin. Nirgendwo anders. Es gab keinen besseren Ort, um Tanger in sich aufzunehmen.

Und dann steuerte ich ein letztes Mal zur Kasbah, zu den Gräbern, zur Klippe und dem Meer, obwohl ich wusste, dass es albern und viel zu sentimental war. Sogar viel zu gefährlich. Doch ich konnte nicht anders.

Als ich oben auf der Klippe stand, um einen letzten Blick auf Tanger zu werfen, überwältigte mich die Schönheit der Stadt, ihr geheimnisvolles Wesen. Ich dachte an die Geschichte, die Youssef mir erzählt hatte. Die Geschichte von der wunderschönen Frau, die die Männer in den Tod gelockt hatte. Vielleicht war es überhaupt keine geheimnisvolle Frau, dachte ich jetzt. Vielleicht war es einfach nur Tanger, Tingis. Denn ich war hier ebenfalls einen Tod gestorben, so wie diese Männer. Ich war bei meiner Ankunft eine andere Person gewesen als jetzt bei meiner Abreise. Diese Metamorphose schien von einer Wiedergeburt abzuhängen, der nun mal der Tod vorausging. Beides war untrennbar miteinander verbunden.

Ich griff nach dem Bild, das ich unter den Arm geklemmt hatte, und vergewisserte mich, dass mich niemand beobachtete, ehe ich es ins Meer warf.

Lucy Mason hatte sich endlich überlebt – sie war ohnehin nie von besonderem Nutzen gewesen, dachte ich verächtlich. In eine arme, ungebildete Familie hineingeboren, die sich nie um sie geschert hatte, grenzte es an ein Wunder, dass sie älter als zehn Jahre alt geworden war. Dass sie in dieser Werkstatt überlebt hatte, allein mit ihrem Vater und den anderen Männern, dass sie sich selbst das Lesen und Schreiben beigebracht hatte, dass sie Bücher verschlungen hatte, dass sie ein Stipendium erhalten hatte mit der Aussicht auf ein besseres Leben – das alles war nicht vorgesehen gewesen. Sie hätte vor langer Zeit sterben sollen, so wie ihre Mutter. Noch so ein vergessenes Leben, noch so ein vergessener Tod. Ich hatte niemanden zu betrauern, niemandes zu gedenken. So stand ich noch einen kurzen Augenblick da, stellte mir vor, die Wellen seien Flammen, und schaute zu, wie sie sich überschlugen und die allerletzten Spuren von Lucy Mason verschlangen und in die Tiefe drückten.

Ich trat von den Klippen und stellte fest, dass mir die Zeit davonlief. Die Fähre würde schon bald eintreffen. Also machte ich mich auf den Weg zum Hafen und vermied es, noch einmal an den Orten zu verweilen, an denen ich nur wenige Augenblicke zuvor vorbeigegangen war. Erwartungsvoll, begierig, hungrig nach einer Erinnerung, hungrig nach einem Andenken an Tanger. Ich dachte an jenen ersten Tag, als die Händler mich gegrüßt hatten, mir zugerufen und vergeblich versucht hatten, mir das Geld aus der Tasche zu ziehen. Nun sah ich sie auf meinem Weg zum Hafen wieder, und dann – ja, ich wusste, dass er es war – erblickte ich dieselbe Fliege, die mir durch die Straßen gefolgt war, als ich an jenem ersten Tag Alice' Wohnung gesucht hatte. Jene Fliege, die sich nur wenige Augenblicke, bevor ich unter Alice' Balkon gestanden und sie aus der Distanz beobachtet hatte, entfernt hatte.

Er kam auf mich zu, ein Lächeln auf den Lippen. »Braucht Madame einen Fremdenführer?«, fragte er erwartungsvoll.

Ich schüttelte den Kopf und deutete zu dem nahe gelegenen Boot.

Er nickte und öffnete seine Jacke. Billige, glänzende Armbänder und Ringe kamen zum Vorschein, zweifellos von der Sorte, die die Haut innerhalb weniger Tage grün verfärbte. »Ein Schmuckstück, Madame«, bot er an. »Als Andenken an Ihre Reise.«

Ich nickte und griff nach meinen letzten Francs. »Hier«, sagte ich und gab ihm die Münzen.

Er belohnte mich mit einem der Armbänder.

»Ein Andenken, Madame«, sagte er lächelnd. »An Ihre Zeit in Tanger.«

Ich dankte ihm und ging weiter zum Hafen. Als ich an Bord ging, warf ich das Armband ungerührt ins Meer. Ich stieß ein kurzes Lachen aus, als ich daran dachte, dass ich der Fliege am liebsten gesagt hätte, ich bräuchte überhaupt kein Andenken an Tanger, weder das Armband noch sonst einen seiner kleinen Schätze.

Denn immerhin war ich eine Tangerine.

Und würde die Stadt nie vergessen.

19

ALICE

Das Gefängnis in Malabata war gar nicht so trostlos, wie ich es mir vorgestellt hatte.

Es lag am östlichen Rand der Stadt. Ein riesiges, gewaltiges Gebäude ragte dort vor mir auf, das mich sofort an das Hotel Continental erinnerte. Mich erfasste ein Schauer. Die beiden Bauten hätten unterschiedlicher nicht sein können, trotzdem war da etwas, das eigenartig vertraut war. Beide strahlten etwas Imposantes aus.

Drinnen wurde ich durch eine Reihe von Gängen geführt, bis ich schließlich zu einer Art provisorischer Zelle gelangte, die abseits vom restlichen Gefängnistrakt lag.

Youssef stand auf, als ich eintrat. »Ich bin mittlerweile so berühmt, dass sie beschlossen haben, mir eine eigene Zelle zu geben.« Mit diesen Worten begrüßte er mich und zeigte auf seine Umgebung. Er lächelte und betrachtete mich. Ich sah mich in dieser winzigen Kammer um, dem Gefängnis im Gefängnis, das sie für ihn geschaffen hatten.

Ich rang mir ein Lächeln ab, obwohl ich vermutete, dass er den wahren Grund für seine besondere Behandlung kannte. Sicherlich, Tanger war ein gefährliches Pflaster. Doch von John wusste ich, dass in Malabata zumeist Diebe und Zuhälter einsaßen. Das häufigste Verbrechen war der Kif-Schmuggel von den Bergen in die Stadt. Ein Schwerverbrecher wie Youssef war eine Ausnahme, sowohl für die anderen Insassen als auch für die Wachen. Deshalb hatte man ihn abgesondert und ihm eine Zelle abseits der anderen zugeteilt, in der ihm lediglich ein einzelnes Fenster Gesellschaft leistete.

Ich räusperte mich. »Ich wollte mit Ihnen über Lucy Mason sprechen.«

Youssef saß auf dem einzigen Stuhl, den es in der Zelle gab. Er kippte damit gegen die Wand und balancierte gefährlich auf den Stuhlbeinen. »Sie sind nicht der erste Mensch, von dem ich diesen Namen höre«, stellte er fest, schüttelte den Kopf und lachte kurz. Er ließ den Stuhl mit einem polternden Geräusch nach vorn fallen. »Tut mir leid, dass ich Sie enttäuschen muss, Madame. Aber ich kenne niemanden mit diesem Namen.«

»Lucy Mason ist die Frau, die Sie vor ein paar Wochen auf dem Grand Socco kennengelernt haben«, sagte ich. Er neigte den Kopf zur Seite, was ich als Zeichen dafür deutete, dass er mir zuhörte. Dass ich fortfahren sollte. »Wissen Sie, Monsieur, *ich* bin Alice Shipley.«

Da riss er die Augen so weit auf, dass seine Brauen mehrere Zentimeter in die Höhe schossen. Er schwieg, doch er musterte mich, taxierte mich. »Ich verstehe«, sagte er schließlich.

»Die Frau, die Sie kennengelernt haben, hat meinen Namen benutzt«, fuhr ich fort, ich wollte nunmehr alle Fakten auf den Tisch legen. »Ich bin mir nicht sicher, warum. Doch ich denke, einfach deswegen, weil sie alles, was schließlich geschehen ist, von Beginn an geplant hatte.« Ich wartete auf eine Antwort. Als sie nicht kam, fügte ich hinzu: »Und deshalb müssen Sie es ihnen sagen.«

Er lächelte. »Was sagen, Madame? Und wem?«

»Der Polizei«, erwiderte ich, verwirrt darüber, dass er nicht verstand, dass er nicht begriff. »Sie müssen der Polizei sagen, was ich Ihnen gerade gesagt habe.«

»Was? Dass eine Tangerine mich belogen hat? Dass sie mir einen falschen Namen genannt hat?« Er zuckte mit den Achseln. »Das ist wohl kaum eine Neuigkeit.«

Ich schüttelte den Kopf. »Sie müssen ihnen sagen, dass ich nicht Alice bin. Beziehungsweise nicht die Alice, die Sie kennen. Sie müssen ihnen sagen, dass ich nicht diejenige bin, die Sie in jener Nacht gesehen haben – ich meine, in der Nacht, in der John umgebracht wurde.«

»Ja, das könnte ich ihnen sagen.« Er hielt kurz inne. »Aber warum sollten sie mir glauben?«

Ich stieß ein irritiertes *Tss* aus und fragte mich, warum er nicht begreifen wollte, dass das mein einziger – aber auch sein einziger – Ausweg war. Seine einzige Chance, sich zu rehabilitieren und von den Ketten zu befreien, in die er durch Lügen geraten war. »Weil sie Ihnen glauben müssen«, sagte ich.

Er schüttelte den Kopf. »Madame, ich werde Ihnen erklären, was die Polizei sagen wird. Und zwar wird sie sagen, dass Sie hierhergekommen sind, um mich zu überreden, für Sie zu lügen. Denn warum sollten Sie einen Mann im Gefängnis besuchen, den Sie gar nicht kennen? Aus welchem anderen Grund als aus dem, ihn zu bitten, Ihr Leben zu retten, da sein eigenes bereits verloren ist?«

Ich stand da, fassungslos.

»Die Polizei wird Ihre Aussagen und Ihre Absichten so lange verdrehen, bis sie ihren Vorstellungen entsprechen«, fuhr er fort. »So ist das nun mal mit der Polizei. Nichts wird sich ändern, wenn ich mit ihnen spreche. Wie Sie sehen, ist die Lage aussichtslos.«

»Aber das kann nicht sein«, entgegnete ich, doch leise und kleinlaut. »Lucy darf nicht davonkommen. Das wird dieser Ort sicher nicht zulassen.«

Er zog die Augenbrauen hoch. »Dieser Ort?«

»Ich habe damit nicht gemeint …«, begann ich hastig, um mich zu erklären. Doch dann verstummte ich und überlegte, ob ich nicht genau das gemeint hatte. Tanger. Dieser Ort. Diese seltsame, gesetzlose Stadt, die allen und niemandem gehörte.

Youssef lehnte sich auf seinem Stuhl zurück. »Ich möchte Ihnen die Geschichte eines Freunds erzählen. Er arbeitet im Hotel Continental – das kennen Sie doch, oder?«

»Ja«, antwortete ich, und meine Wangen röteten sich, als er es erwähnte. Ich betrachtete Youssef und fragte mich, wie oft er dort schon Tee getrunken, ob er das Hotel überhaupt schon einmal betreten hatte. Die Vorstellung, dass er zu dieser Stadt gehörte und die Stadt zu ihm, aber dennoch nicht jeder ihrer Plätze und Räume, erschien mir mit einem Mal merkwürdig. »Ja«, sagte ich noch einmal. »Ich kenne es.«

Er nickte. »Mein Freund ist der Manager des Hotels. Er hat mir einmal von einer Touristengruppe erzählt, die dort übernachtet hat. Amerikaner. Als sie die Fähre verließen, war eine ihrer ersten Fragen, wie sicher Tanger sei.«

Youssef hielt kurz inne und taxierte mich, sodass ich begann, mich unbehaglich zu fühlen. Ich musste unwillkürlich an John denken. An seine Leiche auf dem Metalltisch im rechtsmedizinischen Institut. Tanger war überhaupt nicht sicher, wollte ich sagen, wollte ich herausschreien. Nichts von dem, was ich bisher von der Stadt kennengelernt hatte, würde das Gegenteil beweisen. Und nichts von dem, was Youssef, ein Sohn Tangers, dazu zu sagen hätte, könnte daran etwas ändern. Doch dann sah ich ihn an, diesen Mann, der für ein Verbrechen verhaftet worden war, das er nicht begangen hatte, und sah mich außerstande, ihm das zu sagen. »Darüber weiß ich nichts«, erwiderte ich stattdessen.

»Tja«, sagte Youssef und rutschte auf seinem Stuhl herum. »Er fragte sie, ob sie denn zu Hause stehen bleiben würden, wenn ein Fremder sie anspräche«, begann er. »Ein Fremder mit einer gezackten Narbe im Gesicht«, fuhr er fort und zeigte auf sein eigenes Gesicht, als wäre dort eine Schramme sichtbar. Er beugte sich vor. »Würden Sie?«, fragte er in barscherem Ton.

»Nein«, antwortete ich schnell.

»Nein«, wiederholte er. »Natürlich nicht. Also, warum sollten Sie hier stehen bleiben, wenn ein solcher Mann Sie anspricht? Nur um sich dann später zu wundern, dass etwas passiert ist?« Er schüttelte den Kopf. »Ein Dummkopf«, sagte er und tippte sich mit dem Finger gegen die Schläfe, »bleibt ein Dummkopf, ob zu Hause oder hier. Gerät man zu Hause in Schwierigkeiten, sollte man sich nicht wundern, wenn man auch hier in Schwierigkeiten gerät. Man bleibt ja überall derselbe Mensch. Tanger mag zwar etwas Magisches an sich haben, aber Zauberkräfte besitzt diese Stadt auch nicht.«

Ich nickte und wollte jetzt nicht darüber nachdenken, was sich aus seinen Worten ableiten ließ – welche Wahrheit in ihnen lag, was sie für mich bedeuteten – nein, was sie über mich aussagten.

»Aber was werden Sie jetzt machen?«, fragte ich und begriff, dass alle anderen Fragen sinnlos waren.

»Ich werde überleben.« Er zuckte mit den Achseln. »Nichts ist für die Ewigkeit, Alice Shipley.«

Ich hätte mich von dem Taxi, das ich zurück zur Wohnung nahm, direkt vor der Haustür absetzen lassen können. Doch ich war zu ruhelos – ich wollte lieber einen Spaziergang an der frischen Luft machen, auch wenn es schon wieder stickig und schwül war. Doch die Temperaturen waren im Vergleich zu der Hitze auf dem Rücksitz des Taxis harmlos. Die Fenster waren fest verschlossen, als fürchtete sich der Taxifahrer davor, Luft hereinzulassen.

Mir ging nicht aus dem Kopf, was Youssef gesagt hatte, und es versetzte mir einen Stich. Als hätte er eine Zurechtweisung ausgesprochen, die nur an mich gerichtet war. Im Grunde genommen hatte er recht – wie konnte ich diesen Ort, wie konnte ich Tanger für meine Probleme verantwortlich machen, wenn ich sie doch schon mitgebracht hatte? Sie waren nicht aus den Ecken und Ritzen der Gassen aufgetaucht; nein, sie waren an einem anderen Ort entstanden und mir gefolgt, weil ich sie ignoriert hatte. Weil ich erlaubt hatte, dass sich über alles, was ich bereits wusste, der Nebel legte.

Ich war schuld an dem, was Tom passiert war, was John passiert war – ich war an allem schuld. Niemand anders konnte dafür verantwortlich gemacht werden. Nur ich und Lucy. Sie hatte mir alles genommen – und ich hatte es zugelassen.

Diese Erkenntnis stachelte mich auf, sodass ich meinen Schritt beschleunigte. Ich musste sie unbedingt zur Rede stellen. Allein. Wir schienen schon seit geraumer Zeit darauf hinzusteuern, uns gegenüberzutreten, all unserer Geheimnisse und Lügen entlarvt. Ich ging schneller, bog um eine Ecke, bog um eine zweite Ecke und stieß gegen Einheimische, stieß gegen leuchtend blaue, rosa und gelbe Türen, blieb stehen und suchte erneut meinen Weg. Mit pochendem Herzen merkte ich bald, dass ich mich verlaufen hatte.

Und dass mir jemand folgte.

Das traf mich wie ein Schlag in die Magengrube. Ich hatte Mühe zu atmen, ich beschleunigte erneut mein Tempo, mein Blick tastete jedes Gebäude, jede Sehenswürdigkeit ab, auf der Suche nach etwas Bekanntem. Nach etwas, das mir zuraunen würde, bald zu Hause zu sein. Ich dachte an den Mann mit der Narbe und war mir sicher, dass er es war, der mir erst vor wenigen Tagen durch die Straßen gefolgt war. Ich hatte mich gefürchtet, und obwohl ich mich auch jetzt fürchtete, wollte ich nicht mehr weglaufen.

Und so blieb ich stehen. Unvermittelt und unangekündigt.

Jemand prallte gegen mich. Meine Handtasche fiel auf den Boden, und ihr Inhalt purzelte auf das Pflaster. Ein Lippenstift, eine Rouge-Dose und ein paar Münzen. An dieses Geld hatte ich gar nicht mehr gedacht, und ich starrte auf das helle Silber, das in der Sonne schimmerte.

Ich drehte mich um und erwartete, den Mann zu erkennen – aber nein, es war eine Frau. Es war – Lucy. »Was willst du?«, fragte ich und griff nach meiner Handtasche und meinen Habseligkeiten auf dem Boden, um Abstand zwischen uns zu schaffen. Ich fragte mich, wie lange sie mir schon gefolgt war. Fragte mich, ob sie wusste, dass ich auf dem Polizeirevier gewesen war. Fragte mich, ob sie von dem schrecklichen Verdacht wusste, den Tante Maude danach im Hotel Continental geäußert hatte. Ich stellte mir vor, wie sie hinter der Ecke gestanden, gelauscht und mit einem Lächeln im Gesicht Gefallen an meinem Missfallen gefunden hatte. Ich schlang die Handtasche über meine Schulter und begann, mich zu entfernen. Doch ihr abscheuliches Grinsen – das gleiche Grinsen, das sie mir neulich abends zugeworfen hatte – ging mir nicht aus dem Kopf. Ich dachte an meinen Vater, dachte an seine neckende Stimme, *meine kleine Alice im Wunderland*. »Warum machst du das?«, schrie ich jetzt, endlich bereit, und spürte, wie die Wut durch meine Adern pochte.

Doch als ich ihr ins Gesicht sah, stutzte ich und musste blinzeln.

Ich war mir sicher gewesen, eben noch Lucy gesehen zu haben. Doch jetzt erkannte ich, dass ich mich geirrt hatte. Vor mir stand zwar eine Frau, aber es war nicht Lucy – sie sah ihr eigentlich nicht einmal ähnlich. Diese Frau war älter, größer – nicht dunkelhaarig wie Lucy, sondern blond –, und sie betrachtete mich mit einem besorgten Blick, die Hand auf den Mund gepresst, die Augen weit aufgerissen und mit einem Gesichtsausdruck, den ich nicht interpretieren konnte.

Ich schüttelte den Kopf.

»Tut mir leid«, murmelte ich. *»Je suis désolée«*, fuhr ich fort und bewegte meinen Kopf auf seltsame Weise, ohne damit aufhören zu können. Ich neigte ihn eigenartig, als würde ich mich vor ihr verbeugen. Sie setzte an, um zu sprechen, um etwas zu sagen, doch ich ging weg – nein, ich *rannte weg* – und stellte mir vor, wie sie mir spöttisch hinterherblickte, wer immer *sie* war. Ich konnte ihr Gelächter förmlich in meinem Rücken hören, während ich von einer Straße in die nächste eilte, ohne darauf zu achten, wo ich hinging, getrieben von dem Bedürfnis, mich in der Menge zu verlieren und so viel Abstand wie möglich zwischen mir und diesem grinsenden Gesicht zu schaffen.

Als ich nach Hause zurückkehrte, war Lucy verschwunden.

Zuerst konnte ich es nicht glauben und vermutete, dass sie nur außer Haus war, irgendwo in der Stadt. Doch dann, als ich ihr Zimmer betrat – zuerst zögerlich, als würde ich befürchten, dass sie jeden Moment auftauchte –, begriff ich, dass es stimmte. Ihr Koffer, ihre Kleider, ihre Toilettenartikel, alles war verschwunden. Als wäre sie nie wirklich da gewesen.

Ich nahm diese Tatsache dumpf wahr, sie drang tröpfchenweise in mein Bewusstsein. Allmählich wurde mir klar, was ihr Verschwinden tatsächlich bedeutete.

Youssef würde nicht aussagen. Tante Maude glaubte mir nicht. Nein, noch schlimmer. Sie hielt mich sogar für die *Schuldige*. Mir fiel das Gespräch mit Ayoub ein – seine Befragung, seine Enttäuschung, die sich mit Genugtuung mischte, als er feststellte, wie viele seiner Fragen ich nicht beantworten konnte. Da wusste ich, dass es nicht lange dauern würde, bis die Polizei erneut vor meiner Tür stehen würde.

Ich lehnte mich gegen die Wand und spürte das Armband in meiner Tasche, massiv und schwer.

Das löste schließlich eine Wut in mir aus, die sich fast in gewalttätiger Weise entlud, sodass ich tatsächlich fühlte, wie sie durch jede Pore aus mir herausdrang.

Ich riss die Teller von der Wand und ging dabei derart brachial vor, dass ich mir die Schulter verrenkte. Ich ignorierte den Schmerz, ignorierte, dass meine Hände zitterten – ich wollte, nein, ich *musste* diesen Ort zerstören, der für mich einmal das Versprechen auf Sicherheit, auf eine neue Chance, auf einen Neubeginn gewesen war. Alles Lügen. Alles, was ich wollte, war zerstört.

Als mich meine Kräfte verließen, lief ich in die Küche und griff nach dem schärfsten Messer, das ich finden konnte. Ich stach damit in die Sofakissen und in die Lederpuffs auf dem Boden, rammte es so heftig in den Stoff, dass er reißen musste. Meine Hände zitterten, ich atmete stoßartig und schnell. Ich spürte mein Herz, es trommelte laut gegen meine Brust, während ich mir den Schweiß von der Stirn wischte, der sich dort gesammelt hatte.

Ich stellte mir vor, wie ich aussehen musste – ein wilder Ausdruck im Gesicht, die Zähne gebleckt, die Krallen ausgefahren.

Ich ließ das Messer fallen und sackte in dem verwüsteten Zimmer auf den Boden, auf dem überall Stofffetzen herumlagen, die auf makabre Art und Weise an Schnee erinnerten. Und ich wartete, dass mich ein Gefühl von Trost, dass mich ein Gefühl von Triumph erfasste. Ich starrte auf das Chaos, das ich angerichtet hatte, doch ich spürte nichts. Außer einer Leere bei dem Gedanken daran, dass sie weg war. Bei dem Gedanken daran, dass ich vielleicht nie mit Sicherheit wissen würde, was sie damals getan hatte, was sie jetzt getan hatte. Bei dem Gedanken daran, dass ich mich immer nur auf meine eigenen Vermutungen, meine eigenen Überzeugungen würde stützen können, die mir plötzlich völlig unzureichend erschienen.

Doch da war noch etwas.

Etwas Absurdes, ja, sogar Groteskes. Ein körperlicher Schmerz, genau da, hinter meinem Brustkorb. Mir fiel ein, wie ich mich auf dem Revier umgedreht und nach Lucy gesucht hatte. Fast so, als würde ein Teil von mir fehlen, den nur ihre Gegenwart jemals wirklich ergänzen könnte. Auch wenn ich blass wurde bei dieser Erkenntnis, die Erfahrung hatte mich gelehrt, dass meine Entschlossenheit ohne sie nachließ, dass meine Stimme ohne sie schwand. Welche Symbiose auch immer zwischen uns bestand, sie war real, sie war fassbar, als würde sich meine Person durch sie erweitern, und jetzt, da Lucy nicht mehr da war, spürte ich ihre Abwesenheit. Ich begriff, dass sie jener schreckliche, erbärmliche Teil von mir war, der für immer weggesperrt werden musste – so wie Jane Eyres Wahnsinnige im Dachboden. Sie war die ungefilterte Version, der Rohentwurf, den nie jemand zu Gesicht bekommen sollte. Sie war der personifizierte, lebendig gewordene boshafte Gedanke, das personifizierte, lebendig gewordene finstere Verlangen. Ich hielt die Hand hoch und stellte fest, dass das Leder einen Fleck auf meiner Haut hinterlassen hatte. *Siehst du,* lachte ich und flüsterte mir selbst zu: *Du wirst sie nie loswerden*. Ich blickte noch einmal an mir herunter und zwang mich, etwas zu fühlen. Irgendetwas.

Doch da war nichts. Überhaupt nichts.

Ich hörte, wie jemand meinen Namen rief. Gedämpft, von der anderen Seite der Haustür.

Mir war klar, dass es die Polizei war. Sie war also wieder da.

Ich betrachtete die Wände meiner Wohnung und wünschte mir nichts sehnlicher, als ein für alle Mal von den Schatten, die in den Ecken lauerten, verschlungen, verzehrt zu werden.

Ich hätte wissen müssen, dass ich ihnen nie würde entkommen können.

Dass ich *ihr* nie würde entkommen können.

Ich begann, mich zu rühren, auf meinem Platz auf dem Boden. Stoff- und Lederfetzen hafteten an meinen Armen, und ein kleiner Schnipsel klebte an meiner Wange. Ich streifte sie ab, betrachtete sie und kam zu der festen Überzeugung, dass nichts von dem, was Tom passiert war, nichts von dem, was John oder was dazwischen passiert war, eine Rolle spielte. Nicht wirklich. Es war immer nur um sie gegangen, um mich gegangen, um uns beide gegangen. Und das Ende war stets so vorgesehen gewesen.

Mein Kopf schmerzte, ich drückte meine Finger gegen die Schläfen.

Das Klopfen wurde beharrlicher.

Gegen diese Tür war zum letzten Mal so stürmisch geklopft worden an jenem Morgen, als John verschwunden war. Nein, an dem Morgen war er nicht verschwunden. Da hatte ich es nur erfahren, von diesem seltsamen Mann mit der Narbe. Ich fragte mich, und das nicht zum ersten Mal, wer dieser Mann gewesen war und warum er sich gesträubt hatte, die Polizei zu kontaktieren. Ob er tatsächlich derjenige gewesen war, der mir an jenem Tag in den Straßen gefolgt war. Ob das, was die Polizei über John gesagt hatte, also dass er mit Sabine weggehen wollte, wirklich stimmte. Erst da begriff ich, dass ich John eigentlich nie richtig gekannt hatte, sondern nur dieses verschwommene Trugbild, das er mir in jenem Sommer dargeboten hatte, in dem wir uns kennenlernten. Ein leuchtender Hoffnungsschimmer, an den ich mich in den dunkelsten Momenten meines Lebens geklammert hatte. Ich drehte mich zur Tür, an der nun von außen gezerrt wurde. Die Tür war verschlossen. So leicht würden sie nicht hereinkommen.

Ich eilte hinüber ins Schlafzimmer.

Meine unsichtbaren Schatten, die Lucy zum Leben erweckt hatte, waren endlich gekommen, um mich zu holen. Doch dieses Mal würden sie nicht wieder gehen, das wusste ich. Immerhin glaubte die Polizei, dass ich Johns Tod zu verantworten hatte – nicht unbedingt die eigentliche Tat, doch zumindest die Absprache dazu. Die Beschwörungen einer Lady Macbeth, die nicht ungeahndet bleiben durften.

Johns Leiche kam mir in den Sinn, und ich fragte mich, ob sie hier begraben oder nach England überführt werden würde. Ich dachte an seine Augen, an seine leeren Augenhöhlen – zumindest stellte ich sie mir leer vor, denn sie waren geschlossen gewesen, als ich sie zum letzten Mal gesehen hatte. Der Gedanke, dass er an seinen Geburtsort zurückkehrte, erschien mir merkwürdig. Er hatte diese Stadt geliebt, und sie hatte ihn geliebt, eine Zeit lang. Die beiden zu trennen erschien mir falsch. Nein, er sollte hierbleiben. Bei ihr. Für immer. Das ergab Sinn. Ich hoffte, dass die Polizei das begreifen würde.

Ich griff nach dem Messer, das ich vom Boden aufgehoben hatte.

Auch das erschien in vielerlei Hinsicht einen gewissen Sinn zu ergeben. Als hätte ich all die Jahre, seit dem Tod meiner Eltern, nur auf das hier gewartet. Auf das Ende, das in jener Nacht eigentlich mir vorbestimmt gewesen war und das mich vielleicht auch ereilt hätte, wäre nicht ein Wunder geschehen. Vielleicht war es aber auch überhaupt kein Wunder gewesen, sondern nur ein Versehen. Vielleicht war gar nicht vorgesehen gewesen, dass ich überlebte, und die Schatten sollten mich daran erinnern, dass meine Zeit sich dem Ende zuneigte, dass mein Tod bevorstand.

Vielleicht hatte ich mich schon immer auf diesen Tag zubewegt, ganz allein.

Ich erkannte, dass dieser Gedanke etwas Tröstliches hatte, während ich ins Bett krabbelte, das Federbett zurückschlug und unter die Laken glitt.

Mittlerweile klang es, als würde sich jemand gegen den Türrahmen werfen, immer und immer wieder. Ich befürchtete schon, dass das Geräusch nie aufhören würde, dass es ewig andauern würde.

Doch dann, mit einem Blick auf meine Hand, fiel mir ein, dass es aufhören *würde.*

Dass alles aufhören würde. Schon bald.

Und dass nichts von dem, was einmal gewesen war, je wieder von Bedeutung sein würde.

20

LUCY

Endlich kam Bewegung in die Warteschlange vor ihr. »Fahrkarte, bitte«, rief der Mann und öffnete erwartungsvoll seine Hand. Sie überlegte kurz, ob sie umkehren sollte. Zurück durch die Menge, in der sie fast eine Stunde gewartet hatte, weiter durch den Hafen in die Stadt, so wie am ersten Tag. Sie spürte die Hitze der Medina, die fieberhafte Spannung, die von ihr ausging, wie von einer Lebensader, die – klopfend, rauschend, unablässig arbeitend – den Rest von Tanger versorgte. Sie sehnte sich danach, wieder im Herzen der Stadt zu sein, und befürchtete – nein, vielleicht wusste sie es schon –, dass sie nie wieder dorthin zurückkehren würde. Dass Tanger für sie eine Fremde bleiben würde. Jetzt und für immer. Na ja, nicht unbedingt eine Fremde, aber ein Teil ihrer Vergangenheit. Ein Teil, den sie womöglich gelegentlich hervorziehen würde, um ihn zu betrachten, um ihn ins Licht zu halten – aber ein Teil, an den sie nie wieder anknüpfen würde. Das war ausgeschlossen.

Hätte Alice doch bloß nicht Maude angerufen.

Hätte Youssef sie doch bloß nicht erpresst.

Lucy gab dem Mann die Fahrkarte und suchte sich einen Platz im hinteren Teil des Bootes, weit weg von den schreienden Kindern, deren Gesichter von Süßigkeiten verklebt waren. In den Augen ihrer Eltern lag bereits dieser resignierte Blick von Menschen, die sich darüber im Klaren waren, dass ihr Kampf aussichtslos war. Dieser Gesichtsausdruck war ihnen zweifellos gemeinsam, denn auch Lucy wusste, dass diese Abreise das Ende für sie und Alice bedeutete. Es würde keine weitere Chance mehr für sie geben.

Die Sitzbank unter ihr bewegte sich, und so blickte Lucy zur Seite und betrachtete die Frau, die neben ihr Platz genommen hatte. Sie war älter als Lucy, um die zehn Jahre, doch ihr Lächeln hatte etwas Einladendes, etwas Sanftes, und sie nickte Lucy zu. Nur ein wenig, nicht zu aufdringlich, sodass Lucy die Geste erwiderte. Mit einem Mal hatte sie das dringende Bedürfnis, ihre Schwermut zu vergessen.

Die Frau seufzte laut. »Ist es nicht befreiend?«

Lucy runzelte die Stirn. »Was?«

Die Frau deutete auf das Fenster neben Lucy, das von der Nachmittagssonne aufgeheizt und angelaufen war. Es reflektierte die Hitze derart, dass Lucy sie auf ihrer Wange spürte.

»Von hier wegzukommen«, sagte die Frau. Sie stieß einen weiteren Seufzer aus und sank tiefer in die Sitzbank. »Auch wenn ich Marokko mag, finde ich es immer befreiend, wenn dann die Zeit gekommen ist, nach Hause zu fahren. Es ist, ich weiß nicht, als würde ich mich häuten. Als könnte ich plötzlich wieder atmen.« Ihr Blick wanderte zurück zu Lucy. »Gibt es da nicht so ein Sprichwort?«

»Ein Sprichwort?«, wiederholte Lucy und betrachtete die Frau genauer. Ihre Bewegungen waren anders – wie die einer Schauspielerin, dachte Lucy –, sie gestikulierte ausschweifend mit ihren behandschuhten Händen. In ihrer Stimme lagen Stärke und Selbstvertrauen. Lucy fand sie faszinierend, und sie fragte sich, ob die Frau häufiger mit Fremden sprach, als wäre es das Natürlichste der Welt. Ihr Ton war souverän, selbstbewusst, als sei sie sich des Sprichworts bereits sicher und hätte Lucy nur der Form halber gefragt.

Lucy war sich auch einmal in ihrem Leben so sicher gewesen – alles schien stimmig und leicht. Doch dann war die Welt aus den Angeln geraten, und als sie endlich in ihre Verankerung zurückgefunden hatte, hatte sie vor dem brennenden Wrack gestanden, in ihr nichts als Unsicherheit. Dieses Mal war eine größere Veränderung notwendig, mehr als nur ein Ortswechsel und ein fingierter Lebenslauf. Sie dachte an Tanger, an die vielen Namen der Stadt und die Veränderungen, die sie immer wieder erfahren hatte. An die Menschen, die diesen Ort über Jahrhunderte hinweg als ihr Zuhause bezeichnet hatten – eine Vielzahl von Nationalitäten und Sprachen. Tanger war eine Stadt des Wandels, eine Stadt, die sich veränderte, um zu überleben. Sie war ein Ort, den man bereiste, um sich selbst zu verwandeln. Und das war auch mit ihr geschehen. Die junge Frau, die einmal so sorglos, so blind geliebt hatte, dass sie bereit gewesen war, für diese Liebe alles zu tun, gab es nicht mehr. Auch wenn sie noch immer glaubte, dass Alice sie geliebt hatte, irgendwann einmal, hätte sie nicht mehr genau sagen können, wann das gewesen war.

Lucy wandte sich wieder der Frau zu – der Gegenwart zu – und lächelte. »Ich glaube nicht, dass ich dieses Sprichwort kenne.«

Die Frau zog die Augenbrauen hoch. »Nein? Tja, vielleicht bilde ich es mir ja auch nur ein.« Sie streckte ihre noch immer behandschuhte Hand aus. »Ich bin Martha.«

Lucy ergriff die Hand, der Schweiß ihrer eigenen übertrug sich auf den gestärkten Stoff. »Alice«, sagte sie und verstellte ihre Stimme nur ein bisschen, sodass das »a« etwas höher und runder klang.

Martha runzelte die Stirn. »Irre ich mich, oder höre ich da einen britischen Akzent?«, fragte sie und beugte sich vor. Ihre eigenen Vokale waren lang und gedehnt und erinnerten an die träge Bewegung der Fliegen, die um sie herumschwirrten, sodass Lucy an staubige Hitze und Erde von der Farbe verbrannten Ockers denken musste.

Lucy lächelte. »Meine Mutter war Amerikanerin, aber mein Vater Brite.« Sie hielt kurz inne und spürte, wie das Schiffsgetriebe zu rotieren begann. »Doch ich bin von meiner Tante in London großgezogen worden.«

»Von Ihrer Tante?«, fragte Martha.

»Ja«, antwortete Lucy. Das Boot legte ab, doch sie widerstand dem Verlangen, sich umzudrehen und aus dem Fenster zu sehen. Sie hatte sich bereits von Tanger verabschiedet. »Meine Eltern sind gestorben, als ich noch klein war.«

Marthas Hand schnellte zu ihren kirschroten Lippen. »Oh, meine Liebe, das ist ja schrecklich!«

Lucy senkte den Blick. »Ja, das ist es.« Sie stieß einen tiefen Seufzer aus und spürte die Bewegung in ihrem ganzen Körper, bis sie sich nicht mehr sicher war, ob sie vom Seufzen oder vom Rütteln des Motors stammte. »Aber das liegt mittlerweile lange zurück.«

»Gewiss«, erwiderte Martha und nickte beflissen. Sie setzte an, um etwas zu sagen, hielt dann aber inne. Lucy glaubte, die widerstreitenden Gefühle in der Frau zu erkennen – Höflichkeit und Interesse –, die nun in Konflikt standen. Sie wartete, um zu sehen, welches Gefühl siegen würde, während sie ihren Rücken gegen das Fenster drückte und sich weigerte zurückzuschauen.

Dann hob sich der Bug des Bootes, die Frau beugte sich ruckartig vor und tippte Lucy auf die Schulter. »Ich hab's!«, rief sie.

Lucy runzelte verwirrt die Stirn. »Was?«

»Das Sprichwort«, antwortete Martha und schüttelte den Kopf, als könnte sie nicht glauben, dass Lucy nicht wusste, wovon sie sprach, als wären sie schon dicke Freundinnen. »Hier gibt es ein Sprichwort – besser gesagt, dort«, sagte sie und deutete über Lucys Schulter hinweg Richtung Tanger, das immer weiter in die Ferne rückte. Martha hielt kurz inne und sah in Lucys erwartungsvolles Gesicht. Dann sagte sie: »Man weint, wenn man kommt, und man weint, wenn man geht.«

EPILOG

SPANIEN

In ihren Träumen sitzt sie im Café Hafa. Ein Glas frischen Pfefferminztees steht vor ihr, sie bewundert die Farben. Oben ein sattes Waldesgrün, unten ein bernsteinfarbenes Gold. Der Himmel ist tiefblau, die Wolken erstaunlich weiß – ein perfekter Tag, wie es ihn nur in Tanger gibt. Sie wünscht sich, und das nicht zum ersten Mal, das alles irgendwie festhalten zu können – in Worten, in Bildern –, um es stets bei sich zu haben.

Als sie aufwacht, sieht ihre Umgebung völlig anders aus. Die Sonne scheint zwar von einem azurblauen Himmel herab, doch statt des saphirblauen Mittelmeers erblickt sie Berge – grüne, erblühende Berge, der Frühling hat gerade Einzug gehalten.

Heute ist Dienstag, ihr Lieblingstag.

Sie wacht früh auf und brüht sich einen Kaffee – nur eine Tasse, da sie dienstags stets noch wegfährt. Sie geht die Treppe hinauf und trinkt den Kaffee auf dem Balkon, der auf eine Straße und die vielen steilen Hänge der Stadt hinausgeht. Sie befindet sich so weit oben, dass das gesamte Panorama der Stadt und der Berge sich vor ihr erstreckt – nachts, wenn schon fast überall Ruhe eingekehrt ist, beobachtet sie die Häuser, in denen in dem ansonsten dunklen Bergort noch die Lichter brennen und die Bewohner noch immer wach sind.

Heute sind in die Wohnung auf der gegenüberliegenden Straßenseite neue Mieter eingezogen. Sie kann von ihrem Standpunkt aus in das Innere der Wohnung sehen. Die neuen Nachbarn spazieren durch die Räume, ziehen die Laken von den Möbeln und schütteln sie am Fenster aus. Der Staub weht auf die Straße. So ist im hinteren Teil der Wohnung ein altes Klavier zum Vorschein gekommen. Während sie ihren Kaffee austrinkt, dringt Musik aus dem Fenster. Zwei Zeilen aus dem Lied »Moon River« erklingen. *Two drifters off to see the world. There's such a lot of world to see.* Sie sitzt da, lauscht, lächelt und zögert den Moment so lange wie möglich hinaus.

Ihr letzter Tag in diesem Haus ist gekommen.

Sie wartet geduldig an der Bushaltestelle und nickt den ihr mittlerweile vertrauten Gesichtern zu. Einem Paar, das drei Restaurants im Ort besitzt und ihr das *Cerveza* mit einer kleinen Portion Tapa serviert, einem Fisch, den sie nicht kennt, der aber immer ölig, salzig und lecker schmeckt. Einem Landstreicher, der es sich in der verlassenen Hütte hinter dem Haus des Doktors gemütlich gemacht hat, und weiteren ihr vertrauten, lächelnden Gesichtern. Sie spricht mit keinem. In diesem kleinen Ort scheint niemand Englisch oder Französisch zu verstehen, und so bleibt sie für sich, froh über diese Sprachbarriere.

Sie steigt in den Bus und bleibt vor dem Fahrer stehen. »Málaga«, sagt sie und bezahlt die Fahrkarte.

Die Fahrt dauert eine Stunde, doch sie ist angenehm. Sie sitzt allein, sieht aus dem Fenster hinaus und lässt die Berge an sich vorbeiziehen – violette und gelbe Blumen blühen auf den grünen Feldern. Es gibt Momente, in denen sie sich wünscht, während ihr Kopf gegen das Fenster lehnt und ihre

Augenlider flattern, dass die Busfahrt nie endet. Da spürt sie fast Zufriedenheit, fast Frieden.

In Málaga scheinen die Geräusche auf sie einzustürmen – sie hat sich an die Stille in ihrem kleinen Bergdorf gewöhnt. Hier gibt es zu viele Menschen, die hektisch durch die Straßen eilen. Es ist zu heiß, obwohl die Temperaturen wahrscheinlich nicht höher sind als die in ihrem Bergdorf. Trotzdem ist es unangenehm warm, sodass die Bluse nach nur wenigen Schritten an ihrem Rücken klebt und sie schwer und schnell atmet. Sie rückt ihre Sonnenbrille zurecht, um sich vor der Sonne zu schützen.

Als sie ihr Zimmer betritt, sitzt sie allein in einer Ecke.

Sie weiß, dass Maude es vorziehen würde, wenn Alice irgendwo in England wäre. Doch bisher haben die Ärzte von einer Verlegung abgeraten, sodass Maude sich damit zufriedengeben musste, eine private Krankenschwester zu schicken. Eine junge Frau mit rotem Haar, deren Gesicht bei der Vorstellung, auf unbestimmte Zeit in Spanien bleiben zu müssen, einen bangen Ausdruck annimmt. Immerhin sei es nicht Tanger, hatte Maude zu ihr gemeint, vor mittlerweile mehreren Monaten, und den Kopf geschüttelt. Dann hatte sie ihr erzählt, in welchem Zustand man Alice gefunden habe und welche Diskussionen sie über sich habe ergehen lassen müssen, ehe sie die Polizei schließlich davon überzeugen konnte, dass der beste Ort für ihre Nichte eine Einrichtung in Málaga sei und keine Gefängniszelle in Tanger. Sie hatte der Polizei erklärt, dass sie mithilfe einer Freundin von Alice, einer fähigen, jungen Frau namens Sophie Turner, alles vorbereitet habe. Schließlich hatte die Polizei nachgegeben. Die gesamte Situation war ihnen zu schwierig, zu chaotisch geworden. Marokko hatte gerade seine

Unabhängigkeit erlangt. Man brannte darauf, neu zu beginnen und sich auf sich selbst zu konzentrieren. Da wollte man die Probleme der Ausländer lieber aus dem eigenen Land heraushalten. Letztendlich war es ihnen nur recht, das britische Mädchen auszuweisen.

Sie steht neben dem Bett und betrachtet das, was von dem Mädchen, das sie einmal gekannt und geliebt hat, übrig geblieben ist. In den letzten Monaten ist ihr häufiger der Gedanke gekommen, wie eigenartig es doch ist, dass die Gefühle, die sie einmal für sie gehabt hat, verschwunden sind, versiegt sind. Deshalb weiß sie, dass die Zeit gekommen ist zu gehen.

Auf dem Bett liegt ein Stück Papier. Sie greift danach, ihr Name steht darauf. Die Krankenschwestern haben sie vor ein paar Wochen darauf aufmerksam gemacht, dass diese Besessenheit mit dem Namen und die Papierfetzen, die Alice im gesamten Zimmer versteckt, immer weiter zunehmen.

Sie lässt das Papier in ihre Tasche gleiten.

Dann beugt sie sich vor, küsst die Stirn des Mädchens und geht. Sie blickt nicht zurück. Das wird das letzte Mal sein, dass sie sich gesehen haben.

Ihre Schritte sind schwer, als sie sich auf den Weg zur Banco Málaga macht.

Die Schalterbeamten wundern sich über ihr Erscheinen – normalerweise wird Alice Shipley, wohnhaft unter der Adresse von Sophie Turner, das Unterhaltsgeld per Bote gebracht. Sie schüttelt lächelnd den Kopf und erklärt, dass es ihr mittlerweile besser gehe. Dass ihre Betreuerin nach England zurückgekehrt sei und dass sie das Geld aus dem Fonds, über den sie seit ihrem gestrigen Geburtstag voll verfüge, abheben wolle. Als die Bankbeamten sie daraufhin stirnrunzelnd und irritiert betrachten, legt sie eine Hand auf die Wange. »Oje, hat meine Tante Ihnen keine Nachricht mit Anweisungen zukommen lassen?«, fragt sie.

»Nein, *Señorita,* nichts«, erwidern sie und erröten.

Sie sprechen nicht viel Englisch, doch das ist für sie von Vorteil.

Sie streichen um sie herum und lächeln das reizende, ausländische englische Mädchen an, das sie mit großen, treuherzigen Augen anschaut. Ihnen wird bewusst, wie allein sie ist, wie schutzlos sie ist, hier in einem Land, das ihr fremd ist und dessen Sprache sie noch nicht einmal spricht. Sie denken mit Sorge an ihre eigenen Töchter und werden am Ende weich. Immerhin hat das Mädchen seinen Pass dabei – Alice Shipley –, derselbe Nachname wie der der imposanten älteren Dame, die das Konto eröffnete. Das kann kein Zufall sein. Diese Dame richtete Daueraufträge ein für die Betreuung ihrer Nichte in einem Krankenhaus. Obwohl die Bankbeamten nicht nach der Art der Erkrankung fragten, ist für sie jetzt ersichtlich, dass sie geheilt ist.

Und da der Fonds auf ihren Namen lautet, gibt es keinen Grund, ihr das Geld zu verweigern.

Auf der Straße lächelt sie, spürt Zufriedenheit, spürt die Zukunft in dem Gewicht ihres Koffers, lebendig und pulsierend. Sie überlegt und kommt zu dem Schluss, dass sie keine Diebin ist. Denn sie hat nicht das gesamte Geld abgehoben, sondern nur das, was man ihr schuldet. Für all die Versprechungen, die Alice gemacht und gebrochen hat. Für das

Leben, von dem sie ihr an einem kühlen Herbstabend flüsternd vorschwärmte und das sie in der bitteren Kälte des Winters in Brand steckte.

Danach geht sie zur Alameda Principal und dem Antigua Casa de Guardia, einer Bodega, wo sie an Lágrima Tranañejo Geschmack gefunden hat. Sie wird ein letztes Glas trinken, zur Feier des Tages, hat sie beschlossen. Und so spaziert sie die Straße entlang, eine pulsierende Lebensader, die mitten durch die Stadt führt. Sie beobachtet die an ihr vorbeischlendernden Familien und Paare, die erst an einem und dann, ein paar Meter weiter, an einem anderen Blumenstand stehen bleiben. Sie begutachten und feilschen, bevor sie etwas kaufen.

In der Bar entspannt sie sich.

Sie schaut zu, wie die Striche, die der Wirt mit der Kreide auf der Theke hinterlässt, von einem auf zwei und dann auf drei heranwachsen. In der Vergangenheit hat sie, wenn sie einen schlechten Tag hatte, beim Wirt ein kleines Fässchen bestellt und es mit nach Hause genommen, und an ganz schlechten Tagen hat sie in einem Hotel in der Stadt übernachtet. Heute spürt sie das Gewicht ihres Koffers und weiß, dass es solche Tage nicht mehr geben wird.

Sie winkt dem Wirt zu. Ihr Bus fährt in einer halben Stunde ab, und sie darf ihn nicht verpassen. Der Name der Stadt, der auf ihrer Fahrkarte geschrieben steht, birgt Hoffnung, birgt Träume, die sie nicht länger aufschieben kann. Sie drückt dem Wirt die Münzen in die Hand. Er zählt schnell nach und greift in seine Tasche, um ihr das Wechselgeld zu geben. Sie schüttelt den Kopf, um ihm zu verstehen zu geben, dass es sein Trinkgeld ist. Denn schließlich weiß sie, dass sie sich das ab jetzt leisten kann. Er nickt dankend.

Lucy beobachtet, wie der Wirt einen Lappen hervorzieht und die Theke abwischt. Die Anzahl ihrer Getränke verschwindet, bis die Theke schließlich sauber ist und es scheint, als wäre sie nie da gewesen.